夏龙河／著

敦煌王妃

中国言实出版社

图书在版编目（CIP）数据

敦煌王妃 / 夏龙河著 . -- 北京：中国言实出版社，
2023.7
ISBN 978-7-5171-4481-6

Ⅰ . ①敦… Ⅱ . ①夏… Ⅲ . ①长篇小说—中国—当代
Ⅳ . ①I247.5

中国国家版本馆CIP数据核字（2023）第089344号

敦煌王妃

责任编辑：宫媛媛
责任校对：张国旗

出版发行：中国言实出版社
　　地　　址：北京市朝阳区北苑路180号加利大厦5号楼105室
　　邮　　编：100101
　　编辑部：北京市海淀区花园路6号院B座6层
　　邮　　编：100088
　　电　　话：010-64924853（总编室）　010-64924716（发行部）
　　网　　址：www.zgyscbs.cn　电子邮箱：zgyscbs@263.net

经　　销：新华书店
印　　刷：北京中科印刷有限公司
版　　次：2024年3月第1版　2024年3月第1次印刷
规　　格：880毫米×1230毫米　1/32　12印张
字　　数：280千字

定　　价：68.00元
书　　号：ISBN 978-7-5171-4481-6

敦煌王妃

目录

楔子

中亚之地，古称西域。公元658年，唐高宗接受西域大国康居国的内服请求，在康居设都督府，封其国王为大都督。之后，西域康国、石国、史国、火寻国（后来的花剌子模）等先后臣服大唐，成为大唐属国。

8世纪初，被唐朝廷称为大食人的阿拉伯人入侵中亚。西域各国虽然进行了不屈不挠的抵抗，但是因为实力相差悬殊，各国先后陷落。之后的几十年中，不甘屈服的各国国王多次进行起义，皆被大食人击败。其中康国之起义最为惨烈，先后有几任国王被杀。

公元781年（唐建中二年），康国国王阿吾提再次起兵反抗，大食军队包围了康国都城。城破之际，国王派卫士都武率几十名护卫，保护王妃苏娜，带着小王子化装逃出都城。

王妃一众人马逃出都城的当天，这个信奉琐罗亚斯德教（拜火教）的小国，便遭到了大食军队的屠城之厄。康国的最后一代国王阿吾提率部勇猛杀敌，中箭而亡。

进城的大食都督没有找到美艳不可方物的康国王妃和小王

子，迅速派出军队四处追击。

　　王妃等人逃出康国后，便直奔大唐而来。大食军队打听到王妃等人的踪迹，在后方紧紧追赶。

　　王妃等人逃到葱岭山谷后，终于被大食军队追上。此时，双方皆疲惫不堪。王妃的卫队与大食军队展开了一场生死之战。最终，大食军队杀光了王妃的卫队，抓住了王妃母子。

　　然而，大食军队因为骄傲，犯了一个致命的错误。他们孤军深入两千多里路，抓住了王妃母子后，应该赶紧返回，或者到离此不远依附于大食人的小勃律国休整。他们却很惬意地在葱岭休息半天，直到夜晚降临。此时，丝绸之路上的匪帮早就觊觎王妃车队，却忌惮勇猛的卫士，看到大食军队的战士已经所剩无几，便趁着夜黑对他们发起了毁灭性的攻击。

　　土匪杀光了大食人，抢走了财物。按照古路上土匪的规矩，土匪没有动一直蒙着面的王妃，而是给她留下了一些食物和金钱，上马就要走。

　　此时，王妃摘下面纱，告诉匪首，如果他能把她送到大唐，那她就嫁给他。匪首马家五为王妃的美丽容貌所动，便遣散了众匪，只带了两个手下，保护苏娜王妃和小王子，朝着大唐地域前进。

　　一个月后，他们跟着一帮康居商人到达了敦煌。进入敦煌后，他们才得知，现在敦煌已经不是大唐的天下了，吐蕃人早就打跑了唐朝军队，占领了敦煌。

　　更让王妃和土匪马家五没有想到的是，吐蕃总督也得知了康国王妃进入敦煌之事。这个吐蕃总督，当年曾随着使团到过康国，见过王妃，对她的美貌一直念念不忘。得知王妃进入敦煌后，总督大喜过望，马上派人带着礼品邀请王妃到总督府叙旧。王妃不知是计，便带着儿子进入总督府。

王妃前脚刚走，吐蕃士兵就抓住了土匪马家五和他的两个弟兄，把三人关进监牢。

一番叙谈后，总督露出本性，要留她在总督府，做他的夫人。王妃则告诉总督，她已答应嫁给马家五，康国人是一诺千金的，除非她死了。总督亮出底牌，他早已把土匪抓进了监狱。

但王妃就是不从。总督只好把她幽禁起来，每日锦衣玉食伺候，王妃却毫不动心。

半年后，吐蕃总督对王妃失去了耐心，打算霸王硬上弓。王妃早就料到了这一天，身上一直带着康国的镇国之宝黑铁剑。让王妃没有想到的是，儿子比她更勇敢。八岁的小王子为了保护母亲，用自己的护身短刀刺向总督。总督受伤大怒，抢过小王子手中的短刀，割断了小王子的喉咙。王妃悲愤不已，趁总督不备，用黑铁剑刺穿了总督的心脏。

护卫听到总督的呼救，冲进屋子抓人。此时，总督府突发大火，乱成一团，有个黑影冲进屋子，救走了王妃和已经死去的小王子。

从此，王妃下落不明。民间传说，王妃隐姓埋名，嫁给了当地的大富豪。大富豪在敦煌开凿佛洞并为王子塑像，祭祀小王子。富豪亡故后，王妃出家做了尼姑，其心地善良，不计余力帮助穷人，晚年却被窃贼所害。

没人知道是何人杀了王妃，王妃一直珍藏的黑铁剑也不知所踪。王妃下葬后，她的后人搬到墓地旁居住，为其守墓。经过几代人的繁衍生息，这些人居住的地方慢慢变成了一个小村子，被称为"康家村"。明末，这个小村子里的人突然全部消失，无影无踪。

民国时期，曾经有西域人抱着几本古书，来敦煌找到当时的敦煌文化研究所所长常书鸿，让常书鸿帮忙寻找康家村旧址。常书鸿很上心，找到几位对本地历史比较有研究的老僧人了解真相。然而，当常书鸿派人到西域人留下的地址找他时，发现此人已经被杀，他的那些古书也不翼而飞。此事成为一桩悬案。

从此，没人再提康家村，也没人再提这个苦命的王妃。

第一章　康家村

1　老人

　　某年7月，土库曼斯坦国立大学历史系教授尼亚佐夫来到敦煌。这是一个风沙肆虐的日子，漫天的黄沙，遮天蔽地。敦煌小城被千年的风沙裹挟着，惊恐且惶惑。

　　尼亚佐夫走出汽车站，打了一辆出租车，穿街过巷，来到一个破旧得门窗都看不出漆色的旧屋子前。屋子的门头上，挂着一块已经有些变形的二十多厘米宽的木板。木板上用红漆写着"收古董"三个字。

　　尼亚佐夫推开了老式的木头门。屋子里光线阴暗。黑洞洞的屋子仿佛有一块无形的隔板，让尼亚佐夫停止了脚步。他站在门口，还没看清屋子里的摆设，突然一阵少女的笑声从屋子里蹿出来，尼亚佐夫忙朝旁边闪身。他刚躲到一边，一个穿着青花小袄的女孩子银铃般笑着推开门，跑了出去。

　　女孩子花朵一般的容颜让尼亚佐夫惊讶不已。他推开门，朝外看。小女孩穿着紧身天蓝色牛仔裤，上身是青花小袄。她在狂躁的风沙中犹如一朵被蹂躏的小花，被风沙吹得弯了腰，随时都能折断的样子。她在风沙中，艰难地跑了一会儿，转过头，朝尼亚佐夫笑了笑，拐弯跑进了另一条胡同。

一个穿着黑色棉衣的老人跌跌撞撞地从屋里跑出来，跑到门口，转头看了看两边空无一人的胡同，恼怒地骂了一句："死丫头，刮跑了活该！"

女孩子似乎知道老人站在门口，从胡同里探出头，朝着老人做了个鬼脸。老人跺脚喊："苏娜，你给老子回来！"

女孩子不听他的话，转身跑了。

尼亚佐夫惊愕地看着老人："您……您叫她苏娜？"

老人这才发现门口还站着一个人。老人上下左右警惕地打量着尼亚佐夫："你是干啥的?!"

尼亚佐夫指着女孩子消失的地方，问老人："苏老先生，这个小女孩是您的什么人？"

老人死死地盯着尼亚佐夫："你问这个干啥?!"

尼亚佐夫说："苏老先生，您别误会，我是第一次来到敦煌，前些日子，我通过你们敦煌文化研究所的高先生，跟您通过电话啊。"

老人神情这才有些放松，转身进了屋子。尼亚佐夫跟着老人进屋。

屋子里陈设简陋。靠墙放着一个看不清颜色的博古架。架子上，胡乱摆放了几件假古董。屋子中间，还放着一个铁炉子，冬天用的烟囱还没撤，烟囱在屋子里转了几个圈，不知转到何方去了。靠窗的位置，放着两把罗圈椅，老人在其中一把椅子上坐下，拿出一把茶壶，开始泡茶。

尼亚佐夫硬着头皮，在旁边的椅子上坐下。他刚要说话，老人咳嗽了一声，说："我就是一个小老百姓，你问的什么康家村，我一点儿都不知道。不过你来了就是客人，我请你喝了这壶茶，你就赶紧走吧，我还要做生意呢。"

尼亚佐夫笑了笑，说："苏老先生，今天这种天，不会有客人上门的。"

老人边泡茶边说："你错了，我的客人都是这个时候来。"

尼亚佐夫端过茶杯，说："那行，苏老先生，我不会打扰您很长时间的。我想问您，您的孙女为什么叫苏娜呢？"

老人说："是我给她起的名字，没别的意思，好听就行呗。"

尼亚佐夫说："您不知道康国有个王妃叫苏娜吗？康家村的人就是给她守墓的。"

老人摇头说："不知道。现在整个敦煌，都没人知道康家村，更别说什么王妃了。"

尼亚佐夫说："您知道，敦煌也有人知道。不过这些人也都跟您一样，都不愿意承认自己知道康家村。还有，您不是一个普通的老百姓，您曾经是莫高窟的一个道士，您三十多岁的时候突然还俗……"

老人的手猛然一抖。他转头，目光凶恶地瞪着尼亚佐夫。尼亚佐夫吓了一跳："苏老先生，我完全没有恶意。您……"

老人把茶壶蹾在桌子上。由于用力过大，茶壶里的水溅了出来，烫了老人的手。老人抖着手，冲过来，猛然抓住了尼亚佐夫前胸的衣服。老人这几个动作，行动异常敏捷，完全不像一个八十多岁的老人。

老人原本眯缝着的双眼突然睁开，眼珠子射出两道锐利的凶光。他恶狠狠地问尼亚佐夫："你告诉我，是谁告诉你这些的?!"

尼亚佐夫吓得抬起屁股要站起来，被老人狠狠地摁了下去："说，是谁告诉你这些的?!"

尼亚佐夫说："我……我是猜的。不瞒您说，我的导师跟研究敦煌文化的常先生是好朋友，他曾经从常先生那儿听到一个故事，说莫高窟有个道士，救了一个逃到沙漠中的女人。这个道士后来就还俗了，跟这个女人结婚生子。常先生说这个人就住在敦煌。我来过敦煌好多次，找了许多人，都没找到这个道士。但我一见到您，就可以断定，您就是那个道士，苏老先生，您不是吗?"

老人闭上眼，沉默了一会儿，缓缓松开手，说："我当然不是。你也真能胡诌。不过我警告你，你今天说的话，不许再说给第二个人听。否则，你很难活着走出敦煌。"

尼亚佐夫一脸的迷惑："这是为什么?"

老人抬起手，制止他再说下去，说："你来找我，还有什么事儿? 我先警告你，别提康家村，我不知道!"

老人在椅子上坐下。尼亚佐夫也坐好。

突然一阵狂风吹开了屋门，风卷着黄沙冲进屋子。尼亚佐夫起来关上门，他刚要转身，突然老人在后面用毛巾捂住了他的鼻子。老人说："年轻人，我今儿不杀你，是因为你跟高昌林说你是康国国王的后人。赶紧滚回你的老家吧。记着，以后不许胡说八道，更不许再来敦煌，要是你不听我的话，我保证你不得好死!"

2　沙漠奇遇

尼亚佐夫醒来的时候，发现自己躺在沙漠里。太阳在他的右侧，犹如一只血红色的眼珠子，正在准备爬上他的头顶。尼亚佐夫惊愕地爬起来，转着圈看了看。四周皆是舒展平缓的沙丘，没有人影，没有树，一点儿生命的迹象都没有。

自己怎么能在这儿呢？尼亚佐夫颓然坐下，努力回想，想到了自己在那个姓苏的老头的古董店里，想到了大风刮开了门，风沙呼啸而入，自己去关门，那个凶狠的老头在后面用毛巾捂住了自己的嘴，他想到了老人对自己的威胁……然后，就什么都想不起来了。

很显然，那个老头的毛巾里有能让他昏迷的东西。自己昏迷后，老头把他送到了这沙漠里。这个老东西！尼亚佐夫在心里骂了一句。他突然想到了有些老人喜欢抢掠别人的财物，他忙打开背包，翻找自己的钱包。

打开后，里面的美金、人民币、银行卡，一个都不少。尼亚佐夫长出一口气。把钱包放好，尼亚佐夫这才发现旁边还有一条毛毯。毛毯脏得看不清颜色，显然这也是那个老头的东西。老头这是怕把他冻死，晚上给他盖身上的。尼亚佐夫苦笑了一声，扔了毛毯，抓了几把沙子，搓了搓手。

他从兜里掏出手机，刚要打电话，突然觉得手机变轻了。尼亚佐夫一愣，忙打开后盖，发现手机电池没有了！尼亚佐夫看着手机，真是欲哭无泪。这个老东西，想得真是周到，现在，他连打电话求救的机会都没有了。

尼亚佐夫整理了一下背包，背在了肩上，狠狠地踩了几下破毛毯，准备上路了。

他失去了方向感。不过幸亏有太阳，可以作为参照。尼亚佐夫转着看了一会儿，决定朝着太阳的方向走。他不知道哪个方向能通往敦煌。但是他知道，朝西走，应该是死路一条，朝东走，胜利的概率能大一些。

在沙漠里走路非常困难。脚陷得厉害，每走一步，都要费很大的力气。尼亚佐夫走了一会儿，已感到两腿发软，心脏跳得厉害。他不得不坐下休息一会儿。

四周没有脚印，也没有车辙，尼亚佐夫想不出来，那个老头是怎么把自己弄到这儿来的。他更想不出来，怎么才能从这里走出去。看着茫茫无际的沙海，尼亚佐夫不由得骂了一句："该死的老东西！"

坐着歇了一会儿，尼亚佐夫感到了渴，还有饥饿。他有些慌了。如果自己两三天走不出这沙漠怎么办？按照自己的体力状况，别说是两三天，自己恐怕连半天都撑不过去，就得累死在这沙漠里。

尼亚佐夫不敢歇息了，忙站了起来，继续开始艰难的跋涉。他边走边在心里给自己打气。

他走得很慢，太阳却爬得很快。不知什么时候，太阳已经爬到了他的头顶，凶残地炙烤着他。不一会儿，尼亚佐夫就累得气喘吁吁，满头大汗了。肚子里肠胃在咕咕地叫，嘴里渴得冒烟，头顶上的太阳如火，在城市里长大的尼亚佐夫，感觉自己像是被放在火里烤着的一块五花肉。

就这样走走停停，走的时间越来越短，歇息的时间越来长。他在沙漠中熬过了上午，熬过了中午，熬过了下午，一直等到太阳将要落山。他身上的汗水变凉了，冷风吹起，他突然打了一个哆嗦。

尼亚佐夫绝望地看了看快要落山的太阳，转身看了看周围似乎一点儿都没变的沙丘，他明白，今天他是走不出这沙漠了。而这里昼夜温差非常大，他把可以御寒的破毛毯扔了，单靠着身上的这点衣服，今天晚上不冻死，也差不多了。

饥渴疲惫的尼亚佐夫绝望地跪了下来。现在，他连骂那个老东西的力量都没有了。

尼亚佐夫干脆躺下来。他闭上眼，什么都不想，打算彻底放松一下，那个古怪的老头儿、康家村、生死都暂且不想了。自己已经是四十多岁的人了，儿女双全，妻子又有稳定的工作，即便是死在这里，他们也都能够顺利地长大成人吧。

排山倒海的疲倦感渐渐压倒了饥饿，他有些恐惧。现在他需要找到一个能避风的地方，否则夜晚的冷风能把自己从里到外迅速冻透。这需要毅力，需要决心。而他现在连爬起来的毅力都没有了。他多想就这么躺着睡下去，哪怕天地倒悬一睡不起。

他明白自己恐怕真的不是一个很坚强的人。以自己的这种意志力，能坚持两天就顶天了。

尼亚佐夫就在这种矛盾纠缠中挣扎了好一会儿，终于昏睡了过去。

半梦半醒中他听到有人喊他："喂，起来。你这是想死在这里还是咋的?!"

尼亚佐夫听到了喊声，勉强睁开眼，强烈的汽车大灯刺得他睁不开眼。尼亚佐夫不知道自己是身处梦境还是现实，他问：

"我……我这不是在做梦吧？"

来人猛然踹了他一脚，尼亚佐夫疼得跳起来："你凭什么打我？"

那人哼了一声，说："现在知道是不是做梦了？"

尼亚佐夫弯腰背起背包："你们是什么人？怎么跑到这里来了？你们……"

尼亚佐夫打算问他们是不是趁着晚上出来盗猎的，又把话咽了下去。他懂历史，却对生物学没有研究，他不知道敦煌附近是否有值得盗猎的生物。

那人转身朝着车走去："你不想跟老子走，就留在这里。想活命就赶紧滚上车。你他妈的真是个尿包，一整天就走了这么点儿距离，还搞错方向了。"

尼亚佐夫虽然不知道他们是什么人，但是他明白，这些人是来救他的。是谁让他们来救自己的，现在不重要，重要的是，他得赶快离开这个破地方。

他不敢再问了，赶紧爬上了吉普车。上了车后，尼亚佐夫发现车里还有一个人。从隐隐的香味儿来判断，这个人弄不好还是个女人。尼亚佐夫也不敢回头看，坐在后面的座位上，闻着熟悉的人间的味道，激动得差点儿落下泪来。

吉普车启动，灯光像两只凶猛的老虎，直扑黑夜而去。

自己获救了，尼亚佐夫心情略有些放松。看来那个姓苏的老头也算是个善良之人。尼亚佐夫明白，自己跟这些人什么也问不出来，因此，他索性不说话了，坐在吉普车后座上昏昏睡了过去。

尼亚佐夫睡了一个好觉。他是被一泡尿给憋醒的。醒了后，他发现自己还坐在车里，而外面却是楼宇林立，灯光灿烂。

他问开车的人："这是到敦煌市里了吗？"

开车的哼了一声："还想回敦煌？你不怕回去送了小命？"

尼亚佐夫一愣，问："那这是哪里？"

开车的说："酒泉。对了，你叫啥名字？"

尼亚佐夫忙说："我叫尼亚佐夫，是土库曼斯坦国立大学历史系……"

开车的打断他的话说："那个尼亚佐夫，明天天亮后，你赶紧想法离开这儿，知道不？我叔叔让我捎句话给你，有些事儿知道了会死人的。你要是再敢回敦煌，我就把你扔到大沙漠里，就你这个体格，我敢说，在沙漠里熬不过十天。"

尼亚佐夫心想，你太看得起我了，恐怕我连三天都熬不过去。

他又问："师傅，您的叔叔就是那个姓苏的老头儿吗？他可是太厉害了。"

开车的笑了笑，说："刚告诉你少问，你就给老子闭嘴吧。我叔叔是谁，关你屁事？"

尼亚佐夫说："那好，我不问了，但是我想下去撒泡尿，这总可以吧？要是给你撒在车上，就不好了。"

开车的说："马上就到地方了，你到地方再尿吧。你小子要是敢给老子尿车上，老子骗了你。"

尼亚佐夫知道，自己现在是没有说话权了。他只得闭了嘴，忍着饥饿和阵阵袭来的尿意。

汽车在城里拐了一会儿，便在一个饭店门口停下了。尼亚佐夫抬头看了看，酒店门面很大，顶上的牌子是"酒泉国际大酒店"，很高档的样子。尼亚佐夫喊："我不住这里，这里太贵了，我住不起！"

司机笑了笑，说："看你的样子，就知道你住不起这样的酒店。旁边有个小酒店，你可以住那个小的。"

尼亚佐夫扭头看了看，果然在大酒店的一侧，有个"速8"。尼亚佐夫背着包下车，朝着"速8"走去。后座的女孩突然从座位上跳下来，问已经转过身的尼亚佐夫："喂，你能告诉我，你为什么要来敦煌找康家村吗？"

尼亚佐夫转头。他惊喜地看到，站在他面前的竟然是苏娜！就是冲向风沙的那个穿着青花衣服的女孩儿！

尼亚佐夫一时脑子短路，问她："你能告诉我你为什么叫苏娜吗？"

苏娜骂了一声"神经病"，转身上车了。

尼亚佐夫突然明白，自己失去了一次最好的让他们了解自己的机会，忙朝着女孩喊："你别忙走啊，咱们好好谈谈，喂……"

汽车启动，一刹那便没了影子。尼亚佐夫狠狠地扇了自己一个耳刮子。

3　使命

尼亚佐夫在宾馆歇息了两天，恢复了些精神，打电话给敦煌的朋友高昌林。高昌林是原敦煌文化研究所的一名雇佣人员。十年前，尼亚佐夫到敦煌参加一次国际敦煌文化研究会，趁机打听康家村的信息，有人把这个高昌林介绍给尼亚佐夫认识。高昌林说要想打听到康家村的信息，只能去找一个人，那就是经营老古董生意的苏同文。尼亚佐夫大喜，让高昌林带着他去找这个苏同文，却被高昌林拒绝了。他告诉尼亚佐夫，苏同文是个脾气极为古怪的老头儿，他不敢去找他。尼亚佐夫让文管所的人带着他去找苏老头儿，不巧的是，那天老头儿不在。此后，尼亚佐夫每天都盼望重回敦煌，找到那个苏老头，因此一直与高昌林有联系。只是没想到，自己这一去就是十年，今日才有机会来到敦煌。

尼亚佐夫在电话里向高昌林简单说了他在敦煌的遭遇。让尼亚佐夫惊讶的是，高昌林似乎早就料到他会有这么一天，没有惊讶，只是让他换一套衣服，弄个假胡子戴上，把长发剪掉，两天后再去敦煌。

尼亚佐夫按照高昌林的建议，把自己从上到下换了个遍。他甚至把价值五百多美金的背包也换了，在市场上花了一百元钱，买了个劣质背包，又把长发剪了，买了一个卷毛的假发戴上。

一切打扮妥当，尼亚佐夫站在镜子前看了看。别说，自己的新造型还真是比原先有型，连他自己都认不出来了。

他坐车再次来到敦煌。从车站出来，他心有不甘，干脆搭出租车又来到苏老头的古董店前。与几天前不同，今日的敦煌日朗风清，天气不冷不热，真是个难得的好天气。

尼亚佐夫晃荡着来到古董店前，他惊讶地发现，古董店的大门换了。原先破旧的木头门，换成了崭新的铝合金玻璃门。他正惊讶，从里面走出一个穿着艳丽，染着金色头发的中年妇女。妇女很健壮，手里提着一个一丝不挂的塑料模特，匆匆经过尼亚佐夫的面前。

尼亚佐夫忙喊道："美女。"

中年妇女站住，狐疑地转身，问他："你喊我？"

尼亚佐夫走过去，说："是。美女，我想问你，这个店的主人呢？"

妇女说："我就是啊。这个店现在就是我的。"

尼亚佐夫问："那……原先的主人呢？好像几天前，这儿还是一个古董店啊。"

妇女很干脆地说："死了。"

尼亚佐夫差点儿一屁股坐在地上："死了？不可能啊。我几天前来还好好的，咋就死了呢？"

妇女说："不知道。你又不是公安局的，问这个干啥？"妇女扔下目瞪口呆的尼亚佐夫，拎着光着屁股的塑料模特走了。

尼亚佐夫在门口站了一会儿，短短几日，事情如此天翻地覆，让他实在有些难以接受。此时，他是多么想见一见那个古怪的苏老头啊，哪怕他再把自己弄晕一次。因为，这个苏老头几乎是他几十年寻找康家村找到的唯一一个有希望的线索。现在线索断了，一切又回到无影无踪。尼亚佐夫靠在墙上待了一会儿，才打车去找高昌林。

高昌林早就被文管所辞退了，现在在街上开了一家配钥匙的小店。尼亚佐夫知道这个高昌林家庭困难，这十多年中，常常接济他，因此，高昌林对尼亚佐夫很是感激。他看到尼亚佐夫来了，当即放下生意，带着他来到旁边的一个小酒店，要了一个小包间。

两人落座，尼亚佐夫关上房间门，急切地对高昌林说："高先生，那个姓苏的老头儿死了！他……"

高昌林赶紧摆手，指了指房间的墙。尼亚佐夫明白，这是怕有人偷听。他虽然万分不解，但还是闭了嘴，来到高昌林旁边坐下。

高昌林起身开门。尼亚佐夫听到一阵急切的脚步声匆匆远去。高昌林等那人走了，推门出去了一会儿，才回来坐下。

尼亚佐夫有些害怕了："刚才那人是谁?"

高昌林微微笑了笑，摇头说："不知道。"

尼亚佐夫急了："那您为什么等那人走远了，才开门走出去? 要是一开始直接出去，就能看到是谁了。"

高昌林给尼亚佐夫倒了一杯啤酒，边给自己倒酒边说："教授，您知道敦煌这个地方，曾经有多少国家的人来过这里吗? 您知道这里现在都住着些什么人吗?"

尼亚佐夫摇头："应该很多吧，具体我也不知道。"

高昌林点头，说："确实很多，具体有多少，我也不知道。但是我可以告诉你，世界上几乎所有的国家，都有人在这里居住。有的居住了几辈子，甚至几百年，有的才来几天。这些人有的是来玩的，有的是来赚钱的，但是大部分是来冒险的。冒险的意义你懂吗? 就是这里有太多的秘密。所以在这儿，有些事还是不知道为好，知道得越多就越危险。"

尼亚佐夫说："我现在这个样子，也没人认识我，有啥危险?"

高昌林摇头，说："不说这个了。教授，我就想问您一个问题，这都十多年了，您为什么一直在寻找这个康家村?"

尼亚佐夫说："我是一个历史教授，康家村……"

高昌林摆手，说："您要是这么说话，咱俩可就没法谈下去了。您别忘了，我可是在敦煌研究院待过的，别说你们土库曼斯坦了，就在我们中国的历史，在敦煌的县志中，都没有康家村的记载。世上有人知道康家村，但是书上没有。"

尼亚佐夫呵呵一笑说:"那你怎么知道这些呢?据我所知,敦煌研究院的人也不知道康家村。"

高昌林一愣,把杯子的啤酒一口喝了,说:"是我先问您的,您得先回答我。"

尼亚佐夫犹豫了一下,问:"真的要说吗?"

高昌林点头说:"您要是相信我,您就说,否则我怎么帮您?要是不相信我,那就算了。您吃完这顿饭,赶紧走人,耽误我时间不说,我死了都不知道怎么死的。"

尼亚佐夫说:"要是我告诉您,我是埋葬在康家村的康国王妃的后人,您相信吗?"

高昌林听了尼亚佐夫的话,目瞪口呆,缓缓站了起来。

尼亚佐夫继续说:"当年王妃出逃时,康国国王为了留下王族血脉,把王妃的两个儿子分为两处。其中一个跟着王妃逃出王城;另一个则藏在了王城的老百姓家中。我的先祖,就是那个藏在王城老百姓家中的王妃的长子。这家人把我先祖藏在他们家的牛棚里,阿拉伯人攻破王城之后,杀了王室的所有人,没有找到王妃和她的两个儿子,便封锁了王城,派人拿着户口本,挨家搜索杀人。全城人只活了一个傻子和一个马夫,还有一个就是藏在牛棚里的我的先祖。先祖留下一句话,代代流传,说王妃当年是带着康国的一个秘密去往大唐的。并且王妃接受了先王的旨意,让她死后把此秘密一同藏进坟墓,并在坟地留有记号,等后人有机会,会来找这份机密。我先声明一下,这份机密不是宝藏,据说跟复国有关,不过现在过去这么多年了,哪里还有复国一说。"

高昌林说:"那您还找它干啥啊?"

尼亚佐夫想了想,说:"找到康家村,是先祖的遗愿,也是我的使命。还有，这个是有很高研究价值的。如果我找到了康家村遗址，那将是历史研究上的一个伟大的成就。"

高昌林冷冷地说："教授，您说的都是实话。不过，您只说了一部分，还有很重要的没说出来。"

尼亚佐夫脸一红，刚要分辩，高昌林举手说："别说了，我理解。这个世界上，谁还能没有点儿秘密？您能告诉我这些，就已经很不错了。教授先生，我会尽力帮你，来，咱先喝酒吧。"

尼亚佐夫端起酒杯："谢谢您高先生。您是我在敦煌唯一的朋友，我会报答您的。"

高昌林笑了笑，没有说话，与尼亚佐夫碰杯后，一饮而尽。

4　饭店小老板

饭后，高昌林指点尼亚佐夫在一处偏僻地方，找了一家酒店住下。第二天一早，高昌林来到酒店找尼亚佐夫，商量下一步的行动。

高昌林告诉尼亚佐夫，想找到康家村，他现在没有别的办法，只能靠那个苏老头。他让尼亚佐夫做好隐蔽，继续监视苏老头的那个古董店。他知道，那个古董店是苏老头自己的产业，即便古董店不开了，前面的门面租出去，他也会出现在古董店里。

尼亚佐夫惊愕："那个老头死了啊，他怎么还能回来？"

高昌林很沉稳地说："教授，我差不多可以肯定，苏老头没有死。他是否在敦煌我不知道，但是我敢说，他没死。这个老东西身体好着呢，天下没有这么巧的事儿，你刚来敦煌找他，他就死了。这他妈的糊弄孙子呢。"

尼亚佐夫更不明白了："那他为什么要装死？我找他，不过是打听一下康家村的位置，又不是来找他要账的。"

高昌林看着尼亚佐夫说："在他的眼里，你比要账的可怕多了，你是来要命的。"

尼亚佐夫惊愕："我……我没想要他的命啊。"

高昌林走后，尼亚佐夫休息了一会儿，便徒步来到老苏头的古董店附近，找了一个能看到古董店的小店，要了两个菜、一瓶啤酒，边慢慢喝酒，边观察着这个正在装修的古董店。

古董店就在尼亚佐夫的目光中，渐渐发生着变化。破旧的外墙贴上了时髦的黑色瓷砖，木头小窗被开大，换成了铝合金玻璃窗，门头的"古董店"木头招牌被拆了下来，换上了阔大的"男士服装店"的招牌。那个中年女人也在尼亚佐夫的目光中穿梭着，像一只勤奋的蚂蚁。

在小饭店吃饭时间久了，小饭店老板对尼亚佐夫也熟悉了，没事的时候，就过来跟他喝两杯，随便聊几句。因为被老苏头扔到沙漠之事，尼亚佐夫对敦煌人都心存戒备。十多天后，他觉得对这个饭店小老板比较了解了，才问起老苏头的事儿。

小饭店老板很神秘地告诉他，这个姓苏的老头儿不是一般人。他表面上很孤寂，也没有什么亲戚朋友，但是晚上，常常有一群一群的人到他的屋子里去。他们来的时候，都是把车老远停在外面，然后再进到这个老头的屋子里去。老头儿临街的屋子晚上是不开灯的，即便有人来，也是开一会儿，马上关上。这些人进屋子后，屋子就马上无声无息，他们什么时候走的，很少有人能看见。大概是在人都睡下的时候，可能后半夜吧。

一个月后，服装店顺利开业。开业当天，凡是进去的人，无论是否买东西，都有小礼品相送。尼亚佐夫也混在人流中，进入服装店。服装店不大，装修得却很有格调，灯光明亮，服装款式不错，价格比较亲民。尼亚佐夫为了表示友好，当场买了两条裤子。

在服装店里，尼亚佐夫也看到了小饭店老板的身影。他跟服装店女老板两人很热络地交谈，仿佛多年不见的老友。

看到尼亚佐夫，小饭店老板朝他招手，然后，跟服装店老板告辞，朝他走过来。

尼亚佐夫看到，服装店老板一直紧紧地盯着这个小老板。他朝那个胖胖的女老板点点头，女老板也朝他笑了笑，然后转头，跟别人打招呼去了。

小饭店老板走到尼亚佐夫身边，对他说："教授，到我小店里喝两杯？"

尼亚佐夫正闲得无聊，便跟着小老板来到他的饭店。

两人认识了一个月有余，都是尼亚佐夫到小老板的饭店消费，这次，却是小老板宴请尼亚佐夫。小老板下厨做了几个菜，拿了一瓶白酒上来。他先给尼亚佐夫倒满了一杯酒，然后很庄重地介绍自己。他姓康，叫康有福，先祖是从西域康居国迁徙到敦煌的。

尼亚佐夫有些不解，说："康老板，您曾经说您是从四川来到敦煌的。"

康老板很大度地一笑，说："对。当年我爷爷找了个四川姑娘，倒插门去了四川。我家在四川的日子不好过，我爹后来联系到我们在此地的亲戚，我们一家人又回来了。不过回来也不见得好，没房子，只能租了这个地方，开了这么一个小店。"

尼亚佐夫端起杯子，跟康老板碰杯："康国是康居的附属国，我们算是同一国的后裔了，我们干一杯。"

把杯中酒喝光，两人吃了几口菜，康老板小声跟尼亚佐夫说："教授，今天晚上有个好光景，你敢不敢跟我一起去看看？"

尼亚佐夫问："什么好光景？又是敦煌之夜晚会吧？这些晚会都很无聊，他们根本不懂敦煌，不懂什么叫敦煌文化。"

康老板呵呵一笑，给尼亚佐夫倒满酒说："不是。这次我敢肯定，您会感兴趣，不过……"

尼亚佐夫说："说吧，别卖关子了。"

康老板哈哈一笑，说："教授的中文说得太地道了。我不是卖关子，这件事儿会有点儿危险，您是有身份的人，我怕您不敢去。"

尼亚佐夫端起酒杯，喝了一小口，说："请康老板说说看，只要不违法，我就敢去。"

康老板说："行，那我就说了。这个敦煌之地，可不是一般的地方。这里的人来自世界的各个角落，经过了这么几百年，大家看似表面都差不多了，其实一些大家族，还是有自己的一些讲究。今天晚上……有一帮据说是西域鬼方人的祭祖仪式，要杀人祭祖，你敢去吗？"

尼亚佐夫吓得差点儿跳起来："杀人？！那不行，这个是违法的。我说过，不违法的我敢去，违法的绝对不去。"

康老板呵呵一笑，说："现在这个社会，杀人都是悄悄的，谁敢这么杀人？我告诉你，他们杀的这个'人'是假的，是用纸做的。把纸烧了，表示一下意思而已。不过据说，在民国的时候，这帮鬼方人是真用活人祭祖的，据说还有跳大神的呢。"

尼亚佐夫狐疑道："跳大神？萨满？鬼方人也相信萨满？"

康老板示意尼亚佐夫夹菜，他边吃边说："别管是什么满了，你到底去还是不去？要是去，今天傍晚吃完饭后，你就过来，我朋友开车，咱三个人一起去；不去，你就不用来。"

尼亚佐夫对这个康老板还是有些不相信，说："康老板，我是否可以叫上一个朋友呢？"

康老板摇头，很坚决地说："不行！我叫上你，是觉得你是一个研究历史的人，今天晚上的活动，你看了会有点儿价值。另一方面的原因是，你不是本地人，不会朝外传。这种活动人家都是派了岗哨，严加保密的，让人知道咱偷偷去看了，人家会来寻仇的。"

尼亚佐夫端起酒杯："那好吧，我今天傍晚过来。"

5　诡异祭祀

尼亚佐夫从康有福的饭店出来后，先找到高昌林，把康有福的话跟他和盘托出。高昌林告诉尼亚佐夫，这个事儿他也听说过，他也知道有人偷偷去看。不过这事儿挺危险，听说有人为此丢了性命。

"不过，"高昌林顿了顿，扭头看了看尼亚佐夫，"听说这个仪式跟当年的康国公主有关系。"

尼亚佐夫一愣："呃，不是说是鬼方人的祭奠仪式吗？"

高昌林摇头，说："我也只是听说，我没亲眼见过，不知道到底是怎么回事儿。"

尼亚佐夫说："那我得去看看。"

高昌林犹豫了一会儿，跟他说："行，如果有什么危险，打电话给我。"

傍晚，尼亚佐夫来到康有福老板的小饭店。康有福已经等在饭店外，他的旁边停了一辆很威武的北京吉普。看到尼亚佐夫，康有福赶紧朝他招手，示意他快点儿。然后，自己转身先上了车。

尼亚佐夫赶紧跑过去上了车。他还没有坐稳，汽车便猛然发动，朝前冲去。尼亚佐夫忙关上门，说："怎么这么急？我还没坐好呢。"

康有福说了句什么，尼亚佐夫没有听清。但是从语气上，他能感觉出来，这个饭店老板在埋怨他来晚了。开车的司机似乎憋着一股气，疯了一般在县城里猛冲猛撞，吓得尼亚佐夫直想叫唤。但是他怕两人把他撵下去，只得忍着不出声。

汽车终于出城，在公路上疾驰了一会儿，便冲下公路，进入沙漠。

进入沙漠后，司机和康有福两人有些放松，开始聊天。尼亚佐夫侧耳细听，两人聊的似乎跟今天晚上的祭祀没有什么关联。他们聊的是一年前的一桩凶杀案。死者是一男一女，两人都没穿衣服，死在离莫高窟只有几里外的沙漠里。两人的死法非常怪异，皆是被人往血管里注入水银而死。这种杀人方式，据说在一千多年前流行于某些部族的巫师。那时候水银比较昂贵，能享受这种死法的，只能是部族用于祭奠的青年男女。公安局对此事非常重视，请了北京的专家和教授参与破案，据说到现在为止，毫无进展。

康有福问司机，杀人的人会不会跟今晚搞祭祀的人有关系？司机说这个话可不敢乱说，这是人命案呢！

尼亚佐夫忙插话，问他们是否知道死去的这一男一女是什么民族的。如果是跟祭祀有关，西域很多部族是不可能用外族的人祭祀的。在一些部族文化里，他们觉得用外族的人献给他们的神，是对神的大不敬。如果他们真是被人当祭品了，那查清他们的部族，就是一条很重要的线索。

听了尼亚佐夫的话，前面两人都沉默了，司机说了一句话："你懂得还蛮多啊。"

尼亚佐夫受到表扬，刚想再显摆一下自己的学问，康有福转过头来，朝他轻轻摆头。尼亚佐夫知道，康有福这是让他别说下去了。他忙把到嘴边的话憋了回去，说："我也是听人说的。"

司机却不打算放过他的样子，问他："听说你是从土库曼斯坦来的教授？"

尼亚佐夫说："是。"

司机继续问："研究历史的？"

尼亚佐夫知道，这些应该是康有福跟这个司机说的，自己没有必要隐瞒，因此只能说："是。"

司机冷冷地说："既然是研究历史的大教授，那你说的用本族的人祭祀的事儿，你自己不知道，还得听人说？"

尼亚佐夫一愣，敷衍说："这个……这个是史料中没有记录的，也没有相关的资料，大学教授也不一定知道啊。"

尼亚佐夫说的是实话，也是假话。他们的书里确实没有这些记载，但要是说没有相关的资料，那是骗人的。好在这个司机对这些也不是很懂，大概是相信了尼亚佐夫的话，便不出声了。

尼亚佐夫在心里长出一口气。他能感觉出来，这个司机不是一般人物，自己要小心些才好。

此时天色已经全黑，司机也不开灯，康有福拿着一个指南针指路，汽车在沙漠中犹如一头游弋在水底的猎食者，朝着猎物突进。

看着外面无边无际的黑夜，尼亚佐夫突然有些害怕。他想到了自己被苏老头扔在沙漠里的惨状。谁敢保证这两个人跟苏老头不是一伙的？万一……万一他们想害死我怎么办？尼亚佐夫偷偷把手伸进包里，攥住了包里藏着的短刀。

不知走了多长时间，前面出现了隐隐的火光。司机把车停下，康有福给了尼亚佐夫一个头套，对他说："把头套上，下车。"

尼亚佐夫一愣："这大晚上的，套这个？"

康有福说："套上吧，万一被人发现，你就没命回去了。"

尼亚佐夫套上头套，跟着两人下车，朝着火堆方向走。走时尼亚佐夫能感觉到周围似乎也有人，跟他们一样，朝着同一个方向走。

尼亚佐夫小声说："旁边有人。"

康老板用更加小声却很严厉的声音说："别说话了！也别管别人！看到有人也要权当没看见，听到没有？！"

尼亚佐夫在喉咙里答应了一声，紧紧跟在两人后面。

远处的火光在他们的面前越来越清晰。隐隐的鼓声开始敲动着他们的耳膜。走在前面的司机朝两人招了招手，加快了速度。尼亚佐夫突然看到几个小小的红色光柱一闪，随即传来几声凄厉的尖叫声。前面的司机轻声喊了一声："快趴下！"

尼亚佐夫应声趴下。前面不远处突然出现几道明亮的光柱，光柱朝着尼亚佐夫他们这个方向跑来。还没跑到他们的面前，突然有几条人影，出现在光柱里，朝着另一个方向慌慌张张地跑去。

光柱在后面紧紧追赶。边追边命令他们停下。看着光柱渐渐远去，康有福轻轻碰了碰尼亚佐夫。前面的司机已经爬了起来，三人迅速朝着前面跑去。

他们跑到一处沙堆后，司机停下，三人趴在沙堆后面。此时，他们离火堆还有一段距离，只能看到隐隐约约的人影和火光。鼓声已经停下，有人在用很古怪的腔调念叨着什么，却听不清楚。

尼亚佐夫小声说："这太远了，什么也看不清啊。"

康有福说："不敢再走了，前面还有一帮警卫呢，遇上就麻烦了。"

康有福递给尼亚佐夫一样东西。尼亚佐夫接过来一看，竟然是红外望远镜。他感激地拍了拍康有福的肩膀。

从望远镜里朝前看，就可以看得很清楚了。庞大的火堆前，跪着一片赤裸着上身的男女。没错，跪着的人中，有男也有女。从那些男女的身体和发型上来看，他们应该都很年轻。尼亚佐夫猜测，他们应该都还没结婚。在西域有些部族的祭祀规则里，献祭的都得是处男处女。现在找处男处女应该是很难了，只能用没结婚的顶替了。

这些人的前面是一个大台子。上面放着整羊整猪等各种祭品。最让尼亚佐夫惊愕的，是台子中间放着一男一女两个童子！两个童子约有两三岁左右，身上挂着各色丝线和金玉饰品，两人皆神色肃重，闭目合掌，一动不动。尼亚佐夫仔细观察，发现两人似乎都已经是死亡或者昏迷状态。

贡品的后面，则是一个巨幅约四五十岁的贵妇人画像。贵妇人花容月貌，一脸温和，身上穿着绫罗绸缎，穿衣风格类似唐代的仕女，大红披肩，却又有着明显的西域特征。最让尼亚佐夫吃惊的，是女人头上金碧辉煌的凤冠和她的坐姿。女人盘腿而坐，虽然隔着衣服，但是能看出女人是标准的佛家打坐的坐法。她双掌合十，似乎正在念经修行。

尼亚佐夫又激动又气愤。激动的是，这女人的造型，明显就是苏娜王妃的形象。她先是王妃，后在敦煌出家。气愤的是，这形象也太不伦不类了。她既然一身王妃打扮，就不应该是出家的造型。哪儿有穿着一身王妃的衣服出家的？

画像的旁边，站着一个穿着古代西域服装、头戴面具的男子。男子似乎是这场祭祀大典的指挥者，众人在他的手势指挥下叩头。

叩头完毕，这些光着身子的青年男女起身站到一边，各自穿上衣服。一队穿着怪异的服装、头上顶着鹬鸰、捧着手鼓的男子突然出现，围着火堆边拍鼓边唱歌。

让尼亚佐夫目瞪口呆的场景出现了。那个指挥者朝着王妃画像磕头后，两只手各抓起一个童男童女，扔进了熊熊燃烧着的火堆里。

尼亚佐夫气得七窍生烟，血贯头顶。无论是在康国的王妃，还是出家的王妃，都是极为善良之人，用活的童男童女祭奠她，这不是对她的侮辱吗？这算什么祭奠！

童男童女被扔进火里后，有人端起酒，朝着火里泼酒，火焰不断地升腾。那些穿上衣服的青年男女各自用剪子剪了一缕缕的头发，朝火里扔。这种烧头发的祭祀方式，尼亚佐夫略有了解，是当年西域一些部族巫师祭祀用的方式。但是在西域各小国纷纷接受了唐朝的册封以后，各国都学习唐朝的礼仪，祭祀方式也学大唐。到了康国王妃的时代，这种残酷的祭祀仪式已经受到不断开化的各国王庭的排斥了。

尼亚佐夫终于忍不住，从藏身处跳了出来。他边朝着火堆跑去，边大声喊："你们这算什么祭祀？这是在侮辱王妃！"

康有福想抓他，已经来不及了。尼亚佐夫一直跑到火堆旁。火堆旁众人在打鼓唱歌，竟然没有人发现他。

此时，尼亚佐夫突然清醒。他转身就朝后跑，却只跑了两步，就被人摁倒在沙漠上。他抑制住呼吸，鼻子里、嘴里还是灌进了不少的沙子。他拼命反抗，有人朝着他的后脑砸了一拳，尼亚佐夫头轰的一声，便晕了过去。

6　康家村守护者

尼亚佐夫醒来的时候，强烈的阳光刺得他赶紧闭上眼。他以为自己是躺在沙漠里，想坐起来，这才发现，自己手脚都被人绑住了。

他刚要喊人，有个声音在耳边响起来："人醒了，大家都过来嗨。"

尼亚佐夫一愣，身边马上围过来几个人。这几个人都是蒙着面，只露出两只眼睛。其中一个蹲下，看了看尼亚佐夫，猛然甩了他一个耳光，骂道："妈的，你胆子不小啊，偷看不说，还假装有学问，跟老子说说，你凭什么这么牛！"

尼亚佐夫头扭到一边，说："你们就是不对！王妃是什么人，是菩萨，你们用祭祀恶鬼的方式祭祀她，是对王妃的侮辱！"

打尼亚佐夫的小伙子笑了："呵，你他妈的是不是嫌没挨揍啊，老子……"

一个年龄大些的男人扒开众人，挥手制止了要打尼亚佐夫的小伙子。他蹲下问尼亚佐夫："说说，哪里来的？"

尼亚佐夫听此人言语敦厚，不像是恶人，便说了实话："我是土库曼斯坦国立大学的历史教授。"

这人点点头，说："再说说，你到敦煌干啥。"

尼亚佐夫还是实话实说："我是来找康家村的。"

这人猛然抓住了尼亚佐夫的袄领，说："你说啥？你来找康家村？你为啥要找康家村？"

尼亚佐夫看他突然暴躁起来的样子，就知道这个人知道康家村。而且，这个地方对他非常重要。他想到了突然死去的老苏头。他有些害怕了，说："我……我是一个大学教授，我想把康家村当成一个研究项目。"

这个人站起来，一挥手，几个人突然把尼亚佐夫抬起来，倒竖在楼顶边。这个人走过来，蹲下，看着吓得哇哇大叫的尼亚佐夫说："外国兄弟，说实话吧。你要是再说一句假话，我这兄弟一松手，你从这五层楼跌下去，脑袋直接就成了碎西瓜了。"

尼亚佐夫不敢再乱说了，喊："我就怕我说了你更不相信。"

那人说："你只管说说试试。"

尼亚佐夫喊："我……我是跑到敦煌来的这个康国王妃的后人！你们爱信不信！"

那人说："胡扯！康国王妃带的小王子在敦煌被吐蕃总督给

杀了，你他妈的再不说实话，我就让兄弟们松手了！"

尼亚佐夫闭着眼喊："王妃两个儿子！大儿子被国王藏到了王城的老百姓家里，阿拉伯人拿着户口本挨家杀人，王妃的这个大儿子被老百姓藏到了牲口棚里，活了下来。我就是这个王妃的儿子的后人！你们要是不信，就把我扔下去！"

尼亚佐夫喊完，那人挥挥手，把尼亚佐夫提了上来。尼亚佐夫躺在屋顶上喘气。那人走过来，掏出手机，给尼亚佐夫拍了一张照片，挥了挥手，几个小伙子把他拖下楼顶，给他松了绑，推进一个四周没有窗户的屋子里。几个小伙子转身刚想走，尼亚佐夫拖住一个，问："你们凭什么抓我？为什么还不把我放了？"

小伙子转身要揍尼亚佐夫，尼亚佐夫忙松手。小伙子说："那你为啥要偷看我们？妈的，还有脸问，没要了你的小命就不错了。"

小伙子们关门走了。尼亚佐夫颓然坐在屋子里的一张床上。坐了一会儿，他突然想起了高昌林。他想起自己应该打电话给他。这个时候，他才突然想到自己的手机没了。

更让尼亚佐夫有些意外的是，他刚在破床上坐了一会儿，就有人推门进来，给他送来了饭菜和一杯水。

尼亚佐夫长出一口气。看来这些人不会对自己怎么样。何况从他们对王妃的祭祀上就可以看出来，他们应该是跟王妃有关系的。而刚刚他说自己是王妃的后人的时候，很显然，那个审问自己的人，态度马上就变了。从这点来说，他们应该不会为难自己，弄不好他们还能知道康家村的秘密呢。

尼亚佐夫吃喝完毕，便上床躺下沉沉地睡了过去。他做了一个梦。梦到自己到了康家村，一个古朴宁静的小村子。最让他感到意外的是，那个姓苏的老头儿就坐在村子中间，笑眯眯地等着他。那个叫苏娜的小姑娘，正穿着他在祭祀大典上看到的王妃画像上穿的衣服，站在老头儿旁边。康家村的老百姓听说他是王妃的后人，都出来看他。有人提着水果，有人端着各种蔬菜。尼亚佐夫还看到了高昌林。高昌林躲在众人后面，偷偷端着弓弩，想要射杀苏娜。尼亚佐夫看到了，提着刀追向高昌林。高昌林转身就跑。尼亚佐夫跟着他跑到了村子外的沙漠里，高昌林却突然不见了。尼亚佐夫站在沙漠里，突然想到高昌林是自己的朋友，而且是他介绍自己认识了姓苏的那个老头儿，也许是自己误会了高昌林？尼亚佐夫就站在沙漠里喊高昌林的名字。一直到有人突然出现在他面前，问他："你认识高昌林？"

尼亚佐夫这才从睡梦中醒来，满头大汗。他的床边站着那个在楼顶审问过自己的汉子。汉子还是蒙着面。尼亚佐夫认真看了看汉子的身后，并没有那几个凶狠的小伙子。这是一个很明显的信号。显然，这个人已经对他感兴趣了，想跟他好好谈一谈。

那人继续问他："你认识高昌林？"

尼亚佐夫点头。

"你怎么认识他的？"

尼亚佐夫坐起来，说："十多年前，这里举办国际敦煌文化研讨会，我来参加过。高昌林是敦煌文化研究会的工作人员，负责带着我们这个组出去玩了一天，就这么认识了。"

尼亚佐夫有意隐瞒了他最近跟高昌林交往的事儿，心里有些打鼓。那人却没再追问，点了点头，在他旁边坐下。

尼亚佐夫问："你为什么总是戴着面罩，这样多累。"

那人笑了笑，说："你别看我戴着面罩，其实我这个时候是最真实的。我不戴面罩的时候，却是最假的。"

尼亚佐夫说："听你的口气，先生应该是一个有些学问的人。"

那人摇头，说："不谈这个。尼亚佐夫教授，我们已经证实了你的身份，你没有骗我。不过，你说你是王妃的后人，这个我们还没有证实。"

尼亚佐夫说："这个你们没法证实。除非你跟我到我的国家，看看我先祖留下的记录。"

那人点头说："你说得对，没法证实。记录都有可能是假的。不瞒教授，我们曾经遇到过一个拿着粟特文家书的家伙，他说他是王妃的后人，差点骗过我们……"

这人说到这里，突然不说了。显然，他意识到自己不应该在尼亚佐夫面前说得太多。尼亚佐夫却抓住了他的话柄，问："他为什么要来找你？"

此人摆手，说："不说这个了。说说，你对康家村知道多少？"

尼亚佐夫已经认定，这个人肯定跟康家村有些关系。起码来说，他对康家村的了解，应该不比自己少。

尼亚佐夫便把自己知道的康家村的线索都说了："我知道的不多。我大学毕业的那年，我爷爷对我说了王妃的故事，并告诉我说，我们的先祖，也就是王妃的大儿子长大后，曾经多次派人到敦煌寻找王妃。最后终于找到了王妃，他正打算动身去敦煌看望王妃，却突然被人杀了。先祖的两个儿子长大后，其中一个亲自赶赴敦煌，去了之后，却一直没有消息，双方从此再没有联系。一直到十六世纪末，突然有人找到我的先祖，说他是从敦煌来的，敦煌有个康家村，托他捎信给我的先祖，让我先祖到康家村一趟，说康家村的人有要事相托。那时候，我家先祖已经有了一些势力，他买了许多高头大马，带着一百多人来到康家村，却发现康家村一个人都没有了。我家先祖带着人在康家村住了一段时间，打听康家村的人，却天天有人失踪，他不敢再住下去，带着剩下的人赶回老家。从此，我们家的人再没人来到敦煌，直到现在。"

那人看着尼亚佐夫，缓缓点头。

尼亚佐夫说完，问："你们既然祭祀王妃，肯定与王妃有些渊源。我来敦煌，就是想把这桩历史悬案搞清楚，没有别的目的。"

此人长出一口气，说："既然如此，我劝你还是回你的大学教书去吧。康家村的事儿……我也不是很清楚。我就知道一件事儿，许多人因为这个康家村而送了命。暗中查找这个事儿的，不但有你，还有俄国人、日本人。这里面的水很深，你还是不要查清楚了。"

尼亚佐夫惊愕："这么多人知道康家村？他们来康家村找什么？"

此人点头肃然说："虽然历史上对王妃和康家村没有记载，来此地寻找康家村的人却实在不少。康家村是个谜团，说实话，我也不知道康家村到底有什么。"

尼亚佐夫问："我告诉你这么多了，你能告诉我你们是什么人吗？"

那人犹豫了一会儿，才说："我可以断定，你说的基本都是实话，你也是个真正的教授，看在先祖的份儿上，我可以告诉你，我们是康家村的守护者。我只能告诉你这些。你先歇会儿吧，待会儿我就安排人把你送到你住的地方，你要是还想活下去，赶紧回去教你的学，别再回来了。"

这人起身要走，尼亚佐夫忙扯住他的手："你是否也是王妃的后人？请你坐下来，我们为什么不能再谈一谈呢？"

这人甩开尼亚佐夫的手，厉声说："教授先生，不要随便见到个人就认亲戚！这很无聊，你知道吗？我可以明明白白告诉你，我不是王妃的什么后人，只是一个普通的接受了人家的委托的人。再见了，教授先生。我最后再劝你一句，你要是还想活着回去见到你的家人，你就赶紧回去。否则，等你陷得太深了，你想回去，都回不去了！"

这个康家村的守护者扔下了一脸尴尬的尼亚佐夫，开门走了出去。刚走出去，他又开门进来，把尼亚佐夫的手机扔给了他，说："你最好等离开这里再开手机。"

尼亚佐夫拿着手机，犹豫了一下，还是把手机打开了。自从上次自己被扔进沙漠，一天一夜没有跟妻子通电话，她就非常担心自己的安危，每天晚上不给她发个消息，她就无法入睡。昨天晚上，他没给妻子信息，估计她该担心死了。

果然，手机打开后，妻子发的信息一条接一条地不断朝外蹦。尼亚佐夫还没打开，妻子的电话就打进来了。

尼亚佐夫接了电话。他告诉妻子，自己好好的，昨天晚上喝酒喝大了，手机又没电了，就没给她发信息。妻子埋怨了他一通，再三叮嘱他，办完事儿赶紧回去，每天晚上睡觉前，必须跟她联系。尼亚佐夫答应后，妻子才放下电话。

尼亚佐夫有些头晕，坐了一会儿，又钻进被窝，迷迷糊糊睡了过去。然而，他只睡了一会儿，突然有人开门冲进来，拽起他就朝外跑。

尼亚佐夫稀里糊涂，很是不满，埋怨拽着他的小伙子："你们怎么这么野蛮？刚刚那位先生说要把我送回去，你们就这么个送法？"

小伙子很客气地说："对不起先生，我们这儿不安全了，我们大哥安排大家撤出去，顾不上别的了。"

小伙子拽着尼亚佐夫一直跑到楼下，上了一辆面包车。面包车疾驰而去，一直跑到市中心位置。靠着尼亚佐夫的小伙子把他连推带拉弄下车，关上车门就跑。尼亚佐夫还没反应过来，人已站在了城中心的小广场上。等他反应过来，想看看车牌号，车已经跑得没影了。

7 恍然如梦

尼亚佐夫犹如做了一个梦，站在大街上，看着来来往往的行人车辆，感到很陌生。

眼前的世界，是他熟悉的世俗的世界，跟他生活了几十年的地方一样，有着表面的热闹，琐碎平庸的生活，当然，也有平凡的幸福和快乐。他在这种世俗的生活中，浸染了几十年，本来他也可以像这些人一样，平凡而知足地生活到老。十多年前，他来敦煌，向众人打听康家村之事，也只是随意一问，也没当个正经事。但是前些日子父亲暴毙，使得他对自己的人生进行了一番彻底的反思。人生苦短，生命无常，他觉得人应该在死亡之前，做成一件有意义的事儿，才不枉在这世上走一遭。

找到康家村，揭开这个千年历史的隐秘，就成了尼亚佐夫越来越强烈的人生目标。就像生活需要表面的浮华和背后的努力一样，他觉得这个世界背后的东西，才是这个世界真正的样子。虽然这背后的东西不见于书本，不见于官方的历史中，但是那是真实的历史。他没有想到的是，探寻一段历史的真相，竟然这么难。这浮华的背后，竟然有这么多的危险，有这么多的隐秘。而自己想要得到真相，竟会遭遇这么多的危险。

尼亚佐夫在街上辨别一下方向，朝着自己住宿的小旅店走去。

走到半路，突然一辆小面包车停在了他的面前。车门打开，正是高昌林。二人一起回到酒店。

高昌林迫不及待地问："怎么样，教授，那天晚上发生了什么事儿？"

尼亚佐夫突然问他："您认识那个叫康有福的饭店老板？"

尼亚佐夫看到高昌林的眼里闪过一丝慌乱，赶紧端起茶杯喝茶，说："不认识啊。"

尼亚佐夫微微一笑，说："我昨天晚上不知道怎么了，被人打晕了。醒来的时候，我发现我躺在一个空无一人的屋子里，门也没关，很是莫名其妙。您看到我的时候，我刚从那个屋子里出来。"

高昌林有些不相信地看着尼亚佐夫："空屋子？您还能记得那个屋子吗？"

尼亚佐夫把头仰在椅子上，说："不记得了。我当时脑子里迷迷糊糊的，我都不知道我是从哪里走到了大街上。幸亏遇到了您，要不，我都不知道我怎么才能回到宾馆。"

高昌林有些狐疑，说："您走的路就是朝着这个宾馆的方向啊。"

尼亚佐夫死也不承认，说："那只能说是幸运了。谢谢您高先生，您还这么记挂我。"

高昌林忙说："没什么。我们是十多年的老朋友了。这些年，您对我帮助可不少。我高昌林没什么本事，也只能帮这些了。"

尼亚佐夫想了想还是说了："昨天晚上，我和康老板看到了一个很怪异的祭祀场面，他们用童男童女祭祀王妃，太残酷了。要是被公安知道，非把他们抓起来不可。"

高昌林很惊讶的样子："怎的？您看准了，他们真的是在祭祀王妃？"

尼亚佐夫点头说："高先生是敦煌人，从来就没去过这种地方？"

高昌林摇头："听说过，没去过。敦煌有不少这种很隐秘的祭祀活动，人家是不欢迎别人去的。为这事还闹出过人命，我一个做小生意的，不敢去招惹人家。"

尼亚佐夫说："这么说，我算是很幸运的了。"

高昌林说："教授先生，以后这种场面，您还是别去了。昨天晚上，您肯定是被人袭击了，您看到了人家的秘密，把您活着放出来，您算是很幸运了，下次可就不一定了。"

尼亚佐夫点头说："监视了那个服装店一个月，什么收获都没有。高先生，您帮我想一想，我下一步该怎么办？"

高昌林看着尼亚佐夫说："其实现在的线索越来越多了。我觉得您应该设法找到您刚刚跑出来的那个屋子。昨天晚上袭击教授的人，肯定是那些祭祀王妃的人。他们既然祭奠王妃，那肯定跟王妃有关系，或许……他们应该也会知道康家村。"

高昌林坐了一会儿，便走了。尼亚佐夫看着他穿着一身破旧的衣服，清瘦的身影摇晃着离去。他心想，这个高昌林也不完全对他说实话，并且，他似乎也想从自己这里打探什么。这个看起来老实本分的高先生，他到底是个什么人呢？

下午，尼亚佐夫来到康有福的小饭店。

饭店正是清闲之时，康有福正坐在一张饭桌旁喝茶，看到他走进来，康有福睁大了眼睛，猛地站了起来："教授，你……你……你这是从哪里来？"

尼亚佐夫顶着康有福惊奇的目光，走到他对面坐下，说："我从住的地方来的啊，怎么了？"

康有福坐下，小声地说："我们看到你被他们打晕了，抓走了。可是我们也不敢去救你啊。你说你……唉，那不是自己找事儿吗？我们今儿上午还在一起商量呢，打算报警，又不敢，我这正盘算这个事儿呢，你就过来了。好，好，没事就好，没事就好。"

尼亚佐夫看了看斜对面的服装店，问："你早就知道他们祭祀的是康国的王妃了？"

康有福摇头说："我不知道他们祭祀的是谁。我这也是第一次去看这个呢。我那个开车的兄弟去看了好几次了，他也不知道祭祀的是谁。"

尼亚佐夫惊讶："好几次了？他们用童男童女祭祀，你们也不报警？"

康有福说："那些童男童女是假的，是用树脂做的。现在谁敢用真的？那不是找死吗？"

尼亚佐夫说："这么说，有些事儿你还是知道的。"

康有福有些尴尬，说："我这也是听人说的。"

尼亚佐夫草草跟康有福聊了几句，便从他的店里走了出来。他早就感觉，这个小饭店老板有事瞒着自己，现在证明了，他心里也就有底儿了。

回到酒店，他边喝着咖啡，边整理了一下思路。很显然，无论是这个康有福还是高昌林，他们都应该是知道一些事儿的，但是他们都对自己有所保留。现在想想，那个高昌林，似乎还在有目标地引导自己。他一方面隐瞒着已经知道的秘密；另一方面又让自己乔装打扮再次进入敦煌，并且，他对自己的行动非常关切，从这些疑点上来看，他似乎在利用自己。利用自己干什么呢？难道他也在寻找康家村？或者……他跟寻找康家村的某一帮人是一伙儿的？

康有福呢？他跟高昌林是一伙的，还是属于另一个帮派？难道他也是在利用自己吗？可是，他也没跟他透露过自己的信息啊？他为什么会突然带着他去看康国王妃的祭祀？

尼亚佐夫从傍晚想到半夜，还是没有想明白。他只明白了一点，这两个人都是不值得他信任的。他应该寻找值得自己信任的人。凭直觉，他觉得上午审问过他的说自己是康家村的守护者的那个人，应该更了解康家村的事儿。但是，那个人似乎一直在躲避着那些对康家村感兴趣的人，也在躲避着他。到哪里能再找到那个人呢？

尼亚佐夫正苦思无解，远在土库曼斯坦的妻子打电话过来。她告诉他，今天下午，有一个说着一口流利英语的中国人找她，问她丈夫是不是到中国敦煌去了。她当时没想到别的，就说是的，问他有什么问题。那个中国人说没有什么，就是告诉她，她的丈夫在中国会有危险，让她打电话让他回来。

尼亚佐夫想了想，问妻子："他没有留下联系方式吗？"

尼亚佐夫的妻子曾经当过警察，她说："我问他要联系方式，他没有给我。我问他怎么知道你在中国的，他也不说。亲爱的，你在中国有什么麻烦吗？"

尼亚佐夫一下想到了那个自称是康家村的守护者的人。他长出一口气，说："我猜这应该是我的朋友跟我开的一个玩笑。"

妻子狐疑："派一个中国人来跟我开玩笑？亲爱的，这似乎解释不通啊。"

尼亚佐夫苦笑，说："你说得对，这事儿有点儿不那么好解释。但是这个人说我在这儿会有问题，他是好心的。他如果想害我，他只会迷惑我，不会提醒我，对不对？"

妻子说："也对。不过，他这么说，是不是真觉得你会有危险呢？"

尼亚佐夫笑了笑："我不过是来进行一次学术考察，会有什么危险？亲爱的，你想多了。"

尼亚佐夫安抚好妻子，放下电话，又陷入了沉思之中。这里确实有危险，但是，有一点他没骗妻子，那个去找妻子的中国人，是最不可能害自己的人。而有可能害自己的，反而是跟他以朋友相称的高昌林和那个饭店小老板康有福。

不过，现在他们只是在利用他。所以现在绝对不会害他，反而他是安全的。

还有，那个苏老头是个什么人呢？从自己遇到的种种怪事儿来看，苏老头的死，很有可能是假的。他为什么要装死呢？他是保护康家村的人，还是寻找康家村的人呢？高昌林肯定对他还有了解，但是他现在不可能告诉自己。要解开这些谜团，还得靠自己。当然，现在他还得依靠高昌林，他虽然会隐瞒自己，但是他要利用他，必定还会告诉他下一步应该怎么做。他得靠这个打开缺口。

8 养老院

第二天，尼亚佐夫再次来到高昌林的小店。高昌林一副专心做生意的样子，先让他在一边略等，一直等他配完几把钥匙，才跟尼亚佐夫拉呱。尼亚佐夫问他，下一步他该怎么行动，才能找到关于康家村的线索。

高昌林劝他，还是别找康家村了。这个事儿有危险，还是回去教学去吧。

两人打了一会儿太极，高昌林才告诉他，他知道那个老苏头的孙女苏娜在哪儿上班，跟踪她就有可能找到老苏头。而老苏头是敦煌唯一知道康家村的人。

随后，高昌林打车带着尼亚佐夫来到位于城郊的一处养老院外。他告诉尼亚佐夫，苏娜就在这个养老院工作。她每天早上八点会骑着电动车，准时来到，晚上五点半，从这里走出去。偶尔，她也会在这里住一宿，但是从来不连住两宿。

尼亚佐夫点头。他没想到高昌林了解得这么清楚。等高昌林走后，他看了下表是五点。为了不那么显眼，他在一家兼卖小吃的小商店买了一瓶啤酒，边喝着啤酒，边暗中监视着大门。

五点半略多一点，养老院里的人陆陆续续朝外走。尼亚佐夫瞪大眼珠子仔细观察，从里面出来约十多个人，没有一个年轻女孩。除了三个大老爷们，就是几个五十岁左右的女人。这些人走后，养老院的大铁门缓缓关闭，显然，下班的人已经走光了。

尼亚佐夫一直等到太阳将落，也没有人再走出来。他正要回去，电话响了。他拿起手机看了看，是高昌林。他问："教授，那个苏娜出来了没有？"

尼亚佐夫索然道："没有，没看到人。"

高昌林顿了顿，说："那您打算怎么办啊？"

尼亚佐夫反问："高先生，您觉得我应该怎么做呢？"

高昌林说："教授，这个……说实话，我就是尽量帮您找一些线索，具体怎么办，我也不知道啊。不过，这个苏娜不回家，是不是有别的原因，如果我是您，我就想办法爬进这个养老院，看看苏娜是不是晚上有什么行动。"

尼亚佐夫气道："高先生，您都知道些什么，是不是可以都原原本本地告诉我啊。"

高昌林却挂了电话，手机里只剩下嘀嘀的声音了。显然，他的话高昌林根本就不想听。

尼亚佐夫觉得这个高昌林应该也在此地，可能在暗中监视着他。但他还不能让他觉得自己已经在怀疑他了，因此，尼亚佐夫打消了准备在附近寻找高昌林的想法，而是在养老院外转悠着，寻找能爬进去的地方。他现在明白了，高昌林既然提出了建议，那这个办法他肯定是试过了，并且可行。

太阳已经落山，尼亚佐夫转到养老院东北角的时候，终于发现一处可以轻松爬上去的地方。东北角地势高，墙便显得矮了许多。似乎是特意等着尼亚佐夫的样子，一块大石头还静静地趴在墙根。

天还没有黑透。站在墙外，能听到院子里有人说话。尼亚佐夫怕有人看见，迅速从墙角处离开。

他躲进了一家小吃店。饭店不大，座无虚席。从穿着来看，来吃饭的大多是附近的老百姓。还有人戴着黄色的安全帽、穿着工作服在用餐，他们边吃边用尼亚佐夫听不懂的口音大声交谈，小店里因此显得很是嘈杂。从小店窗口朝外看，能看到养老院的大门，尼亚佐夫一边吃饭，一边有意无意地朝大门瞄几眼。

有点出乎尼亚佐夫意料的是，来吃饭的还有俄国人。这是一对年龄在五十岁左右的俄国夫妇，他们来到尼亚佐夫面前，用英语问他，他们是否可以坐在他的对面。

尼亚佐夫同意了。这对俄国夫妇致谢后，在他的对面坐下。有些秃顶的男子很健谈，跟尼亚佐夫谈起了他们夫妻来中国"探险"的经历。这个俄国男子告诉尼亚佐夫，敦煌是这个世界上最神秘的地方。世界上没有一个地方能同时拥有这么久远的历史、这么重要的位置，还有这么多的人种同时居住在这里。当然，最主要的是，这里还隐藏了世界上最多的秘密。这些非官方的秘密历史久远，有着原始的古朴神秘。这些秘密仿佛从唐、宋、明等朝代穿越过来，生存在这个高科技时代的角落里，实在是太有意思了。

尼亚佐夫知道，许多欧美人听说了斯坦因和王道士的故事后，都带着各种各样的憧憬来敦煌"探险"。他们所谓的探险，不过是坐着骆驼，在沙漠里走上半天而已。当然，也有一些真正的探险寻宝者，他们非常低调，恨不能把自己隐藏在沙粒下，根本不会遇到人就讲他们的寻宝故事，比方他自己。

俄国人注意到了尼亚佐夫在观察着养老院，问他："先生，您也对这家养老院感兴趣?"

尼亚佐夫一愣："您的意思……您也对这个养老院感兴趣?"

俄国人微微一笑，很神秘地点点头，把头探过来："我去年来的时候，在这里遇到一件怪事儿。有几个跟我们一起从俄国来的中国人……喔，他们不会说英语，但是都有俄国护照。来到中国后，我们就分开了。我发现那几个中国人一直在附近转悠，我跟我夫人闲着没事，就暗地里跟着他们。他们在晚上来到这个养老院，从东北角那个地方爬了进去，一晚上没有出来……"

尼亚佐夫惊讶了："一晚上，您怎么知道是一晚上？"

俄国人有些得意："我这个人好奇心重，就在他们进去的地方等了一晚上。一般来说，他们从哪里进去，就会从哪里出来。我一直等到第二天早上，等到养老院的人开大门，都没见他们出来。"

尼亚佐夫说："也许，他们能从别的地方出去呢？"

俄国人更加得意："我也这么想的。所以第二天早上，我围着养老院转了一圈。您猜怎么着，我在养老院外面发现了几个人，那几个人很着急，很显然是在等进去的人出来。我怕有麻烦，赶紧带着我的夫人从这里离开了。"

尼亚佐夫微微点头，说："这事儿是有点奇怪。"

俄国人小声说："我回到俄国后，一直在想这件事儿。所以我今年又来了。这几天就跟我夫人一起，在这儿转悠。先生，您说，我像不像一个探险家？"

尼亚佐夫笑了笑，说："像。"

俄国人正色地说："先生，我觉得这件事儿有些奇怪。您不是中国人，应该跟他们那些人没有什么关联，我才跟您说这个。您觉得，我是否应该把这个事儿告诉警察呢？"

尼亚佐夫忙摇头，说："这事儿很古怪，也许这其中有他们自己的道理，还是别报警为好。"

俄国人点头，说："我也是这么想的。"

尼亚佐夫从小饭店出来，装作随意散步的样子，围着养老院转了一圈。养老院实在不大，周围散落着一些住户。比较特殊的是，周围的农户围墙都很矮，有的根本就没有围墙，这个养老院围墙却垒得很高，在夜色中，显得很神秘。尼亚佐夫注意到，有几个人影似乎也在监视着围墙，他们看到尼亚佐夫的身影后，便马上消失在黑暗中。

尼亚佐夫转到了东南角，藏在离墙角有几十米的一堆柴火后，眼睛一眨不眨地盯着墙角。他敢断定，既然高昌林让他从此地进去，那高昌林后面必有行动。他想看看这个高昌林，到底在打什么主意。

9　苏娜的背影

然而，尼亚佐夫一直在柴火堆后面待到半夜，也没有看到一个人影来到墙角。他只看到那一对好奇心严重的俄国夫妻老远一闪，又没了人影。尼亚佐夫认定，他们两个也是找地方藏了起来。尼亚佐夫对这对夫妻的身份心存怀疑，因此他也不想让他们发现自己。他在墙角躲了一会儿，这对夫妻再也没有动静。他们走了，还是继续在监视着这个墙角？敦煌的后半夜又冷又干燥，好奇心值得他们遭这么大罪？

墙角里外都没有动静，他开始怀疑那个俄国男子说的话是不是真的。他正在犹豫是应该继续等下去，还是从墙角翻进去看看。这时突然有两条黑影出现在墙角。他们站在墙角处，朝里看了一会儿，迅速翻了进去。尼亚佐夫一惊，赶紧想跟过去。肩膀却被一只有力的大手摁住了。一个带着俄国口音的男子用英语在他耳边轻声说："年轻人，别冲动，后面还有。"

正是那个俄国男人。

他忙转过身。这对俄国夫妇正一脸善意地笑着。男人示意他蹲下，继续观察。尼亚佐夫蹲了下来。

果然，他刚刚蹲下，又看到两个黑影蹿到了墙角处。这两个人也没有犹豫，迅速跳了进去。这两人刚进去不久，从墙里传来一声女孩的尖叫。那声音不是很大，在这宁静的夜里，却很清晰尖锐，像一把尖刀，突然戳进了尼亚佐夫的心里。尼亚佐夫马上想到了那个穿着青色小褂、穿着牛仔裤的苏娜。眼前出现了她奔跑的身影和回头一笑的清秀调皮的模样。她如果有危险，他不能坐视不理。

他不再犹豫，跑到墙角处，翻身跳了进去。墙角很安静，没有一点儿声音，甚至没有一般地方都有的花草树木。尼亚佐夫的脚下是一片平坦的水泥地。水泥地朝左侧和前方延伸，仿佛两条九十度劈开的大长腿。

大长腿中间是东西走向的几幢房子。房子山墙下，栽着几棵一人高的小树，小树很安静，仿佛它们是这个院子的哨兵。

尼亚佐夫的右侧，靠着北边围墙是一排一顺坡的小屋子。小屋子前都收拾得异常干净，一点儿杂物都没有。但是，尼亚佐夫能感觉出来，这种干净有些恐怖，似乎一点人间的烟火气都没有的样子。更让尼亚佐夫感到惊讶的是，刚刚进来的四个人，还有发出叫声的苏娜，都突然一点儿声音都没有了。

尼亚佐夫按了按心脏，长出一口气，顺着水泥路朝前走。他尽量不让脚发出声音，但是不行，他感觉脚步的声音清晰而响亮，仿佛一列绿皮的老火车，哐唧哐唧地行驶在这个养老院里。

尼亚佐夫明白，自己的行踪恐怕是隐藏不住了。他横了横心，索性不管了，一直朝前走去。一直走过了左边这排房子，前面又出现了一条南北走向的水泥路。这条水泥路，比所有的路都要宽敞一些。水泥路的西边又是一排整齐沉默的瓦房。很显然，这条南北路，应该就是养老院的中心通道了。从这条通道走到头，就是养老院的南大门了。这么一处简单的院子，怎么能晚上进来，第二天还走不出去？那个俄国男人，是不是有点儿吓唬人啊。

尼亚佐夫转身要朝南走，突然发现前面的水泥路上，出现了一个影子！尼亚佐夫忙回头，他惊愕地看到，刚刚还空无一物的水泥路上，出现了一个穿着古装的女子！

最奇怪的是，尼亚佐夫觉得自己应该害怕，他却没有感到害怕。这个穿着古装的女人，让他感到亲切，感到温暖。那个女子背影朝着他，一动未动，尼亚佐夫却不由自主地朝她走去。女子在前面款款带路。走了几步，一阵微风吹到脸上，尼亚佐夫有些清醒。他感到了危险，停下了脚步。前面的女子好像背后有眼，她也停下脚步，朝尼亚佐夫转过了头。

是苏娜！是他在古董店门口看到的那个小女孩！她穿着在祭祀大典的王妃画像上的衣服，尼亚佐夫感觉到，她简直就是年轻时候的王妃。现在"王妃"目光温柔地看着尼亚佐夫，他似乎见到了亲人，一点儿惧意都没有了。他跟着"王妃"，继续朝前走。他恍惚觉得，"王妃"是特意在这里等着他的。他的祖辈从唐朝末年起，开始寻找"王妃"，寻找康家村，现在他终于找到她了！尼亚佐夫心潮澎湃，加快脚步。他想追上这个苏娜，向她打听关于王妃和康家村的所有消息。但是苏娜脚步轻盈，尼亚佐夫无论走得多么快，却总是跟她保持一定的距离。尼亚佐夫不追了，不紧不慢地跟在她后面，这个院子总共这么点儿，她能跑到哪儿去？

水泥路走到头，便是西侧围墙。"王妃"朝左拐，贴着围墙朝南走。走了几步，"王妃"停下了。尼亚佐夫以为她是在等着他，赶紧朝前走几步。"王妃"却突然转身，从屋子的西侧小门走了进去。

"王妃"走进屋子后，屋子里灯光亮了。尼亚佐夫站在屋外，看到屋子里空空如也，白墙壁明亮洁净，"王妃"站在屋子中间，还是一动不动。尼亚佐夫虽然信任"王妃"，却也明白，这屋子对于他来说，吉凶未卜。而且他有种感觉，这屋子对于他来说，可能是一关。进去后是什么结果，他心中完全没数。

尼亚佐夫犹豫了一会儿，狠了狠心，还是抬步走了进去。他走进屋子，转头看了看门。门一动未动，没有像那些恐怖电影一样，自动关闭。

"王妃"带着尼亚佐夫朝前走了一会儿，又推开一扇门。门里，竟然是一道朝下走的楼梯。

尼亚佐夫咬了咬牙，跟着"王妃"后面，走下楼梯。下了楼梯后，是一个宽阔的大厅。大厅的地上，铺着很贵重的手工羊毛地毯，两侧摆放着沙发和茶几，大厅尽头，有一把看起来很古老笨重的雕花红木椅子。看起来，仿佛是大公司经理接见重要客人的地方，跟疗养院简朴的外表大相径庭。"王妃"径直走过地毯，走到椅子上坐了下来。

尼亚佐夫一愣，觉得这"王妃"应该是想跟自己谈谈了，赶紧走了过去。

然而，他刚走到屋子中间，屋子里的灯突然灭了。不知从什么地方冲出几条壮汉，朝他冲过来。尼亚佐夫凭着感觉，扭头朝外跑，但是已经晚了，他被几个人同时扭住，被捆住了手脚，嘴也被人用胶带封住。尼亚佐夫拼命挣扎，却几乎一丝都无法动弹。他感觉身上被人扎了一针，好像有人在抽血。抽完之后，他就被人抬着，在黑夜中走了一会儿，被扔进一个小屋子里，关了起来。

第二章 怪异的养老院

1 宾馆怪事

尼亚佐夫就这样像死猪一样，在漆黑的小屋子里躺着。待身上的疼痛减轻了，他试探着活动了一下，让自己躺得更舒服一些。这一活动，却不小心触动了刚刚挨了一针的地方，尼亚佐夫不由得哎哟了一声。

他突然听到外面有人嘻嘻笑了一声。笑声很尖锐，似乎是个女人。尼亚佐夫吓得头发都竖了起来："谁?"

没人应声。他听到一阵似有似无的脚步声，渐渐远去。

尼亚佐夫努力蜷着身体，爬起来。倚着墙坐着，努力听外面的动静。这次他听到的不是笑声了，而是一阵阵的怒吼和喊叫。喊叫的人似乎离他比较远，因此他听不真切。但是，他们的愤怒和绝望，却通过声音很准确地传达了出来。

显然，这里除了他，除了那些把他捆起来扔到这个小屋子里的人，还有别人。并且，似乎这些人像他一样，也是被关在这里。否则，他们不会发出那样的怒吼。他突然想了起来，刚刚那些人在绑他的时候，有个声音很耳熟。他意识到这个声音刚刚跟他有过交集，却不是自己很熟的朋友。尼亚佐夫集中精神，努力捕捉在脑子里游移的记忆闪光，终于，他想起来了，这个人在几天前，曾经在楼顶上审问过自己。他还告诉自己，他是康家村的守护者。

尼亚佐夫惊愕了。自己找来找去，又跟他们碰在了一起。但是，苏娜跟他们有什么关系？她为什么在这里，还打扮成了王妃的样子？

尼亚佐夫想到那个人对自己的警告。这次又落在了他们的手里，他们会对自己怎么样？尼亚佐夫胡思乱想了一会儿，昏昏沉沉地睡了过去。

他再醒来的时候，惊讶地发现自己坐在大街上的一个超市门口。不敢相信，他站起来四下打量。太阳已经从东方升起，明丽的阳光照在身上，尼亚佐夫感动得差点儿落下泪来。

他从裤兜里摸出手机，赶紧开机给妻子打了个电话。尼亚佐夫听到妻子的电话，有一种回到正常生活的感觉，有些小感动。妻子则有些怒气，责问他为什么关机，晚上不给她回电话。尼亚佐夫只能撒谎，说昨天傍晚跟朋友在电话里谈一个课题，不小心把打电话的事忘了。妻子长出一口气，埋怨了他一顿。尼亚佐夫连忙道歉又下保证，终于哄得妻子挂了电话。尼亚佐夫也长出一口气。清晨的敦煌街头，已经有不少人开始活动了。他们行色匆匆，走到尼亚佐夫面前，都有些好奇地看看他。

尼亚佐夫觉得不该再这么坐下去了。他站起来，活动了一下身体，忍着疼痛，朝旁边一处早餐摊点走去。

喝了一碗粥，吃了几个包子，尼亚佐夫在早餐桌旁的凳子上略坐了一会儿。他看着行色匆匆的众人，突然心生悲凉。人活一世，大多稀里糊涂，不知先祖，不知归宿，为了生存四处奔走，最终被烧成灰，成为土地的一部分。尼亚佐夫是一个无神论者，作为一个历史专家，他喜欢从历史的角度，探究生命的价值和意义。然而，他越是探究，越是感到在历史的长河中，个体生命的价值几乎可以忽略不计。几十年上百年后，这些人还不如城外的黄沙。黄沙尚可存在，而人早就没有了。

尼亚佐夫哀伤了一会儿，觉得身上有力气了，便打了一个三轮车，回到住处。

他刚进入房间，酒店的服务员就敲了敲半开着的门走了进来。服务员很抱歉地告诉尼亚佐夫，他不能再在这里住下去了。尼亚佐夫很惊愕，问为啥。服务员说，政府有个大型的会议，他们包下了酒店的所有房间，中午之前，与会的代表就会陆续入住酒店。尼亚佐夫知道自己说什么也没用了，便收拾了一下行李，到一楼服务台结账。没想到的是，服务台的工作人员竟然把押金全部退给了他，说这是政府规定的，算是政府向他道歉。

尼亚佐夫略有些感动。他拿着退回来的钱，背着行李，在附近又找到一家旅店。没想到的是，小旅店的服务员看了看他的护照，告诉他，政府包下了他们的旅馆，不能在这里入住了。尼亚佐夫虽然有些狐疑，但是没有多想，又出去找了一家略大型的酒店。这次，他又被另一个借口拒之门外，说酒店装修不能入住。

尼亚佐夫用英文说："小姐，您能告诉我，为什么这么多酒店都不让我入住吗？"

小姑娘不好意思地笑了笑，说："实在对不起先生，我们只是接到了指令，其中原因，我真的不知道。"

尼亚佐夫点头，问："那我是不是在附近，甚至整个敦煌，都没法住酒店呢？"

小姑娘点头说："我想应该是。"

尼亚佐夫无奈地把护照装进包里，走出酒店。他仰头看着太阳，不由得骂道："混蛋！你们这些混蛋！"

突然有人在他耳边说："教授先生，骂人不好吧？"

尼亚佐夫扭头，看到一个三十岁左右、穿着运动服的年轻人，一脸阳光地朝他笑着。

尼亚佐夫朝他走过去，问他："你认识我？"

年轻人点头，说："算是认识吧。"

尼亚佐夫扭头看了看酒店，恍然大悟："是你让酒店不许招待我吗？"

年轻人呵呵一笑，说："教授先生，我可没那么大的本事。我是负责保护您的。"

尼亚佐夫想了想，说："那……我请你喝一杯怎么样？反正我也找不到地方住，我要是到处跑，你跟着我会很累。"

年轻人笑了，说："那就谢谢教授了。走，前面街上有一家羊肉馆，我常去那里吃饭。"

尼亚佐夫跟在年轻人后面，两人走进羊肉馆的一个小包间。

年轻人点了一个炒羊肚、一个炒羊血，尼亚佐夫也饿了，点了两个全羊汤，要了一提啤酒。

服务员先送上来两个小菜，尼亚佐夫和年轻人各自启开了一瓶啤酒，边吃边喝起来。

年轻人把一杯啤酒喝光，问："教授，您打算什么时候回去？"

尼亚佐夫的啤酒只喝了半杯，他放下杯子问："你们就是想逼我赶紧离开这里。"

"您应该知道，这是为您好。您待在这里不但不安全，还……"

年轻人话说了一半，不说了。

尼亚佐夫问："还什么呢?"

年轻人说："我不妨告诉先生，您再这么折腾下去，还会危及我们这些人的性命，最重要的……"年轻人站起来，推开门朝外看了看，回来继续说，"会危及王妃灵柩的安全!"

尼亚佐夫一愣："有这么危险?"

年轻人点头说："当然。我们已经查明了您的真实身份，您确实是当年王妃在康国的后人的后裔，我们这些康家村的守护人，也大都是从康国来的王妃后人之后，也就是说，我们是一家人。如果是别人，您早就被关起来了，一辈子都不用想出来。"

尼亚佐夫说："我来敦煌，不过是想查明康家村的秘密，既然是一家人，那就把什么都告诉我不就得了。"

年轻人摇头说："我们不可能拿这个让您研究。这是属于我们家族的秘密，要是让别人知道了，特别是让考古部门知道了，他们肯定会设法找到王妃灵柩，并且占有灵柩进行研究，对于我们这些康国后人来说，这比要了我们的命还要难受。"

尼亚佐夫一愣，说："王妃是我们的先祖，是我们的光荣。我们应该让更多的人知道她，应该让她进入历史。"

年轻人愤怒了："狗屁!我们要等到那个神圣的时刻，等到康国东山再起，那时候，别说王妃，我们这些人，还有康家村才能进入历史!那个时候的历史才是伟大的!"

尼亚佐夫一愣："你说啥? 康国东山再起? 兄弟，你这话是什么意思？你做梦吧？这都什么时候了，你还以为是古代呢?!"

年轻人哼了一声："不管怎么说，这些事儿是不能让你知道的。"

尼亚佐夫说："那这样，你回去跟他们商量一下，我只是偷偷地自己研究，不让任何人知道，更不会写在书上，官方也不会知道，这个行吧?"

年轻人摇头说："不行。明末康家村血案就是个例子。我们这些守护人，娶妻生子都是在我们的圈子里，跟近亲繁殖差不多了。不过没办法，我们宁肯让自己绝种，也不能把这些秘密透露出去。"

尼亚佐夫叹气："你们这是典型的小家子意识，王妃和康家村的故事属于全人类，你们没有权利这么做!"

年轻人哼了一声："我刚刚跟你说了，我们会有让全人类都知道这些故事的那一天。到了那一天，全人类不只是知道，而是该惊讶了。"

尼亚佐夫问："那你能告诉我，这是哪一天吗?"

年轻人一脸的憧憬："我可以告诉你，离这一天，只有一百多年了。到那一天，康国会东山再起，我的后辈会把我们，还有我们保护灵柩的先祖的名字都公告天下。教授，你说这样的公告天下，是不是比您的那种要光彩得多?"

尼亚佐夫知道这里面肯定有故事，因此抑制住惊讶，循循善诱："你能告诉我，一百年之后，康国为什么能东山再起吗?"

年轻人很及时地察觉到了尼亚佐夫的意图，他呵呵一笑，说："教授，我今天说得已经够多了，算是对得起您的这顿酒了，来，干一个。"

尼亚佐夫跟年轻人碰杯，很认真地说："兄弟，这个社会已经不是古代了，现在世界格局已经形成，牵一发而动全身，康国只能是历史，别想着这种春秋大梦了。"

2　事件严重

边喝酒，尼亚佐夫边计划着如何从这个年轻人的监视中逃开。吃完饭后，他告诉年轻人，他要到超市买点儿东西，然后坐车离开敦煌。年轻人表扬他，说他能这么想，简直太好了。为了迷惑他，尼亚佐夫故意把自己的皮箱让他拎着。年轻人果然放松了警惕，他坐在收费口旁的椅子上，等着尼亚佐夫。

尼亚佐夫进入超市后，买了一顶帽子，迅速从另一侧的出口出去，打车来到疗养院附近。

这次他学聪明了。他没有找宾馆，而是找到一处出租屋子的小广告，按照小广告上留的电话，先跟对方通话，然后，按照对方说的地址找到了出租屋。

屋子很简陋，没有洗澡的地方，也没有卫生间。但是现在尼亚佐夫已经顾不得挑剔了。已经是下午，如果他找不到睡觉的地方，那他今天晚上就得露宿街头了。

他跟房东老太太迅速谈好了价格，交了租金。老太太不错，看他没有铺盖，免费送了他一套被褥用。

傍晚，尼亚佐夫睡醒。他戴上帽子，先出去吃了点儿饭，然后转着圈来到东北角的那堆柴火后。让他惊异的是，那对俄国夫妻竟然早就藏在了柴火后面。俄国夫妻看到他也非常惊讶。那个男子看了他好长时间才说："真是没想到，你能从这个地方出来。

先生，如果没有意外，你应该是从这里面出来的第一个人。"

尼亚佐夫蹲下，示意这个声音浑厚的俄国男子小点儿声："你们每天都来这里吗?"

两人点头。俄国男子小声说："这个地方真是太神奇了。这些天，我一直在做记录，算上你，一共有十二个人从这里进去了，没人出来，只有你被他们抬出来了。"

尼亚佐夫有些不相信："你凭什么说那些人都没出来? 说不定你在这儿监视着，人家从大门出来了呢。"

男子给他看手机，有些得意："告诉你实情吧，我在大门口对面安了一个监控器。这个监控器与手机连接，我可以随时查看大门口的情况，一天二十四小时不间断。除非他们把人从墙头扔出去，从大门口经过的任何人和车，我都能监控到。还有，我可以再告诉你一个怪事儿，这个养老院，从来没有汽车进入。除非他们能把人切开，一块一块地带出去，否则，没别的办法。"

尼亚佐夫问："那你看到我是怎么被他们带出去的吗?"

男子从手机翻了一会儿，递给了尼亚佐夫。尼亚佐夫看到不太清晰的手机画面。画面上，养老院的大门被推开。一个男子骑着三轮车，从大门里走出来，出来后左拐，朝着城里方向缓缓驶去。三轮车车斗里，放着一个麻袋。

男子接过手机，有些遗憾地说："要是我那天早上早点起来，就能看到是谁把你从养老院里送出来了。你知道，这对我来说很重要，实在是可惜。"

尼亚佐夫看着这对好奇心比天还大的俄国夫妻，真是有些感动。为他们的这种为好奇不惜付出一切的精神感动，感动到他直想笑。

他说："尊敬的先生……"

俄国男子很严肃地打断他的话："我叫普德洛夫，我的妻子叫琳娜。先生，我们现在已经算是老朋友了，按照我的习惯，该到了互相告知名字的时候了，请先生告诉我您的名字。等我回到俄国，写我的游记的时候，以便恭敬地写上您的大名。"

尼亚佐夫有些明白了："喔，我叫尼亚佐夫……尊敬的普德洛夫先生，看来您是一位作家了？"

普德洛夫点头说："我曾经是一名报社记者，一名好奇心非常重的记者，我也因此受到过主编的批评。现在我辞职了，靠写作为生。"

尼亚佐夫问："那您……准备怎么写这次奇遇呢？"

普德洛夫有些激动："这肯定是一个爆炸性的新闻。我猜，这个养老院肯定有一个足够震惊世界的秘密。否则，不会有这么多的人前仆后继地来到这里，不顾危险，进入这个地方。"

尼亚佐夫问："那您觉得这里会有什么秘密呢？"

普德洛夫摇头说："我现在不敢说。不过我敢肯定，这绝对是个了不得的大秘密。你进入过这个养老院，肯定有所发现，你能告诉我，这里面有什么吗？喔，我可以付你足够多的钱。"

尼亚佐夫有些不高兴了："普德洛夫先生，我劝您还是回俄国去吧。这里面没有什么秘密，什么都没有。"

普德洛夫哼了一声："别骗我了，实在不行，我可以自己进去。让我的妻子在外面等我，如果我第二天没出来，我就让我的妻子报警！"

尼亚佐夫说："那好吧，等您出来了，我给您接风，听您讲里面的故事。不过普德洛夫先生，万一您刚进去，就被人杀了呢？您应该知道，如果是这样，即使您妻子报警，也无法把您救活。"

普德洛夫泄气了。他摇了摇头，叹了一口气。

尼亚佐夫终于知道了这个所谓"好奇心很重"的作家的真实目的了。他知道，这些人有时候为了达到目的，花招百出，无所不用其极。他跟这个前记者打了一个招呼，便离开了柴火堆后，跑到一个小胡同里，远远地监视着这个角落。

其后的许多天里，他都设法避开这对俄国夫妇。然而，这对俄国夫妇显然觉得他身上有许多故事，想方设法跟他"偶遇"，跟他打招呼。他们也看出尼亚佐夫尽量躲着他们，因此也小心翼翼，赔着笑脸，这让尼亚佐夫哭笑不得。

一次在那个小饭店聚餐的时候，这对俄国夫妇突然出现在尼亚佐夫的面前。普德洛夫便一脸神秘地告诉尼亚佐夫，他们这些天，又发现六个人进入了养老院，都没有出来。最让他不能理解的是，昨天晚上进去的两个人竟然是阿拉伯人。阿拉伯人怎么也知道这里？普德洛夫一脸忧心忡忡的样子，说："这个养老院会惹下天下最大的麻烦。我今天来找你，是想跟你商量一下，我们是否应该报警，把这些人救出来。"

尼亚佐夫一愣，摇头说："我觉得不可以。"

普德洛夫有些不太敢相信自己的耳朵："不可以？为什么不可以？"

尼亚佐夫找不到太好的理由，只能故作高深地摆摆头，说："普德洛夫先生，我们不了解其中内情，如果唐突报警，恐怕对人质不利。"

普德洛夫略想了想："您是说……警察里会有他们的人？"

尼亚佐夫受到了普德洛夫的启发，说："也不能排除这个可能啊。要是警察里有他们的内线，他们在警察到来之前得到了消息，反而会导致他们杀人灭口。当然，这是我的一种猜测。"

普德洛夫长出一口气，点头说："这个猜测非常有道理，还是教授先生想得周到，那我们再等等看，看看是不是能有什么转机。"

虽然尼亚佐夫进入养老院受到了虐待，但是他明白，对方对他可以算是仁至义尽了，很显然，对方虽然烦他，但是他们是把他当自己人。他不想让那些进入养老院的人受到伤害，也不想让养老院的人被警察抓住。因为如果他们没有撒谎的话，那他们就是王妃的后人，是自己的兄弟。尼亚佐夫知道，东北角那个地方，就是一个引诱。是王妃在康国的后裔们，对付敦煌后裔的一个巨大陷阱。他们靠这个陷阱，被动地应付着敦煌后裔的追杀。在这里，他们是伤害者，而其实从历史的角度考虑，他们却是受害者。

尼亚佐夫想了几天，最终决定，要设法再次进入这个养老院，把里面的内情搞清楚，如果里面真的关着人，得把他们救出来。虽然各有各的理由，他还是不希望他们互相残杀。

这几天，家中出了一件莫名其妙的事。妻子给尼亚佐夫打电话，告诉他，说她在学校上课的时候（妻子是一名中学数学教师），突然有两个人到学校找她，问她是不是尼亚佐夫的妻子。她说是后，其中一个人送给她几盒茶叶，说他们是尼亚佐夫的学生，刚从中国回来，特意给老师捎了两盒茶叶。

妻子多了一个心眼，执意让两人留下名字。妻子把名字念给尼亚佐夫听，尼亚佐夫始终想不起来，他什么时候有这么两个学生。本来这是一件小事，要是在平常，尼亚佐夫根本就不会当回事。但是，尼亚佐夫现在非常明白自己的处境，他隐隐觉得这两个人会与自己有关系。仔细询问了妻子，那两人给了茶叶后，并没有再找她，尼亚佐夫略微有些放心。

东北角既然是个陷阱，别处墙又很高，尼亚佐夫选择了监视大门。他觉得大门每天开关，总有疏忽的时候，他要找到机会，溜进这个养老院，想办法解开其中的秘密。

尼亚佐夫在养老院门口转了五天。这五天中，大门都是一早一晚开一会儿，门口有两个保安把关，而且审查非常严格，外人根本没法混进去。尼亚佐夫不气馁。他在大门口坚守了六天，大门终于在第六天半夜开了，他有了混进去的机会。

3 谁之错

开门的时候，尼亚佐夫已经昏昏欲睡。他尽量让自己睁开眼睛，看着面前的大门越来越恍惚。这些天里，他每天只睡三四个小时，实在是太累了。就在他实在忍受不住，打算眯一会儿的时候，大门突然打开了，令尼亚佐夫惊愕无比。他马上睡意皆消，站了起来。

大门开启的声音很轻。如此庞大的大铁门，只是在开启之初，轻轻呻吟了一声，之后就戛然无声。给人的感觉，仿佛是一个人脚下裹着厚厚的棉布在走路。为了让大门不发出声音，这个养老院显然是费了不少心思。

一队穿着黑衣服的人，同样悄无声息地从大门里走了出来。他们分成两部分，分别朝大门两个方向走去。这些人行动迅捷，如鬼如魅，一会儿工夫，就从尼亚佐夫的视野里消失了。

让尼亚佐夫不解的是，他们走了后，大门还迟迟没有关上。

尼亚佐夫怕他们听到自己心跳的声音，两只手捂着胸脯，慢慢朝着大门靠近。

他靠在大门旁的门垛后，观察着大门里面的情景。大门里竟然没人。平日里戒备森严的大门口，今天晚上连一个看大门的都没有，他们显然是有些大意了。尼亚佐夫确定没人后，迅速贴着门垛，进入大门里，藏身在一棵冬青树后。

养老院里一点儿灯光都没有，仿佛刚刚出去的那些人是夜晚的产物。尼亚佐夫刚藏好，就有几个人影匆匆从养老院后面跑了过来。尼亚佐夫头上一刹那间就冒出了一头汗，自己再慢五秒钟，就有可能被他们发现。这几个人中，前面四个人各自背了一个庞大的背包，后面两个空着手。四人出了大门后，后面的两个朝外看了看，便走进来，迅速关了大门，落锁。

这两人走进大门内西侧的一个小屋子，小屋子刚好对着尼亚佐夫。小屋子没有开灯，尼亚佐夫因此没法估计他们是否睡着了。他硬着头皮等了一会儿，甚至蹲在冬青树后打了一个盹，小屋里一点儿声音都没有，尼亚佐夫估计他们应该是睡着了，就慢慢站起来，弓着腰，咬着牙，朝着后面溜去。

他害怕墙根下有机关布置，因此不敢靠近墙根走。他刚走了几步，突然看到从后面走过来两个一身黑衣的汉子。尼亚佐夫赶紧躲到一方石凳后面。两人走得没影了，他才从藏身处出来，继续朝屋后走。

终于来到屋后。尼亚佐夫浑身上下，早就被汗水湿透了，两腿发软，浑身发抖。他瘫坐在屋后的花丛后，闭着眼，命令自己放松下来。坐了一会儿之后，尼亚佐夫终于呼吸平稳，两条腿也不抖了。他站起来，顺着屋后朝西走。他得去上次被穿着王妃衣服的小姑娘带着进去的那个屋子。凭他的直觉，那个屋子有这个养老院的核心秘密。

尼亚佐夫很顺利地来到位于西山墙的门前。门却不太友好，关得严严实实的，好像它知道尼亚佐夫要来，因此特意放他进来，然后给他吃一个闭门羹。

尼亚佐夫推门，木制的小门纹丝不动。他不敢太用力，围着屋子转了一会儿，便开始挨个儿推窗户，最终，他推开了一扇没有关上的铝合金窗，从窗户爬了进去。

屋子里黑漆漆一片。尼亚佐夫先蹲在窗口处，努力适应光线的变化。老式的房屋，窗户小，屋子里显得更黑。不过，这倒让尼亚佐夫有了一种安全感。他隐约看到了那个有着地洞台阶的房间门。他没有马上行动，待了一会儿，把房间内的所有物品都确认清楚后，确定没有危险了，他才起身朝着那扇门走去。

门是在外面插着的。他拨开插销，摸着两边墙壁，小心翼翼地朝下走。走到头后他还不知道，撞到了对面的墙壁上，撞得他两眼直冒金花。尼亚佐夫把头靠在墙上歇息，突然听到一个幽幽的女声："你还是来了。"

尼亚佐夫也顾不得头疼了，转头就要朝上跑。那个声音哼了一声说："你胆儿也不大啊，跑得那么快干吗？"

尼亚佐夫硬着头皮站住，说："我……我，我不知道你在这里。"

女声说："当然。你要是知道，借你一个胆儿，你也不敢进来。既然来了就下来吧，放心，这里没有别人，就我一个人。"

尼亚佐夫转过头朝下看，他隐隐约约看到地下大厅的中间位置，站着那个穿着贵妃服的女人。但是这个场景实在是有些怪异，漆黑的地洞内，孤零零地站着一个穿着古代女子衣服的女人，实在是有点儿吓人。尼亚佐夫虽然不相信这个世界有鬼，但是下意识中，他还是想万一这个女人是鬼呢？尼亚佐夫站在转角的台阶上，犹豫着，不知道是下去好，还是该跑出去。现在他才明白，自己就是一个俗气的历史老师，实在太不适宜干这种活儿。

女声有些生气了，说："这点胆量，真是愧为王妃的后人！算了，你赶紧走吧。"

这句话，让尼亚佐夫明白，她真的是一个人了。他胆子壮了，问她："我来的第一天，到那个古董店找一个姓苏的老头儿，在古董店看到一个女孩儿，那个女孩儿是不是你？"

女声很干脆："当然是我了。那天你挡在门口，我朝外跑的时候，还在门框上撞了一下腿。"

尼亚佐夫终于不怕了，他走下台阶。女子带着他，走到她上次坐的椅子上坐下。尼亚佐夫下意识地朝四下看了看。女子嘻嘻笑了笑，说："跟你说了，没别人。"

女子的笑声纯真，透着顽皮，有小女孩的感觉。尼亚佐夫一下子就不害怕了。他在女孩子的旁边坐下，问她："你这么一个小女孩……你为什么要在这里等我？"

女孩子反问他："你好几次差点丢了命，为啥还要一直到这种地方来？"

尼亚佐夫叹了一口气："你问得好。我知道，你是康家村的守护人……"

女孩子打断他的话，说："错了，康家村早就没有了，我是王妃灵柩的守护人。我们家世世代代都是。说说吧，你为什么非要找康家村？"

尼亚佐夫说："在我们那儿，很多人是王妃的后裔。他们都活得好好的，早就把王妃的事儿丢在了脑后。我不行，小时候，我听爷爷讲了我们家族的故事之后，就一直在琢磨这件事。也正是因为这个原因我喜欢历史，考大学的时候，就考了历史系。从大学开始，我就到处查找关于康国和敦煌的资料。所有的资料中，都没有关于王妃的记载。我本来已经泄了气，却有一次在乌兹别克斯坦，听到了一个民间艺人在集市上唱戏，他的戏中，唱到了康国国王的壮烈牺牲，唱到了王妃背负使命逃亡敦煌，我突然明确了我此生的使命，我要设法查出康家村的秘密，把王妃的故事搜集完整写成书，让王妃的后人感到光荣。我为这个事前后准备了十多年，直到有人可以代替我的工作了，我才请假来到了这里。对于我来说，查出王妃来到敦煌后的真相，就像你们保护王妃灵柩一样重要。你是个小孩子，恐怕难以明白我的意思。"

女孩子说："我是有名字的，我叫苏娜。"

尼亚佐夫说："你的名字真好，跟王妃一个名字。"

女孩子有些得意："我爷爷说，我跟王妃长得也很像，所以，才选我做了苏家的转世王妃。"

尼亚佐夫问："你爷爷怎么知道王妃的样子？他骗你的。"

苏娜有些急："没有。我爷爷有一张王妃的画像。不过爷爷从来不给我看。爷爷说，这么些年了，画像褪色厉害，纸都快碎了，不敢随便翻动。"

尼亚佐夫愣了："真的？我可以看看吗？看一眼就行。"

苏娜警惕了："肯定不行！别说你了，我们这里的所有人都没有看到过那幅画像。行了，我跟你说得也够多的了，你赶紧走吧。否则，待会儿有人进来，你可就麻烦了。"

尼亚佐夫说："算了，不给看算了，不过我还有一件事要问你。"

苏娜说:"问吧,不过我不敢保证我是不是能告诉你。"

尼亚佐夫说:"上次我被关进那个洞里的时候,听到了有人喊叫。这里面是不是关着人啊?"

苏娜突然站了起来,用手指着尼亚佐夫说:"不许你胡说!要是你敢出去胡说,我敢保证,你绝对活不过两天!"

尼亚佐夫忙站起来,朝苏娜摆手:"你别急啊。苏娜,我跟你说,关注这个养老院的不止我一个人,我知道的,起码有两个人。当然,这只是我知道的,弄不好还不止。"

苏娜哼了一声:"知道这个养老院的,是王妃在敦煌的后人。他们做了更多没有良心的事,他们不敢报警。你是王妃在康国后人的后裔,跟我们是一伙儿的,你要是报警,那就是……就是欺师灭祖!"

苏娜的用词,让尼亚佐夫忍不住笑了:"那你告诉我,那些从东北角进来的人,是不是都关在这里?"

苏娜赌气道:"我不知道。"

尼亚佐夫耐心地说:"苏娜,被关在这里的人,有一些是被人怂恿的,还可能有一些不过是对这里好奇的人。你们把他们关在这里是不公平的。再说了,即便是那些跟你们作对的人,他们跟你们也是一个老祖宗啊。你们别的不管,看在一个先祖的份儿上,就饶他们一回吧。"

苏娜霍然站了起来,声音发抖:"公平?每年我们都有人死在他们手里,这公平吗?一个老祖宗?他们怎么就不想想我们是一个老祖宗?要是他们这么想,当年就不会有康家村的屠杀了。"

尼亚佐夫惊愕:"康家村屠杀?他们在康家村杀过人?"

苏娜发现自己失言，哼了一声，坐下不说话了。

尼亚佐夫顿了顿，说："要不这样，你放了他们，我负责去找那些跟你们作对的人，让他们别再找你们的麻烦。"

苏娜忍不住说："就你？你算老几？再说了，我也没权利放他们啊。上次我帮你说情，让我们的人把你放出去，已经让我们的尊长很不高兴了。"

尼亚佐夫有些惊讶："是你救了我？你为什么要救我？"

苏娜说："我也不知道。大概感觉你是个好人吧。我今天晚上在这里，就是要告诉你，你赶紧走吧，再待下去，你的命真的就没了。"

尼亚佐夫犯难了，他不想为难这个善良的小姑娘，但是他是一个有着现代文明教养的大学教授，他们这种私自把人关起来的行为是侵犯了人权，是一种严重的犯罪行为。而实施犯罪者和受害者，都算是跟自己有血缘关系，其中又有这么多错综复杂的曲折缘由，这让他有种窒息的感觉。

他正不知如何是好，突然有人用不太顺畅的汉语说："尼亚佐夫先生，把人救出来，是最主要的，私自关人，是不对的。"

尼亚佐夫大惊："普德洛夫，你怎么进来了？"

4　疯狂的报复

普德洛夫不搭理尼亚佐夫，他的身影从台阶口走出来，一直走到苏娜面前，躬了躬身，说："詹姆斯·普德洛夫问候尊贵的王妃。"

苏娜看了一眼这个阴阳怪气的俄国人，有些紧张，她问尼亚佐夫："他是什么人？是你朋友吗？"

　　尼亚佐夫忙说："不是，他……他是一个俄国人。"

　　苏娜说："我知道他是一个俄国人。你能进来，是因为我特意让值夜的人休息，他……"

　　到底是小女孩儿，想得不周全，她撤走了值夜的人，尼亚佐夫能进来，这个普德洛夫不也就同时进来了吗？苏娜想到这里，才意识到问题的严重性，她站起来，就要朝外跑，却被普德洛夫挡住了。

　　苏娜强行朝外跑，被普德洛夫抓住了胳膊。尼亚佐夫看不下去了，走过来帮苏娜把胳膊拽出来："普德洛夫，你这样也太过分了！"

　　普德洛夫说："她这是要出去喊人！她要是把人喊进来，我们两个可就要被关在这里，永远也出不去了！教授先生，我是为了救你，才冒着危险闯进来的。"

　　尼亚佐夫对苏娜说："你别喊人了，我们这就走。"

　　苏娜却猛然挡在了两人前面，伸出胳膊拦住了普德洛夫，说："不行！你赶紧走，我不能放他走！我认识这个俄国人，他在养老院外面观察我们好多年了，要是把他放出去，我们就都完了！"

　　普德洛夫嘿嘿一笑："小姑娘，你现在让我出去，我也不走了。我得把我的兄弟救出来。"

　　苏娜感到情况不妙，转身要朝外跑，普德洛夫猛然伸手，抓住了她，右手一挥，拍在了苏娜的后脑袋上，苏娜身体一软，倒在了地上。

　　尼亚佐夫愤怒了，挥手就要打普德洛夫。让人没有想到的是，这个看起来笑嘻嘻的俄国人，突然变得很强悍，他抓住了尼亚佐夫的手腕，说："教授，你是一个有教养有文化的人，你应该知道，把人关在这里，有多么不人道。如果你是一个有正义感的人，你应该跟我一起把他们救出来。"

尼亚佐夫喊："你凭什么伤害她？她是一个善良的女孩子，她曾经好多次救过我！"

普德洛夫点头说："我明白，你们的谈话我都听到了。不过教授您误会了，我只是把她打晕了，放心，她一会儿就会醒过来。我们得抓紧时间救人。我觉得，你不会告诉我，你不希望把他们救出去吧。"

尼亚佐夫有些迟疑："说实话，我进来本来也是想救人的。但是这些被关在这里的人，都是追杀这个小姑娘他们的。从理论上来说，他们是侵入了人家的领地，而且……"

普德洛夫摇头说："No，No，不管他们之间有什么矛盾，都不可以动用私刑，不可以私设监狱，这是文明社会的最起码的底线。要是人人都这么做，这个社会会大乱，会回到原始社会，教授不会连这个都不懂吧？"

尼亚佐夫还是有些不甘心，说："但是他们有自己的秘密。他们双方都不选择报警，因为他们都不想让自己的秘密被曝光。而这些秘密都是他们先祖的，他们有保护这些秘密的权利和义务。我觉得，这是他们的底线。"

普德洛夫挥了挥手："我不想听什么秘密。教授先生，我们不能在这里耽误时间了，他们的人说不定什么时候就会进来。咱还是先进去看看里面被关押的人吧。我带了一些药，起码我们可以给他们一些人道主义上的帮助。"

尼亚佐夫无法拒绝了："这个可以，可是我们怎么能找到关押他们的地方呢?"

普德洛夫从兜里掏出一个微型手电筒,照着墙,好像在寻找什么东西。尼亚佐夫有些不明白。普德洛夫说:"墙上应该有开关,关押他们的地洞就在墙后面。"

尼亚佐夫突然想了起来,上次他进入这里,就是从旁边的洞里走出了一些人,把他捆了起来。可是现在,这水泥抹的墙壁看起来毫无破绽,山洞在哪里呢?

尼亚佐夫凭着记忆,找到上次走进去的大体方位,让普德洛夫照着手电筒,在周围寻找开关。两人找了好长时间,什么都没有发现。墙壁前摆放着一套红木沙发,看起来似乎有些抢眼,两人把沙发抬走,终于发现沙发的下面有一个小坑。普德洛夫把微型手电伸进去,按了几下,却纹丝不动。尼亚佐夫有些泄气。突然,从外面传来了开门的声音,然后有杂乱的脚步声,砰砰地,像踩在他们的头顶上,走了进来。

尼亚佐夫害怕了,说:"来人了,我们快跑吧!"

普德洛夫却很冷静:"现在跑已经晚了。我们只有进去,把人放了,才能跟着他们冲出去。"

尼亚佐夫一愣,有些怀疑普德洛夫的动机了。他问:"普德洛夫先生,你到底是什么人?"

普德洛夫很认真地说:"一个喜欢帮助人的俄国人。"

尼亚佐夫不说话了。普德洛夫从兜里掏出一把细长的短刀,把刀尖伸进小坑里乱捅一气,突然一阵咔咔的声音响起。两人吓了一跳,站起来,朝墙上看去。随着一声响,墙壁沿着一幅巨大的风景画裂开,一个可容一个人进出的洞口出现。普德洛夫迅速跳了进去,尼亚佐夫也紧随其后进入。普德洛夫照着手电筒,找到里面的按钮,把门关上。此时,里面的脚步声已经冲到台阶了。尼亚佐夫隐约听到有人喊："他们进去了！"

普德洛夫在洞壁上找到电灯开关摁下，山洞里顿时明亮。两人顺着山洞朝前走，发现两边有不少铁门。这些铁门都紧紧关着，外面上着锁。尼亚佐夫拍了拍，门里都没有动静。两人走到头，又顺着地洞右拐，前面出现了两扇大铁门，门上挂着锁。普德洛夫这个俄国记者，再次让尼亚佐夫惊讶不已。他竟然掏出了一把万能钥匙，麻利地开了锁。两人进入铁门，又走了一百米左右，前面突然开阔。普德洛夫找到开关，打开了灯，不远处的景象让两人张大了嘴巴。

他们的前面，堆着朽坏的铁门、电焊机、钢管、钢筋等各种乱七八糟的东西，像是一个电焊铺。再往前，便是两排见首不见尾的铁笼子。看到灯光开了后，铁笼子里有人缓缓站了起来。

两人继续朝前走。两边的笼子被用木板间隔开，每个笼子约有两米长，宽度也差不多有两米。笼子里放着一张小床和马桶。笼子里的人穿着破烂，年龄各异，却都是脸色苍白，目光呆滞。有一个满头白发的老者问两人："你们要放人？放了我吧，我这把年纪了，出去以后也没本事跟你们作对了。"

尼亚佐夫问："老先生，您多大年龄了？"

老人摇头："不记得了，刚关进来的时候，还能记着，现在都忘了。"

尼亚佐夫惊愕："您被关了十多年了？"

老人摇头："起码有二十年了。这里面，我还不是关的时间最长的。"

外面响起有人砸铁门的声音。普德洛夫拉着尼亚佐夫朝前走，两边的人开始喊叫、咒骂、哀求、哭闹。很多人疯了一般踹着铁笼子，让两人放他们出去。走了一会儿，突然有人喊尼亚佐夫的名字。尼亚佐夫错愕，转头找了一会儿，他看到了笼子里那个叫康有福的小饭店老板，朝他疯狂地摆手，喊他。

尼亚佐夫走过去诧异道："你怎么也在这里？"

康有福说："先别问了，赶紧放我出去，求求您了，赶紧的。"

尼亚佐夫犹豫着。他明白，现在这两帮人的争斗，正维持着一个怪异的平衡。任何外力的介入都会打破这种平衡，出现一个不可收拾的局面。何况从内心来说，他更偏向于苏娜他们。他们是守护人，处于守势，对方处于攻势，如果把这些人放出来，对于苏娜他们来说将是一个大劫难。

让尼亚佐夫没有想到的是，答应只是进来进行"人道主义"探视的普德洛夫竟然挥起刚刚从地上捡的一根钢管，把关着康有福的铁锁砸了下来。康有福从笼子里跳出来，周围的人看到皆大声叫喊。

普德洛夫对康有福说："那边有钢管，你去拿几根，把锁砸断，把人都放出来。"

尼亚佐夫大惊，拦住了康有福，转头对普德洛夫说："普德洛夫先生，不可以这样，这样会天下大乱的。你不是说进来只是人道主义探视吗？"

普德洛夫砸开了另外一把锁，他转头对尼亚佐夫说："把人救出来才是最好的人道主义！"

康有福等人跑到前面，捡来了钢管、铁锤等物，开始砸锁。越来越多的人拥出，加入砸锁的队伍中来。一会儿工夫，过道里拥满了奔跑着的呼喊着的人。有人捡了各种铁器当武器，准备往外冲。

事情已经失控。尼亚佐夫想拦也已经拦不住了。更让尼亚佐夫惊愕的是，普德洛夫竟然跟关在这里的很多人都熟悉。这里面竟然还有俄国人、日本人。普德洛夫跟他们打招呼，让他们互相照应着朝外跑。

外面的人刚砸开铁门跑进来便看到了里面像煮开的粥锅一样沸腾的人群，吓得转身就往外跑。

普德洛夫用中文喊："快朝外冲，他们要是关上外面的门，我们就完蛋了！"

瞬间众人洪水一般朝外冲。尼亚佐夫也只能随着众人朝外冲。前面苏家的几个人吓得哇哇大叫。他们冲到大厅后，刚想关门，后面的人已经冲了出来。愤怒疯狂的人们迅速将这几个人打得浑身是血，瘫软在地上。普德洛夫让大家别耽误时间，赶紧冲出大门。

尼亚佐夫跟在众人后面。他先在地下大厅找了一圈，没找到苏娜，他知道她是被人救走了，这才放心地跟着众人跑了上来。

养老院里稀稀拉拉跑过来几个保安，看到这一二百野兽一般的人，吓得转身就跑。

尼亚佐夫跟着众人跑到院子里。有人提出报仇，尼亚佐夫忙阻拦。这些人已经疯了，没人愿意听他的。事态的变化也出乎普德洛夫的意料，普德洛夫喊大家赶紧从大门冲出去，报仇会出人命的。众人似乎忘了普德洛夫是他们的救命恩人，这些被仇恨鼓噪得像疯狗一样的人，根本不理他，裹挟着，汹涌着，几十个人分成一组，准备复仇。

普德洛夫死命劝住了一些要砸东面墙的疯子。但还是有一部分人失控，一顿铁棍乱砸，当场有人被砸碎了脑袋，死于非命。

尼亚佐夫四处寻找苏娜。她曾多次救他，现在他哪怕豁出性命，也不能让这帮疯子祸害她。尼亚佐夫找了几个屋子没有找到人，他也开始疯了。他乱冲乱撞，挥舞着手中的铁棍，疯狂地朝着挡了他的路的人发起进攻。普德洛夫也疯了，大骂这些到处乱砸的人。尼亚佐夫浑身大汗，两腿酸软，仍找不到苏娜。他疲惫地靠着墙根坐下，看着面前在院子里到处乱窜的疯子，喃喃地说："苏娜，我错了。我不该帮助普德洛夫把他们放出来。苏娜，你在哪里呢？"

突然有人在他旁边说话："我认为你是个好人，我没想到你会帮这些坏蛋。"是苏娜的声音。

尼亚佐夫惊愕："苏娜？你在哪里？我到处找你呢，你赶紧出来，我带你出去。你放心，你救过我的命，我豁出性命也要把你救出去。"

苏娜带着哭腔："你害死了这么多人，我不敢相信你了。"

尼亚佐夫急了："苏娜，你别犹豫了！再等会儿，让他们找到你，我就没法帮你了，现在他们都已经快疯了。"

苏娜忍住抽泣，说："我就在你旁边，在冬青树后。"

尼亚佐夫弯着腰，跑到冬青树后。他脱下自己的上衣，让苏娜穿上，让她脱下王妃的服装扔掉，然后背上她，让她把头埋在衣服里，朝着大门口走去。

守着大门的人正是刚被尼亚佐夫救出来的康有福和一个小伙子。

看到尼亚佐夫走过来，康有福问："教授，你背的是谁？"

尼亚佐夫说："我兄弟，我这次就是来救他的。他受伤了，赶紧开门，我得带他去看大夫。"

这几个人忙推开门，尼亚佐夫背着苏娜终于从大门走了出去。

5 所方村

此时，天已微微发亮。尼亚佐夫背着苏娜来到他的住处，找了裤子和衣服，让苏娜换上。苏娜身形瘦小，穿着尼亚佐夫的衣服，就像孩子穿着大人的衣服一般。尼亚佐夫说："等等吧，等天亮了，我去给你买两件。"

苏娜把裤脚挽上去，在地上走了几步，说："不行，我得马上离开这里。他们出来了，肯定不会放过我们。"

尼亚佐夫不相信："他们能找到这里？"

苏娜点头说："很快就会找到，你住在这里，他们肯定早就知道了。等天亮了，他们找不到我，就会找到这里。"

尼亚佐夫还是怀疑："不可能吧，你小小的年纪……"

尼亚佐夫想说，你小小的年纪，在这儿胡猜吧。苏娜很干脆地打断他的话："我们一直在躲避对方的追杀。从我记事起，直到现在。有一次我父母知道他们要来，但是我闹着想吃一根冰激凌，他们只好等着我。就这一会儿工夫……我父母就没了。"

苏娜情绪变化非常快，刚刚还干脆利索的样子，这么几句话说出来，眼里就含满了泪珠。

尼亚佐夫惊讶道："他们杀了你父母？"

苏娜摇头说："不知道。爷爷说，他们应该跟我们一样，可能是被人关了起来。我们已找了很多年，但到现在都没找到。"

尼亚佐夫惊愕："他们会这样？！"

苏娜哼了一声，小脸变得冷酷起来："他们比我们狠多了。起码没人像我这样，为了救一个人，却害了我们这么多人。"

尼亚佐夫不敢接话了，赶紧收拾东西，准备离开。

苏娜看了看窗外，说："天亮了，我不能出去露面。你收拾完了，先去找辆出租车，记住，不要找小三轮什么的，要找正规的出租车。"

尼亚佐夫匆匆收拾好，赶紧出去拦车。因为是清晨，加上在城郊，街上人不多，出租车更少。尼亚佐夫等了好一会儿才拦到一辆出租车。出租车司机问他去哪里，尼亚佐夫说不清楚。司机骂了他一句，开着车走了。尼亚佐夫急得跳脚。

街上开始有卖包子的，尼亚佐夫买了几个包子，继续等车。一直等到东方的太阳光芒万丈，街上人多了起来，才有一辆出租车出现，停在了卖包子的小摊旁。尼亚佐夫忙跑过去，说要租车。这次出租车司机很利索，三口两口把手中的包子吃完，开车就跟着尼亚佐夫走。

车开到门口，苏娜迅速从门里走出来上了车，跟司机说了一个尼亚佐夫没听清的地名。

司机有些惊讶道："去所加村？老板，那个地方可不近啊，路也不好走，很多地方都是土路。"

苏娜说："赶紧走就是，钱随你要。我后面的这个人可是个大老板。"

司机扭头看了看尼亚佐夫，信了："外国人都比咱有钱。"

苏娜说："赶紧走吧。"

司机挂挡，车开始启动。苏娜转过头，示意尼亚佐夫趴在座位上，别让人看见。她自己则侧身坐着，假装睡觉。

车子一直驶出县城，苏娜才坐正了身体。两边的景象越来越荒凉。刚下柏油路的时候，路两边还能看到树木和不多的花草，走了一会儿，树木已不见了，路两边都是漫漫的黄沙，铺天盖地，无边无际。

尼亚佐夫有些慌。他看看苏娜和司机，见两人都是一副很淡定的样子，心里也略踏实些。

小路开始不要命地颠簸。汽车呻吟着，走得很慢，车架子吱嘎乱响，好像随时都能散掉的样子。

司机很心疼，说："老板，您可得多给我加钱啊。车在这种路上跑，很折寿的。"

尼亚佐夫没回过神来。苏娜转回头对他说："老板，你听到了没有？"

尼亚佐夫忙点头说："听到了，听到了，放心吧。"

司机有些后悔的样子，说："这种地方没人愿意来的。听人说，前面有个地方闹鬼。我们开车的都忌讳这种事儿。刚刚要是早想起来，我就不来了。"

尼亚佐夫害怕了："闹鬼？这大白天的还有鬼？"

苏娜忙打断两人的对话："听他胡扯，前面是所方村，正儿八经地住着人家，哪里有鬼？"

司机不理苏娜，慢条斯理地说："没错，就是大白天闹鬼。我听我一个兄弟说的。这个所方村后面山坳里有一片坟地，是片老坟，据说二十多年前的时候，有人来扒坟，坟地里冲出几个白衣鬼，吓得那些人再也不敢来了，这片坟地便保存了下来。从此这儿就一直传着闹鬼的说法，很少有人敢来。去年，我一个兄弟不信邪，拉着一个客人去坟地上坟。他眼睁睁地看着那个人走进了坟地，再也没有出来。我这兄弟胆大，到坟地查看，那人烧的冥纸还没烧透，人却没了。最古怪的是，第二天他就出了车祸，断了一条腿。出租车也不能开了，现在在街上给人修鞋呢。"

尼亚佐夫忙对苏娜说："苏娜，这种地方我们别去了吧。"

苏娜说："别听他瞎说。再说了，咱是去所方村，又不是去坟地。"

司机说："那行，到了村子你们下来，我马上走。这个地方还是离远点儿好。"

两人不答话，司机加快了车速。道路两边渐渐有了绿色。先是稀稀疏疏的小草，又有了稀稀疏疏的树木，到后来，两边终于绿树成荫了。

苏娜问尼亚佐夫："教授，你是学历史的，你知道这所方村的来历吗？"

尼亚佐夫摇头。

苏娜说："这个跟康国王妃有关系。"

尼亚佐夫惊愕了："啊？怎么能跟王妃有关系？"

苏娜说："你知道土匪头子保护王妃从葱岭一直来到敦煌的故事吧？这个土匪头子爱上了王妃。他把王妃送到敦煌后，就在敦煌城外住下了。他是突厥人，名字叫所方。后来他的后人繁衍开来，这个村子就以他的名字命名，叫所方村了。"

尼亚佐夫惊愕道："真的？那这个土匪也算是有情有义的人了。这个敦煌到处都是历史啊。"

车到了村头，尼亚佐夫付了车费，两人下车，出租车一分钟都不敢停留，掉头而去。

苏娜笑了笑，带着尼亚佐夫走进村子，打开了一户人家的门锁走了进去。待尼亚佐夫进了门后，苏娜关上门，在门后站了一会儿，又迅速开门，朝四下看了看，然后才关上门，带着尼亚佐夫走进屋子。

这是一户非常普通的农家小院。院子里，竟然还栽种着各种蔬菜。黄瓜、西红柿还有几种青菜，皆长势旺盛，郁郁葱葱，显然是有人打理。

苏娜推开屋子门，进了屋子。尼亚佐夫也在后面跟着进去。

屋子里是很普通的农家布局。一进门是堂屋，摆着一张老旧的八仙桌。桌子上放着一只暖瓶、一把茶壶和几个杯子。苏娜拿起暖瓶倒了两杯热水，把其中一杯递给了尼亚佐夫。

尼亚佐夫惊讶："这里怎么能有热水？"

苏娜笑了笑："这儿是我家。我平常不住在这儿，但是有邻居帮忙看管啊。"

苏娜的话显然很牵强。尼亚佐夫耸了耸肩，不说话了。

喝了一杯水后，苏娜从冰箱里取出肉和菜，开始准备做饭。尼亚佐夫挨个儿看了看房间。小屋共有四间正房，加上一间做厨房的厢房，共有五间屋子。四间正房除了一间堂屋外，其余三间都是卧室。每间卧室都摆着一张床、一个小桌子、一把椅子。桌子、椅子都很旧了，却还算结实，屋子也收拾得很干净。尼亚佐夫在最里面的一间屋子床上躺了一会儿，闻着床上铺盖透出的新鲜的阳光的味道，竟然觉得有些幸福。他在养老院旁住的屋子里的铺盖，混合着各种酸臭味道，每天晚上睡觉的时候，他都要把头和肩膀露在外面，好让自己的鼻子离铺盖远一点儿。

这一觉睡得好香。苏娜把他喊起来的时候，感觉整个人都爽快了。

尼亚佐夫爬起来，抹了一下脸说："真爽！在这里住一年我也不会烦，好地方。"

苏娜哼了一声说："想得美，一天我们也不能住。"

尼亚佐夫一愣："咦，今天就走吗？那我们来这里干啥？"

苏娜说："这里只是个中转站，赶紧吃饭吧，下午睡觉。今天晚上恐怕你很难睡着了。"

尼亚佐夫吓了一跳："为啥？我们要进城？咱能不能在这里住几天啊。这里简直太安静了，像是世外桃源。"

苏娜说："放心，不进城，我们要去一个比这里还安静的地方。"

尼亚佐夫半信半疑："真的？还有比这儿还安静的地方吗？"

苏娜说："有，你放心便是。"

苏娜用鸡蛋炒了两颗青菜，下了两碗挂面。尼亚佐夫真是饿了，一会儿工夫，挂面便下了肚。吃得有点儿撑，尼亚佐夫想出去走走，被苏娜拦住了："不能出去，这里不安全。"

尼亚佐夫有些不相信："这里也能有他们的人？"

苏娜说："只要有我们的人在，就有他们的人。这就是为什么我们不能在这里住下去的原因。"

尼亚佐夫不说话了，乖乖地回到屋子，在床上睡下。

6　神秘去处

傍晚，尼亚佐夫睡醒，他从床上爬起来走到院子。院子里很清爽，略有些凉意。他打了几个寒战，赶紧走进屋子。这时，从苏娜睡觉的屋子突然走出一个人，是个老妇人，一身皂衣，脚步轻捷。老妇人头上的纱巾蒙住了她的大半张脸，尼亚佐夫看不出她的模样。看到尼亚佐夫，老妇人微微点了一下头，从他的面前经过，开院门走了出去。

尼亚佐夫愣了一小会儿，突然害怕苏娜会出事，忙跑去敲她的房门。

苏娜开门看到是他，皱了一下眉，问："有事吗？"

尼亚佐夫松了一口气，说："没事。"

苏娜"啪嗒"一声关了门。尼亚佐夫站在门口，郁闷了好一会儿，便走回自己的屋子。

这个屋子，这个村子，这个老妇人，显然有故事，有秘密。刚刚苏娜的表情告诉他，她似乎在等一个人。在这儿，她能等谁呢？

尼亚佐夫想了一会儿，突然想到了他来到敦煌的第一天在老古董店里看到的老人。那个老人，应该就是苏娜的爷爷了。她难道在这里等她的爷爷？

天色黑了。尼亚佐夫刚想开灯。苏娜突然出现在他的房间门口。她说："教授，晚上不能开灯。你先躺一会儿，等我做好饭喊你，吃完饭我们就走。"

尼亚佐夫听苏娜的声音好像有些有气无力，便问她："你怎么了？是不是哪里不舒服？"

苏娜说："没事，就是浑身酸痛，估计是累的。我先躺一会儿，就去做饭。你也可以歇息一下，等做好饭，我喊你。"

天黑了，尼亚佐夫却睡不着了。他爬起来，给手机充了电，看了看时间，又给妻子发了个短信："亲爱的，今天晚上有朋友约我，我怕酒喝多了，先提前发个短信给你。我一切平安，请不要挂念。"

妻子给他回了短信："家里一切都好。你少喝酒，注意身体。"

尼亚佐夫放下手机，躺了一会儿，肚子开始咕咕乱叫。但是，苏娜那边好像毫无动静。尼亚佐夫耐着性子躺了一会儿，忍不住爬起来去敲苏娜的门。敲了好一会儿，苏娜才在里面问："谁啊？"

尼亚佐夫说："我啊。苏娜，你不是说要做饭，吃了饭赶紧走吗？"

苏娜"哎呀"一声，爬起来开门："我怎么觉得浑身难受呢，一点劲儿都没有。"

尼亚佐夫伸手摸了一下她的脑袋，吓了一跳。她的脑袋像个小火炉，滚热冒火。尼亚佐夫说："你是发烧了，得赶紧买药去。"

苏娜推开尼亚佐夫的手："没事，千万别出去，这个村里也没地方买药。"

尼亚佐夫说："发烧这么严重，不吃药不行啊。要不你告诉我下午来的那个老婆婆住在哪里，我去让她找点儿药。"

苏娜突然严厉起来："你看到地神老婆婆了？！"

尼亚佐夫比她都惊讶："地神？那个老女人叫地神？"

苏娜跳起来，因为身体虚弱，她累得呼呼喘气："不许你叫她老女人！她是地神！是我们……"

苏娜又意识到自己说多了，生生把后半句咽了回去。因为气儿收得太急，她被呛得连连咳嗽。

尼亚佐夫轻笑说："真是小孩子，都到这个份儿上了，还跟我保什么密啊，不就是一个老……婆婆吗？"

苏娜厉声说："不一样！这个必须保密！"

尼亚佐夫哄她说："好了，好了，我知道了。我肯定不打听，也不对外人说。那你说，你的感冒怎么办？"

苏娜说："没事儿，我也不想吃饭了，咱现在走吧。"

尼亚佐夫说："你这个样子，还能走路吗？咱今天晚上住在这儿算了。"

苏娜说："不行，他们肯定会找来，必须走！"

尼亚佐夫说："那我做点饭吃吧，我现在真是饿了。"

两人随便吃了点东西，便从屋里走出来。

尼亚佐夫问苏娜，他们要到哪儿去，苏娜不告诉他，只是迅速地挪动着两条小腿，走在前面。尼亚佐夫跟在她后面走了一会儿，才发现她已经把他的衣服换了下来，穿着她自己的衣服。尼亚佐夫在后面偷偷欣赏她的背影，不由对这个善良坚强的女孩子产生了怜爱之心。

跟她同龄的女孩子，大都还处于无忧无虑青春烂漫期，而她小小的年龄便背负了历史的重任，时时刻刻都处于被追杀的险恶环境，这对于一个孱弱的女孩子来说，实在是有些过于残酷了。

两人从大路走到小路，不知道走了几个钟头。苏娜又病又累，两人走走停停。

不一会儿，小路右侧的地形开始变得起伏起来，山上的石头奇形怪状，仿佛一个个伺机而动的恶鬼。尼亚佐夫突然想到了司机的话，顿时浑身发冷。他问苏娜："苏娜，咱走的方向是不是司机说的坟地的方向？"

苏娜转头看了看尼亚佐夫："你不会害怕了吧？"

尼亚佐夫站住了："你先告诉我是不是。"

苏娜很干脆地说："是。"

尼亚佐夫声调都变了："还真是啊！这都半夜了，去那里做什么？"

苏娜长出一口气，说："我现在不能跟你说。我只能告诉你，你只管跟我走，什么事儿都没有。要是真像那个司机说的那样，我一个小女孩敢去吗？"

尼亚佐夫又问："那里真的是一片坟地吗？"

苏娜点头："当然是，不过就是埋死人的地方而已，有什么可怕的！"

尼亚佐夫突然觉得这个苏娜有些可怕了。一个看起来那么柔弱的女孩子，竟然敢半夜去坟地，还说得这么轻松，她到底是人还是鬼？尼亚佐夫退后两步，离苏娜远点儿，对她说："我不敢去，苏娜，我得回去。"

苏娜急了："教授，我可以明白告诉你，所方村有他们的人。我们回去，肯定会有危险。我小时候，在那片坟地里住了好多年，那里真的什么也没有，没有鬼。即便真的有，它们也不可怕，它们从来没伤害过我，比人好多了。"

尼亚佐夫更加惊愕了："你……你说什么？你在坟地住了好多年？这……这怎么可能？"

苏娜耐心地说："真的，我现在可以告诉你，那片坟地是一片老坟地，早就没人用了。坟墓下面，是一个非常大的地洞，是我们先祖留下的，好几百年了。如果遇到了危险，我们的人就可以逃到地洞里藏起来。我父母失踪后，我爷爷怕我出事，带着我在那个地洞里住了好多年。对于我们来说，那儿是最安全的。"

尼亚佐夫还是不能接受："这也太荒诞了！我……我接受不了，我不敢藏进一个坟墓里，这……这也太可怕了！"

苏娜口气突然变得冷酷："那你想被他们抓住，关在一个谁也不知道的地方，关一辈子?！"

尼亚佐夫毫不犹豫地说道："不想！"

苏娜说："那你还有一个选择。"

尼亚佐夫眼睛一亮："什么选择?"

苏娜说："去死。"

尼亚佐夫说："我还有老婆孩子呢，我不能死。"

苏娜转身就走："那就跟我走。我这么一个小女孩都不怕，你吓成这样，丢不丢人啊！"

7　坟地之下

尼亚佐夫实在是无路可选了，只能跟在这个变得让人感觉恐怖的小女孩后面朝前走。

夜色漆黑如墨。尼亚佐夫抬头，发现天上竟然一颗星星都没有。整个世界，仿佛一口倒扣的铁锅，沉闷而黑暗，恐怖而诡秘。

两人都不说话，好像两条在深海中游泳的鱼，游走在无边的黑夜中。

不知走了多久，苏娜带着尼亚佐夫又拐下小路，走上了一条几乎一点儿痕迹都没有的羊肠小路。这条羊肠小路奇窄，苏娜不断提醒他，要跟在她后面，别走偏了，因为左边是深沟，右边长着荆棘丛。有了这两种危险，倒把尼亚佐夫对坟地的恐怖冲淡了不少。尼亚佐夫被荆棘扎了几次，苏娜便让他牵着她的衣服走。尼亚佐夫牵着苏娜的青花小袄走了几步，突然有些感动了。这个小女孩，救了自己好多次，而自己刚刚还觉得她可怕。其实，她应该是经受了很多人都无法想象的苦难，才有了今天的坚强勇敢。现在，她还用自己最后的力量保护着他，他却连一点儿回报的能力都没有，实在是令人惭愧。

两人翻山越岭，尼亚佐夫不但不知道周围的地形，后来干脆连方向都不知道了。直到苏娜站住，疲惫地说了句到了，尼亚佐夫才站住，打量了一下四周。他的周围，围着一圈坟墓。就像死寂的坟地一样，四下异常安静，没有一点儿声音。没有虫鸣，没有动物行走的声音，更没有汽车的轰鸣声，这里仿佛是一个死亡的世界。当然，也没有鬼。

尼亚佐夫喃喃地说："真'安静'啊。"

尼亚佐夫的声音带着颤抖。他说的"静"，其实是死亡的意思。这是一个连声音都可以死亡的世界，多么可怕！

苏娜显然没有理解尼亚佐夫的心情。她说："没错，这里很安静，没人会想到这儿会有人。"

苏娜带着尼亚佐夫绕过几座坟墓，在一座坟墓前停下。她蹲下身，在墓碑下面按了按，一阵轻微的声响过后，苏娜长出一口气，对尼亚佐夫说："行了，你还牵着我的袄，跟我下去。"

尼亚佐夫犹豫："到……到这个坟墓里去吗？"

苏娜说："早就跟你说过了，这不是坟墓，这是个假坟。下面是我们先祖建的地洞，空间很大，下去你就知道了。"

尼亚佐夫相信这个世界没有鬼，但是潜意识里，他还是怕鬼。有些事不是科学道理能说清楚的。

苏娜不管他，只管朝着墓碑走。尼亚佐夫惊呼："没有门啊，我们怎么进去？！"

苏娜显然洞悉了尼亚佐夫的恐惧。她哼了一声："这前面有个洞，天黑你看不见罢了。你什么也别管，只管跟我走便是。"

罢了，尼亚佐夫一咬牙，闭上眼，扯着苏娜的衣服朝前走。苏娜开始下台阶，尼亚佐夫跟着她，一步一步地朝下走。只听得一阵低沉的石板移动的声音，尼亚佐夫明白，上面的洞口应该是关闭了。

苏娜掏出手电筒，找到了个打火机，点燃了洞里的蜡烛。

可贵的光明啊。尼亚佐夫像穿过漫长的黑夜见到了太阳，终于有了切实的安全感。尼亚佐夫借着灯光，打量着这个诡异的坟下地洞。确如苏娜所说，地洞异常宽阔，宽阔得看不到边。尼亚佐夫端起蜡烛，一直走到洞壁边上。黑乎乎的洞壁上趴着一只硕大的蝎子。大蝎子背上，还驮着几只小蝎子。大蝎子似乎感到了威胁，朝着尼亚佐夫伸着毒刺。尼亚佐夫惊叫一声，慌忙退后。

苏娜冷冷地说："不要打扰它们，这洞里的东西多着呢。惹恼了它们，它们会吃了咱们。"

随着尼亚佐夫的惊叫，一条手臂粗的大蛇突然从天而降，朝着尼亚佐夫的头上扑过来。苏娜立刻冲了过来，她手上不知什么时候多了一个袋子，她推开尼亚佐夫，蛇刚好落进了袋子里。苏娜拖着袋子来到墙角，像哄婴儿似的对着袋子嘀咕了一会儿，然后提起袋子把蛇抖搂出来。巨蛇懒洋洋地躺在角落里，盘成了一团。

尼亚佐夫看得目瞪口呆，吓得两腿发抖。苏娜走到他面前，拍了拍他的肩膀，说："没事了，这条蛇跟我同名，也叫苏娜。我爷爷养的，我爷爷说，我小的时候在外面玩，差点儿被人抱走了，是它救了我。从那时候起，我爷爷就给它起名叫苏娜了。放心，我刚刚跟它说了，它再也不会咬你了。"

尼亚佐夫彻底被这条蛇击垮了。他一屁股坐在地上，浑身发抖。突然，他的屁股一阵剧痛，尼亚佐夫猛然跳起来。苏娜冲过来，照着蜡烛，从他的屁股上摘下一条巨大的蜈蚣。苏娜把他扶到旁边的椅子上坐下，拿出药让他服下："好些日子没来了，它们都有些认生了。没事，等天亮了，我把洞口打开，都把它们撵出去。"

尼亚佐夫抖着嘴唇说："这简直就是地狱！这不是人住的地方。我宁愿被他们抓住，关一辈子，也不愿意住在这里。我走，我得走！"

苏娜安抚他说："跟你说了，等天亮了，我就把它们都赶出去。睡吧，里面有一间屋子，很干净，我带你过去。"

尼亚佐夫摇头说："我不敢睡。我怕睡了，怎么死的都不知道。"

苏娜笑了笑："没事儿，它们都懂规矩，不上床咬人的。"

尼亚佐夫终于忍不住爆发了："你刚刚还说这里怎么安全，怎么好呢！那条蛇比我都长，能吞下一个人，墙上的蝎子能有拳头大，还有刚刚咬了我的这玩意儿……哎哟，疼死我了。这些东西想杀人，比那些追杀我们的人都容易。我不能睡在这里，我宁愿出去，睡在小路上，也不愿意睡在这里跟这些东西在一起！"

苏娜惊愕道："刚刚是你坐在了那条蜈蚣身上，否则它不会咬人的。我敢保证，真的没事儿。我跟这些小可爱一起待了十多年，它们从来不咬我。"

尼亚佐夫摇头："小可爱？真是不可理喻！我宁愿在外面坟地里待一宿，也不会跟它们待在一起。我得出去！"

尼亚佐夫从苏娜手里夺过手电，想找开启洞口的机关，找了好长时间没有找到。尼亚佐夫急得乱喊，苏娜怕他再惹什么事儿，只得按下开关，吹灭蜡烛，陪着他走了出去。

两人刚出来，便看到西面小路上有两辆汽车亮着灯光，停在路边。汽车的光线中，隐约能看到几个晃动的人影。

尼亚佐夫害怕了："那些人还真追过来了啊，他们能不能看到咱们啊？"

苏娜说："没事儿，离这儿远着呢。那边有一处断崖，要想过来，得从咱过来的路上绕过来。我在那边设了机关，他们要是从那儿过，会被戳伤。"

尼亚佐夫这才放心了。

苏娜说："咱不能在这儿待着。走，我带你到一处地方歇歇，我真是累坏了，浑身一点儿力气都没有。"

尼亚佐夫这才想起来苏娜感冒了。他忙道歉："真不好意思，刚才我真的是害怕了。你知道，我是在城市长大的，看到这些东西就害怕……"

苏娜笑了笑："行了，我理解，走吧。"

两人走到坟地东侧一处避风的地方。这里岩石裸露，没有花草树木。苏娜在一块石头上坐下，说："咱两个背靠背坐着，睡一会儿吧。"

两人背靠背坐下，苏娜身上明显发热。尼亚佐夫有些担心："苏娜，你身上发烫，应该去弄点儿药吃。"

苏娜轻松地说："没事儿，比这严重的我都能扛过去，睡一会儿就好了。"

尼亚佐夫见她如此轻松，也就放心了，闭上眼，一会儿便睡了过去。

睡梦中，尼亚佐夫突然听到一声惊叫，好像有人在叫他。

他刚要睁开眼，想看看怎么回事儿，只觉得脑袋一阵剧痛，便什么都不知道了。

8　重回养老院

尼亚佐夫醒来的时候，天光已经大亮了。他睁开眼，看到光秃秃的岩壁和稀疏的乱草，忙坐起来。头有些疼，他依稀记起了昨天晚上的经历，马上想起了苏娜。

尼亚佐夫在周围边喊边找，找了好一会儿，也没发现人。他明白了，昨天晚上那些人把自己打晕后，劫持了苏娜。

尼亚佐夫万分悔恨，要是听她的，不坚持要到上面来，现在两人都还好好的。她多次救了自己，而自己三番五次地害她。想到她可怜兮兮的小模样，尼亚佐夫心如刀绞。要是她真的被对方一辈子关在没人知道的地方，那真是自己害了她。

尼亚佐夫颓然坐在地上。苏娜与自己见面的镜头一遍一遍地在脑子里翻腾，他不能不管这个可怜的小女子，他得设法把她救出来。

尼亚佐夫爬到高处，看了看山坳里的那片坟地。果然如苏娜所说，那片坟地很安静，有种超然物外的恬然。苏娜没说错，相比这贪婪的人世，坟地是美好的、安宁的。

他观察了一会儿地形，找到了苏娜昨天晚上带着自己来到这儿的那条羊肠小路，便从山上下来，走上小路，朝着西面的那条南北小路走去。

小路显然是附近农民的交通要道。尼亚佐夫边走边观察从小路上经过的人和车。人不多，车也不多，大都是农民开的手扶拖拉机，偶尔有一辆面包车摇摇晃晃地经过，速度也跟手扶车差不多。

幸运的是，尼亚佐夫走到南北小道的时候，刚好遇到了一辆面包车。尼亚佐夫忙拦下车，问对方是到哪儿去。开车的小伙子有些不太高兴，白他一眼说是要到敦煌去。尼亚佐夫立即从兜里掏出一百元人民币，让小伙子捎着他。小伙子看到钱高兴了，亲自下车给他打开车门。

面包车经过约一个小时的艰难颠簸后才走上柏油路。尼亚佐夫跟小伙子聊天，让他有些惊讶的是，小伙子也知道唐朝的那个著名的土匪。他说这个村子百分之八十都是那个土匪的后代。他不知道康国王妃，只知道土匪是护送一个西域女人从西域来到了这里。这个女人本来要嫁给这个土匪的，后来被别人抢了去。土匪是个痴心汉，为了离女人近一点儿，就在这里住下了。

尼亚佐夫突发奇想，他总觉得这个土匪与王妃后面应该还有故事。苏娜他们应该也知道这些故事，否则，这周围这么多的村子，比这儿隐蔽的地方多了去了，他们为什么非要在这个地方弄一个临时住处，还要把躲藏的地方建到离所方村这么近的地方。

肯定有关系！然而，这个小伙子知道的就这么多了。尼亚佐夫无论怎么问，他也说不出更多的有价值的故事来。

面包车刚好经过养老院附近，尼亚佐夫大喜。他得先回到住处歇一歇，换换衣服，整理一下思路，再设法营救苏娜。

从车上下来，尼亚佐夫避开养老院门口，绕着圈回到住处。

一到住处，他就跟房东老太太打听，是否有人来这屋子找过他。房东老太太说这屋子除了他进来，再没有别人来过。

尼亚佐夫觉得苏娜也过于小心了。要是昨天晚上住在这里，恐怕不至于被人家给抓住。

在养老院外观察了两天后，尼亚佐夫在一个傍晚，趁养老院的人下班的时候走进了养老院。

保安拦着他问他找谁。他说找院长。保安很客气，带着他直接找到了院长。尼亚佐夫现在就是想知道，这个养老院现在是怎样的一个角色。尼亚佐夫是第一次在白天进入养老院，他偷偷四下看了看，从表面上看这个养老院很普通，东西各四排老式房子，每排大约有十多间。最前面的是办公室、医务室等办公场所。那天晚上砸坏的窗和门都已经换好，地上也没有碎玻璃。尼亚佐夫不敢相信，怎么做到的？除非……除非当初做门窗的时候，多做了一些，预留了下来，现在刚好拿出来用了。肯定是这样！尼亚佐夫再次为他们的周到和远见惊叹。

院长是一个性格平和的老人。他问尼亚佐夫，找他有什么事儿。

尼亚佐夫不知道他到底是苏娜那边的人，还是高昌林那边的人。因此不敢乱说话，只是试探性地说，他来找苏娜，是苏娜的朋友。

院长显然也很谨慎。他装作漫不经心的样子，问尼亚佐夫是哪里人，从哪里来的，找苏娜有什么事儿。尼亚佐夫说他是从新疆来的，是个作家。他去年来敦煌的时候，经朋友介绍认识了苏娜，他来找她，是想打听一下关于康国王妃的故事。

尼亚佐夫这番话是经过深思熟虑的。一开始说的都是托词，后面特意点出王妃，他是为了验证一下这个院长的态度。

尼亚佐夫仔细盯着院长的眼睛，只见院长的眼珠子一亮，又赶紧掩饰地低下头。他说："作家同志，这个康国王妃……我也没听说过啊，你怎么知道这个的？苏娜一个小孩子，她不会知道这些吧。"

尼亚佐夫已经看出来了，这个院长应该对王妃的故事深有了解。

尼亚佐夫笑了笑："院长，没事，您就告诉我苏娜在哪儿就行。"

院长盯着尼亚佐夫，说："苏娜已经辞职了。她现在去了哪里，我不知道。"

院长的目光中充满敌意。尼亚佐夫从他的眼神中感觉到，他应该是苏娜的敌人。也就是说，现在这个养老院的人换了，他们不是苏娜那边的人了。

尼亚佐夫从院长的办公室出来，看着几个在院子里溜达的老人，实在是搞不明白，他们是怎么在驱逐了自己的敌人后，迅速掌控局面，使得这家养老院看起来好像根本没有变化似的。

尼亚佐夫一头雾水地从养老院走出来，经过夜幕弥漫的破破烂烂的街道，经过他常吃饭的那个商店兼小吃店，晃晃悠悠地朝住处走。

走到通往住处的小胡同的时候，他看到一个男人低着头，朝着他的方向急速走了过来。尼亚佐夫忙闪身，躲进一条小巷里，藏在一家人的门垛后。那人从尼亚佐夫的面前经过，尼亚佐夫一眼认出来了，这个人是高昌林！

尼亚佐夫一直盯着高昌林经过胡同，走到了他刚刚经过的大街上，才从小巷里出来，走回自己的住处。

房东老两口正在房廊下吃饭，见到尼亚佐夫回来，光着膀子的老爷子举起酒杯，请尼亚佐夫喝一杯。尼亚佐夫笑着摆手，问刚才是不是有人进来过。老两口摇头，说没人。

尼亚佐夫告别老两口，走进屋子，泡了一包方便面。他把这两天发生的事从头到尾过了一遍。过到最后，焦点落在了高昌林身上。

这个干瘦的、看起来手无缚鸡之力的半大老头子，刚刚出现在胡同里，他就有一种朦朦胧胧的预感。现在，这预感终于清晰了。从他踏上敦煌之日起，这个高昌林显然是暗中设计了一个连环套。从让他见老苏头，到与康有福一起去偷看祭祀；从让他进养老院，到高昌林潜入养老院，等等，还有那个俄国人普德洛夫。现在看来，这个普德洛夫跟高昌林也应该是一伙的。他在关键时刻几次出现，借力打力，终于使得尼亚佐夫帮助他们救出了被关在地洞里的人。

事情想清楚了，尼亚佐夫心情更加沉重。高昌林为什么要利用自己去救人呢？从他们的势力来看，他们要想救人，也并不是一件十分困难的事情。如此苦心设计，利用自己，显然他有可利用的资源。而这个资源，正是打败苏娜他们那一派的最主要原因。这个可恶的高昌林，自己帮助了他这么多年，他竟然利用了自己！尼亚佐夫在心里恨恨地骂了他一句。

很明显刚刚高昌林来过这里，却没有进屋找他，显然是在监视他。

想到了这里，尼亚佐夫心头一紧。高昌林是想再次利用他，还是已经利用完了，要把他处理掉呢？

自己应该怎么办呢？尼亚佐夫愣怔着，直到天完全黑了下来，泡面已经凉了，他才站起来，打开了灯。不能这么等下去了，他要主动出击了。

9　莫高窟

尼亚佐夫选择的出击方式是变被动为主动，监视高昌林。

高昌林依然在街上修锁配钥匙。他每日勤勤恳恳，早早就出来摆摊，太阳落山后才推着小车回家。午饭是一屉小笼包，或者两根油条。吃完饭后，他会用随身带的草帽遮住脸，靠在墙边歇息一会儿。尼亚佐夫在街头监视了高昌林五天，感觉这个高昌林给人一种超然物外、悠然自得的感觉，这让尼亚佐夫感到很困惑。

唯一让尼亚佐夫起疑心的是一个来配钥匙的年轻人。这个年轻人皮肤黝黑，打扮普通，但是五天之中，他来高昌林的小摊配了三把钥匙。不过他也没跟高昌林有什么交谈，都是配了钥匙后，带着钥匙就走了。

尼亚佐夫觉得他们两人之间有问题，但是表面上似乎看不出什么破绽。又监视了几天后，尼亚佐夫觉得自己应该改变一下策略了。现在已经是通信发达的时代，高昌林想跟外人联系，只需打一个电话就行。自己无法监听他的电话，靠着这种近距离盯梢，很难发现什么。

他得知道他的所有行动。高昌林既然是那些人中的一员，那他就不可能不采取行动。自己只有在他行动的时候跟着他，才能找到苏娜，找到老苏头他们。

尼亚佐夫再次监视的时候，就带了饭和水，对高昌林进行一天的深度监视。他只有在中午的时候，回家睡一会儿觉。

又监视了三天，疲惫至极的尼亚佐夫终于等到了高昌林的行动。

高昌林的行动是从傍晚开始的。尼亚佐夫一直陪着他从街上回到家，在家门口等到了太阳落山。就在他准备转身离去的时候，高昌林突然从家里走了出来。

高昌林换了一身紧身的衣服，戴上了眼镜，看起来利索多了，打眼一看，谁也不会想到，他就是大街上那个邋里邋遢的修锁匠。他心头一震，现在这个高昌林才是真正的他！

高昌林走到街上，打了一辆出租车。尼亚佐夫也忙打了一辆，跟在他的后面。

两辆出租车一前一后出了县城，朝着莫高窟方向前进。在离莫高窟约有三五里路的地方，高昌林从出租车上下来，走进路边的一个小超市。尼亚佐夫怕引起他的怀疑，让出租车朝前开了一段，他才从出租车下来，找了个隐蔽处观察着那个小超市。

高昌林从小超市走出来后便朝着莫高窟方向走去。尼亚佐夫与他保持一段距离，跟着他朝前走。

高昌林走到莫高窟洞窟左侧一处亭屋后，隐蔽起来。

尼亚佐夫明白了，高昌林监视的方向就是莫高窟了。

夜色渐浓，莫高窟被夜幕笼罩，显得越发神秘。热闹了一天的莫高窟前小广场完全寂静下来。

一侧的高昌林毫无动静。尼亚佐夫从背包里掏出一根火腿肠迅速吃掉。他预感到，今天晚上恐怕会有一场大活动，他得提前准备一些能量。尼亚佐夫一直等了四个多小时，一直到晚上十一点多才有情况出现。

一会儿，他看到一个怪怪的人影，朝着莫高窟走过来，等那个人影走得近一些了，尼亚佐夫才看出来，他似乎背了什么东西，因此走得不是很快。大约是预感到了这里的危险，走一会儿他就会站住，四下观察着。

尼亚佐夫心里暗暗着急：既然预感到这里有危险，那干吗还不赶紧走？

这人走近时，尼亚佐夫才看出来他背上背着一个人！

这人在尼亚佐夫惊愕的目光中，一步一步走到洞窟最下面，一个关着的洞口前。他竟然打开了关着的洞门，从里面露出片微弱的灯光。人影闪进去，洞口关上。外面恢复寂静，似乎什么事儿都没有发生，但是尼亚佐夫明白，除了他，起码还有高昌林把这一切都清清楚楚地看在了眼里。还有一个可能，高昌林说不定已经把这个情况通过手机通知了其他人。

尼亚佐夫不敢再耽搁了，他从藏身处出来，朝着那个洞口跑了过去。门没关，里面漆黑一片，什么都看不到。尼亚佐夫拿出手机，想打开照明，想了想，又把手机放下了。

他对着里面喊："有人吗？我是尼亚佐夫，有人没有？我……"

尼亚佐夫猛然被人勒住了脖子。那人胳膊劲儿奇大，尼亚佐夫被勒得两眼冒金花，感觉脖子就要断了。

他挣扎着说："我……我是来报信的，外面有人发现了你们……请你……请你松手。"

此时，尼亚佐夫听到了苏娜微弱的声音："大哥，先放了他吧。不管他是什么人，先问问他再说。"

那人哼了一声，放了尼亚佐夫。尼亚佐夫痛苦地蹲在地上咳嗽。那人关上门，点上了蜡烛。

尼亚佐夫停住了咳嗽，赶紧说："你们赶紧跑，外面有人……有人看到你们了。"

那人走到尼亚佐夫面前，拽着他的衣服把他提了起来。尼亚佐夫这才看出来，这个人竟然就是上次他跟康有福偷看祭祀，把他抓住审问他的中年男子。

他有些惊讶："是你?!"

中年男子挥起拳头："你这个不知好歹的玩意儿，老子捶死你!"

尼亚佐夫知道自己给他们惹了多大的祸，知道强辩无用，只得无奈地闭上眼睛。

那人的拳头还没有落下，苏娜喊道："大哥，别打他……咳咳，别打他! 我有话问他!"

听声音，尼亚佐夫就知道苏娜受伤了，而且伤得很重。他问："苏娜，你受伤了?!"

苏娜没有回答他，哀求那个人："大哥，你先放了他吧，他是个好人。"

那人哼了一声，松了手。尼亚佐夫跑到苏娜躺着的一个简陋的小床前。他面前的苏娜浑身是血，上身被一件硕大的上衣缠着，看不出是哪里受了伤。她脸色惨白如纸，嘴唇失色，只有两只眼睛还闪着明亮的光。看着这个善良的小姑娘，尼亚佐夫的眼泪差点儿流出来："苏娜，是谁这么狠心，你告诉我，我不能饶了他!"

旁边的中年男子怒吼："你他妈的还装好人! 要不是你，苏娜能受伤? 我们能死那么多兄弟?"

尼亚佐夫无地自容，低下头。

苏娜说："大哥，你先别喊了，听他说。尼亚佐夫，你刚刚说有人看到我们了，是真的吗? 这个人在哪里?"

尼亚佐夫忙说："这个人就在外面！我一直监视了他十多天，跟着他来到这儿的。你们得赶紧走，他后面肯定有人。"

中年男子问："你先说，这个人是谁？"

尼亚佐夫说："他叫高昌林，平时在街上修锁配钥匙，以前在敦煌文化研究所工作过……"

中年男子又抓住了尼亚佐夫："说！是不是你把他带来的？"

尼亚佐夫摇头说："不是，我刚刚说了，我监视了他十多天才跟着他来到这里的。"

中年男子问："你来这里干什么？"

尼亚佐夫说："我……我想救人。苏娜是因为我才被人抓走的，我想把她救出来。"

苏娜艰难地说："大哥，咱得赶紧走了。我爷爷说的没错，他们在分头找人，不管是谁看到了，很快就会把别人喊来。再耽误下去，咱就走不成了。"

中年男人说："不行啊，你这个样子，再不好好治会出大麻烦。"

苏娜说："没事，这些伤都没伤到要害，就是多流了点儿血。我有消炎药，多养些日子就好了。"

尼亚佐夫急道："求求你们了，赶紧走吧，再晚一会儿他们人就来了。我进来的时候，高昌林肯定看到我了。"

中年男子叹了一口气，过来背上苏娜，转身就朝外走。尼亚佐夫跟在后面。

看似瘦弱的男子跑起来很快，尼亚佐夫跟在他后面，得一溜小跑才能跟上。两人顺着柏油路跑了一会儿，便拐向小路。在无边无际的黑幕下，小路像一条蜿蜒的小蛇，朝着后面的山上奔去。

尼亚佐夫有些不理解。他知道这个小山坡后面便是茫茫沙漠，现在没人追，应该赶紧想法离开这里。如果逃到沙漠之中，对方追上来，他们根本跑不过人家。

　　尼亚佐夫忍不住问中年男子："咱为什么要朝着沙漠跑啊？咱这种情况，最好找个车逃到城里去。"

　　男子气喘吁吁说："你懂什么？"

　　尼亚佐夫自然不如人家懂得多。他不说话了，紧紧跟在男子后面。

　　他们刚开始爬坡，突然从后面拥上一队人。这些人不声不响，速度奇快，像一股黑色的洪水朝着他们涌了过来。

　　男子突然停下问尼亚佐夫："你跟我老实说，你真想帮我们？"

　　尼亚佐夫使劲点头。

　　男子说："那你得保证把苏娜从这儿带出去。否则我下次见了你，肯定不会饶了你。"

　　尼亚佐夫有些害怕了："你什么意思？让我背着苏娜？这么多人都追上来了，我……我跑不过他们啊，再说前面就是沙漠了，我朝哪儿跑啊。"

　　男子指着前面说："这个小山头很矮。你背着苏娜爬上去，顺着小路下去，下面有我们的人。见到他们，你就算完成任务了。"

　　尼亚佐夫指了指后面："他们都快追上来了啊。"

　　男子放下苏娜，让尼亚佐夫背上："快走吧，我有办法对付他们。"

　　尼亚佐夫不敢耽误，背着苏娜就朝山坡上爬。小山坡很缓，却是土路，坑坑洼洼，加上尼亚佐夫不习惯晚上走路，跑了几步已气喘吁吁。

苏娜对他说："你别怕，有老吴挡着，他们一时半会儿上不来。"

尼亚佐夫说："苏娜，我对不起你。你放心，这次我一定会把你背出去。"

苏娜艰难地笑了笑："我知道。"

尼亚佐夫尽量放平脚步，拼命朝小山坡上爬。他的后面传来厮杀声、惨叫声和叫骂声。尼亚佐夫不知道这个老吴是否能挡住那十多个人，边跑边心神不宁。

还没跑到坡顶，突然他的右前方站出来一个人，这人对尼亚佐夫喊了一声："什么人?"

尼亚佐夫没有防备，吓得差点儿一屁股蹾在地上。

10　人影

幸好来人是自己人。他跟苏娜交谈了几句，得知了前面的情况后，便让尼亚佐夫背着苏娜先走，他去接应一下老吴。

尼亚佐夫有些感动，也有些羞愧。前面有十多个如狼似虎的追兵，人家毫不胆怯，这才叫男人。

尼亚佐夫背着苏娜来到坡下，果然停着一辆微型面包车。面包车也不开车灯，在黑夜里，像一条在水底潜行的鲇鱼，他们上了车，顺着这条乡间小路，一直朝前跑。

尼亚佐夫筋疲力尽，靠在座椅上大喘气。苏娜躺在后面座椅上，偶尔轻轻呻吟一声。

不知走了多久，车子上了公路，前面的路突然明亮起来，尼亚佐夫知道，这应该算是解除危险了。司机似乎也轻松了些，问："苏娜，怎么就你一个人来了？这个人是什么人？"

苏娜在后面说："我和老吴刚到地方，这个人就来报信，说是高昌林在外面看到了我们。我们不敢停留，就跑了出来。幸亏出来得早，再晚一会儿，我们就被他们抓住了。"

司机问："老族长呢？你们没看到他？"

苏娜的声音充满担忧："没有，爷爷他们还没过来，我们就跑了。"

司机不说话了。停了一会儿，苏娜说："爷爷机灵着呢，你放心，没事儿。"

尼亚佐夫插话说："苏娜，你们的人里有高昌林的人，要不他不会知道你们要来这里。"

苏娜轻轻咳嗽了几声："我知道。"停了一会儿，她补充说，"没办法的事儿，他们的人里，也有我们的人呢。"

司机问："苏娜，这个人是什么人？他怎么能给你报信？"

苏娜说："你放心，他是咱的人。"

汽车在公路上疾驰了一会儿，两边有了灯光和房屋。尼亚佐夫根据自己的经验判断，他们是到了一处乡镇驻地。街道上没有行人，司机却放慢了速度，边开车边观察着四周。汽车从小镇子的西头一直走到了东头。尼亚佐夫正在纳闷，司机突然加快了速度。

苏娜在后面问："小吴，咱不是到了吗？"

司机却说："镇上有他们的人。"

尼亚佐夫有些疑惑："没有啊，我没看到人。"

司机哼了一声："他们不会站在街上让你看到的。"

苏娜说："这么说，是咱的人打出信号了？"

小吴叹气："不是，我跟这边的人说好了，如果这儿没人，他们就会在旁边的饭店打出一个六折优惠的牌子；如果有人，他们会打出八折优惠的牌子。"

尼亚佐夫问："怎么样，他们打出了八折的牌子？"

小吴声音低沉道："他们什么牌子都没打出来。"

尼亚佐夫有些不明白："这……这是什么意思？"

苏娜在后面轻声说："我们的人被他们控制了，或者说，被他们抓了。"

司机问："苏娜，咱现在去哪儿？"

苏娜说："去找我爷爷吧，你应该知道他在哪儿。"

司机摇头说："那地方不能回去了。今天我跟老族长出来的时候，就发现附近有他们的人。老族长本来打算跟你们一起到这个镇子上来的。这个镇子不能住了，我也不知道老族长会去哪里。"

苏娜说："那没别的办法，还是回所方村吧。"

司机说："苏娜，你就是在所方村被他们抓住的，现在回去会很危险。"

苏娜说："没别的地方可去，只能去这里了。小吴，你从所方村北面那条路进去。怎么走，我会告诉你。"

小吴点点头。尼亚佐夫也明白，此番完全暴露在高昌林的面前，他也没有地方可去了，只能跟着苏娜去那个吓人的坟下地洞了。有点奇怪的是，现在想到那个地洞，竟觉得有些亲切，好像不那么可怕了。

汽车从公路拐上通往所方村的小路。车走到半路，苏娜就让小吴停车。她和尼亚佐夫先下车，让小吴赶紧掉头开车走，免得被人看见。司机小吴迅速掉头，原路返回。

苏娜指挥着尼亚佐夫从另一条小路走到坟地，进入地洞。点上蜡烛，尼亚佐夫扶苏娜躺下，正想帮她包扎伤口，苏娜却示意自己来。

尼亚佐夫想想人家是一个正值青春的女孩子，自己在边上确实不方便。他便转身去找厨房。地洞之大，出乎尼亚佐夫的预料。一个一个的大厅、紧紧关着的房门，还有数不尽的小房间，让尼亚佐夫终于明白，苏娜说的在这里住很长时间的话，绝对不是假的。这个巨大的地下建筑，有的地方脚下是用青石铺地，有的地方是用三合土硬化，还有样式不同的木门、铁门，很显然，这个庞大的工程，完成于各个不同的时代。尼亚佐夫在一个有着明显的明清时代风格的雕花木门前驻足细看，突然觉得旁边有个人影一闪而过。他一惊，忙转头看去，却什么都没有看见。

尼亚佐夫惊魂甫定，从旁边捡了一根木棍，朝着人影消失的方向走去。地洞突然变窄，经过一段细细的、仅容一人通过的通道，前面被一扇不大却厚实的石门挡住了去路。尼亚佐夫推了推石门，石门纹丝不动。他在石门附近找了找，也没发现什么机关按钮。他有些纳闷，那个人确定是朝着这个方向走的，而这个方向就这么一条通道，此人只能是进了石门。尼亚佐夫是学历史的，对古迹也很有兴趣，这么笨重的石门，在中国来说起码是清朝以前的东西。

如此说来，石门后的这个地洞应该是清朝以前就有的。尼亚佐夫脑袋里突然蹦出一个想法：这个地方是否跟王妃有关系呢？

尼亚佐夫被自己的想法吓了一跳。如果这个地洞跟王妃有关，那刚刚进入石门的人是谁呢?

尼亚佐夫照着蜡烛，正欲仔细打量石门，突然有人在他耳边说:"你怎么在这儿?"

声音突兀，吓了尼亚佐夫一跳。幸亏他听出了是苏娜的声音，否则他真能一屁股坐在地上。

尼亚佐夫扔了木棍，拍着自己的胸脯说:"苏娜，你吓死我了。"

苏娜声音冰冷:"出来，这地方不是你该来的地方。"

尼亚佐夫指着石门说:"我刚刚看到有个人，应该是跑到这里面去了。"

苏娜不置可否，只是说:"尼亚佐夫先生，我让你赶紧出来，你不应该到这地方来。"

尼亚佐夫跟着苏娜从这条通道走出来。尼亚佐夫解释说:"苏娜，我只是想找到厨房，给你烧点儿热水。我走到这儿，看到了一个人影，我就追过去了。"

苏娜说:"厨房不在这个方向。这个地方是禁地，即便是我爷爷都轻易不到这儿来。"

苏娜的话更激起了尼亚佐夫的好奇心，他问:"那你应该知道，这里面是什么地方吧?"

苏娜说:"有些事儿是你不该知道的，你最好不要问了。"

第三章 赊刀人

1 苏娜的担忧

第二天早上，尼亚佐夫做好了饭，喊苏娜吃饭，喊了半天没人答应。他推开她的房间门，发现苏娜严重发烧，已处于昏迷状态。

尼亚佐夫赶紧背起苏娜，想带她去医院。刚走出洞口，他便看到西面的小路上有几个晃动的人影。尼亚佐夫不敢再朝别处看，只好又背着苏娜回到洞里。

他只好翻箱倒柜地找药，幸好柜子里还有点退烧药和消炎药。喂她吃下后，到了中午，苏娜终于醒了过来。她想起来，却没力气站立，喝了点儿水，又昏昏沉沉地睡了过去。

苏娜对尼亚佐夫说的唯一一句话就是千万别出去。对方不知道这个山洞，却已经怀疑他们在这附近有藏身之处。

尼亚佐夫的手机已经快没有电了。他给妻子发了一个短信，告诉她，他因为工作需要，最近不能跟她联系了，等他方便了会跟她联系，并让她放心，他跟朋友在一起，一切安好。尼亚佐夫没等到妻子回信，便关了手机。

此后的几天里，苏娜时好时坏。尼亚佐夫日夜守护着她，喂她吃药，给她换药，一直到她彻底好转过来。

苏娜看到身上刚换的纱布，看了看尼亚佐夫，问："是你给我换的纱布？"

尼亚佐夫点头："换了好几次，要是不换药，你的伤口早就化脓了。苏娜，我不是有意要冒犯你，请你原谅。"

苏娜叹气："我相信你是个好人。我不怪你，我应该感谢你。"

尼亚佐夫看着脸色惨白的苏娜说："你醒了就好了，我真怕……"

苏娜笑了笑："你怕我就这么死了？放心，这种小伤，我不止经历一次了，没事儿。"

尼亚佐夫摇头说："这太可怕了。你们应该坐下来谈一谈，或者报警，你们这样，会死人的。"

苏娜凝重地说："牵扯的人太多，没法谈了。我们更不能报警，先祖有遗训，不能让任何外人知道王妃的秘密，何况政府。还有，教授先生，那对俄国夫妻，在敦煌住了五年了，目的肯定也是想知道康家村的秘密。去年来的还有日本人和阿拉伯人。今年又加上了你，现在谁也不知道，到底有多少人在盯着这件事儿，怎么能停下来？"

苏娜的意思，尼亚佐夫自然清楚。他无可奈何地叹气，点了点头。

地洞里储备非常丰富，不但有大米白面、各种罐头点心，还竟然储存着冷藏的鱼肉。地洞有着非常完善的通气设施，空气虽然说不上清新，却也不憋闷。

苏娜跟尼亚佐夫商量，准备出去找人，她最担心的是爷爷。她说："那天晚上，我和老吴大哥进入莫高窟下的那个洞中，就是等我爷爷的。我爷爷没找到我们，他应该到这儿来找我。他为什么没来呢？"

尼亚佐夫想到了那天晚上在后面追他们的那些人，还是有些后怕："也许……也许……"

他想不出什么理由安慰苏娜。苏娜说："我得出去找爷爷！我担心他被他们抓了去。爷爷那么大岁数了，不经折腾，要是被他们抓住，爷爷可能……"苏娜不敢说下去了。

尼亚佐夫看了看苏娜身上的绷带："你现在走路还不利索，你不能出去。这样吧，你告诉我到哪里去找他老人家，我替你去找。"

苏娜盯着尼亚佐夫看了会儿，问："你真的想帮我找我爷爷？"

尼亚佐夫点头。

苏娜说："如果你帮我找到了我爷爷，我就向他老人家请示，把康家村的秘密都告诉你。不过你得答应我，这些秘密只能一辈一辈地往下传，不能写到书里。"

尼亚佐夫忙点头答应。

苏娜告诉尼亚佐夫，她有一个找到爷爷的办法。她对尼亚佐夫说："你到敦煌某个小市场上，装成一个要买菜刀的人，挨家打听菜刀的价格。你会遇到一个菜刀价格卖得很高的人，高到价格是别人的十多倍。这个时候，你不能说他的刀太贵，而应该跟他要刀看一看。然后告诉他，这刀跟自己缘分不到，需要围着这些卖刀的询价三圈，别的卖刀的都烦了，问到这个价格奇高的人的时候，他会说，他看你是个有缘分的人，他把刀赊给你，等沙漠能种稻子的时候，他会找你收钱。这个时候，你拿起刀就走。不管你走到哪儿，直到有一个人在后面拍你的肩膀三次，你就跟着这个人走就行。他会带你到一个地方，你把你的要求告诉他，他就能替我们办到。"

尼亚佐夫有些不相信："真的？这也太神奇了吧？这个赊刀人是神仙吗？"

苏娜摇头说："别打听他们的身份，你必须要牢记这一点。我爷爷都不知道他们是什么人，他只是告诉我，他们是一群无所不能的人，是上天派来帮助我们的。"

尼亚佐夫点头问："那我需要向他们说什么？你总得把你爷爷的姓名、年龄、穿什么样的衣服等都告诉我吧？"

苏娜摇头："都不用，你只要告诉他们，你要找苏娜的爷爷就行了，别的一个字都不用说。"

尼亚佐夫不解："就这么简单？不用让他们捎信，告诉爷爷我们在哪里等着他？"

苏娜从桌子抽屉里，抽出一张纸，用铅笔在纸上画了一个六角星。她把六角星用剪刀剪下，折叠成一个四方形，递给了尼亚佐夫："都不用，记住了，千万不能多说话。你把这个给他们，说是给他们的酬金，就完了。"

尼亚佐夫临走，苏娜又叮嘱他一遍："记住了，不能多说，也不能多问。我这一辈子，只有一次找赊刀人的机会，要是多说话，他们就再也不会搭理我了。"

2 赊刀人

尼亚佐夫乔装打扮一番后，来到敦煌最东北角的这个杂乱的小市场。市场里穿着各种民族服装的商人，在叫卖着各种五花八门的商品。市场比较乱，除了卖菜和卖肉的比较集中，其他各种商品掺杂在一起。尼亚佐夫从入口开始转，看到卖菜刀的就打听价格，奇怪的是，他打听了一圈，价格都差不多，根本没有一个价格相差有十倍的。

他有些郁闷，只得继续挨家打听。等他转到第三圈的时候，卖刀的都有些烦了，对他爱理不理的。尼亚佐夫又打听了一圈，还是没有高价格卖刀的出现，他很是失望。

他围着市场徒劳地又转了一圈，正要走开，一个穿着时髦的中年女子突然出现在他面前。女子朝他笑了笑，用英文问他："大哥，您买刀吗?"

尼亚佐夫忙用英文回答她："是的，我想买一把菜刀。"

女子说："那你跟我来吧。"

尼亚佐夫将信将疑，又觉得纳闷。这个女子怎么知道他会英文呢?他现在的穿着打扮，完全就是当地老百姓的样子啊。但是，他牢记苏娜的嘱咐，不敢多说话，只管跟着女子走到旁边的一幢破旧的二层楼前，跟着女人上楼。

女人推开一个房间的门，带着尼亚佐夫走了进去。

这是一个非常简陋的房间。唯一的摆设是靠窗的一个条案，案上摆放着香炉，而香炉的后面却是空的。这让尼亚佐夫感到很惊讶。他想问这个女士，香炉后面是空的，那他们供奉的是谁啊。想到苏娜的嘱咐，他再次闭了嘴。

女士拍了拍屋子里的一扇小门，一个穿着打扮像是普通农夫般的瘦削男子从屋里走出来。男子背着一个背包，打量了尼亚佐夫一眼，问他："你要赊刀吗？"

尼亚佐夫点头说："是的。"

男子放下背包，笑了笑："不错，今天还没出门，就开张了。"

他从背包里抽出一个黑色的布包，从布包里抽出刀，递给尼亚佐夫："你看看，这刃口、这钢火，是用军舰上的钢打的。价格也不高，三百元一把。"

尼亚佐夫有些蒙圈。这场景跟苏娜交代的相差太大了。他拿着刀，正在琢磨要怎么回答他。男子拍了拍他的肩膀，说："你看好了就拿走。等这戈壁滩变成大海，我就去找你要钱。"

这就跟苏娜说的更不一样了。苏娜告诉他的是，等沙漠里长出稻米。尼亚佐夫犹豫了一下说："我不知道我是否找错了人，我……"

尼亚佐夫还没说完，女人的手里猛然多了一把短刀。女人把短刀抵着他的喉咙，微微笑着，问："那你告诉我，是谁让你到这儿来的？"

尼亚佐夫说："是苏娜。"

女人微笑的面孔愣住了："苏娜是谁？知道我们联络方式的这个世界上只有一个人。你再说不准，我这刀子可就要横着划一下了。"

尼亚佐夫冷汗都下来了。妈的，这都是些什么人啊，一句话说不好，就要动刀子。确实是苏娜让自己到这儿来的啊，可是这些人不认识苏娜，那他们认识谁呢？苏娜的爷爷？万一不是他呢？

尼亚佐夫在脑子里转了一圈，觉得自己认识的、最有可能跟这些人熟悉的应该就是苏老头了。他说："老苏头。呃，就是在开古董店的那个老苏头。"

女人的眼神放松了，刀子却还没有拿开："他让你来，有什么话带给我们？"

尼亚佐夫一愣，这又跟苏娜说的不一样了。不过事情到了这种地步，他只能跟着朝下走了。他说："老苏头不见了，是他的孙女苏娜让我来这儿的，她希望你们帮忙找到她爷爷。"

女人放下刀，又恢复了微笑，说："知道了，你走吧。"

尼亚佐夫不敢再多说话，也不敢再问，提着菜刀转身走了出去。女子走在他后面，一直陪着他走出小市场。女子跟他握手告别，尼亚佐夫壮着胆子问了一句："这沙漠怎么能变成海洋呢？"

女子笑了笑："万物轮回，此海洋非彼海洋。"

尼亚佐夫说："可是，我住些日子就回老家了，你们怎么能找到我要钱？"

女子有些调皮的样子，说："我猜一猜。你的老家离这儿有一千二百多公里，你家住五楼，有一个贤惠的妻子。喔，你妻子还是一名教师呢。你还有一个活泼可爱的女儿、一辆霸道越野车，看来，你平常喜欢到野外旅游。尊敬的教授先生，我说得对吧？"

尼亚佐夫被这个美女说得心跳加速，他惊恐地问："你……你怎么知道这个？你们是什么人？"

女子恢复冰冷的表情说："只有死人才知道我们的身份。至于我怎么知道这些，我只能告诉你，这个世界在我们眼里没有秘密。否则，我们怎么敢赊刀给你？走吧，教授先生，想必老苏头的孙女告诉过你，来我们这儿，尽量少说话，你今天已经问得够多的了。"

尼亚佐夫从小市场出来，找到买手机的地方，买了充电宝和电池，先给老婆打了个电话，报了平安，然后按照苏娜的嘱咐，打车从北路来到另一个小村子，从小村子绕到坟地后的洞口，从那个洞口进入山洞。

尼亚佐夫把去见赊刀人的过程都跟苏娜说了。苏娜点头道："他们的预言又变了。我爷爷说，他们的预言是跟着星星的变化而变化的。"

尼亚佐夫说："他们到底是些什么人呢？他们好像没有不知道的事，连我家的情况都知道，这也太可怕了！"

苏娜摇头说："别说我，我爷爷都不知道他们的底细。爷爷只是告诉我，赊刀人是最值得尊敬的人。"

尼亚佐夫问："那他们怎么认识你爷爷啊？还有，他们怎么能帮咱们呢？"

苏娜说："我不知道，爷爷也没告诉我这些。有他们帮忙，肯定能找到我爷爷，你今天有功劳，你歇歇吧，我做饭去。"

尼亚佐夫把菜刀从背包里拿出来，递给苏娜："给你菜刀，三百人民币呢。"

苏娜把菜刀放下："赊刀人的刀不可随便用，先放着吧。"

苏娜去厨房做饭了，尼亚佐夫拿了一块肉，喂给蛇吃。在山洞里住了这么多天，尼亚佐夫的眼睛已经适应了黑暗，他可以不点蜡烛，把山洞里的情况看清楚。蛇在他前面爬，快要爬到洞口的时候，它突然直立起了身子，转头朝着尼亚佐夫就冲了过来。尼亚佐夫吓得魂飞魄散，一屁股蹾在了地上。巨蛇却没有理睬他，爬过他的腿，急速朝后跑去。

尼亚佐夫爬起来，看到一个人影，竟然从通往冰窟的屋子里出来，手里似乎还提着东西，从他面前不远的地方经过，走入了另一个岔洞口。这个人影跟上次他看到的几乎一模一样。

尼亚佐夫吓得转身就跑，他一直跑到厨房，推门对苏娜说："我又看到那个人影了！他刚刚从冰窟那个门跑出来！"

苏娜淡淡地说："我知道了，别管他。"

尼亚佐夫几乎要爆炸："别管他？他到底是人还是鬼？苏娜，你得告诉我，这样会吓死我的！连那条蛇看到他都害怕！"

苏娜说："那我告诉你，他们是我们先祖雇的地下守墓人，这下你放心了？"

尼亚佐夫倒抽了一口凉气："你先祖雇的？地下守墓人？那得有多少年了？"

苏娜说："我爷爷说，大概有五百年了吧。"

尼亚佐夫惊愕："那他们是人还是鬼？"

苏娜继续炒菜："不知道，应该算人吧。我爷爷说，地下守墓人跟我先祖签的是一千二百六十年的合约。你放心，只要咱们离他远点儿，他们不会害咱们的。"

尼亚佐夫绝望道："如果他们想害死我们呢？"

苏娜说："放心吧。我在这儿住了这么多年，他们也没害过我。"

尼亚佐夫追问："那……他们吃什么？怎么生活？"

苏娜摇头说："他们不是永远生活在地下的。他们有自己的组织，像赊刀人一样。不过吃的是我们给他们预备的。看到那个冰窟了吧？我们每年清明、十月一、过年把大量吃的运到这里，就像雇人干活一样，管吃，哈哈。"

3 再会高昌林

　　一天之内见到了神秘的赊刀人，知道了这地洞里竟然还有鬼魅一般的地下守墓人，苏娜他们身上还有多少一般人不知道的秘密？尼亚佐夫想起了爷爷曾经跟他说过的一段话："在这个世界上，每个朝代、每一段历史，都可能会留下一段秘密。这些秘密不会消失，只是变成了另外一种方式存在于这个世界，与这个社会同存。"

　　同埋，康家村的秘密也不会消失。只不过深深地埋在了地下，而苏娜他们就是能从地上通到地下的人。

　　赊刀人果然厉害，第四天晚上，有人来到地洞中，带来了苏娜爷爷的消息。来人是老吴，就是那天晚上背着苏娜去莫高窟的中年男子。尼亚佐夫和苏娜看到他都非常高兴。尼亚佐夫说："我还以为你被他们抓去了呢。"

　　老吴朝着尼亚佐夫笑了笑："是赊刀人让我来的。"

　　苏娜惊讶地说："他们找错人了吧，我让他们找我爷爷的。"

　　老吴说："没找错。他们就是找族长的，这些赊刀人真厉害，我刚在乌鲁木齐下了飞机，他们就找到我了，逼我马上回来。我怎么说也不行。因为他们有个要命的规定，接到合约后，六天必须复命。"

　　尼亚佐夫惊讶道："这么厉害？老吴大哥，您知道这个赊刀人的来历吗?"

老吴摇头:"据说这个世界上知道他们来历的只有两个人。一个是西天佛祖;一个是明朝皇帝朱元璋。当年朱元璋差点儿被元兵抓住,是一个赊刀人把他藏在装满了炭火的火炉下,救了他一命。朱元璋就与这个赊刀人拜把子成了兄弟,赊刀人后来带着他加入了明教,他在明教的帮助下,终于打赢了天下。"

尼亚佐夫摇头说:"朱元璋早死了,西天佛祖没人说得清是真有还是假有,这么说,没人知道他们的来历了?"

老吴边喝水边说:"我也是听老族长说的。听说这个赊刀人是古代巫师的后人,有几千年的历史了,你们找老族长有什么事儿?"

苏娜说:"我怕我爷爷出事儿啊。吴叔叔,我爷爷现在在哪里?赊刀人怎么没找到他,找到您了呢?"

老吴笑了笑:"放心,你爷爷好着呢,没事儿。赊刀人是天下最有本事的人,他们怎么能找不到你爷爷?你爷爷暂时有事儿,让他们找我,赊刀人这才抓了我,让我回来给你们送个信儿。"

老吴在地洞里住了两天就走了。临走前,老吴跟苏娜做了一番长谈,具体谈什么,尼亚佐夫不知道。他只知道,老吴走后,苏娜开始闷闷不乐,也不爱搭理尼亚佐夫了。

尼亚佐夫知道,老吴说的事应该跟他有关。尼亚佐夫这两天夹着尾巴做人,在苏娜面前小心翼翼,两天后,苏娜的脸色有所放松。他才找机会询问了老吴的事。

事情的严重性出乎尼亚佐夫的预料。被放出来的那些人,对老苏头这边的人充满了仇恨,他们不顾自己族长的约束,对老苏头这方人马进行了非常残酷彻底的抓捕。这几天中,共有一百多个核心骨干被抓，几十人失踪，两人因为反抗被杀，剩下的苏家男子不敢再在敦煌附近待下去，纷纷跑路，或者出去做点小生意，找地方打工。苏家的活动完全停止，警察也因为人命案介入了调查。

最要命的是，老族长托赊刀人递给她的一个纸条。纸条上说，赊刀人也欠对方的族长一个人情，如果对方族长要求赊刀人帮忙，找到王妃灵柩或者康家村的秘密，那他们就算完蛋了。因为赊刀人欠老苏头的人情已经还了，他们在赊刀人那里已经没有什么可约束他们的了。而赊刀人，最看重的是合约和报恩。

尼亚佐夫说："这个简单啊，让老族长再想法让赊刀人欠他一个人情，不就行了？"

苏娜说："让赊刀人欠一个人情，非常不容易。当年我爷爷是牺牲了我们的两个高手，救了赊刀人掌门的命，才让赊刀人欠了一个人情。现在我们都这个样子了，凭什么能让赊刀人欠上人情。"

尼亚佐夫后悔不已："早知道能这样，我就是死也不会想救他们。"

苏娜苦笑了一下："一切皆是天注定，算了，别后悔了。"

尼亚佐夫与苏娜商量应对此事的办法。苏娜告诉他，老吴已经按照爷爷的指示，去找赊刀人了。不过爷爷也没有好办法，他让老吴去，是想知道对方是否找过赊刀人。

尼亚佐夫说："即便现在没找，那如果他们过两天找，赊刀人还是会帮他们啊。"

苏娜点头："这是最麻烦的事儿。赊刀人是有恩必报，如果对方找了他们，赊刀人肯定会帮他们的。"

尼亚佐夫说："赊刀人不至于连这里都能找到吧？"

苏娜忧心忡忡："不知道。爷爷跟我说，江湖有句话'能惹鬼和神，不惹赊刀人'。赊刀人是比鬼和神都可怕的人。"

尼亚佐夫突然问苏娜："你认识那个高昌林吗?"

苏娜点头："当然认识，不过我也是刚知道，这个高昌林也是他们的人。"

尼亚佐夫说："高昌林跟我也算是朋友，十多年了。这十多年我帮助他不少，但是现在他知道我的身份了，你帮我想想，如果我现在找他打听消息，他能不能告诉我?"

苏娜摇头："这个不好说。高昌林是他们的眼线，算不上核心人物，却也能知道很多事儿。"

尼亚佐夫想了想，说："我去找他，打听一下情况，咱不能在这里等死。"

第二天，尼亚佐夫让苏娜帮忙，把自己打扮成一个地地道道的农民模样，找了一把锁，去找高昌林配钥匙。

高昌林依然穿着那身旧衣服，在太阳底下忙活着。尼亚佐夫在他对面的小吃摊上要了一碗敦煌酿皮子，边吃边暗中监视着高昌林。酿皮子是敦煌名吃，爽辣柔韧，满口皆香。尼亚佐夫学着一些敦煌汉子的样子吃了一口辣皮子，喝了一盅香喷喷的当地白酒，在大太阳下晒得出了一头的汗，感到很是幸福。他在地洞里吃了一个月的米饭，一个月没有正儿八经晒晒太阳，没有看到这么多人、这么多车，更没有坐在他们中间，堂而皇之地吃一餐饭。以前在街头坐着吃饭，都感到有些不习惯，今天，他觉得这真是太享受了。

大家都跑到阴凉处吃饭歇息，唯独尼亚佐夫一直晒着太阳，直到自己觉得把身上的湿气潮气都晒出来了，才跑到旁边的自来水龙头下洗了洗脸，走到高昌林身旁。

此时高昌林已经开始午休了。他斜靠在墙上，一个破旧的草帽盖住了半张脸，剩下的半张脸，显得疲惫苍老。一只大个的苍蝇飞到他脸上，在他的脸上兜圈子，尼亚佐夫正想把苍蝇赶跑，高昌林突然醒了。

他睁开眼看到了尼亚佐夫。目光一愣，一只手抓了草帽，猛然坐了起来。

尼亚佐夫在他旁边的凳子上坐下，笑了笑："高先生，你这日子过得很舒服啊。"

高昌林的神情变化很快。一刹那的工夫，他由惊愕、恐惧恢复了平静。他把草帽扣在头上，搓了一把脸，说："教授，你这些日子去了哪里，我到处找你都没有找到。"

尼亚佐夫笑了笑："是抓我吧。"

高昌林正色道："教授，我们是朋友。当然，现在身份有点儿变化，但是我是一个念旧的人，当年您帮了我很多，我找您，是怕您有危险，请您相信这一点！"

高昌林一脸真诚，尼亚佐夫有点儿感动，说："我相信，不过有些事儿，恐怕你无能为力。"

高昌林叹了一口气："很多事儿您都知道了，我也不瞒您了。我和老苏头……"

尼亚佐夫打断他的话："我不想听别的。我就想知道，这件事儿你们打算怎么办？"

高昌林说："我们这边，我说了不算。我只是一个跑腿的。我们这边的人跟老苏头那边的人斗了一千多年。我从懂事起，老人就教育我们怎么跟他们斗，他们怎么坏。唉，我们的后人也完了，他们什么都不会，只知道怎么逃跑、怎么跟踪、怎么抓人。没别的办法，只能斗到底了。"

尼亚佐夫说:"这是典型的浪费生命。老苏头那边人才济济,你觉得你们能找得到你们想要的东西?"

高昌林苦笑了一下,摇头说:"鬼才信呢,老祖宗几百年都没弄到,我们凭啥?"

尼亚佐夫说:"既然如此,你们何不握手言和,好好过日子?"

高昌林还是摇头:"教授,你只知其一不知其二。老苏头是个狠人,这几十年,我们有上百人失踪,或者因为他而死。这种仇恨不是说撂就能撂下的。当然,他们也有人在我们手里完蛋,这几百年的仇恨啊,别说是我们,就是族长也不敢让他们停下来。"

尼亚佐夫长叹一口气:"真是想不到,康家村的秘密竟然是互相仇杀。我跟你打听一件事儿,你知道赊刀人吗?"

高昌林点头说:"当然。"

尼亚佐夫说:"那你知道赊刀人欠你们族长一个人情吗?"

高昌林又点头。

尼亚佐夫问:"你们族长会不会让赊刀人帮他对付老苏头他们?"

高昌林摇头说:"他当然想了,但是没用。赊刀人还欠着老苏头一个人情呢,只要老苏头的这个人情不用,赊刀人就不会答应我们族长。老苏头多精明一个人,我们族长的人情不用,老苏头的这个人情就不会用。"

尼亚佐夫心中咯噔一下。高昌林肯定不知道,老苏头的这个人情已经用了。如果高昌林这边的族长知道了,这是多么可怕的事儿啊。

他小心翼翼地问:"你们……怎么能知道,对方用没用这个人情啊。"

高昌林摇头："这个我也说不准。这个也没必要打听，两边的族长都不傻，不会把这个人情用了。你知道女娲吧？人类是女娲用泥做的，赊刀人是女娲的后人，天下之事无所不知，谁不想靠着他们啊。"

尼亚佐夫还想问，高昌林突然小声说："我们的人来了，要是他们认出你，你就走不了了。赶紧走，从我后面的胡同走，拿着这把锁和钥匙。"

高昌林从旁边的匣子里拿出一把锁和钥匙，大声对尼亚佐夫说："好了，配好了，给您上了油，您尽管用吧，钱不多，给十块就行。"

4　再找赊刀人

尼亚佐夫怕有人跟踪，一直在城里转到天黑才搭车回去。

尼亚佐夫把跟高昌林谈话的内容告诉了苏娜，他特别强调，对方的人以为老苏头是不会把赊刀人的这个人情用掉的。所以，他们短时期内是不会去找赊刀人的。苏娜还是惴惴不安。她后悔自己把爷爷好不容易赚来的赊刀人的人情给用了，后悔得不想吃饭，不想睡觉。尼亚佐夫安慰了她半天，苏娜才勉强吃了点儿饭。

然而，让两人都没有想到的是，第二天一早赊刀人竟然找到了他们。

赊刀人是从那个山后的入口进来的。尼亚佐夫刚醒，还没起床，苏娜正在洗漱，两人同时听到了一阵鬼哭狼嚎的声音。苏娜跑到尼亚佐夫的房间外拍门："快起来，有人进来了！"

尼亚佐夫赶紧爬起来穿衣服。

两人刚要朝着台阶跑，突然听到身后传来三声长啸。啸声凄厉，透着绝望和无奈。苏娜呆呆地站住了，手里提着的一个方便袋也掉在了地上。

尼亚佐夫被这啸叫之声吓得掉头就跑，跑了两步，发觉苏娜没跟上，又转头跑回来，拽着她就跑："赶紧跑啊，你这是等死啊。"

苏娜摇头说："不用跑了。地下守墓人都挡不住他们，我们跑不出他们的手心。"

尼亚佐夫一愣："刚刚那些叫声……就是那些怪物发出的？"

苏娜说："是，三声长啸，那是警告我们，他们守不住了，要退了。"

尼亚佐夫骂道："这些怪物这么草包。"

苏娜转头看了看尼亚佐夫："他们是英雄。他们挡不住的人，天下没有人能挡住。教授，我们无路可逃了，只能等死了。"

苏娜话音刚落，一个冷冰冰的声音传来："你们不用等死。我是来给你们报信的，你们赶紧离开这里，五天后，高家人会找到这里。"

尼亚佐夫转头看到一个一身黑衣的蒙面人。蒙面人的一双眼睛，刀子一般在两人脸上划过。

苏娜盯着他的眼睛："你们是赊刀人？"

蒙面人迟疑了一下，点头说："是。"

苏娜愤怒了，她抖着手指着他："你们忘恩负义，我爷爷当年救过你们的二把头，你们竟然帮外人对付我们!"

蒙面人说："我们是最讲究信义的。没错，当年苏族长对我们有恩，我们也答应过老族长，我们会答应他的一个请求，以此还他人情，这个人情，我们已经还了。我们也欠你们的对手一个人情，此人是谁，想必你们也知道。现在人家利用这个人情了，让我们帮他们找人，我们不得不如此，请苏小姐原谅。苏小姐是明白人，我偷偷先来报信，已经算是违背赊刀人的规矩了。"

苏娜长出一口气，问："他们什么时间找的你们?"

"这个我不能告诉您，请苏小姐原谅。我能告诉您的就是请您赶紧离开，五天后，我会带着他们的人来这里。"赊刀人说完，转身走了。

苏娜和尼亚佐夫在原地站了一会儿，苏娜慌乱地说："我们还有五天时间，得想办法把这件事儿告诉爷爷，也许爷爷会有办法。"

尼亚佐夫冷静下来："说得容易，我们都不知道老族长现在在哪里，怎么告诉他?"

苏娜想了想，说："我们去求赊刀人!"

随后，苏娜打扮成一个学生，尼亚佐夫则戴着眼镜，打扮成一个教师模样，两人一起来到城里，找到东北角的那个百货市场。尼亚佐夫要带着苏娜上楼直接去找赊刀人，被苏娜拒绝。她按照赊刀人的规矩，在小市场转了三圈，挨个儿向卖刀的打听价格，三圈转完，却不见人出来。苏娜不泄气，又带着尼亚佐夫转了三圈，几家卖刀的都烦了，有一个粗壮的汉子瞪着眼问："你们是不是闲疯了?"

尼亚佐夫没办法，只好向人家赔着笑脸，说几句好话。六圈下来，别说是上次找尼亚佐夫说外语的漂亮女子，一个人影都没有出现。两人只得上楼，来到尼亚佐夫上次进入的那个屋子。老式的木门外，挂着一把晃着金光的大铜锁。

尼亚佐夫有些错愕，难道他们走了？这才几天啊。两人在二楼转了半天，好不容易碰到一个扛着蛇皮袋子的中年女子走上来，尼亚佐夫忙过去打听二楼住的人。女子告诉他们，那个挂着铜锁的屋子是她的。她丈夫做批发生意的时候，那个屋子是个仓库。尼亚佐夫眼珠一亮，问她丈夫是干啥的，她说死了。自从丈夫走了后，她把屋子里的商品都处理了，屋子就一直空着，她也不上锁，谁家进货多了，都可以暂时放在这个屋子里。这几天，她也开始进货做生意了，就把屋子锁上了。

女子说完，放下蛇皮袋，开了屋子的门。尼亚佐夫和苏娜进去打量了一下。那个长条案子还在，屋子角落里放了几个同样的蛇皮袋子，再无其他。

女人问他们是不是想租她这个屋子。如果想租，价格可以便宜点儿。

他们摆摆手赶紧告辞。

尼亚佐夫迷茫地看着这个小市场，真是感慨万千。赊刀人说没就没了，说来就来，实在是让他觉得不可思议。

苏娜站了一会儿，想通了："他们原先等在这里，是因为有答应爷爷的承诺，现在他们兑现了承诺，自然就走了。为了一个承诺，他们在这里等了十多年，赊刀人不愧是天下最讲诚信的人。"

尼亚佐夫说："找不到赊刀人，我们怎么求助他们？"

苏娜摇头叹气，一时答不上话。

尼亚佐夫说："要不我再去找找高昌林，向他打听一下？万一他们是让高昌林去联系赊刀人呢？"

苏娜说："上次你去没被他们抓起来，就已经很幸运了。

万一你去了被他们抓起来，他们给你上刑，逼你交代这些日子藏在哪里，你能像我爷爷那样威武不屈？"

尼亚佐夫想了想，说："我不知道你爷爷是怎么威武不屈的，不过我恐怕不行，我怕挨打。"

苏娜撇了一下嘴："我爷爷是我们族里真正的英雄。他五年前被高昌林那边的人抓住，他们砸碎了他六个脚指头，爷爷没吭一声。"

尼亚佐夫叹息："厉害，别说六个，半个我都熬不过去。"

苏娜带着尼亚佐夫走出小市场，在街头略站了一会儿，突然对尼亚佐夫说："你在这儿等我一会儿，我去找个人。"

尼亚佐夫有些不放心："我跟你一起去吧，还有个照应。"

苏娜摇头道："人多不方便，我这个样子没人会认出来。你就听我的在这儿等着吧，我一会儿就回来。"

尼亚佐夫看着苏娜走远，悄悄跟在了她后面。苏娜搭了一辆电动三轮车，尼亚佐夫也搭了一辆。

让尼亚佐夫惊愕的是，苏娜竟然径直来到她曾经住过的老古董店——现在的服装店外。尼亚佐夫老远看着她下了三轮车，她显然对自己的行为还有些顾虑，从三轮车上下来后，转着圈四下看了看。

此时正值中午，阳光如炬，打在身上火辣辣地疼。苏娜躲闪着阳光，犹如一只小兽，躲闪着无处不在的弓箭，跳上台阶，冲进了服装店。

尼亚佐夫的位置刚好在康老板的小吃店外。他下意识地转头，看到康有福正盯着服装店看。康有福显然也注意到了苏娜，从他的表情动作可以看出，他在猜测苏娜的身份。康有福又转头四下看了看。尼亚佐夫侧脸给了他一个戴着遮阳帽的后脑勺。

他能感觉到，这个擅长做刀削面的小老板的目光，像钉子一样打在三轮车的铁制外壳上，打出了耀眼的火花。

尼亚佐夫等火花消散，转过头的时候，看到康有福正拿着手机在打电话。康有福边打电话，他的眼睛边死死地盯着服装店的大门。

尼亚佐夫让开三轮车的师傅把车开到服装店门口，他给了三轮车师傅五十元订金，让他在这儿等着，然后，他迅速从三轮车跳下冲进服装店内。

服装店里却没人。不但苏娜不在，店里没有顾客，连老板娘也不知所踪。尼亚佐夫顾不得了，边喊着苏娜的名字，边到处寻找他们。

他从一楼顺着狭窄的楼梯爬到二楼，又从二楼跑下来，顺着服装店的后门，跑到院子里，也没有找到苏娜和那个丰腴的中年女人。

尼亚佐夫又跑到前面的大厅，却看到苏娜和那个中年老板娘不知从哪儿冒了出来。

苏娜看到他有些冒火："你跟踪我?"

尼亚佐夫扯着她的胳膊就朝外跑："赶紧跟我走，他们就要来了!"

5　逃

尼亚佐夫和苏娜跑出服装店，那个三轮车却没了踪影。

尼亚佐夫含混不清地骂了一句，拽着苏娜就朝前跑。苏娜已经预感到尼亚佐夫肯定是发现了问题，因此也不说话了，跟着他朝前猛跑。两人跑到一条小胡同口，刚要朝里拐，突然，从胡同口里跑出几个人，他们大喊："就是他们两个！别让他们跑了！"

几个人朝着两人就扑过来。两人转头便跑。

苏娜伤口还未完全愈合，跑了这么一会儿，伤口破裂，腰上流出了血。她捂着伤口跑，疼得龇牙咧嘴。幸好后面追过来的人跑得比较慢，否则，两人早就被他们抓住了。

两人跑到服装店门口的时候，女老板站在服装店门口，看着两人从她的面前跑过去。苏娜一直朝前看，好像不认识她。尼亚佐夫看了她一眼，没心情多想。现在他关心的是怎么摆脱后面这些追兵。

刚跑过服装店门口，苏娜终于坚持不住，倒在了地上。尼亚佐夫跑过去扶她，后面的人猛然就围了上来，过来要抢苏娜。

尼亚佐夫急了，猛然从背包里掏出一把短刀，朝着离苏娜最近的人刺了过去，只见瞬间鲜血飞溅，此人惨叫一声，朝着尼亚佐夫撞了过去。尼亚佐夫没防备，直接被撞倒了。旁边的人要朝他下手，他死死地握住刀子，猛划猛刺，众人不敢近前。

此时，边上看热闹的人越来越多，苏娜趁机大喊："有人抢钱了！救命啊，有人抢钱了！"

众人愤怒。有一个老大妈站出来，指着围着尼亚佐夫跃跃欲试的壮汉喊："你们这些人真是疯了，敢大白天在敦煌街头抢劫，是不是以为敦煌没好人了？"

老大妈的一声喊，喊醒了众人，几十名男女老少围上来，一齐斥责这几名壮汉。这几个人看惹了众怒，有些害怕，正要退去，但这时从后面又冲过来十多个人，每人都手持木棒、铁棍。众人害怕，都朝后退，尼亚佐夫拉着苏娜想跑，先前的壮汉看到来了援军，便来了精神。其中两个冲过来扑倒了尼亚佐夫，抢了他手里的刀子，朝他连捅两刀。

尼亚佐夫连声惨叫，苏娜挥舞着小拳头冲过来，被后面赶到的几个人摁住。

众人押着两人朝后走。后来的十多人则在两边挡着围观的群众。众人刚走到服装店门口，突然一辆越野车朝着他们冲过来。架着尼亚佐夫的其中一个壮汉躲避不及，被狠狠撞倒在地。汽车继续朝前冲，朝着拖着苏娜的两条汉子冲过去。这两条汉子被吓傻了，扔下苏娜就跑。汽车在苏娜身边停下，开越野车的正是服装店的女老板。尼亚佐夫通过她和苏娜的谈话，得知她叫苏香。苏香告诉两人，她本来报警了，警察说十分钟就到，没想到这都半个小时了，他们还没有影子，没办法，她只得暴露身份，先把他们救出来再说。

让尼亚佐夫没有想到的是，看起来很端庄的女老板吉普车开得很猛。看到后面有车追上来了，她也不管红绿灯了，一路猛闯，出了县城。

终于不见了追击他们的汽车，苏娜高兴地喊："苏香姐，你把他们甩得没影了。"

苏香很冷静地说："坐好了，那些人不是这么好对付的。"

果然，他们拐过一个弯后不久，那两辆黑色的轿车就出现在汽车后视镜中了。在这平坦的公路上，轿车发挥了速度快的优势，双方的距离越来越近。

苏娜有些沉不住气了，喊道："苏香姐，你快点啊，他们就要追上来了！"

苏香不搭理她，汽车刹车，猛然拐弯，跑上了一条泥土小路。两辆轿车刹车不及，跑出好远，才在前面停住掉头，也驶上了小路。

小路坑坑洼洼，轿车不敢跑快，吉普车轻易地甩掉了他们。总算摆脱了困境，苏香开始埋怨苏娜，说她不该到服装店来。

"苏娜，我这个地方是族长叮嘱了无数遍的，不到最后关头，不得暴露这个地方，今天你可是闯了祸了。老族长知道了不知怎么说你呢。"

苏娜辩解说："赊刀人要帮他们，这还不算是最后关头？"

苏香毫不客气道："你还嘴硬，他们不是还没有来吗？你可别跟我说你不知道什么叫最后关头。"

苏娜还在嘴硬："我进服装店也没有暴露你啊。要不是你自己跑出来救人，你还好好的呢。"

苏香被她气笑了："你这丫头片子，煮烂心煮不烂嘴的玩意儿。你问问这个外国人，是不是你刚进服装店就被他们给盯上了？你能把脸化得谁也认不出来，可是你走路的样子是无法改变的。咱跟他们一直对着干，他们对咱的人早就从皮到骨头都刻在脑子里了。再说了，你们两个就要成了人家的菜了，我能见死不救？你可是老族长的心肝宝贝呢。"

苏娜大概也意识到了自己的错误，不吭声了。他们继续开车，苏香问："苏娜，你打算回哪儿？"

苏娜说："还能回哪儿？只能回老家了。苏香姐，服装店你回不去了，你打算怎么办？"

苏香换挡加速："你不用担心我，我有地方去。"

苏娜抬头看了看天，说："苏香姐，现在太阳还没落山，回去恐怕让人看见呢。先别回去，你带着我们去吃点儿东西吧。我们一大早就出来了，这都大半天了，中午饭还没吃呢。"

苏香说："行，我也饿了，我带你们去吃全羊。"

苏香掉转车头，疾驰了一会儿，来到一个小镇上。苏香先开车绕着小镇转了一圈，把车开到一处不显眼的胡同口放下，带着两人来到附近的羊肉馆。

三人要了最靠里的一个小房间，苏香出去点了肉菜，一会儿工夫，大盆的全羊汤和各种羊杂炒菜陆续上来。尼亚佐夫和苏娜许多日子没有吃到如此美味了，两人放开肚皮大吃了一顿。吃完饭后，尼亚佐夫好像这才感到刀伤的疼痛，要站起来的时候，却不由得哎哟了一声，重新坐了回去。

此时，太阳已经西斜，苏香开始开着车朝坟地走。

苏娜带着苏香绕过所村村，还是从北边公路进入通坟地的小路。苏香关了车灯，三人边观察四周，边朝着坟地方向前进。

尼亚佐夫坐在车上，伤口的疼痛使得他蜷缩在一起，像一个抱起来的刺猬。苏香给他吃了两片止疼药，还是无法遏制疼痛。

苏娜让苏香在离坟地五六里路的一条羊肠小道旁停下，掉头回去。

苏香开车走后，苏娜先带着尼亚佐夫躲进路边的小树林，观察了一会儿周围的动静，觉得一切正常后，才从小树林里走出来，顺着小路朝前走。

走了约一里路，到了一个叫西汇的小村子。此时村里人大多已经关上门在家里看电视了，小街上很少有行人。两人小心翼翼穿过街道，来到村外。此时，已经离坟地只有三里多路的光景了。苏娜觉得危险地段已过，长出了一口气。

尼亚佐夫站在村外，看着前面的茫茫夜色，突然感到有些不安。他对扶着他的苏娜说："苏娜，我觉得不对。"

苏娜不信："这一路上这么顺利，哪里不对了？"

尼亚佐夫说："正是因为顺利，我才觉得不对呢。我们甩开对方的车的那段小路不长，按照一般概率来说，他们能找到咱的概率是百分之五十。但是，如果两辆车分开从两个方向追击，他们找到我们的概率就在百分之八十以上。"

苏娜说："要是这两辆车都朝着一个方向跑了呢？"

尼亚佐夫说："这个可能性也有。不过据我这些日子跟他们打交道的经验，即便他们找错了方向，没找到我们，也不会轻易放弃。他们会招来更多的汽车和人在公路上巡逻，在他们怀疑的地方安排人埋伏。你说对不对？"

苏娜也被尼亚佐夫说得有些后怕了："对，可是咱们怎么就一直没发现他们呢？"

尼亚佐夫说："所以，从那个镇上到公路，从公路到小路，一直到这儿，我们不遇到他们的概率很小。"

苏娜问："那……那，我们怎么就没遇到呢？"

尼亚佐夫说："我怀疑不是我们没遇到，而是他们发现了我们，或者在路上设下了埋伏，专等我们钻进来呢。"

苏娜下了一跳："不会吧，我们这个地方……"

尼亚佐夫打断她的话："但愿不会，不过我们要万分小心，要是被他们发现了我们的住处，我们可真就无处可逃了。"

苏娜问："那我们该怎么办？"

尼亚佐夫说："反正我们也吃饱了，我们跟他们耗一会儿。从这儿到坟地，还有两三里路，如果有危险，那肯定就在这一段了，前面有个小树林，咱先去小树林里躲一会儿，没动静再说。"

苏娜同意尼亚佐夫的提议。她扶着尼亚佐夫朝小树林走去。快到小树林的时候，两人突然隐隐约约听到有人说话的声音，忙滚进旁边的沟里。

尼亚佐夫滚到沟底的时候，伤口刚好撞到了边上的一块石头，他"哎哟"叫了一声，有人在远处喊了一声："谁?"

苏娜捂住了尼亚佐夫的嘴，两人躲在沟底，屏住了呼吸。

6 爷爷

一阵人声嘈杂后，两人听到杂乱的脚步声由远及近。尼亚佐夫从脚步声判断，对方最少有二十多人。苏娜拽着尼亚佐夫从沟底朝小树林跑，两人刚跑到小树林里，那些人也到了小树林外。

此时有人说："到树林里找找，我听动静就在这儿附近。"

另一人说："不是，我刚刚就藏在对面，那动静在西边。"

有人说："兵分两路。康有福，你带着几个人到前面看看，剩下的跟我把小树林围起来。康有福那边有人，咱就一起去那边抓人；那边没人，你们几个就赶紧回来，一起进树林搜人，这次可不能让他们跑了。"

尼亚佐夫听到康有福答应了一声，喊了几个人走了。

剩下的众人，经过一番商量后，两人一组，把小树林包围了起来。苏娜有些害怕了，紧紧地攥着尼亚佐夫的手。尼亚佐夫示意她沉住气。

等了一会儿，康有福带着人从西边跑了回来。那个头目向康有福问明了情况后，让康有福几个进小树林搜人，剩下的继续在小树林外监视。

小树林不大，尼亚佐夫和苏娜清晰地听到康有福等人走进了小树林，开始找人。小树林比外面还黑，一米之外就什么都看不清楚。康有福等人只能弯着腰，转着屁股找人。他们推进很慢，尼亚佐夫估摸了一下周围情况，觉得他们应该有转圈的余地，就带着苏娜跟他们兜圈子。这时，一只兔子猛然蹿出，朝着康有福冲了过去。善于做刀削面的小饭店老板不太善于晚上搜索这种活儿，被一只兔子吓得转身就跑，边跑还边喊着救命。苏娜忍不住，扑哧笑了出来。外面的人听到了康有福的喊叫，也听到了苏娜忍不住的笑声，众人喊了几声，一齐朝着小树林扑了过来。

这次，他们绝对无处可逃了。这儿不是敦煌城，没有围观的老百姓，也没有苏香会救他们。尼亚佐夫蹲了这么长时间，站都站不起来了，他让苏娜赶紧跑，苏娜却死活不肯扔下他。尼亚佐夫知道这小女孩的脾气，知道没法说动她，只能在心里叹气，这次两人算是交代了。

正在这关键时刻，两人突然听到前面的人惊恐地喊叫起来。叫声极为恐怖，犹如恶鬼降临。尼亚佐夫和苏娜急转身，朝着叫声的方向看去，只看到一个穿着一身白衣的背影。背影行动缓慢，却吓得冲进树林的众人一齐朝着树林外跑去，边跑边有人带着哭腔："王妃！王妃出来抓人了！"

尼亚佐夫要过去看，被苏娜拽住了。她吓得浑身颤抖说："真的是王妃！王妃抓人了！"

尼亚佐夫不信邪，胆量却不大。他拽着苏娜朝外跑，却因为靠大腿的一处刀伤疼得厉害，那条腿基本是拖着走，还没拖几步就得站住歇一会儿。如此走了好长时间，还没有从小树林走出去。这时，他们才发现那些鬼哭狼嚎一般的喊叫声已听不见了。

尼亚佐夫站住，擦了擦额头上的汗："没事了，那个王妃追他们去了。这个王妃，不是有人装的吧？"

苏娜摇头："不是。这里有个传说，说康国王妃因为死因不明，阎王爷没法安置她投胎，因此一直被关在地狱中。王妃因此怨气极重，有机会，她就会在人间显形，找杀她的人。不过年代久远，她找不到杀她的人了，只能看到一个就抓一个。因此这周围失踪的人，很多都说是被王妃带走了。"

尼亚佐夫说："王妃这么可怕，你还打扮成她的样子？"

苏娜说："是爷爷逼我打扮成她的模样的，跟你说了，我是苏家的转世王妃啊。人是很怪的，在城里，他们不怕王妃，反而看到她就去追她，好像抓到她，就能得到什么宝藏似的。但在这里，他们就怕得要命。其实说穿了，他们就是欺软怕硬，觉得这地方是王妃的地盘，他们就害怕。就是自己做的坏事太多，心虚呗。"

尼亚佐夫说："你们还不一样？你在城里也敢打扮成王妃的样子，在这里你看到王妃的影子就害怕，都一样。"

苏娜说："不一样，我们守护人是为了保护王妃的灵柩，不是为了钱。"

尼亚佐夫说："差不多，你们是相信王妃手中的宝贝可以让康国复国，你们的后人可以成为建国功臣，因此可以大富大贵，而你们则可以名留青史。如果我没有说错，你们应该有一份完整的家族名单，从唐朝一直记录到现在，是不是？"

苏娜眉毛一挑："有啊，怎么了？"

尼亚佐夫说："不怎么，就是名利啊，我没说错吧。"

苏娜哼了一声，转身就走。尼亚佐夫咬着牙，跟在她后面。两人刚走了几步，王妃突然出现在他们面前。

王妃一袭白衣，头戴白纱，容貌年轻秀丽。苏娜刚要喊叫，王妃竟然说话了："苏娜，别怕，是我。"

尼亚佐夫听得清清楚楚，说话的是一个苍老的男性。他正在惊愕，苏娜迟疑着问："你是……爷爷？"

王妃把脸上的面具撕了下来。尼亚佐夫走过来，看到了一张苍老的老人脸。没错，正是他在老古董店看到的那张脸——冷漠、傲气、坚毅。这个老人竟然假扮王妃？如果不是亲眼所见，他真不敢相信会有此事。

苏娜已经完全忘却了恐惧，扑在了爷爷的怀里。尼亚佐夫呆愣着站在一边，不知所措。

老人推开苏娜，走到尼亚佐夫身边，冷冷地打量了尼亚佐夫一眼："你小子命还挺硬啊，我的人都快被你害死了，你还活得好好的。"

苏娜怕爷爷伤害他，忙跑过来挡在尼亚佐夫面前："爷爷，他是个好人，上次要不是他，我就死了。"

老人哼了一声："要不是他，我们的养老院还好好的呢。"

苏娜说："不管怎么说，你不能伤害他。从根上来说，他跟我们一样，都是王妃的后人呢。"

老人长叹一口气："行，我先饶了他。走，赶紧回去，待会儿他们回过神来，我们就出不去了。"

7　谁是好人

回到地洞，苏娜不顾爷爷的反对，亲自给尼亚佐夫包扎好了伤口。三人吃饭后，苏娜把找赊刀人的经历说给了爷爷听。

爷爷听完，好长时间不说话。苏娜看着爷爷的脸，说："爷爷，您赶紧想个办法啊。"

老族长说："苏娜，有一件事，你得听爷爷的。"

苏娜看着爷爷凝重的表情，警惕起来："爷爷，您想干啥？"

老族长指着尼亚佐夫住的屋子，说："得先把他杀了。"

苏娜跳起来，大约是跳得太急，抻了还未完全愈合的刀口，她皱着眉哎哟了一声，老族长翻了翻眼皮："怎么了？"

苏娜说："不行！我不同意！他是个好人。"

老族长点头说："也许他是个好人。但是，苏娜，万一他是个坏人呢？何况，是他把咱的养老院毁了，那么多人下落不明。现在你又把他带到了这里，你这是引狼入室，知道吗？"

苏娜头摇得像拨浪鼓："他肯定不是坏人，我敢以性命担保！他要是坏人，怎么会救我？他今天还为了我，让人捅了两刀呢。他要是坏人，干脆让他们把我抓住就完了！爷爷，您要是想杀他，就先杀了我！"

老族长耐着性子解释说："这些我都想过。不过所有的坏人，一开始最善于伪装。孩子，你还太年轻，吃的亏还是少了。"

苏娜摇头："他为什么要伪装？他连这儿都知道了，他要是坏人，他带着人来这里，我们最后的老窝都成人家的了，他还有什么可伪装的？"

老族长说："知道了这里，可是他还不知道王妃灵柩的秘密啊，还不知道康家村最核心的秘密啊，值得他伪装下去的原因太多了。"

苏娜愣了一会儿，倔强地说："爷爷，你这是猜的！看一个人是不是好人，得看他平常的行为。我能看出来，他绝对是个好人。"

老族长说:"是,他也许是个好人。不过很多好人,就是我们最强大的敌人,就说我们的对头高瘸子吧。他是王妃在敦煌与人生的孩子的后裔,这个高瘸子现在是那边的族长,对人很仗义,有一帮人曾到咱这儿,这些人是从北京、上海这些大城市来的,过的日子很苦,常有人饿死。有一次一人被坏人打得半死,被扔进沙漠里。这个坏人是个医生,常给大家伙看病,也不要钱。不少人想救他,都不敢。说实话,你爷爷我也想了半天,没敢去救人。那个时候,要是被他们抓住,那差不多就是死罪啊。人家高瘸子真是不赖,自己一个人半夜去把人扛了回来,还送到山里一户人家藏起来。后来高瘸子被他们抓住,一条腿硬生生被打成了两截。就是这样,他也没把那个人的下落给抖搂出来。你说,这个高瘸子是不是个好人?"

苏娜听得入神:"是个好人。"

老族长点头说:"他跟我同一年接手当了族长,我们都当了快三十年了。我们这边有上百人失踪,失踪的都是些正当壮年的男人啊,你也知道,多少个家庭就完了,孤儿寡母,上有老下有小,那日子怎么过。从这点来说,他是不是个坏人?"

苏娜说:"爷爷,我们还抓了他们的人呢。"

老族长说:"是,我们还抓了他们的人。是我让人抓的,你说,爷爷是不是个坏人?"

苏娜摇头:"爷爷帮助过那么多人,当然不是坏人。"

老族长苦笑:"我们抓的这些人,也有老有少,你说他们的家人能说爷爷是坏人还是好人?"

苏娜不说话了。

老族长接着说:"所以说,坏人还是好人,那要看他立场。"

苏娜说:"爷爷,他救过我的命呢,万一他是个好人,我们不是恩将仇报了吗？您可是告诉过我，我们苏家最恨的就是恩将仇报。"

老族长被苏娜将在了那里。停了好一会儿，他叹口气说："苏娜，我们赌不起啊。万一他是个坏人，我们可就全盘尽输了啊。"

苏娜明白爷爷的困境，她站在爷爷的面前，想了半天，无计可施，不由得流出了泪水。

老族长摇了摇头，长叹一声："心软不可领军啊。苏娜，你这样会毁了爷爷，毁了我们这些守护人。"

苏娜想到了自己跟尼亚佐夫在一起的这些日子，想到了他在莫高窟背着自己被人追击时的样子，她咬了咬牙说："爷爷，您放心，我会一直监视他。再说了，他现在是为我负的伤，我们要处置他，也得等他伤好了，这才叫知恩图报呢。"

老族长想了想，点头说："好，那等他伤好了再说吧。苏娜，你要记住爷爷的话，在这个社会，谁也不可以随便相信啊。"

苏娜点头："我知道，谢谢爷爷。"

第二天一早，老苏头吃了饭，嘱咐苏娜小心点儿，这几天哪儿也别去，在这里等他的消息，便要朝外走去。

苏娜知道爷爷是要去找赊刀人，想要跟着他，被爷爷拒绝。老苏头很严厉地告诉她，天下知道赊刀人住处的不多，他可以到赊刀人的住处去，是因为他救过赊刀人的大把头。任何人跟着他，他都无法保证他的安全。

赊刀人能从远古传承至今，极度保密，是他们不二的生存法则。

苏娜担心爷爷的安全，但从爷爷的表情上看出来，他是不会让自己跟她一起去的。老苏头告诉他，如果自己三天之内没有回来，那他们就赶紧从这里撤离。赊刀人是说到做到的，他此番即便能找到赊刀人，也很难说服他们。

苏娜默默答应。老苏头没有直接进入坟地，而是顺着山洞朝北走，从山后洞口出去，绕上了西面小路。

8　老拐

老苏头从野地里绕了一个大圈来到小路上。他上了一辆小型面包车。面包车朝西跑了一会儿，转弯朝北，进入一条山路。

山路颠簸不平，汽车时而上坡时而下坡，有的地方看似根本没有路。小车整整跑了十多个小时，傍晚时分，才在山中一个破败的寺庙前停下。

一个穿着工作服的文管人员从小庙走出来，看到是老苏头，文管人员一愣，忙走过来："族长，您怎么一个人来了？"

老苏头摆摆手，问："那个老乞丐还在这儿吗？"

文管人员点头说："在呢，十多天没动弹了，我看快不行了。"

老苏头走进寺庙内。外面看似破烂的寺庙，里面却收拾得比较整齐。塑像都用塑料布蒙了起来。老苏头经过大殿，来到一侧的一间小屋子内。一堆破棉絮上，躺着一个蓬头垢面、脸如烧焦的红薯般的老头儿。

老苏头把手放在老头的鼻子上试了试鼻息，哼了一声："老东西，别装蒜了，赶紧给我爬起来。"

刚刚还紧闭双眼的老者，听老苏头这么一说，猛然睁开了眼，嘿嘿笑了："老苏头，你比我还大两岁呢，叫我老东西？"

老苏头在他旁边一屁股坐下，说："我岁数大，我也没装死，你比我小，开始装死了，老拐，你就这么盼望着死啊。"

被称为老拐的老者坐起来，说："以前想死，老婆被人拐跑了以后，就不想活了。现在没几年活头了，又不太想死了。"

老苏头说："告诉我，我到哪儿去找人。"

老拐问："你得告诉我找谁啊。"

老苏头说："我找谁，你心里明白，可别磨叽了。"

老拐一副很为难的样子："老族长，我已经两年没有看到老把头了。这次，我真是帮不上你了。"

老苏头拍了拍老拐的肩膀，微微笑了笑："这个我知道。老把头每年都会来找你几次，你总是摆谱，不肯见他。"

老拐有些得意又惊讶："老苏头，这些年不见，你可是长进不少啊。"

老苏头哼了一声："别啰唆了，先说说条件。"

老拐皱眉："你真要去见这个刀疤脸？老苏头，你知道天下我最不爱看的就是这张脸。你这不是特意来给我添堵吗？老拐我跟你说句实话，不管你给我什么报酬，我都不爱去见他。赊刀人不是什么大帮派，要说能力，这天下我还真没见过比他们厉害的。我现在跟刀疤脸要什么，不得赶紧给我送来？还用得着跟你谈个屁条件啊。"

老苏头忙鞠躬："老苏头明白。你老拐现在要风得风、要雨得雨，算我又欠你一个人情。"

老拐眯眼想了想说："行，那你回去吧。再住二十天后回来，刀疤脸差不多就要来看我了。"

老苏头摇头："不行，你今天就得带我去找他。"

老拐瞪大了本来很小的眼珠子："今天？你疯了吧？赊刀人神龙见首不见尾，你让我到哪里找他们？你不是傻了吧？天下只有赊刀人找人，没听说过有人去找赊刀人。喔，忘了，也有，除非赊刀人欠你一个情，他们会告诉你地方，他们不还这个人情，会在那个地方一直等下去。"

老苏头叹气："他们欠我一个人情，但是还了，所以……"

老拐摇头说："那就没戏了。"

老苏头说："我知道你有办法，你能很简单地找到他们。"

老拐看着老苏头，猛然睁大眼睛："你让我把他们欠我的人情用了？老苏头，你可真敢想。行，行，就算我用了，那我们找到的也只是老把头的手下，而不是老把头。这个你应该明白。"

老苏头点头："没错，找到了他的手下，让手下带着我们去找老把头不就容易了吗？"

老拐说："这可是要命的事儿。老把头欠我一个天大的人情是真事儿，不过……"

老苏头打断老拐的话："不只是人情，你可是老把头的亲叔叔。"

老拐哼了一声："赊刀人最不讲亲情，说这个没用。"

老苏头说："他们起码不会因为你带我去找他们，而杀了你。"

老拐有些不高兴："老苏头，你知道的太多了。"

老苏头说："老拐，我们是真到了生死关头了，要不我也不会来这儿找你。想当年，我们兄弟……"

老拐伸手制止老苏头再说下去。他边叹气边走出屋子："老苏头，我老拐算是服了你了。你每次找我，我都不得不帮你。

赊刀人的大把头把我神仙一般地供着，我都不愿意搭理他们，你说我怎么每次都能被你忽悠住，还玩命帮你？"

老苏头赶紧给老拐送上一顶高帽子："老拐，这个不怨我啊，要怨就怨你吧。我帮你分析一下，你不愿意搭理赊刀人，是因为他们现在太强势，你是谁啊，你是个最不愿意向强势低头的人。你愿意帮我，那是因为你仗义啊，我老苏头现在正倒霉的时候，路见不平拔刀相助，要不是你懒，根本不用我来找你，你直接就去找我了，直接就带我去见赊刀人了，哈哈！"

9　进入沙漠

在敦煌，知道赊刀人的不多，知道他们老巢的，除了他们自己的人以外，恐怕只有老拐一个人了。而认识老拐，又知道老拐真实身份的，据老苏头所知，在敦煌只有他一个人。老苏头是在北京认识老拐的。那时候的老苏头还不到四十发，还不是苏家的族长。他怀里揣着公社的证明信，到北京看望病重的本家叔叔，苏家的族长。

在街头，他看到一个被联防队员追着跑的破衣烂衫的叫花子。老苏头与叫花子擦肩而过，看到叫花子一副戏谑的表情，就知道他肯定没事，那些联防队员追不上他。老苏头觉得这个叫花子挺有趣，就站在那里看。叫花子带着这些联防队员在八一湖转圈，转了两个圈，联防队员们就支撑不住了。叫花子还兴致不减，跑到联防队员面前戏弄他们。可惜乐极生悲，联防队员派人喊来了援军，两下堵截，把叫花子抓住了。十多个血气方刚的小伙子把叫花子臭揍了一顿，老苏头怕他们把叫花子打死，过去替他求情。小伙子看老苏头穿着破烂，转手要揍他。年轻的老苏头恼了，施展拳脚，把十多个小伙子都打倒在地，拽着叫花子就跑。

两人一直跑到五棵松附近，老苏头拿出粮票，请叫花子吃面条。叫花子饿坏了，连吃三大碗。吃完后，把嘴一抹，还抱怨他多管闲事，说他是逗着这些浑小子玩，想赖他们一顿饭吃，他们那两下子，根本打不坏他。

老苏头恼了，扭头就走。叫花子忙追上他，跟他借粮票和钱，说他要在北京住几天，他现在找不到他家亲戚，没钱吃饭。他承诺等过了这几天，他肯定会还钱和粮票。

老苏头不相信。叫花子拍着胸脯打包票，说十天之内，肯定会把钱和粮票给他送到家，而且还不止这几个钱。

老苏头的好奇心被这个爱吹牛皮的乞丐给激发出来了，他当即拿出了三斤粮票和五元钱，给了这个叫花子。叫花子一把抓过钱和粮票，看也没看一溜烟就没影了。

叫花子刚一消失，老苏头就开始后悔了。对于普通老百姓来说，三斤粮票和五元钱可是一笔巨款呢。他竟然鬼迷心窍，相信了一个叫花子的信口胡说，这不是傻瓜吗?!

老苏头的叔叔，当时的老族长在北京住院。老族长身体不好，把老苏头叫到北京，商量族长之位。老苏头因为乞丐之事，有些心烦意乱。老族长看出老苏头有问题，问他在北京是不是发生了什么事儿。老苏头便把被乞丐忽悠的事儿告诉了叔叔。见多识广的叔叔听了一惊，仔细询问了乞丐的事后，告诉他，他应该是遇到了此生最重要的一帮人。这帮人是女娲的后人，经天纬地，风水八卦，朝代更迭，他们无所不知，无所不晓。

老苏头很惊讶，觉得那不过是一个臭要饭的。叔叔说，这个臭要饭的，没打听他的家庭住址，便说会把钱和粮票给他送到家里，天下除了赊刀人，没人敢这么说话。

这是老苏头第一次听说赊刀人。叔叔告诉他，他只是知道赊刀人，但是从来没见过他们中的任何一个人。赊刀人居无定所，四处游荡，却言出必行。叔叔警告年轻的老苏头，赊刀人极其神秘，无人知其根底，与他们打交道要小心。

老苏头回到敦煌后，基本把乞丐的事抛到了脑后。回到敦煌的第五天傍晚，他正在家中吃饭，邻居喊他，说有人找他。老苏头出去，竟再次见到了在北京看到的那个乞丐。

乞丐风尘仆仆的样子，衣服比在北京的时候似乎还破了些。见到老苏头，乞丐先问他有没有吃的。老苏头无奈，只得把他带到了家里，让孩子到一边吃去，让妻子重新炒菜做饭。

乞丐毫不客气，把桌子上的菜和馒头风卷残云般一股脑地扫进肚子里。吃完饭，乞丐从怀里掏出一个小盒子拍在桌子上，打着饱嗝说："这是还你的钱，本和利息都在，以后咱俩清了啊。"

老苏头觉得这个乞丐云山雾罩，不像个正经人的样子，闹不好就是拿着个空盒子，来诈一顿饭吃而已，也没当回事儿。

他把乞丐送到门口，就顺便到街上闲逛去了。等他逛累了，玩够了，回到家，发现一向敞开的大门紧紧关上了。老苏头拍了好一会儿，老婆才慌里慌张地跑过来开门。把老苏头放进来后，老婆还大白鹅似的抻着脖子，朝门两侧看了看，才慌忙关了门，拽着老苏头进屋。

她立刻从床下掏出那个木头匣子。

老苏头看到匣子里的东西愣着了。匣子里头竟然是一个拳头大小的纯银元宝，上面写着"大明元宝"，另一面写着"顺天铸银"四个大字。老苏头是见过世面的人，也被这种还钱的方式震住了。那时候没人收古董，银子的价值跟黄金没法比，但是这么一个银疙瘩，如果卖了，够老苏头全家吃好几年的。

当时老苏头没敢卖，把这个银疙瘩藏了起来。不过此事彻底唤起了老苏头对赊刀人的好奇。同时，他也隐隐约约感到，他也许会用上这些神秘人物。从那时到现在，他与这个老拐总共见了十几次面，平均三四年能见到一次。后来老拐告诉老苏头，在这个世界上除了他侄子，老苏头是他见面最多的人。他虽然不是正式的赊刀人，却像所有的赊刀人一样，非常警惕与陌生人交往，唯有老苏头例外。

这也是老拐能够答应老苏头的原因。

当下，老苏头和老拐上了汽车。

老苏头抬头朝外看了一眼，说："老拐，咱这是要出关啊。"

老拐说："出关咋了？现在都是这黑色的马路，有车坐着，你还怕出关？"

老苏头说："我怕个屁。这赊刀人的大把头，应该是住在城里吧？"

老拐哼了一声："有钱人喜欢住城里。在这些真正的世家眼里，没有城里乡下的区别。不过他们不愿意住在人多的地方，一群一群的人，苍蝇似的，个个见钱眼开，离他们远点儿好。"

老苏头说："当年大把头给我留的地址，就是城里啊。我还以为大把头也住城里呢。"

老拐又不厌其烦地哼了一声："老苏头，你也算是个老江湖了，真是没见过世面。赊刀人遍布世界各地，按你的意思说，大把头也要住在世界各地了？"

老苏头有些惊讶："世界各地？有这么多赊刀人？"

老拐有些得意："怎么样，没想到吧？小瞧我们了吧？我再告诉你一个秘密，我们大把头住的地方是随时变的。说不定昨天住在北京，今天就到敦煌了，明天就到南方了。所以兄弟，少说外行话，否则会让人笑话的。"

汽车颠簸了一会儿，老苏头累了，闭着眼打起了呼噜。老拐扭头看了他一眼，骂了一句："真是头猪。"

汽车在柏油路上疾驰了一会儿，被老拐指引着，拐上一条沙土路。沙土路比较平坦，汽车一路扬起冲天尘土，朝着西北方向而去。

此时已经过了中午。司机从旁边的提兜里抓起一块饼，边吃边开车。老拐毫不客气，也抓起一块饼吃起来。

老苏头一直睡到太阳快落山了才被老拐喊醒。老苏头跟着老拐下了车，老拐对司机说："你回去吧。"

老苏头一头雾水："让他回去，我们怎么回啊？"

老拐说："怎么回，我自有办法。我们这一去要两三天呢，你让他在这里等两三天？"

老苏头说："让他开车送我们啊。"

老拐指着前面无垠的沙漠说："前面没有路了，咱得自己走了。"

老苏头下车，看着前面无边无际的沙漠，愣了："这……这怎么走啊？老拐，你这个老东西不是耍我吧？"

老拐嘿嘿笑了："谁稀罕耍你一个老头子？走吧，再不走，今天晚上赶不到过夜的地方了。"

老苏头还是不敢相信："我们就在沙漠里过夜？"

老拐有些恼了："你到底找不找大把头了？不去就算了，我还懒得跟你去呢。"

老苏头忙点头："去啊，怎么能不去？我就是问问，我们今天晚上赶不到大把头住的地方？"

老拐摇头说："说不准，这个要看……"

老拐抬头朝天上看，突然一阵鹰啸声传来。老苏头也抬头，一只罕见的大鹰从天空远处急速飞了过来，在他们的头顶盘旋。老拐笑了："有门了，有这家伙带路，说不定天黑前，我们能找到大把头。"

老苏头惊愕："这玩意儿能带路？"

老拐说："这是赊刀人派出来巡逻的。看到人，这家伙就会回去向驯鹰人报信。驯鹰人得到情报，会派人出来巡逻，我们跟着巡逻的人去找他们就方便多了。"

老苏头半信半疑，只得挥手让司机回去。

老拐带着老苏头朝着鹰飞去的方向走。鹰一会儿便没了踪影，老苏头看着四周茫茫的沙漠，心里有些打鼓："老拐，这么走能行吗？这根本没路啊。"

老拐说："我跟你说句实话，这地儿我就在二十多年前来过一次，对不对有啥关系啊，蒙呗。"

老苏头不干了："兄弟，这可是大沙漠！你这种蒙法，能把咱俩都蒙死。我是老了，可是还不想死呢。"

老拐哈哈笑道："不走咱就回去啊，我也没逼你。"

老苏头被老拐弄得没办法了，苦笑着说："兄弟，我有正经事要办呢，咱能不能正经点儿？"

老拐正经道："我是真的不知道路啊，不过朝着太阳落山的方向走，绝对没错。走吧，待会儿老把头就派人来接应咱了。这个世界上，你最应该相信的，除了赊刀人就是我这个老要饭的了。"

老苏头想到了在北京初识老拐时的情形，心头增强了信心，跟着老拐朝着太阳落山的方向走。

老拐一条腿受过伤。据说是当年在广西讨饭的时候，被人放狗咬的。腿伤好了后，走路时右腿还是一拐一拐的。老苏头后来问他的名字，老拐说你随便叫吧。老苏头说那就叫你"老拐"吧。老拐没意见，看那样子，别说叫他"老拐"，叫他"老狗"、"老猫"都行。这名字就固定下来了。

现在老拐就拐着腿，走在老苏头的前面。他的头和肩膀随着右腿的前进而晃动，像是有人用绳子拽着他的头，他走一下，绳子就要拽一下。

夕阳正刺眼。老拐的头有时候会挡住阳光，让老苏头的两只老眼感到很舒服；有时候就突然晃开了，阳光就像两把金色的剑，刺进他的眼睛。如此走了一会儿，老苏头干脆走到老拐的一侧，低着头，打着眼罩走路。

两人虽然老了，身体都还不错。两人一直看着太阳渐渐落下，一直走到了天黑。这一路，别说人了，兔子都没有遇到一只。

10　大把头

两人终于走累了，坐下歇息。老拐没心没肺地扯出大饼就吃。老苏头惦记苏娜的安全，又不知道跟着这个稀里糊涂的家伙到底是否能找到大把头，心情忐忑，看着老拐的样子，心头冒火，却又不便于发作，只得坐着憋闷气。

老拐吃饱喝足，对老苏头说："老苏头，咱先眯会儿再走吧。"

老苏头终于压不住火气说："老拐，你这样子，咱什么时候能找到大把头啊？"

老拐好像就等着这句话了，说："别这么急好不好？俗话说，'心急吃不着热豆腐'，怪不得你掌管守护人这么多年，一直没长进，做事这么毛毛躁躁的，怎么能行？你只管听我的，我保证今天晚上让你见到大把头，还不行吗？哎呀，你这人真啰唆，下次你说破裤裆，我老拐也不会再帮你了。"

说完老拐靠在一个沙堆上，一会儿就打起了呼噜。老苏头却睡不着，他坐在老拐旁边，闭着眼仔细倾听着周围的动静。

沙漠里异常安静，安静得好像没有生命的迹象。老苏头年轻的时候，曾经跟着驼队到过新疆的哈密，有两次驼队遭遇大风暴，一次整个驼队都差点儿没走出来，一次失踪了两个身强力壮的小伙子。回来后，老苏头便永远告别了驼队。沙漠给他留下了永远无法抹去的噩梦。

现在，坐在这让他浑身热乎乎的沙粒上，老苏头依然有种惶惶不安的感觉。沙漠里隐隐约约似乎有脚步声传来，同时，老苏头闻到了一股淡淡的清香味儿。他刚要站起来，突然觉得浑身一软，人就晕了过去。

醒来的时候，老苏头看到一根明亮的大蜡烛，周围并没有人。他有些恍惚，不知道这是到了哪里。他索性闭眼，假装还在昏迷中。

稍后传来一阵一轻一重的脚步声，他知道是老拐走过来了。既然老拐在，那应该没什么问题。老苏头在心中长呼一口气。

他听到老拐说："人还没醒？"

一个稚嫩的女声说："没呢。"

老拐说："这个老东西，真经不起折腾。我先走了，等他醒了到前面告诉我。"

女声答应了一声。老苏头觉得这应该就是老把头的驻地了。他想起了自己来此的目的，忙喊了一声："老拐，等等我。"

已经转过身的老拐刚要走，听到老苏头的声音，又转过身："老东西，怎么才醒？天都快亮了，赶紧的，天亮了大把头就走了。"

老苏头从床上跳下来，也顾不得穿鞋子，朝老拐跑过去。老拐笑了："忙啥，先穿上鞋。你那脚臭得，想把大把头熏死啊。"

站在旁边的小女孩咔咔笑。老苏头有些尴尬，慌忙跑回来穿上鞋，跟着老拐朝前走。

走了几步，他才发现，他们竟然走在一个山洞里。山洞两边，隔几步就有一根蜡烛。在蜡烛的照射下，老苏头看到两边洞壁有明显的凿子留下的痕迹，这说明这个山洞是人工凿成的。周围的沙漠地形，老苏头还是比较了解的，但他却想不起来哪里会有这么庞大的人工凿出来的地洞。

他跟着老拐在山洞里穿行了好长时间，前面突然出现一个大厅。大厅里灯光明亮，两边墙壁都被黑色幔帐遮了起来。地面铺着方砖，头顶也用木板做了顶棚。大厅里两边放着两排桌椅。显然，这里应该经常有人来此聚会。

老苏头的正前方洞壁上竟然雕刻着一个巨大的罗盘。罗盘前放着桌案椅子。大厅里灯光通明，却显得阴森神秘。老苏头连喘气都小心翼翼的，似乎怕惹了人家。

老拐走到大厅中间喊了一声："人呢？人都哪儿去了？"

老拐声音刚落，一个穿着练功服的小伙子跑了进来，看到老拐忙躬身："师爷，您稍等，我师父马上就过来了。"

老拐招呼老苏头来到靠近大把头位置的椅子上坐下。两人刚坐下不久，就有一个穿着牛仔裤、白衬衣的年轻人匆匆走了进来。年轻人看到老拐，躬身施礼道："家叔好。"

老苏头看得目瞪口呆。在他的猜想里，大把头年龄应该跟自己差不多，动辄一副老谋深算的样子，老拐还叫他刀疤脸，怎么会是一个眉清目秀还没长胡子的娃娃啊。

年轻人走到老苏头面前，笑着朝他拱手："苏老族长好。"

老苏头没想到这年轻人能认识自己，有些手足无措，忙拱手："大……大把头好。大把头，您……您怎么能认识我啊？"

年轻人呵呵一笑，很爽朗的样子："老族长，这是我们赊刀人的机密，不能告诉您。"

老苏头有些尴尬："我知道，我知道。"

年轻人转身，对站在旁边的人说："给两位老人家上茶。"

他在大罗盘前的椅子上坐下。老苏头赶紧站起来，走到他面前，拱手说："大把头，俺老苏头有事求您。"

大把头笑了笑："苏老族长，您曾经救了前任大把头，是对我们赊刀人有恩的人。赊刀人知恩图报，绝不含糊，不过……"

老苏头知道大把头的"不过"是什么意思，他拱手打断大把头的话："大把头，我知道赊刀人的规矩，也知道我老苏头的那点儿恩你们赊刀人也回报了。也就是说，我们现在是两清了，谁也不欠谁的了。"

大把头呵呵一笑："老族长是个明白人，确实如此。"

老苏头说："不管怎么说，我老苏头跟赊刀人也算是老交情了，这点大把头应该承认吧。"

大把头摇头说："老族长，赊刀人与您的交情已经完全交割清楚了。现在我们和老族长只能算是认识而已。"

老苏头没想到大把头能这么说，一下子愣住了，没话说了。

大把头说："老族长来找我的目的我很清楚。当年老族长在我们大把头危急之时，舍身相救，赊刀人铭记在心。高族长也曾在我们的一个兄弟有难之时，帮他渡过难关。我们已经报答了苏族长，高族长现在有事相求，我们赊刀人岂能置之不理？在下请苏老族长不要为难我们，让赊刀人背信弃义。"

老苏头气愤了："我救过你们大把头，也算是对你们赊刀人有恩了。现在你们要帮着那个高族长对付我们，算不算是恩将仇报？算不算是背信弃义！"

大把头摇头说："老族长是否为赊刀人考虑过呢？我们欠了您和高族长的情，如果您这份情放着不用，高族长让我等做有害苏族长的事儿，赊刀人绝不会做。现在这个情，苏族长这边已经用了。高族长让我等帮他调查你们的藏身之处，我如果不帮他，赊刀人便有言而无信的嫌疑。苏族长站在高族长这边考虑一下，是否如此呢？"

老苏头仰头长叹一声："这么说，我们这次是在劫难逃了？"

大把头站起来拱手对老拐说："家叔，苏老族长是我们赊刀人的贵客，请您老代为招待。我今日有事要外出，请您原谅了。"说完，小伙子也不顾老苏头的反应，匆匆走了出去。

老拐哼了一声："看到了没？好像这个地球离了他就不能转了。"

老苏头闭着眼坐在椅子上，好长时间一动不动。

老拐站起来说："走吧，走吧。人家都走了，咱在这儿有什么意思！"

11　打劫

老苏头和老拐喝了一杯茶水，竟然头脑昏昏，头重脚轻。两人支持不住，皆倒在椅子上昏睡过去。

老苏头醒来的时候，发现自己躺在了沙漠里。他惊愕地坐起来，刚好面朝东方，一轮红日正艰难地从山里爬出来。周围的沙漠被染成了红色，仿佛从太阳里流淌出了一摊血水。

老苏头听到身后有人哼哼的声音，转头看到老拐屁股朝上，一半脸埋在沙子里，正艰难地想翻过身来。

老苏头觉得浑身无力，他爬到老拐身旁拽他的衣服，把他像翻破麻袋一样翻了过来。

老拐仰头朝上，咳了好长时间才喘上气儿来。他坐起来，边擤着鼻涕边骂道："这些混蛋，这是盼着我死啊。"

老苏头站起来，朝四周看了看，问："老拐，我们昨天晚上去的那个地方是在什么方向？"

老拐摇头说："不知道，没跟你说过吗，我已经不是赊刀人了。"

老苏头兀自叹息："要是我们有人家一半的手段，还能怕高老头那帮玩意儿？"

老拐站起来："走吧，磨叽也没用。我觉得啊，赊刀人说的话是收不回来的。"

老拐摇晃着朝太阳升起的方向走去。昨天晚上他们去找赊刀人的时候，是朝着太阳落下的方向走，今天早上回家是朝着太阳升起的方向走，难道这是巧合？他突然觉得好像在哪里听人说过，有人通过日月星辰引路，但是是谁说的，他却忘记了。

老苏头愣着的工夫，老拐已经走远了。他忙抬脚，跟在老拐的后面。

前后左右都是茫茫沙漠。老苏头不明白，老拐怎么带他从这里走出去。但是有一点他是明白的，那就是这个老拐看着很不着调，其实自有主张。他边走边考虑怎么对付那个高族长。这么多年来，双方在各方面基本维持着一个平衡的状态，他们关着老高那边的人，老高那边也关着他们的人。在赊刀人那儿，他们也都维持着一个人情的关系，现在他们关押的人跑了，人情用光了，几乎是在一瞬间，老高便拥有了压倒性优势。最最可怕的是，他们先祖在几百年前建造的，老高他们找了几十年没有找到的地下藏身之所就要暴露了。对于守护者来说，这个地方是他们的根，是他们最后的庇护所，如果此地被对方知道，对于他们来说，几乎就是灭顶之灾。先祖守护了几百年的地方，却败在了他们的手里，老苏头越想越不是滋味。

老拐转头看了看一直不说话的老苏头，说："老家伙，怎么一句话都不说了？"

老苏头说："我说不说都一个样。"

老拐说："老兄，我这可是帮你了啊。赊刀人不答应，我也没办法。"

老苏头没说话。

老拐说："不过你也不必担心，赊刀人也不是完全无情无义。他们做事很有分寸的。否则，他们怎么能在江湖上混了这么长时间？这个世界唯一能永远不败的不是你有多么厉害，而是信义。赊刀人是天下最讲信义的人。"

这些老苏头完全明白。他更明白，因为阴差阳错，最讲信义的赊刀人要对他们曾经的恩人下手了。更怪异的是，即便是老苏头，也不得不承认赊刀人的做法是有他们的道理的。

老苏头心情郁闷，看着前面红彤彤的太阳，一句话也不想说。

前方突然出现了一个人影。因为离得远，看不清楚此人的面孔，从他奔跑的步伐来看，应该是个年轻人。他好像在追着什么，跑得很快。一会儿的工夫，他就从大太阳的一侧，跑到了另一侧。

老苏头有些惊讶。这大清早的，谁在沙漠里跑步啊？

年轻人刚离开太阳的这一侧不久，从太阳的另一侧突然出现了一群人。这群人像是从太阳后面转出来的，天降神兵一般，突然出现在两人的视野里。相比前面的年轻人，后面的这群人速度更快。他们卷着风沙，很快就跑到了太阳的中心位置。而前面的那个年轻人，速度却开始放慢了。他扭头看了看后面的人，加快速度跑了几步，突然摔倒在地上。

老苏头惊叫了一声。

老拐转头看了看他说："抢劫的。"

老苏头惊讶："抢劫？这里还有抢劫的？"

老拐说："有一帮人专门在沙漠里抢劫来这儿旅游的外地人，特别是这种落单的，一抢一个准儿。这个年轻人，今儿倒霉了。"

老苏头紧张地观察着前面事态的发展。

年轻人爬起来，跟跟跄跄继续朝前跑。后面的人速度不减，两者之间的距离越来越短。老苏头坐不住了，他站起来说："老拐，咱得去看看，咱不能在这儿坐着不管。"

老拐躺在沙地上正在打盹儿。他迷迷瞪瞪地睁开半只眼："管？那些小年轻都是些亡命徒，我们打不过他们，别去送了命。"

老苏头皱着眉说："不管怎么说，咱得过去看看。年轻人也得讲理吧。"

老拐爬起来："你说去看看，咱就去看看。不过咱得说好，我就是帮忙做个伴，要是把人家惹恼了，他们打你，我可不管啊。"

老苏头哼了一声径直朝前走，老拐在他的后面，一瘸一拐地跟着。

前面的那帮人已经追上了跑得越来越慢的年轻人。年轻人似乎崴了脚，拖着脚跑。后面的那帮人风卷残云般地扑过去，把年轻人扑倒在地上。年轻人发出绝望的喊叫声。

老苏头加快速度，边跑边喊："住手！给老子住手！"

年轻人似乎抱着个什么东西，刺猬一般团成一个球，任凭后面几个人猛打猛踹，就是不肯放手。老苏头和老拐气喘吁吁跑到众人面前，对一众人喊："你们这些……混蛋，快给老子住手！"

几个年轻人抬头看，其中一个乐了："老混蛋，你骂谁呢？这么大年纪了，不在家躺着等死，跑这儿找刺激啊！赶紧给小爷滚，妈的，这大清早的，跑这儿找死！"

老苏头冷笑几声，从怀里掏出短刀："别啰唆，赶紧滚！我老苏头活了这么一大把年纪，还没有人敢这么跟老子说话呢。"

刚刚说话的年轻人一声不吭，猛然跑过来，要夺老苏头手中的短刀。他没有想到，老苏头看着就两根骨头撑着一个头的样子，身手却很是敏捷，没等他看清楚，年轻的胳膊上被老苏头划了一刀，鲜血直流。

年轻人跳着脚哎呀大叫，老苏头挥舞着短刀让众人退后。几个年轻人朝后退去。老苏头过来要拽躺在地上的年轻人，那几个抢劫的突然围上来，抢下老苏头的短刀。那个被划伤胳膊的冲过来，一脚踹倒老苏头。其余的围拢上来，抬脚就要踹。

老拐猛然冲过来，一只手抓住一个年轻人，两只手一较劲，两个年轻人平着飞了出去。趁着剩下的人愣神的工夫，老拐把老苏头拽起来，对着那几个年轻人喝道："欺负老人，你们这些小子就不怕天打雷劈？"

一个年轻人举着木棍，朝着老拐冲过来。老拐一闪身，一脚就把他踹在了地上。老拐对他们挥手说："赶紧滚！再他妈想玩，俺老拐踹死你们！"

几个年轻人面面相觑，先前倒在地上的一个喊道："发什么愣啊，快把老子扶起来。"

众人把倒地的扶起来，其中一个挥了挥手，众人朝着来路趔趔趄趄地溜走了。

第四章　地神婆婆

1　地下守护人

尼亚佐夫教授发起了高烧。这个来自异国他乡的书生，经历过几次生死折磨之后，终于倒下了。他在暗无天日、潮湿憋闷的地洞里，两天昏迷不醒，却时常惊恐地大喊大叫。

苏娜尽心尽意地伺候着尼亚佐夫。她不顾一个女孩子的娇羞，给他脱光了衣服，用烧酒擦他的全身，为了能让他吃点东西，在用尽了所有办法之后，只得嘴对嘴给他喂食。

但是尼亚佐夫的身体却像有了排斥反应，高烧时好时坏，伤口发炎化脓，情况一天比一天危急。

清醒的时候，尼亚佐夫告诉苏娜，他这种情况，现在阿莫西林等药物已经不起作用了，需要买更高级的抗生素才能好得快一些，比如阿奇霉素。

苏娜趁着夜晚来临的时候跑出去买药，却屡次在坟地外遇到了康有福等人。康有福率人堵住了通往坟地的南北两条羊肠小路。苏娜估计，他们在西边的沙土路上也会派人守卫。很显然，他们已经觉得这里有蹊跷了。

苏娜决定从后山的秘密洞口出去，朝东走。朝东没有路，需要经过无数的丘陵山沟，走出大约二十里路后，再朝北走，便可以走到通往敦煌的那条柏油路。苏娜从来没有走过这条路，爷爷走过。爷爷曾经跟她说过大约的路径，但是因为她没有实地走过，具体怎么走她真不敢确定。她唯一能记住的，是爷爷说的一个叫作"归义坡"的地方。据爷爷说，当年归义军首领张议潮在驱逐吐蕃初期，在此秘密开过军事会议。归义坡看起来地势并不险恶，一个坐北朝南的小山坡而已，但是人走到此处，很容易迷失方向。这个归义坡是朝东走，是走出这片丘陵地带的必经之路。要想不迷失道路，走到这个归义坡后，要找到山坡上的八棵老槐树。这八棵老槐树很怪，长在山坡石缝里，呈"十"字形排列，正南、正北、正西、正东。关于这八棵老槐树有许多的传说，苏娜都没有记住，唯一记住的一点就是三棵横排的是南北向，五棵横排的是东西方向。朝东走，要顺利走出去，找到这个归义坡是关键。到了此处再朝东走，不远就可以看到一条南北向的羊肠小路，走上小路后左拐，大约走上十里路，差不多就到了那条柏油路了。

苏娜趁尼亚佐夫清醒的时候，把这边的情形和她的决定跟他说了。尼亚佐夫曾经到敦煌数次，知道此处乡村稀疏，地形凶险，如果走错了方向，走进了大沙漠，那就非常危险了。

他不同意苏娜的方案。他告诉苏娜，他现在感觉好多了，也许过个两三天，他就会完全好起来。苏娜假意同意尼亚佐夫的意见，没跟他争辩。

晚上，尼亚佐夫再次陷入高烧昏迷之后，苏娜带了短刀和微型手电，带了一瓶矿泉水，便朝山洞后面洞口走去。走到岔洞口的时候，却被一个人影挡住了，她吓了一跳。醒过神来以后，她对着人影鞠躬说："我知道您是谁，我常常看到您，但是我们没有交流。我听爷爷说起过您，您和您的家族是这个世界上最值得信赖的。否则，我们的先祖也不会把这个地方托付给您。您挡着我，是不是知道了我要去的地方？我爷爷说，你们不说话，但是无所不知，当你们挡住我们的路的时候，就是告诫我们，这个做法很危险。如果您同意我的话，就请您点头。"

黑影点了点头。苏娜有些感动，说："谢谢……您，但是……如果我不去，那个人就有可能会死掉。您不知道，他是为了救我，才被人用刀捅成那样的。我很感谢您，但是我知道这条路怎么走，请您给我让路吧。"

黑影一动不动。苏娜试探着朝前走，都闻到黑影身上强烈的酸腐味道了，黑影却一动不动。苏娜不得不退后："我知道您这是好意，不过这是我唯一的办法了。这个人真的是一个好人。您跟爷爷是世交，您也知道爷爷的脾气，要是他老人家在，也会同意我这么做的。您说呢？"

苏娜试探着朝前走，黑影还是不动。

苏娜长叹一口气："算了，我还不愿意出去冒这个险呢，我回去了。"

苏娜转身就朝后走。黑影看她走了，也很快消失了。苏娜转头，看到黑影没了，猛然转身就朝后跑。跑过岔洞口，苏娜转身鞠躬："对不起您，我骗您了，等我回来，我会带给您好吃的，您别生我的气啊。"

洞口外是一个平缓的小山坡。苏娜清楚，康有福他们还没有注意到这儿。她辨别了一下方向，便迈步走下山坡，朝东走去。

　　山坡陡峭，偶尔有矮小的灌木丛，仿佛一个个仰望着的小矮人。周围的稀稀疏疏的树木，像是一个个站立着的恶鬼。但是苏娜可是住在坟地的人啊，她还能怕这些影子？苏娜辨别了方向，选择路线，或直插，或迂回，直奔正东方向。

　　这边的山野不是很复杂，但是一点儿地形变化，就会耗费苏娜不少的时间和体力。她在爬过第三个山坡的时候，遇到了一条深沟。苏娜清楚这边的沟里没有水，便直接朝沟里走了下去。让她没有想到的是，这条沟深得离谱，沟里竟然长了很多的树木杂草。从山坡冲下来的泥土，使得沟里泥土肥沃，茅草长得比人都高。苏娜还没走到沟底，便不敢往前走了。她很清楚，敦煌附近土地贫瘠干燥，草木稀少，地面上的所有动物都聚集到这种地方。苏娜只好翻身，从沟里朝上爬。下来容易上去难，大概是因为雨水的冲刷，沟的下半部分几乎成了直上直下的立面，即便苏娜抓住上面的茅草，也很难爬上去。苏娜爬了几次没有成功，只得转身朝着沟底继续走。两边的茅草树木远远高过头顶，苏娜感觉自己就像行走在水底一般。好不容易走过宽阔的沟底，她感觉脚下的地面开始上升了。突然她感到脚下踩了一个滑滑的东西。她下意识地跳起来，那东西竟然缠住了她的脚脖子。她吓得大叫，疯了一般朝沟上跑。缠着苏娜的是一条大蛇。边跑边甩腿，想把蛇甩下，但因脚步不稳，一下摔在沟沿上。

　　蛇恼了，张嘴就咬了苏娜一口。苏娜终究是一个女孩子，被蛇咬后，她疯了一般地乱踢乱抓，竟然把蛇从脚脖子上踢飞了。她一鼓作气，终于爬到了沟沿。

　　苏娜明白，如果她真是被毒蛇咬了，唯一能救命的办法就是赶紧回敦煌找医院。

苏娜咬着牙继续爬坡过沟，一路朝东。奇怪的是，被蛇咬了这么一下，苏娜似乎什么都不怕了。

她一直没有见到那个归义坡。看了看表，已经是凌晨三点多了，她整整走了七个小时。按照自己的速度和时间计算，她走的距离肯定是超过了到达归义坡的距离。也就是说，她走错方向了。

苏娜确认了这一点后，躺在地上，再也不想起来了。

冷静地想了想，似乎自己只有回去一条路可走了，可面前的路完全模糊了。她迷茫了，不知道该朝哪个方向走了。

这时她才发现腿已走不了路了。她拽起裤腿，照着小手电看了看，被蛇咬的右小腿肿得竟然有平时两倍粗，颜色青黑。苏娜觉得这腿似乎胀得要爆炸了。她试探着站起来，刚挪步，却因为疼得厉害不由得跪了下去。

苏娜边揉着腿，边喃喃地说："老天啊，我是不是就这么完了？"

她感到一阵阵的头晕眼花。她明白，蛇毒这是朝上走了。有一种蛇据说咬了人后，会从腿朝上肿，等肿到肚子的时候，人就完蛋了。难道这就是传说中的那种蛇？

苏娜正心神不定，突然看到前面的山坡上有人影晃动。她大惊，拖着腿朝后爬，寻找藏身的地方。让苏娜惊愕的是，来到面前的是两个人。其中一个背着另一个，两个人影迅速来到她面前，被背着的人喊了她一声："苏娜，别害怕，是我，我是尼亚佐夫。"

尼亚佐夫？苏娜惊讶。他不是昏迷着吗？即便他醒了，他怎么能到这里？还有，最重要的是，背着他的人又是谁？难道尼亚佐夫被人家抓住了？苏娜抽出短刀，做好了跟对方拼命的打算。

尼亚佐夫继续喊："你放心，背着我的人是你说的那个地下守护人。他是好人，是我叫他一起来的。"

是地下守护人。苏娜终于放心了，人也瘫软了下去。

地下守护人蒙着面，几乎一言不发。他先放下尼亚佐夫，把苏娜背着朝前走了一会儿，又放下苏娜，回去背尼亚佐夫。如此轮流背着两个人朝前走，天亮之前，三人顺利回到了地洞里。

地下守护人把苏娜放在床上，给了尼亚佐夫两颗药，人就迅速消失了，从始至终，一言未发。

苏娜腿上的伤只肿到膝盖，没有朝上延续。她的神志一直很清醒，她明白，这条蛇虽然有毒，毒性却不大，否则自己的小命早就没了。

即便如此，她也不能活动。她的右腿一点儿力气都没有，上厕所的时候，需要尼亚佐夫把她扶到厕所门口，她再两只手扶着墙壁，一点一点地挪进去。

好在尼亚佐夫高烧减退，也不昏迷了。苏娜吃了地下守护人给她的药，却没大好，从第二天开始，处于时而清醒、时而昏迷的状态中。

尼亚佐夫知道只有一个办法解救她，于是趁她睡着的时候，把她绑在了床上，割了一个小十字刀口，在伤口处用嘴一口一口把黑血给吸了出来，又用盐水给她洗了伤口，包扎好……但做完这一切，尼亚佐夫却一头栽倒在地上。

尼亚佐夫昏睡了三天。苏娜全心全意地照顾他。看着昏迷之中的这张棱角分明的脸，想到他多次救过自己，苏娜忍不住俯下身子，很认真地吻了他。

半夜，尼亚佐夫醒了。看到躺在身边的苏娜，他感到很惊愕。

苏娜抱着他说："教授，我爱上你了。"

尼亚佐夫脸色大变："这……这怎么能行？苏娜，我是有老婆孩子的人。"

苏娜调皮地刮了下他的鼻子，说："你别自作多情啊。爱上你，并不等于要嫁给你。我爱你这个人，又不是想当你老婆，你紧张什么？"

苏娜青春芳香的身体缠绕着尼亚佐夫，尼亚佐夫虽然身体虚弱，精神却不虚弱，他不由地伸开胳膊，抱住了苏娜……

他们的故事，从这个深夜开始揭开了一个崭新的篇章。

2　意外惊喜

老苏头和老拐在沙漠中艰难行走了大半天，傍晚时分，他们终于遇到了牵着两匹骆驼的古庙中的文管员苏青。

文管员是老苏头的人。但是，他牵着骆驼到这里迎接他们，却不是老苏头的安排。老苏头有些惊讶，问他怎么到了这里，文管员说有人让他来的。当着老拐的面，老苏头不便多问。他们赶回了古庙。

这座古庙是唐代所建，后来历代都进行过修缮。古庙被当地文管所发现，略作修缮后，派人进行看管保护。老苏头得知后，让人疏通了关系，把苏青派到了这里，做了一个文管员。

老苏头有种预感，觉得把苏青派到这里，总有一天会用得上。后来老拐跟他说，他讨厌人多的地方，想找个没人的地方躲着，一直到死。老苏头就把老拐送到了这里。这次，他要找赊刀人大把头，还幸好提前把老拐安排到了这里，否则，他到哪里找人去？

回到古庙后，老苏头和老拐皆累得躺在地上。老苏头突然想到苏青到沙漠中接他们的事儿，便又强撑着爬起来去找苏青。苏青正在院子里用柴火烧水。这儿不通电，苏青也不舍得用煤气，烧火做饭都用柴火。好在附近有许多的小杂树，烧柴方便。

看到苏青被烟火熏得流泪，老苏头有些感伤地说："苏青啊，这些年委屈你了。"

苏青笑了笑："族长，您说哪里去了。咱的祖训俺都记着，很多兄弟命都没了，俺躲在这里享清福，俺还觉得惭愧呢。"

老苏头拍了拍他的肩膀："等我给文管所的人做做工作，让他们允许你把老婆孩子都带来，你的日子就不这么清苦了。"

苏青摇头说："族长，这边很多事儿让家里人知道了不好。咱族里有不少人因此泄露了秘密也牵连了老婆孩子。这事儿我想过了，不让他们过来，不管是对他们还是对族里都有好处。"

老苏头点头："这些日子，这边发生了什么事儿没有？"

苏青说："事儿多着呢。上个月，那帮穿着黑色服装的人又来上香了。我问他们是哪里来的，他们也不说。烧完香就走了。这几个月，零零星星不少人来上香，还有的人在庙门外跳舞唱歌，说这个庙是他们祖宗修的，逼我滚出去。我打电话报警，他们就跑了。"

老苏头问："他们没伤着你吧？"

苏青摇头："这个倒是没有。这种事儿每年都能发生一两次，他们知道是政府管辖了这座庙，也只能发发牢骚就走了，没事儿。"

老苏头问："你今天下午到沙漠里接我们，是谁让你去的？"

苏青拿出一个牛皮纸信封递给他："您看看就知道了。"

老苏头刚要撕开信封，看到封口竟然用古老的封蜡技术封的口，而封蜡的形状，是一把古朴的砍刀。

老苏头一愣："赊刀人？"

苏青点头说："是一个年轻人送来的，他给我一个罗盘，告诉我去接您的方向，留下这封信就走了。"

老苏头问："送信的人是什么时间来的？"

苏青想了想，说："上午，大约八点左右。我刚吃完早饭，他就来了。"

老苏头拆开信，信纸上用非常标准的小楷写着这几个字："苏老族长，您救了我们一个兄弟，赊刀人欠您一个人情。什么时候您想用这个人情，可随时到县城东北角的小市场找我们。"

老苏头拿着信的手抖了起来："赶紧的，陪我去城里。"

苏青一愣："现在吗？"

老苏头坚定道："现在！"

3　两个族长

老苏头和苏青骑着骆驼赶到敦煌东北角那个小市场的时候，天光已经大亮。很多店铺已经开张。店铺外的摊位上，小摊贩们也摆开了货物。市场里的顾客还很少，因此这个平时嘈杂拥挤的小市场看起来竟然有些安静，也有些空阔。

老苏头进入小市场，刚要挨个摊位打听各种刀的价格，那个上次接待尼亚佐夫的美女从一个屋子里走出来，问老苏头："请问，您是要买刀吗？"

老苏头一愣，忙点头："是，姑娘，你……也卖刀？"

美女不置可否地笑了笑："那您请跟我来吧。"

老苏头不知道这个姑娘是个什么人物，因此有些犹豫："姑娘，我得先挨个打听一下价格，你的摊位是哪个？"

美女咧嘴笑了："您是苏老族长吧？您就尽管跟我来吧。"

老苏头听美女报出了自己的名号，知道对方应该就是赊刀人了，不再犹豫，跟着她走出市场，上了楼。

还是上次尼亚佐夫进入的那个房间，姑娘推开门，躬身请老苏头进去。老苏头进屋愣住了。他的远亲兼对手高族长，正站在屋子里，背着手看着他。

高族长比老苏头年轻些，五六十岁的样子，个子也比老苏头高大，也胖，花白的头发剪成了板寸，看起来很有精神的样子。

高族长看到老苏头进来，当时也愣住了。他背着的一双手不由得放下来，似乎随时准备扑过去拼命。老苏头看到高族长的样子，马上就猜到了赊刀人的用意，一时有些无措。

高族长也从惊愕中恢复了神智，他故意朝着老苏头笑了笑："苏族长，您……怎么到这儿来了？"

老苏头说："我也正想这么问你呢。"

有人搬来两把椅子，他们分别坐下，面对着烧着香的长案。

高族长没有回答老苏头的话，而是说："苏族长，赊刀人欠了你一个人情，好像他们已经还了吧。"

老苏头歪着嘴笑了笑："高族长对我这个老头子还挺关心啊。"

高族长一脸高深莫测："当然关心了。老大哥，人家赊刀人从来就是有恩必报，不过这恩报完了，也不好再来找人家啊。您可是我很敬重的人，这么做可就太没有风度了。"

老苏头哈哈一笑："我都快入土的人了，还讲究什么风度啊。哎，高族长看来跟赊刀人没有什么交情啊。赊刀人那是神龙见首不见尾，他们要是不想见你，没人能找到他们，皇帝老子都没用。除非他欠你人情，你才能在他们指定的地方找到他们。"

高族长突然站了起来："这么说，赊刀人还欠你人情？"

老苏头点头说："当然了。不过他们到底欠我几个人情，我现在不能告诉你。我前些日子还告诉他们的大把头，说我的那几个人情我不要了，大把头劝我先留着，说不定什么时候就能用上。我今天来，就是想用一个。"

高族长的脸色变了："这……这是真的？"

老苏头故作惊讶："你不相信赊刀人？高族长，从古至今，三皇五帝，秦皇汉武，唐祖宋宗，皇帝换得像换裤衩，连佛道两教今天都朝这个皇帝下跪，明天又听另一个皇帝召唤，你听说过赊刀人有不讲信用的事儿，有没有兑现的承诺吗？"

高族长气急败坏，一边摇头叹息，一边像热锅上的蚂蚁一般在屋子里转圈。这时旁边的小门被推开，一个年轻人从屋里走了出来。

高族长忙走过去："小兄弟，我的那个人情我不用了，我现在改主意了，我想收回来。"

年轻人笑了笑，说："高族长，已经晚了。我们已经快完成您交给我们的任务了。"

高族长一听，来了精神，问："这么说……"他转头看了看老苏头，把年轻人拽到一边，"如果老苏头用他的人情，要求你们替他保密呢。"

年轻人双手一摊，说："那我们只能停止。不过高族长，即便是停止了，那您的这个人情也算用了，因为……"

高族长转身走出屋子，长叹："天不助我也！"

老苏头看着高族长走出去，问那个年轻人："小伙子，我们的事儿这就算完了？"

小伙子很严肃地说："苏族长，现在没完呢。我们欠高族长一个人情，高族长要求我们帮他找到苏家的秘密，现在我们已经找到了，正准备通知高族长呢。我得提醒您一下，我们现在就欠您一个人情。这个人情用了，赊刀人就跟您没有关系了。"

老苏头点头说："我明白。这次赊刀人对我们守护人是有救命大恩，老苏头心里明白。那我就把这个人情用了吧，请你们停止帮助他们。"

年轻人点头："那我们就不留族长了，族长请保重。"

老苏头知道，人家这是下逐客令了。他站起来，朝着年轻人抱了抱拳，走出了屋子。

这么一会儿工夫，小市场里已经人声鼎沸，车马喧嚣。苏青在楼梯口一侧，站在两峰骆驼前等着老苏头。

老苏头下楼后，对苏青摇了摇头，苏青会意，装作不认识老苏头的样子，牵着骆驼走了出去。

老苏头走到旁边的小吃摊位买了一屉小笼包，边吃边观察着周围的状况。小市场里有高族长的许多手下，装扮成卖水果的、卖小吃的，都在监视着老苏头。老苏头也清楚，在这个小市场里，因为有赊刀人的存在，高族长的人不敢对他下手，但出了小市场，可就不好说了。

老苏头这屉小笼包吃得慢，一直吃了一个多小时。吃完之后，他边晃悠，边朝门口移动。

走到门口的时候，那辆拉着他去深山寺庙的小面包车刚好也到了门口。老苏头突然拉开车门，敏捷地跳上面包车。

然而，面包车刚冲出门口，就被一个人迎面拦住了，是高族长。

高族长稳稳地站在面包车面前，恶狠狠地盯着苏老头。

老苏头轻声对司机说："从他旁边冲过去。"

司机加速，急打方向盘。几乎同时，两辆轿车从后面冲过来，斜着挡在高族长的两侧。司机急忙急刹车。老苏头失重，头差点儿撞到挡风玻璃上。

几个小伙子从车上下来，从面包车上把老苏头拽下来，塞进其中一辆轿车。两辆轿车一前一后，掉头疾驰而去。

4　俄国人讲的故事

在车上，有人给老苏头蒙上了眼罩。

老苏头问："小兄弟，你们这是要带我去哪儿？"

押着老苏头的小伙子哼了一声，不搭理他。汽车在街上左拐右拐，老苏头终于熬不住，靠在车座上，睡了过去。

汽车在一处豪华的私人公寓外停下。有人拽着老苏头下了汽车，走进公寓。老苏头的眼罩被人揭开，耀眼的太阳光线刺得老苏头的眼泪直流。老苏头打量了一下这个豪华明亮的大房间。房间大得超出老苏头的想象。地上铺着精致的地毯，地毯上围着一圈豪华精致的欧式沙发。沙发上坐着一对俄国夫妇。俄国夫妇的身旁正是刚刚进屋的高族长。

这对俄国夫妇老苏头认识。他们家族的据点还在养老院的时候，这对俄国夫妇在养老院附近转悠了好多年。老苏头早就对他们起了疑心。养老院遭袭的那天晚上，老苏头没在，不过他在后来也听人说了，这个俄国男子利用多年来的观察找到漏洞，潜入了养老院，跟那个大学教授一起把里面关着的人放了出来。他们这一族人遭到了毁灭性的打击，许多骨干因此下落不明。

那个俄国男子朝他笑了笑，说："尊敬的苏族长，很荣幸能请您到这儿来，您请坐。"

老苏头看了普德洛夫一会儿，目光转向了高族长。高族长跟老苏头对视了一会儿，目光开始躲闪。

老苏头声音严厉："高族长，我们的先祖都对我们有过教诲，你是忘记了，还是要违背先祖遗训？"

高族长气哼哼地说："我们现在是敌人，从几百年前开始，我们的先祖就成了敌人，你凭什么教训我？"

老苏头说："没错，我们是敌人。但是我们之间的矛盾是我们之间的事儿。我们的先祖都有遗训，不许外族人插手，更不用说外国人了。你跟我说说……"他用手指着普德洛夫，厉声说："你跟这个外国佬一起，算怎么回事儿？有个词叫兄弟阋墙，你知道不知道？"

高族长有些理亏："我……我的事儿不用你管！今天是我逮着你了，你老老实实把我想知道的告诉我，我也许可以放你出去。否则，你永远也别想从这里走出去！"

老苏头怒斥："你勾结外国佬，泄露先人机密，姓高的，老子告诉你，要是你今天的事儿让你的族人知道了，看他们会怎么整你!"

高族长被苏族长的话吓了一跳,猛然从沙发上站了起来。站起来后,他似乎又觉得很突兀,转头看了普德洛夫一眼。

普德洛夫笑了笑,也站起来,走到苏族长面前:"苏族长,如果我告诉你,你们……"

他用手点了点高族长和老苏头,继续说:"你们的秘密也是我先祖的秘密,你大概不会相信吧?"

别说是苏族长,高族长都猛然一愣:"普德洛夫先生,您这话……是什么意思?"

普德洛夫有些得意:"高族长,我不妨告诉您实话。我原先跟您说的都是假的。喔,有一点是真的,我可以帮你对付这个苏族长,这一点请您相信。不过我并不是什么记者,我无法帮你找到他们藏身的地方,很抱歉,我撒谎了。但是,二位,我的先祖如果对你们的先祖有恩,现在你们是否需要替你们的先祖报恩呢?"

老苏头和高族长都一愣。老苏头冷冷地说:"外国人,你说来我老苏头听听,你的先祖怎么会对我的先祖有恩?你脑袋是被驴踢了吧?"

普德洛夫很宽容地笑了笑,说:"你们两个都是康国王妃的后人,你们知道,王妃到了敦煌后,被吐蕃总督抓来,逼她嫁给总督的故事吧?"

两人皆点头。

普德洛夫继续说:"那好。王妃带着康国的小王子一起来的。小王子看到吐蕃总督欺负他妈妈,要为妈妈报仇,用短剑刺伤了总督,总督愤怒,把这个小王子杀了,这些你们也应该知道吧?"

高族长惊愕:"普德洛夫,这些我都没跟你说,你……你怎么知道这些?"

普德洛夫得意地笑了笑:"请听我说完。然后,王妃杀了那个总督,并且从总督府逃了出来,是吧?"

苏族长和高族长只能点头了。

普德洛夫脸色一变:"你们这些傻瓜! 吐蕃的总督是什么人? 在那个时代,吐蕃的总督都是万里挑一的勇士,一个手无缚鸡之力的王妃杀了一个勇猛的吐蕃总督,还能从一个戒备森严的总督府冲出来,你们相信吗?"

高族长说:"我们的先祖……都是这么流传下来的啊。"

普德洛夫哼了一声:"你以为你们先祖的话都是真的?笑话!"

高族长看了看老苏头,不敢再问下去了。老苏头转着眼珠子,想了一会儿,在旁边的沙发上坐下:"高族长,你派人把我抓来,就是听这个外国佬胡扯的吗?"

高族长还没说话,普德洛夫哼了一声:"苏族长,难道你还害怕我说出真相吗?"

老苏头骂道:"呸! 你胡说八道,我们祖宗的事儿,你一个外国佬知道个屁真相。"

高族长却说:"你说吧。"

普德洛夫点头说:"高族长,你是个有智慧的人,我没看错你。"他继续说,"我可以告诉二位,是我的先祖救了你们的王妃!"

老苏头和高族长都跳了起来:"你说什么?!"

普德洛夫摆了摆手,说:"请不要激动,我还没把话说完呢。我的先祖是一名从康居国来敦煌做生意的商人。但是他做生意不行，赔钱了。吐蕃人好武，在街上摆擂台，我的先祖打败了所有的吐蕃武士，因此被吐蕃总督看上，成了他的贴身护卫。在唐朝，康国隶属康居国，康国王妃之美，天下人人皆知，我的那个先祖也不例外。吐蕃总督逼着王妃嫁给他，王妃不肯。总督恼怒，虐待王妃，我的那个先祖很是气愤。因此，当总督杀了王妃的儿子后，我的先祖大怒，拔刀杀了吐蕃总督，并利用他贴身护卫的身份，把王妃从总督府救了出来……"

老苏头恼怒："你胡扯！"

高族长则目瞪口呆，显然，他有点儿相信这个俄国人的话了。

普德洛夫继续说："我的先祖带着你们的王妃隐姓埋名，生活在了一起。对，你们没有听错，王妃或者是为了报答我先祖的救命之恩，或者是没有办法，总之……他们生活在了一起。当然，王妃是一个很高贵的人，她很骄傲。她有点瞧不起我的先祖，因此我的先祖后来离开了她。为了躲避吐蕃人的追杀，我的先祖流落到了新疆，后来来到了俄国。诸位，我的故事讲完了，非常精彩吧？"

这次，老苏头和高族长两人都恼了。高族长指着普德洛夫说："普德洛夫……你不要信口雌黄！"

普德洛夫哼了一声说："这就受不了了？我还有更重要的没说呢。"

老苏头说："你给老子闭嘴！再胡说八道，老子弄死你！"

普德洛夫摇头说："你们太激动了。两位族长，我觉得你们需要冷静下来听我把话说完。"

高族长说："你还有什么要说的？"

普德洛夫说："不多，就两句话。我先祖离开王妃的时候，王妃说要把她随身带的黑铁剑给我先祖。我先祖知道那是一件宝物，他怕弄丢了，就没带，说等他回来再来拿。可惜，我先祖再没回来，这黑铁剑就一直寄存在王妃那里。我这次来，别的不要，就是来拿那把黑铁剑的。"

老苏头逼视着高族长："高族长，你这是勾结外人，要挖祖坟啊。"

高族长后退摆手："不……不，普德洛夫先生不是这个意思，他……"

普德洛夫有些不屑："高族长，这个有什么可害怕的？你就告诉这个老苏头，我就是为了这个才来跟你合作的。他知道了又能怎么样？进了这个门，他就得听我们的。"

高族长突然醒悟，对老苏头说："老苏头，你已经这个样子了，还他妈的吓唬我啊。没错，我跟普德洛夫先生合作了，我们就是要盗墓了，又怎么样？我劝你还是想想你自己吧。来人，先把苏族长送到他的贵宾室关起来，让他好好想一想。"

两条壮汉从门外进来，一边一个，架起老苏头朝着房间一侧的一个小门走去。

5　地神婆婆

尼亚佐夫和苏娜在地洞中，又过了三天。距赊刀人给他们定下的五天时间，已经过了两天。这两天中，没有任何事情发生，很显然，赊刀人的威胁被爷爷成功化解了。

尼亚佐夫和苏娜放下心来。但令尼亚佐夫想不到的是家里出事儿了。他给妻子打电话，连打了两天都没有人接。他没办法，只得报警。警察进入他家，发现家里被人翻得乱七八糟，他妻子和女儿不见了踪影。

尼亚佐夫想回家，却寸步难行，他陷入极度的焦躁不安中。

这时，老吴突然从坟地开启洞口走了进来。老吴告诉他俩，老族长被高族长那边的人抓走了。这几天，他们组织了族中所有的青壮年到处打探老族长的消息，却一无所获。

老吴蓬头垢面，脸色阴沉乌黑："大家伙都泄气了。当家的没了，主心骨就没了，咱打不过高族长他们。昨天晚上，又失踪了两个兄弟，大家都准备逃了。"

苏娜的脸色变得冷峻，她仔细询问了事情经过和这些天的寻找过程，对老吴说："吴叔，你马上回去告诉大家，我明天早上会赶往城里，跟大家一起商量找老族长。"

老吴看了看苏娜，很是担心的样子："苏娜，你这个样子怎么能回去？进来的路都被他们封了。我这次来是花大钱雇了一个向导，从东面转山进来的。"

苏娜笑了笑，说："你放心，我有办法。不过就是要麻烦你一件事儿，你得去所方村，把我要出去的事儿设法告诉地神婆婆。"

老吴点头说："这个没问题。"

苏娜说："所方村也有高族长那边的人，你得设法避开他们。你不要去找她老人家，你只要进了咱们在所方村的那个屋子，地神婆婆会在十分钟之内进屋子找你。"

老吴有些疑惑："她老人家那么大年龄了，能帮你从这里走出去？我有点儿不相信。"

苏娜笑了笑："这个就不用你管了。明天早上你就负责把大家召集在一起就行。"

老吴又问："苏娜，你有办法找到老族长吗？"

苏娜点头："放心，对了，你得记着把跟我爷爷一起去找赊刀人的苏青叔叫回来，这个事儿需要他帮忙。"

老吴犹豫了一下，说："那我得赶紧回去，找个车把他接回来。他昨天刚回庙里去了。"

老吴走后，苏娜愣了一会儿，两行热泪从眼角夺眶而出，当即趴在床上哭了起来。

尼亚佐夫措手不及，忙劝她："苏娜，别哭了啊，苏老族长会没事儿的……"

苏娜泪眼婆娑，抬起头："你是站着说话不腰疼，你怎么知道我爷爷没事儿？"

尼亚佐夫一愣："咦，你刚刚不是说，让老吴放心，你会找到你爷爷吗？"

苏娜趴下哭了几声："我不那么说成吗？大家心都散了，我不那么说，我还能怎么说？"

苏娜趴在床上哭了一会儿，便坐在床上发呆。她一直坐到下午七点多。七点之后，苏娜突然像换了一个人似的，下床洗脸，很麻利地把一碗米饭吃了。

尼亚佐夫不理解苏娜的情绪为何变得这么快。正惊讶中，苏娜走到他身旁说："收拾一下屋子，地神婆婆快来了。"

苏娜穿上了一套紧身黑衣，对尼亚佐夫说："你自己在这里待几天吧，吃的用的什么都有，我会抓紧时间赶回来。我们只有先找到我爷爷，让他帮忙，你才能有办法回家。"

尼亚佐夫摇头说："不，我跟你一起去。你自己去，我不放心。"

苏娜说："你不能去。我们这次去救人，吉凶未卜。我不想让你去冒这个险。你得留着性命，回去一家团聚。我也跟你说过，绑架你夫人和孩子的肯定是高族长的人。你放心，他们绑人，肯定是有别的目的，不会伤害人的。这些人跟黑社会还是不一样的。"

尼亚佐夫抱了抱苏娜，说："我知道。所以，我现在保护你，就是保护我家里人。你安全了，把老族长救出来了，我才能回家，才能找到我的家里人。苏娜，你就让我跟你一起去吧。我的身体这些天恢复得差不多了，多少能帮上些忙的。"

苏娜想了想，说："行，那我们赶紧收拾东西吧，把能带的都带上，恐怕暂时很难回来了。"

尼亚佐夫还是有些担心："地神婆婆真的能带我们出去?"

苏娜见他一副不以为然的样子，便说："教授，你好像瞧不起地神婆婆啊。"

尼亚佐夫摇头："没有，不过我觉得她就是一个普普通通的老婆婆，她怎么能把我们带出去?"

苏娜笑了笑："亏你还是一个历史教授呢。你不知道，你们书中的那些历史只是历史的一面，或者说，是官方的历史。我爷爷说，你们书上的历史很多都是假的呢。一个朝代没了，代替他的那个朝代肯定会修改前面的那个朝代的历史，把那个朝代骂得一文不值，是这样吧?"

尼亚佐夫摇头说："也不完全是。你说这个话，跟这个地神婆婆有什么关系呢?"

苏娜说："她是你们官方的历史中很少涉及的历史的另一面。你别惊讶了，我也是听我爷爷说的。我爷爷说，古代历史最值得研究的就是地神婆婆这样的人……喔，不，错了，是地神婆婆的先祖那样的人。"

尼亚佐夫还是没听懂:"地神婆婆的先祖?"

苏娜说:"你眼神真差劲。地神婆婆的先人是一个叫车师国的国家巫师,对了,你知道车师国吗?"

尼亚佐夫点头:"知道一点儿。"

苏娜调皮地刮了刮尼亚佐夫的鼻子,说:"还算不错。我爷爷说,这个车师国人,喜欢住在地下。现在在新疆,还有个叫交河的车师国古城呢。教授,你知道他们为什么要住在地下吗?"

尼亚佐夫摇头说:"这个,主要……"

苏娜打断他的话:"别主要了,地神婆婆说,当年她的先人为车师国制订了非常完备的进攻和防御计划。车师国是个小国,而且处于进出西域的交通要道。地神婆婆的先人,也就是车师国的巫师,建议国王多建筑一些地下设施,有强大的敌人进攻,军队和王族就可以躲进地下设施里,然后,寻找机会攻击敌人。车师国国王一开始很愿意听从国师的建议,车师国因此越来越强大。后来就不行了,国王觉得自己很厉害了,就不愿意往地下躲了。车师国因此被一个叫匈奴的国家给消灭了。车师国灭国后,地神婆婆的先人隐姓埋名逃到了此地。怎么样,历史教授,这些学问你教的书上没有吧?"

尼亚佐夫很诚恳地点头:"没有,没有,这是一个非常值得研究的课题。苏娜,咱这个地洞是不是地神婆婆的先祖帮忙建的?"

苏娜说:"当然了。"

尼亚佐夫突然有些醒悟:"地下守护人是不是地神婆婆的家里人?"

苏娜点头："你越来越聪明了。不过不算是家里人，算是地神婆婆的手下吧。这些人是当年跟着地神婆婆逃到此地的车师人的后人。他们善于挖洞，善于在夜间行走。我们要是没有他们帮忙，早就被高族长他们打败了。姓高的为了得到王妃的宝贝，都快疯了，找了不少外国人帮忙。爷爷坚持祖训，不肯让外人插手，所以我们现在越来越艰难。"

尼亚佐夫正要说话，突然从山洞深处传来一阵类似风吼的声音。那条巨蛇听见声音，抬起头，迟疑了一会儿，猛然朝着传来声音的地方滑了过去。

苏娜小声对尼亚佐夫说："地神婆婆来了，这条蛇是迎接她去了。待会儿地神婆婆来了，我们要跪下行礼，听明白了?"

尼亚佐夫不高兴："没这个必要吧? 不就是一个老太太……"

他话没说完就被苏娜拽着跪了下去。

一个声音从远处传来："苏娜，是不是有人在说我老太婆的坏话?"

苏娜跪着很虔敬地说："婆婆，您听错了。我们都在赞扬您呢，谁敢说您的坏话啊?"

地神婆婆哼了一声："要是你敢骗我，我非找老苏头这个老东西不可。快去，把我的蒲团拿出来，跑了这么久的路，可把我给累坏了。"

苏娜忙跑到一个房间里抱出一个大蒲团放在地洞中央。

苏娜刚放好，一阵风呼呼地刮了过来。尼亚佐夫忍着恐慌，低着头。风声停止，尼亚佐夫闻到了有些熟悉的酸臭味、刺鼻的香料味和一阵阵的腥臭味道。他奇怪，这个老婆婆是怎么回事，身上能有这么复杂的气味。

他还没想明白，老婆婆突然对他说："前面的这个男人，你抬起头来。"

尼亚佐夫抬头，差点儿吓瘫在地上。

感觉坐在蒲团上的是个白脸红眼的恶鬼。她穿的衣服更是怪异至极。衣服不知用什么材料做成的，最上面的一圈是白的，下面一圈变成了金色，然后是绿色、蓝色，最下面部分则是浓重的黑色。稍微让尼亚佐夫有些安慰的是她的头上插着鹈鸪，腰间系着丝带，丝带上挂着铃铛和小锣。这个装扮，是他了解的古代巫师的装扮。

老太太的右边是那条平常善于装死的巨蛇。此时巨蛇高高地挺起了头，一副扬眉吐气的样子，小眼神紧紧地盯着尼亚佐夫。她的另一边站着一个个子约有一米五，看起来像个坦克样子的地下守护人。地下守护人依然戴着面罩，两只眼睛盯着尼亚佐夫，一眨也不眨。

尼亚佐夫有些害怕，更有些激动。这是多么珍贵的历史镜头啊。对于一个喜欢研究古代历史的人来说，这样一个怪异的镜头，该有多少的历史故事在其中。

尼亚佐夫忍不住问："老太太，您真的是车师国巫师的后人？"

老太太凌厉地扫了一眼苏娜。很显然，她是怪苏娜把她的身份透露给了尼亚佐夫。苏娜有些生气，用力地掐了尼亚佐夫一下。尼亚佐夫这才意识到自己唐突了。

老太太盯着尼亚佐夫看了一会儿，突然身体一抖，她身上的铃铛一阵乱响，那条巨蛇突然飞起，朝尼亚佐夫冲了过来。尼亚佐夫吓得大叫一声，爬起来就想跑，却突然发现自己的双脚竟然不听使唤，根本动不了了。

巨蛇缠住了尼亚佐夫的腰部，缠得他喘不过气儿来，脸憋得通红。苏娜吓得对着老太婆磕头："地神婆婆，他是个外人，不懂得礼数，请您饶了他吧。"

老太太笑了笑，招了招手，巨蛇松开了尼亚佐夫，爬到老太太身边。

地神婆婆问："苏娜，你叫我来，不知何事？"

苏娜说："婆婆，我爷爷有大难，我得进城去。现在外面被我们的仇敌封锁，请您想办法帮帮我们。"

地神婆婆拱手说："此事好办，我施法把那些人吓跑，你们过去便可。"

苏娜摇头："婆婆，我们原先走的那条路很多地方都有他们的人监视。我们两个身上都有伤，我们没法从原先那条路走过去了。"

地神婆婆看着苏娜："那你的意思是？"

苏娜笑了笑："我没有更好的办法。但是我知道婆婆有一个更好的办法，希望婆婆开恩，帮我们一次。"

地神婆婆摇了摇头："鬼丫头，行，我就让人送你一次。"

苏娜说："不是我一个，还有他。"

地神婆婆皱眉："丫头，你这么相信他？"

苏娜急道："婆婆，请您相信我，他是个好人。"

6　进入敦煌

苏娜和尼亚佐夫从秘密洞口出来，被两个坦克一样的地下守护者扛着，翻山越岭如履平地。送到公路边，苏娜忙对两人致谢。守护者不声不响，转身离去。

尼亚佐夫抬头四顾，发现周围都是低矮的老屋，胡同狭窄，前方有一幢三层小楼。小楼灯光明亮，有阵阵隐约的歌声传来。尼亚佐夫估计那里应该是KTV。这些日子来，他像突然回到了原始社会，如今看到这明亮的灯光和KTV的声音，竟然有些惊喜。然而，一想到下落不明的妻女，他的心情便又沉重起来。

苏娜显然是已经习惯了这种交替的生活，她四下看了看，拽着尼亚佐夫走进一条小胡同，来到一户人家的大门前，轻轻拍了拍大门。

没人开门，却突然有两个人站在了他们的身后。其中一人厉声问："你们找谁？"

苏娜转身笑了笑："是我。"

两人挥挥手，让苏娜和尼亚佐夫跟他走。他们走进一处院落。刚进院子，从院子各处围上几个人，老吴一挥手，众人散开，这一切皆悄无声息，尼亚佐夫感到很是压抑。

进了屋子，关上门后，老吴才笑了："苏娜，真是没想到，你们来得这么快，不是说明天早上吗？"

苏娜简单地说："这多亏了婆婆帮忙呢。叔，刚刚我们去的那个屋子不用了吗？"

老吴说："也不是。以前我们在那个屋子开过会，这不是怕姓高的那些人知道吗？这个屋子也是老族长买下的，从来没用过，安全。"

尼亚佐夫打量了一下。屋子很简陋，白灰墙，水泥地，黑乎乎的窗帘，唯一还算得上家具的便是两排靠墙摆放的破旧沙发和几张玻璃茶几。茶几上胡乱放着一些饼干、方便面和啤酒。原先坐在沙发上的五六个人都站起来，看了看苏娜，又都盯着尼亚佐夫看。他们看尼亚佐夫的眼神中有着强烈的不信任和排斥感,看得尼亚佐夫浑身发冷。

苏娜对众人笑了笑,说:"大家辛苦了。他叫尼亚佐夫,也是王妃的后人,两次救过我的命。"

其中一个高个儿的壮年汉子走过来,围着尼亚佐夫转了半圈,说:"如果我没看错,疗养院的地下室被人撬开,就是这个外国人跟那个俄国人一起干的!"

站在沙发前的几个人走过来,围住了尼亚佐夫。尼亚佐夫想后退,被高个的壮汉抓住了衣领。

苏娜把他的手掰开,挡在了尼亚佐夫的前面:"你们想干啥?没看见这人是我带来的吗?也不问个青红皂白,这就想动手啊?"

高个儿男子说:"苏娜,这件事你得给我们解释清楚,否则,我们不敢跟他一起站在这里。复兴康国我看是不用指望了,我们都是有老婆孩子的人,我们现在就想好好活下去。"

苏娜对高个儿男子说:"你身为守护人的后人能说出这种话,我替你害羞。还有,你刚才的话,已经算是泄露我们守护人的秘密了,要是我爷爷听到了,你逃不脱一顿处罚吧?"

高个儿男子有些不服,但还有些心虚,低下了头。苏娜说:"大家有的是我的兄长,有的是我的叔叔,我苏娜是什么样的人,大家都清楚,请大家相信我,这个尼亚佐夫教授,是一个好人,是一个只会帮助我们、不会害我们的人。原先的事儿我会向大家解释清楚,但是,今天实在没有时间,我们要赶紧商量怎么找我爷爷,我们早一秒钟开始,就多一秒钟希望,大家说呢?"

众人都不应声。

老吴过来对众人说:"我说一个事儿。苏娜受重伤那次,我背着她去跟族长会合,要不是这个外国兄弟,我们就让老高那边的人给抓住了。大家都知道,苏娜和老族长对咱守护人意味着什么。所以,大家必须相信这个兄弟是个好人。如果大家相信我老吴,那大家就坐下,商量正事,不相信的可以走。"

大家互相看了看,都坐下了。

老吴长出一口气,也坐下了:"大家把知道的情况都说一说,咱们理出一个头绪来。"

7 老拐救人

从大家的发言中,尼亚佐夫和苏娜明晰了老苏头失踪的整个过程和寻找情况。老苏头失踪之前,跟他有过接触的除了那个面包车司机就是苏青了。面包车司机没来,老吴替他发言,说他问过了,面包车司机是接到苏青派的人的通知才开车来接老族长的。他看到情况有些危急,才开着面包车闯进了小市场救出了老族长,却没有想到,刚出小市场大门,就被对方给拦截了。

苏青成了了解老族长失踪过程最关键的人物,但是他也失踪了。老吴和面包车司机开着车到那个破庙里找了两次,他都不在。他们派了人一直在他家里等着,但他也没回家。他家里人说,苏青有将近一个月没回家了。

苏青就这么失踪了。老族长怎么去的小市场,就成了摆在大部分人面前一道难解的谜题。只有苏娜和尼亚佐夫知道,那个小市场曾经是赊刀人等待他们的地方，而赊刀人在还了他们的人情之后，就已经从那个地方撤离了，老族长去那里干什么呢？

尼亚佐夫提到了养老院。老吴告诉他，这个地方曾经是他们苏家关人的地方，现在养老院被对方掌控了，他们肯定不会把人送到那里，他们在没有把握完全掌控养老院的秘密之前，是不会用这里关人的。当然，最主要的是养老院有他们这边的人，只要一有情报，他们潜伏在养老院里的人肯定会通知他们的。

"妈的，一点儿痕迹都没有找到。"最后，老吴摇着头，下了个结论。

苏娜问："你们没派人跟着那个高昌林？"

老吴说："高昌林是我们的重点监视人。最近一天二十四小时派人跟着。他老老实实的，哪儿也没去。"

苏娜问："也没人来找他？"

老吴无奈地笑笑，说："来找他的人多了，他每天至少要配出三十把钥匙。"

苏娜问："就一点儿特殊的迹象都没有？"

老吴摇头说："没有。"

开完会，大家各自找一个房间睡觉。苏娜走到自己的房间门口，被尼亚佐夫拽住，苏娜看了看周围，小声说："回你的房间去！"

尼亚佐夫说："我有事要问你。"他把苏娜拉进屋子，关上门问，"刚刚那个人说的复兴康国，是什么意思？"

苏娜冷冷地说："跟你说了，这个不是你可以知道的。这个是我们家族的秘密，不可能让外人知道。"

尼亚佐夫有些恼："你别忘了，我跟你们都是王妃在康国的后人。"

苏娜摇头说："这也不行。你要想我把这个告诉你，除非我爷爷同意，否则，即便你杀了我，我也不会说的。"

尼亚佐夫无奈："苏娜，我没有觊觎你们秘密的意思。在我们那儿也有一个号称要复兴康国的组织，我想知道，你们是否跟他们有联系，我妻子和孩子的失踪，或许跟他们有关系呢。"

苏娜打断尼亚佐夫的话，很干脆地说："没有，我们与外面的任何人都没有关系，这是我们的核心机密，高族长那边都不知道的事儿。"

尼亚佐夫苦笑："无聊的机密。康国当年也不过是一个很小的国家，现在更没有几个人记得这个国家了，怎么能复兴？"

苏娜本来要走，听到尼亚佐夫这么说，她转过身恶狠狠地说："我真怀疑，你是不是王妃的后人！我们有当年巫师传下来的康国圣物，等时间到了，肯定能复兴康国……"话说完了，苏娜才意识到，自己说漏嘴了，后悔地捂住了嘴。

尼亚佐夫一愣："还有这个说法？那圣物是什么东西？"

苏娜拉开门，把他推了出去："你这个坏蛋！赶紧走！"

尼亚佐夫回到自己的屋子，脑子里回响着苏娜的话："我们有当年巫师传下来的康国圣物，等时间到了，肯定能复兴康国……"

这康国圣物在哪里呢？难道老苏头他们苦苦守护着王妃的遗骸，是因为这里有康国的圣物？

尼亚佐夫想了会儿，还没有想明白，就睡了过去。

睡了不知多长时间，尼亚佐夫突然被人喊醒了。他爬起来，迷迷瞪瞪地问："什么事儿？"

苏娜在外面喊："快起来，外面有人！"

尼亚佐夫不敢怠慢，忙穿好衣服跑了出来。大厅里亮着昏暗的灯光，却一个人都没有。尼亚佐夫有些慌："人呢？"

苏娜朝他摆手，示意他别说话。院子里十多个人分散站在院子的各个角落，皆手持短刀，严阵以待。

老吴趴在门上，似乎在朝外看。

尼亚佐夫听到了外面有对话的声音。一个声音有些蛮横："这是我家，你凭什么要进去？"

一个有些苍老的声音："小伙子，你真能瞎咧咧。这屋子半年前还是我一个朋友的呢，现在怎么成了你家了？你别挡着我，我是来救你们的。"

小伙子烦了："你这个样子，走路都拐着，还救屁啊。走吧，走吧，我也要进屋睡觉了。"

苍老的声音："你把你们当家的喊出来，就说我老拐找他有事儿。"

听到这儿，苏娜猛然拉开门，走了出去。

老吴和尼亚佐夫跟在她后面。

老拐拐着腿走到苏娜面前问："你就是老苏头的孙女苏娜吧？"

苏娜拱手："您是我爷爷的朋友，老……"

老拐痛快地说："没错，我就是老拐。你愿意叫我一声'老拐爷爷'就行了。"

苏娜喊了一声："老拐爷爷，您到这儿来有什么事儿吗？"

老拐把苏娜拽到一边说："苏娜，带着你们的人赶紧走，姓高的带着上百个人，快过来了！"

苏娜一愣："高族长怎么能知道这里？"

老拐说："这个我不知道，别啰唆了，你们赶紧走吧。"

苏娜朝着老拐拱手说："多谢老拐爷爷。"

众人措手不及，有人要跑回去收拾东西。尼亚佐夫刚刚跑出来的时候，手机背包什么都没带，他也转身朝屋里跑。老拐看到众人乱成一团，张口就骂："你们这些不成器的玩意儿，舍命不舍财啊。我老拐跑这么远，白费了！"

苏娜跑进院子催促着大家。众人还没跑出胡同，就被一帮人马堵住了。老吴带着大家转身，朝另一头跑。跑了没多远，从前方胡同口又拥进了一帮人。

众人惊慌失措，不知该朝哪边跑了。老吴和苏娜也有些怕了，都不由得看向老拐。老拐谁也不理，一直拐着腿朝前走。老吴和苏娜迟疑了一会儿，招呼着大家跟着老拐走。

双方相隔几步之遥时，对方站住了。老拐不理他们，径直朝前走，被对方一个壮汉挡住了去路。老拐避开壮汉，继续朝前走，被壮汉揪住衣服，给扯了回来："老东西，你找死啊。"

老拐装疯卖傻："我不找死，我走路呢。你挡了我的路，我还没说你呢。"

壮汉松手："你什么人？大晚上的跑这儿干什么？"

老拐抖了抖身上的破衣服："眼不好使啊？连要饭的都看不出来？"

壮汉哼了一声："我不管你是干啥的，跟老苏头的人在一起，就得先跟我们走。"

老拐怪笑一声："要是我不走呢？"

壮汉不理他，挥了挥手，走过来几个小伙子，上来就要抓老拐。老拐极力反抗，却不是几个小伙子的对手，一会儿工夫，便被他们摁在地上捆了起来。苏娜带着几个人冲上去救人。壮汉一挥手，他身后的人汹涌而至。苏娜等人拼死抵抗，收效甚微，很快十多个人便被人捆了起来。

老拐被他们推着走，他边走边说："不是我老头子多说话，我给你们一个建议啊，你们应该赶紧把我们都放了，你们忙活你们的，我们走我们的路，这样大家都好。别看我是一个要饭的，我也是很忙呢。"

旁边一个青年人笑了："我们兄弟今天的活儿就是抓你们。老瘸子，别废话了。"

老拐说："那你们今天算是白忙活了。别看我是个臭要饭的，老高还请不动我呢。"

壮汉走过来："老东西，你还认识我们族长？吹牛吧你。"

老拐笑了笑："嘿嘿，当然认识了。不过你们族长不认识我。唉，有点儿可惜了，要是他认识我，说不定我还能帮帮他。"

众人皆笑了。小青年骂道："这么能吹，你就不怕把自己吹死。"

老拐突然挣脱拽着他的青年人的手，躺在了地上。青年人过来拽他，老拐猛然对着天空喊了一声："我累了，我要在这里睡觉！"

半空中竟然有人回声："叔叔，这儿太凉了，您还是起来走吧。"

众人皆惊愕，抬头四顾。街道两边是高高低低的楼房，各种店铺招牌，街灯明亮，偶尔有车经过，看到这么多人，也不敢停下，皆疾驰而去。老拐好像把这街头当成了炕头，躺着不肯起来了。其中一个年轻人上了火，踹了老拐一脚。

年轻人的脚还没有收回来，突然一个绳套从半空中飞过来，套住了此人，猛然拽着他飞上半空，又狠狠地摔了下来。

年轻人摔在地上，一动不动。几个人跑过去看，这人早就没气了。那个年龄大的壮汉喊了一声："赶紧走！别管那个老头子了！"

众人押着苏娜等人朝前跑，老拐却猛然爬起来，拐着腿跑到众人面前，挡住了去路。他说："我还是那句话，把人放下，你们就走。"

壮汉大怒："老东西，你还蹬鼻子上脸了，给我打！"

几个小青年朝着老拐冲过去，却都不得近身，皆在半路被绳套拽飞。众人不敢上前了，面面相觑，不知如何是好。

壮汉朝着半空抱拳："管闲事的兄弟，有种就出来亮亮相，躲在背后算计人，俺老高看不起你。"

半空中传来声音："高宽，你还是按照这个老人家说的，把人放了走人吧。"

壮汉有些惊恐："你怎么知道我的名字？你是谁？"

"不要问这些没用的。照我的话去做吧。"

高宽呸了一声："你本事再大，还能打过我们这么些人？老子偏不听你的！兄弟们给我上！"

高宽掏出短刀，带着众人去抓老拐。老拐哇哇叫着，转身就跑。但是他的两条胳膊被捆在一起，拐着腿跑得又慢，没几步就摔倒在地上。高宽等人冲过去，刚要抓人，老拐的身旁突然出现了几个背对着他们的穿着一身黑衣的人。

高宽一愣，挥刀就朝着一个黑衣人刺去。黑衣人侧身后退了一步，依然背对着高宽，猛然飞起一脚，高宽就飞了起来。

那几个黑衣人同时后退，背对众人，手脚并用，一眨眼的工夫，冲过来的几个人便都倒在了地上。

后面的几十个青壮汉子不服，喊了一声，挥舞着短刀和棍棒冲了上来。几个黑衣人队形突变，变成了前一、中二、后三，六人像一把尖刀，倒退着朝着众人刺来。

这六个人皆是背朝敌人，他们的后脑勺好像长着眼睛，出手利落凶狠，很快几十个人便躺在了地上。剩下的赶紧慌慌张张地逃了。

8　再进养老院

尼亚佐夫等人互相帮忙解开了绳子，老拐和那几个黑衣人早就没了影子。

苏娜想找到老拐向他询问爷爷的下落，站在街上喊了几声，却突然喊来了开着巡逻车的警察。老吴挥手，让众人赶紧跑到胡同里隐蔽。巡逻车停下，警察在附近转了一会儿，又开车走了。

苏娜小声说："肯定是有人报警。"

老吴说："这么多人在这儿打架，没人报警才怪了呢。"

警察走了以后，苏娜和老吴等人商量去处。原先的房子是不能回去了。大家商量决定这十多个人分成三帮，各自跟着一个在附近能找到住处的，先去睡觉。明天一早，大家在郊外的一个废弃的农具厂见面。

苏娜和尼亚佐夫跟着一个叫苏大同的小伙子，到他家歇息。让尼亚佐夫没有想到的是，小伙子竟然带着他们经过了尼亚佐夫租房子的那个房东门口。尼亚佐夫突然想起来自己的房租还没有到期呢。他不由得苦笑了一声。

苏娜问他："你笑什么？"

尼亚佐夫说："这好像离养老院很近啊。"

苏娜说："是，怎么了？你想去看看？"

尼亚佐夫眼前一亮："这是个好主意。我想去看看俄国那两口子还在那儿没有。"

苏娜迟疑了一会儿，说："行，前些日子我们的人监视着这个养老院，什么都没发现。这两天人都撤了，我们去看看也好。"

苏娜对小伙子说："大同，你先回家吧。我和教授去养老院外面看看。"

小伙子有些不放心："我跟你们一起去吧，去这个地方可得小心着点儿。"

苏娜说："不用，我们就是在外面随便看一看。你放心，我们转完了就回你家。我知道你家的。"

小伙子说："那行，我给你们留着门。"

苏娜和尼亚佐夫经过一条小胡同来到养老院大门前的街上。这条街上路灯相隔很远，有的坏了也没人修，因此显得比较黑暗。养老院门前对面有一盏灯，很孤独地照出一团冷光。

门口很安静，安静得可以用死寂来形容。这个时间，在这个地方早就没有人行走了。

他们远远地盯着门口看了一会儿，便从养老院东面的一条胡同朝北走。在一处空地上有一个不太高的柴火垛。从这里，能看到养老院的东北角。当初，尼亚佐夫就是躲在这里跟那对俄国夫妇一起监视着这个神秘的东北角。

两人刚藏好，身后就传来了细微的脚步声。脚步声从远处一直小心翼翼地延伸到他们旁边。两人皆屏息静气，不敢出一点儿动静。直到脚步声又渐渐远去，两人才从藏身处出来。

尼亚佐夫觉得浑身上下疲惫不堪，转头一看，苏娜却已经朝着那个即将消失的身影追了上去。

尼亚佐夫在心里无奈地苦叫一声，跟在了苏娜的身后。

那个黑影在养老院的院墙外徘徊，似乎在寻找什么。片刻，他终于在院墙外东北角，那个尼亚佐夫曾经翻越进去的地方站定。他四下观察了一会儿之后，突然翻墙进入了养老院。

这个时候，尼亚佐夫已经断定，此人应该是他们的人。他拍了拍苏娜，指了指东北角。苏娜会意，两人艰难地爬上了墙头。

院子里的格局，还是跟原先一样，没有什么变化。今天天上没有月亮，但是星空灿烂，加上远远近近的灯光，因此院子里的景物能看得真切。院子里没有人，刚刚进来的那个人不知道隐藏到哪里去了。

苏娜看了一会儿，转身就要下去。尼亚佐夫朝下看，这才看到，旁边竟然有一架软梯。软梯顺墙而下，似乎专门在此等着两人的。

两人顺着软梯下去，苏娜在前面，和尼亚佐夫一前一后朝西走去。

走到两排房屋中间的时候，尼亚佐夫恍惚看到他们走过来的这排屋子的西山墙外站着一个人。

这人蒙面，个儿不高，却很粗壮。

苏娜捂着嘴。显然，这个突然出现的人狠狠吓了她一跳。

尼亚佐夫暗中做好了拼命的准备，这个人却突然说话了："你是苏娜吧？"

苏娜一愣："你怎么知道我的名字？你是谁？"

这人摘下面罩说："我是苏青。不过这些年我一直在山里，你应该没见过我。"

苏娜惊讶道："我不认识你，不过我知道你。苏青大哥，你来这里干什么？"

苏青低下头说："老族长是跟我一起失踪的，这些天，我一直在找他。我找了很多地方，都没有找到人。这儿曾经是我们的地方，现在成了高族长的地盘，我觉得，他们弄不好把老族长关到了这里，就进来看看。"

苏娜问："那你发现什么没有？"

苏青摇头："昨天晚上我进来一次，有点儿怪，院子里也没岗哨。但是下面大厅里有人。苏娜，咱得到下面看看。我想了半天，还是觉得这个地方最适合关人。"

苏娜说："大厅里不是有人吗？我们怎么能进去？"

苏青说："有办法。你们先等一会儿，我先下去。等我把大厅里的人引出来，你们再进去。"

苏娜摇头："这样很危险，你很难逃出去。"

苏青说："没事。这个院子是咱的人建的，我很熟悉，有个地下通道，他们肯定还不知道。"

苏娜点头："那行，你小心点儿。"

等了一会儿，一阵脚步声和喊叫声从屋子里传来。苏青从屋子里狂奔而出，后面，紧紧跟着两条壮汉，他们朝南跑去。苏娜和尼亚佐夫看到人没影了，赶紧进屋。

苏娜对此处是轻车熟路，她带着尼亚佐夫下了台阶，穿过大厅，照着微型手电，开启机关，打开了地洞大门。两人迅速进入地洞，关上了门。

苏娜打开了灯，两人顺着地洞朝前走。刚走了一会儿，突然听到身后传来脆响。苏娜站住，想了想，突然惊呼："不好！

他们上了锁了！"

尼亚佐夫没听明白："什么意思？哪儿上锁了？"

苏娜转身朝后走，两人走回洞口处，苏娜启动机关。机关锁却只啪嗒响，大铁门却纹丝不动。苏娜看着大门，脸色冷峻。尼亚佐夫吓坏了，这不是把两人锁在洞里了吗？

苏娜拍了几下门，喊叫了几声，外面一声回答都没有。苏娜跺了跺脚，转身朝洞里走。

尼亚佐夫冷静不下来，他跟在苏娜的后面问："苏娜，这怎么办？这怎么办啊？"

苏娜哼了一声："他们以为这就把我们关住了，哼，没那么简单。走吧，我有办法。"

苏娜没说什么办法，尼亚佐夫也不敢问，只得乖乖地跟在她后面。她先跑到当初他们关人的大山洞里。那些让人恐怖的大铁笼子排列整齐。两人从头走到尾，别说人了，连一个活物都没有发现。

苏娜在山洞中间站住，看着周围的铁笼子，忽然说："我们上当了，这里根本就没关人。"

尼亚佐夫说："这儿没关，别的洞里说不定关着人啊。"

苏娜摇头："除了这儿，只有几处能关一个人的地方。"

尼亚佐夫说："既然进来，只管去看看。"

苏娜带着尼亚佐夫找到那几个狭窄异常的、只能关一个人的地方。尼亚佐夫在这里被关过，但是看着那狭窄的像狗窝一样大的地方，还是感到害怕。

他问苏娜："这儿常关人吗？"

苏娜点头："抓进来的人，先要在这儿关上几天，等他们不闹了，才能关在笼子里。"

尼亚佐夫说："你们这么对待人家……这也太狠了。"

苏娜冷冷地说："你不是没看到，他们对我们的人比这个还狠。"

尼亚佐夫摇头叹息："都是一家人，何必斗得这么凶，坐下来谈谈多好。你们这都是鬼迷心窍了，什么康国复兴，他们就想着挖祖宗的坟，其实都差不多，都是为了自己。唉，人活这么短短的几十年，干点有意义的事多好？"

苏娜厉声问："什么算是有意义的事儿？我们谨记先祖教诲，守护先祖灵柩，等着故国复兴，不是更有意义？像外面那些人那样，天天吃喝玩乐，算有意义吗？"

尼亚佐夫没想到苏娜反应会如此强烈，他解释说："我的意思是……苏娜，人活着也就这么几十年的好光景，我们应该好好地活着，多读书，好好建设我们的家园，抚养儿孙，这才叫生活。你爷爷这么大年纪了，还要拼拼杀杀的，就是为了一个所谓的先祖遗训活着，这多荒唐。我是学历史的，我可以断定，这种先祖遗训什么的，特别是圣师、国师留下的这些预言，那就是胡说……"

听到尼亚佐夫说到这里，她猛然抬手，扇了他一巴掌："你他妈的才是胡说！"

9　怪物

打完尼亚佐夫之后，苏娜气哼哼地朝前走了。

尼亚佐夫捂着脸，想了一会儿。其实这些话，他早就想说了。不过他是想跟老苏头说一说，想让老苏头醒悟，别再干这种傻事儿了。他明白，苏娜这些人早就被先祖遗训、复兴康国什么的灌满了脑子，让他们把实情想透彻，那是痴人说梦。只有像老苏头这种人，才有把问题想透的思维能力。可是，自己把这些话说给一个思想单纯的小姑娘听，这不是没事找事儿吗？

这时，苏娜突然站住对他说："前面很快就没有电灯了。你记住了，待会儿前面会出现岔洞，如果是单个岔洞，看到右边的岔洞不拐，看到左边的岔洞顺着岔洞走。如果同时出现两个岔洞，就朝右边岔洞走。一定给我记住了，否则，我们一个岔洞走错，就永远也出不去了。"

尼亚佐夫想了会儿，问她："这山洞是谁建的？这个拐法不太有道理啊。"

苏娜说："谁建的你别管，好好看着岔洞。"

走了一会儿，前面果然没有电灯了。苏娜打开微型手电，细细的光芒像一根瘦弱的小木棍，被巨大的黑暗挤压，他们艰难地移动着。

两人分工，一个注视着右边，一个注视着左边，看到岔洞口，两人就要商量一下，再朝着正确的洞口走。洞口反复出现，山洞无限延长，两人走得精疲力竭，也没有看到出口。尼亚佐夫有些怀疑了："这么走对吗？苏娜……你没有记错吧？"

苏娜靠在墙壁上喘了几口气。仿佛不喘气，就无法说出话来的样子。她点头说："对，肯定对。我跟我爷爷从这儿走过一次，别说话，看好洞口。"

尼亚佐夫从背篓里掏出手机打开，看了看时间。跟在苏娜后面，继续朝前走。走了一会儿，两人都已精疲力竭，加上洞里酸腐气味严重，两人都感觉喘不上气儿来了。

尼亚佐夫突然发现前面不远处有两个蓝色的光点。他推了推苏娜："你看，那是什么东西？"

苏娜看了看，又闭上眼说："我早就看到了。我爷爷说，在这儿不管看到什么都不要管，只管走路就行。"

尼亚佐夫看着两个光点说："万一是狼呢？这地方肯定很少有人来，万一有能吃人的东西进来怎么办？它们也不会跟你爷爷打招呼。上次你跟你爷爷来这儿，看到这个了吗？"

苏娜摇头："没有。"

尼亚佐夫说："这不就结了，你爷爷都不一定知道这里有什么东西，他怎么能知道它们会不会害人？"

苏娜害怕了："这……怎么办？"

尼亚佐夫看了看恢复了小女孩神态的苏娜，从她手里接过小手电，站起来，一只手攥着刚从关人的地方找到的一截钢管，朝着前面的一对蓝光走去。

蓝光发出瘆人的低吼声。尼亚佐夫大吼一声，举着钢管就朝着那家伙冲了过去。蓝光竟然没有惊慌失措，而是稳步后退，并不时发出似乎要进攻的威胁声。尼亚佐夫从来没有看到过心态如此强大的动物，他不敢停下威胁的姿态，不敢停下脚步，只能强装镇定和强大，不断朝它挥舞着钢管。

苏娜也走了过来，帮着尼亚佐夫威胁这只怪异的动物。两人陪着这只怪物走了好长时间，它终于败了，不舍地叫了一声，掉头跑了。尼亚佐夫和苏娜皆已湿透了衣服。

苏娜喘着气："这个家伙……看来是真想把咱当成它的点心。"

尼亚佐夫说："走，咱得赶快离开这儿，我觉得这个怪物是回去喊帮手去了。"

两人朝后走了一会儿，苏娜突然站住了："我不记得我们从哪个地方过来的了。"

尼亚佐夫一愣，拍了一下脑袋："坏了！我忘了这个事儿了！"

苏娜咬着牙说："老天爷这是想要我们的命啊。我苏娜偏偏就不信这个邪！回去，咱走回去，从头开始走！"

尼亚佐夫小心翼翼地说："万一……苏娜，我是说万一啊，万一那个家伙带着我们跑到别的岔洞口去了，我们找不到回去的路怎么办？"

苏娜恶狠狠地说："那也要回去！天无绝人之路，我就不信了，就这么大点儿地方，就能把我苏娜给困住了！"

苏娜带头继续朝前走，尼亚佐夫跟在她后面。两人走得很慢，显然，他们已经没有力气了。

10　特殊情况

太阳已经高高地挂在了半空。破旧的农具厂厂房里，老吴等十多个人焦急地等着苏娜和尼亚佐夫。众人或坐或站，表情都有些麻木。很显然，他们在这里已经等了很长时间了。

苏大同带着两个小伙子从外面跑进来。

众人都抬起头，老吴问："怎么样了？打听到什么没有？"

苏大同摇头说："屁大点儿消息都没打听着。咱在城里和养老院附近的那些点我们都问了，没动静。"

老吴叹气："这个苏娜，能跑哪里去呢？"

有人说："这两个啥人啊，大家都在这儿等着呢，他们上哪儿浪去了？"

老吴转头瞪着说话的人："胡咧咧啥啊？苏娜是误事儿的人吗？刚刚大同说了，两人昨天晚上朝着养老院那个方向去了，苏娜那肯定是去侦察一下，她没出来，大概是出事儿了。"

有人附和说："唉，老族长一家子，可就剩下这么一根独苗了，再出点事儿，这家人就完了。"

有人说："这种事儿谁也说不好。这两年，咱这边断了香火的人还少吗？"

众人沉默。有人说："我看咱还是散伙吧，都远远地离开这个熊地方，正儿八经地过日子算了。天天说康国复兴，复兴了一千多年了，咱损失了多少人？俺爷爷说，当年敦煌的几个大家族，现在有的人口都上万户了。咱苏姓是这边最老的家族了，现在全部算起来，还是几百户，这样整下去，早晚得断根。"

老吴过来踹了这个坐着的家伙一脚："胡扯什么呢？你以为出去的日子就好过了？姓高的害了咱那么多人，咱就这么走了，不管了？那咱还算个人吗？"

众人不说话了。

老吴两眼血红，围着大家转了一圈，说："我想好了，咱这次豁出去了，只要打听到老族长的藏身地儿，咱就报警，让警察帮忙把老族长救出来。"

苏大同说："吴大哥，老族长说了，不管到什么地步都不能报警。让警察知道了，不但咱这些人都得进去，咱老祖宗的秘密就保不住了。咱保护了上千年的宝贝可能就没了。"

老吴说："那大家说说，谁还有什么好办法能救出老族长？

就咱这十多个人，能把老族长救出来？"

众人皆不说话。老吴转头朝外看，突然看到有两个人鬼鬼祟祟地走进了院子。老吴朝众人示意，大家皆站了起来。老吴正要带着大家冲出去，从院子外又冲出几十名壮汉。他们手持短刀和木棍，朝着众人聚集的屋子冲了过来。

老吴对众人喊："大家跟紧我朝外冲。能冲出去的，后天傍晚到一号集合地点集合。这两天我会找到苏娜，带着她一起去！"

众人齐声一喊，各自寻找武器，朝外冲。

老吴带着几个人冲在前面。他们手中的铁管都是一米多长，前头削尖，显然是早早预备好的。冲进来的这些人手中的武器，除了短刀，便是木棒，根本无法跟老吴他们手中的武器相抗衡。老吴等人知道，落到对方手里，肯定没有好下场，他喊了一声："大家散开！别在一起跑！"

老吴、苏大同等几个健壮的年轻人断后，让众人先跑出一段，然后再分开。对方也不傻，几十个人也分开追击。老吴几个人眼见阻击无效，而对方也开始包抄他们的后路，众人只得撒开脚丫子，分头逃跑。

老吴和苏大同还有另外一个留着光头的小伙子，三人一直跑到一处山坡上。看看后面再也没人追上来，三人才躺在山坡上歇息。

躺了一会儿后，老吴爬起来对苏大同和光头小伙子说："你们两个待会儿朝北走，到北面路上绕到那个小镇子上，打个车回去，别跟我一起了。"

苏大同说："吴大哥，你到哪儿去？我们跟你一起吧？大家还好有个照应。"

老吴站起来说："不用。你们两个小心点儿，先回家待着。这两天别出去了，别忘了后天晚上的事儿就行。"

苏大同说："那你小心点儿。"

老吴走下山坡，找到一条羊肠小路，顺着小路走了一会儿，又朝西走去。

走了约有两个小时左右，一条沙土公路横亘在面前。老吴隐藏在一个小土坡后面，掏出手机，打了一个电话。过了一会儿，一辆越野车便从北面疾驰而来。老吴从隐身处出来，跑到公路上，上了汽车。

开车的是苏香。她扭头看了看老吴，冷冷地说："老吴，你应该知道，没有特殊情况，你不应该打电话给我。"

老吴坐稳后说："我当然知道。不过这次算是到了生死关头了。咱的人损失严重，很多都吓得不敢出来了，偏偏老族长和苏娜又都失踪了。苏香，要是这两个人一个都找不到，我们的人就散了。你说，这是不是特殊情况？"

苏香发动车："到哪儿去？"

老吴说："所方村。这个时候，我只能去求地神婆婆了。"

11 死里逃生

苏娜和尼亚佐夫并排躺在地洞里。两人皆已精疲力竭，连说话的力气都没有了。

躺了一会儿，苏娜用手碰了碰尼亚佐夫。

尼亚佐夫声音嘶哑微弱："我们最少走了二十个小时了。苏娜，我们出不去了，也找不到进来的那个地洞口了。这个地方简直就是魔鬼住的地方。我现在有种感觉，那个发着蓝色光芒的家伙肯定是魔鬼派来的。"

苏娜艰难地咽下一口唾沫，说："我对不起你，把你带到了这里。"

尼亚佐夫伸手摸了一把苏娜的脸："是我的错，我不该接受魔鬼的挑战。要是我们一直遵照你爷爷的话，一直朝前走，现在也许我们早就出去了。苏娜，是我害了你。"

苏娜好长时间不说话。尼亚佐夫侧转身，把她抱住。苏娜在尼亚佐夫的怀里蜷缩了一会儿，突然呜呜地哭了。尼亚佐夫叹了一口气，紧紧地抱着她。

苏娜哭了一会儿，猛然站了起来，狠狠地说："不行，我们不能死在这里，起码不能躺在这里等死！走，说不定我们就能找到出口！"

尼亚佐夫摇头说："苏娜，我知道你们中国有一种叫八卦阵的东西，人走进去后，很难走出来。我们进入的这个地方应该跟这个差不多。我们不懂这个玩意儿，是走不出去的。"

苏娜伸手拽尼亚佐夫："起来！万一我们碰巧出去了呢？反正我苏娜是不会躺在这里等死的！"

尼亚佐夫爬起来，苏娜打开微型手电。手电发了一会儿橙色的光，很快灭了。

尼亚佐夫把手机递给苏娜，说："别丢了，这可是我的手机。"

苏娜这次改变策略，她只要遇到岔洞，便朝右边洞口走。两人以绝望之心，行希望之事，也不看时间，不管走了多少路，经过多少山洞，只是低着头，咬着牙，走，走，一直走。

两人走了不知多长时间，走到前面的苏娜突然被摁开了开关一样，猛然歇斯底里地喊叫起来。尼亚佐夫跑过去，接过她手里的手机，朝前照了照。尼亚佐夫只看了一眼，两条腿便筛糠一般抖动起来。

他强忍着靠在洞壁上，勉强站住，拉过了已经吓得魂飞魄散的苏娜。他看到了各种姿态的骷髅。

只一眼，那些绝望的、似乎猛然撞进了尼亚佐夫胸膛里的骷髅，便噩梦一般让尼亚佐夫有身临绝境的感觉。苏娜停止了喊叫，在他的怀里抖动着，啜泣着。

他壮着胆子，盯着那些似乎在怒视着他的骷髅看了一会儿，慢慢站正了身体。到底是女孩子，苏娜不再尖叫了，却还是不敢看。

确认这只是一些没有生命的骷髅之后，尼亚佐夫用手机照着前面的骷髅，小心翼翼地绕开他们，朝前走了几步。

这些尸体显然不是最近这些年在此死亡的。他们身上的肉早已经腐烂干净，骨殖都呈现出很耀眼的白色，或者青灰色。他们有的躺在地上，有的靠着洞壁坐着，有的身上还挂着衣服，或者顶着小帽子，不过无论是衣服还是鞋帽，都已经看不出原来的颜色，呈不太明朗的暗红或者黑色。

最让尼亚佐夫感到震惊的是有几具尸体是两个人抱在一起的。肉已经没了，但是骨头还是呈弯曲的拥抱姿态，其深情和凄绝之态，让尼亚佐夫为之动容。他不由得想起了失踪的妻女。她们还活着吗？她们是否也像他一样，到了这无路可走的绝望之境？

尼亚佐夫正看着这些尸骨发呆，苏娜突然抖着声音说了一句："蓝光，那两束蓝光又来了！"

尼亚佐夫顺着苏娜的眼神朝前看去，果然，前面不远处，手机光照不到的地方，那两束……不，是四束、六束……数不清的蓝光，在看着他们。

尼亚佐夫扶着苏娜，慢慢朝后退。那数不清的蓝光也随着他们朝前走，边走它们还发出瘆人的低吼声。

同先前尼亚佐夫追击它们的时候不同，这玩意儿发出的低吼不再是短促的、具有威胁性，而是悠长的、似乎是在呼唤的声音。

两人一直退到看不到骷髅了，那些怪物还一直在跟着他们。苏娜冷静下来，对尼亚佐夫说："咱得赶紧走，它们是在呼唤同伴呢。"

尼亚佐夫说："我知道。不过咱现在不能转身跑，如果咱转身，这些家伙能从后面袭击咱们。这种东西，应该是吃这些尸体长大的，它们不会轻易放了我们。"

苏娜说："我想起来了！我爷爷曾经说过，这些玩意儿是地神婆婆养在这里面的！它们没什么吃的时候，会跑到关人的地方，钻到笼子里把人咬死。笼子里要是死了人，看笼子的就会把人扔到洞里，它们就会把人拖走，吃得干干净净的。不过，这都许多年以前的事儿了，爷爷说，现在他跟高族长说好了，双方抓了人，都要尽量让他们活着，所以很少死人了。"

尼亚佐夫抽了一口冷气："那我们更完蛋了！它们饿了这么长时间，豁上命也得把咱们吃了！"

尼亚佐夫话音刚落，突然觉得后面有动静，他转头，刚好看到有两束蓝光腾空而起，朝他扑了过来。尼亚佐夫朝旁边一闪，这个怪物刚好落在苏娜的脚下。苏娜大叫一声，飞脚朝它踢了过去。这玩意儿的个头只比一只猫略微大一点儿，苏娜一脚把它踢得飞出老远。这家伙怪叫一声，刚好落在前面的那堆怪物之中。怪物们似乎这才知道，这两个人还这么厉害，都朝后退了退。

苏娜却发现了问题。他们的背后，还有几束蓝光，在不远处等着他们。

苏娜大叫一声："不好！我们被它们包围了！"

尼亚佐夫努力抑制着恐惧，说："我早就料到了。好不容易给它们送吃的来了，它们不能轻易放我们走了。"

苏娜惊呼："那怎么办？咱两个就这么眼睁睁地让它们吃了？"

尼亚佐夫说："没那么容易。咱俩一个脸朝前一个脸朝后，继续走！能找到有电灯的地方，就不怕它们了。"

苏娜绝望了："你觉得咱还能找到那儿吗？"

一直很坚强的苏娜突然表现出了胆怯的小女孩的样子，尼亚佐夫觉得自己必须坚强起来，给她希望。他因此清了清嗓子，笃定地说："放心！我现在知道我们应该怎么走了！"

两人背对背，朝后走。

那些小怪物比较乖。无论是前面的，还是后面的，都与两人保持着一段不近不远的距离，很耐心，似乎专门来这儿陪两人散步的。

但是两人已经精疲力竭，能强撑着朝前走，都是被这些家伙给逼的。走了一会儿，两人就感到两腿有千斤重了。苏娜实在是坚持不住了。她带着哭腔问："教授啊，我们还能找到地方吗？"

尼亚佐夫坚持着给她打气："能，再坚持一会儿就到了。"

苏娜叹了一口气："你最好别哄我了。我心里门儿清，你是哄我。算了，我们也别为难这些畜生了，干脆躺下喂它们吃了算了，我真是走不动了。"

尼亚佐夫想到了妻女。他咬了咬牙，挺直身子说："不行，我好不容易长了这么一身肉，我可不想便宜它们。苏娜，听我的，我们肯定能走出去。"

苏娜叹口气，两人继续缓慢朝前走。

其实，说是走，实际就是挪。一步只能挪一点儿。尼亚佐夫还好些，苏娜的意识已经有些模糊，全靠尼亚佐夫拽着她的衣服，她才能勉强挺着。

那些怪物看出这两人没多大本事了，它们显然也有些失去了耐心，开始躁动不安，试探着朝两人靠近。苏娜已经完全没有意识了，好多次，怪物都差点儿扑到她身上了，被尼亚佐夫拽着闪到了一边。

怪物们叫起来，前后呼应，跳蹿着，像是沸腾的水，就等着朝两人涌来了。有几只比较粗壮的，试探着朝两人发起了进攻。

尼亚佐夫拽着苏娜躲闪，苏娜脚下不稳，绊了尼亚佐夫的腿，两人同时摔倒在地。

这一摔，把苏娜摔醒了。她睁开眼，看了看两边汹涌着的怪物，想爬起来，却没有力气了。她骂了一句："真是没想到，能死在地神婆婆这个老怪物……手里。"

苏娜话音刚落，一个清晰的声音传来："谁在骂我啊？"

苏娜一愣，随即抬起头："地神婆婆！"

一阵清晰的铜铃声传来，小怪物们仿佛老鼠见了猫一般，唧唧叫了一会儿，全部消失了。

地神婆婆有如天降一般，出现在两人面前："你们两个，真能给我老人家找麻烦！"

209

第五章　族长脱险

1　俄国人往事

苏娜和尼亚佐夫被地神婆婆从养老院的地洞中救出，两人在地神婆婆的人的保护下，找到一个小宾馆休息了一天一夜，终于有了些精神。

第二天夜里，两人按照约定，打车来到距莫高窟约两三里路的一个废弃的养猪场。地神婆婆派人在养猪场等着他们。那人带着他们顺利进入到一个莫高窟从来没有开放过的洞窟里。

洞里，只有老吴、苏香两人在等着他们。

这个洞窟是当年王妃供养的山洞。不过苏家人一般进的是没有塑像的外洞，有塑像的内洞早就被封死了。像许多没有开放的洞窟一样，王妃供养的这个洞窟，自从民国年间起，就与敦煌管理方达成了一个不成文的协议，没有苏家人的同意，这个山洞不可以开放。两人进来先朝着内洞方向鞠了几个躬，才与老吴和苏香商量事情。

老吴向三人简单介绍了他们的处境。他们十多人从农具厂分别逃出后，又有几个人失踪，现在能联络到的只有六个人了。也就是说，除了几个隐秘的线人外，他们现在的主力人马，只剩下这六个人了。其余的不是妇女，便是老弱病残。老吴考虑了一番之后，让他们暂时隐蔽，今天晚上的会议也不让他们来参加了。

"要是来了，等回去时还会少几个。他们掌握的情报我也都知道，不如等我们商量出行动方案后，我再派人通知他们。"老吴情绪低落，本来就瘦削得像刀把似的脸，此时又小了一圈。

苏香过来拉着苏娜坐下。尼亚佐夫和老吴也都在洞中的石墩上坐下。

苏香说："我是看着这个外国人舍命救苏娜的，不跟他见外。再说了，咱都到了这种地步，如果他是老高那边的人，直接就带人把咱一锅烩了。没外人，我就把底都透露给大家了。大家也都盘算一下，怎么找到老族长。"

苏娜说："我就知道，苏香姐手里还有人。"

苏香一脸严肃说："我手里的几个人是老族长预备留下来的。按照老族长的规定，这几个人我是没权力调动的，不过现在到了这地步了，我可以违反一次规定，先把老族长救出来再说。老吴这边的情况我也了解，除了这六个人，老吴这边能调动的还有三十多个人。连我那边的人，加起来，五十个人吧。"

苏娜皱着眉头说："不是有几百人吗？他们不可能抓这么多吧？怎么就剩这么点儿人了？"

老吴接话说："抓的肯定没这么多，最主要的是有些人看到咱这边失势了就跑了，或者躲起来了。没办法，都是有老婆孩子的，咱又不是军事组织，没法约束人家。"

苏娜叹了一口气。

苏香说："现在主要的是怎么找到人。不知道人关在哪里，人再多也没用。找到人后，咱再想办法。"

尼亚佐夫说："我有个建议，到现在这种地步，我建议还是报警吧。这样起码能找到老族长，你们双方也都不用互相算计……"

老吴猛然站起来，点着尼亚佐夫的鼻梁："你他妈的给老子闭嘴！你这样会害死我们大家的，你知不知道?！"

尼亚佐夫只得闭嘴。

苏香说："教授先生，我明白您的意思。不过报警是我们最无法容忍的选择。我们不是不相信警察，警察都是好人，肯定能帮我们找到老族长。但是如果报警，我们先祖的所有秘密就会公之于众，而且，先祖的所有……"苏香顿了顿，好像在选择合适的词语，"……所有有价值的东西都有可能消失，这个是我们不能容忍的。说一句到家的话，最终我们失败了，先祖的灵柩成了高族长他们的，我们也认，因为不管怎么说，我们跟他们都是王妃的后人，他们对王妃多少还有些敬畏之心，但是别人就不会了，他们只会把王妃所有的东西当成他们自己的财产。教授先生，我这么说，您能明白吗?"

尼亚佐夫点头说："我明白。不过我认为，你们如果真想让王妃的事迹发扬光大，还是应该……"

老吴插话："我们不想什么发扬光大，你听明白了没有? 王妃是属于我们的，属于我们家族的，凭什么让大家都知道? 你这个教授，脑子是不是有病啊！"

苏香挥手制止老吴说下去："教授，我明白您的意思。但是，您应该明白，一个家族应该有自己家族的秘密。在我们的心里，王妃是我们的家人，她不是历史文物。"

尼亚佐夫拍了拍脑袋说："我明白您的意思。我本人也是王妃的后人，你们也许不知道，我的家人也失踪了，失踪好多天了……我猜测，他们的失踪也应该是跟高族长的人有关，所以……"

老吴瞪大了眼睛："所以你想报警？"

苏娜有些愤怒了："吴叔，你能不能听他把话说完！"

老吴气哼哼地坐下，尼亚佐夫继续说："我不想报警。我的意思，我也是王妃的后人，我本人还是一个研究历史的，我更想让王妃的遗物有一个更好的安置。"

苏香问："你的家人也失踪了？什么时候的事儿？"

尼亚佐夫打开手机说："我这个手机是只能跟妻子联系的，现在她失踪了，没人给我续交费用，手机也没用了。我……我的女儿才十岁，很乖巧，我不知道，她现在会被吓成什么样子……"

苏香接过尼亚佐夫的手机看了看。她看到尼亚佐夫一家三口在沙滩上的照片。苏娜动情地说："教授，您的妻子和女儿真漂亮。"

尼亚佐夫点头："谢谢。我现在非常想找到她们。但是，我知道她们的失踪跟我到这里有关系，高族长的人也在抓我，我要回家，得先救出族长，让族长帮我。"

苏香点头："你妻女的失踪肯定跟王妃有关，不过……"她站起来，在山洞里溜达了一圈，"高族长虽然是我们的敌人，但是他们也不是胡作非为的人。他们如果到您的家里，绑架了您的夫人和孩子，那肯定有别的原因，跟您到这里应该没有关系。"

尼亚佐夫一愣:"别的原因? 能……能是什么原因?"

苏香看着尼亚佐夫说:"比方说你家里有他们感兴趣的东西。这么说吧,你们是当年王妃留在康国的王子的后人,王妃或者当时的康国国王,就没有什么宝贝留给这个王子,让他一直传承下来?"

尼亚佐夫想了想,摇头说:"真没有。"

老吴说:"没事,就是有,我们也不会抢你的。大家就是把事情讨论明白,好知道以后该怎么做。"

尼亚佐夫点头说:"不瞒诸位,我爷爷给我留下一个盒子。这个盒子我从来没有打开过,爷爷说盒子里面盛着一本书,让我留着,说将来会有人来取,再没别的了。"

苏香有些失望:"一本书? 那应该跟王妃没有关系。什么样的书?"

尼亚佐夫说:"不知道,我知道的就是这些,再没有别的了。"

苏香点头说:"先不说这个了,大家讨论一下,怎么去寻找老族长吧。"

老吴告诉大家一件事儿。昨天他在敦煌的芙蓉园小区看到了那对俄国夫妇。这对俄国夫妇好像在等人。两个人站在小区外,等了约有半个小时,后来从芙蓉园开出一辆汽车,这对夫妇上了汽车走了。

苏娜说:"提这两个人有什么用? 这两个害人的货,又不能帮我们。"

苏香却说:"我曾经跟老族长说起过,这两个俄国人恐怕不简单。"

老吴白了尼亚佐夫一眼,说:"当然不简单了。要是没有那个俄国人，我们能沦落到这种地步？”

苏香说：“不只是这个。我让公安的朋友查了，起码这十多年来，他每年要来中国两三次，每次都要来敦煌。这三年来，他来了敦煌之后，就会在养老院附近住下。这说明，这个俄国人来敦煌是有目的的，并且他的目的就是咱们。他根本不是像他所说的是一个记者，那是胡扯。”

众人有些惊愕。

苏香接着说：“还有，老族长的前任族长让他注意一个俄国人。这个俄国人还带着一张非常古老的地图。他最后一次来的时候，敦煌快要解放了，国民党溃兵四处逃窜。那个人在敦煌住了几天，突然消失了。前任老族长觉得他可能被国民党逃兵抓走了，就没太当回事儿。但是十多年后，有一天，公社主任突然带着一个俄国老头找到他，前任老族长仔细一看，发现这个老头就是当年带着老地图的那个俄国人。老族长问俄国老头要找什么，那个老头说他要到康家村，说王妃手里有一把黑铁剑，是当年的王妃准备送给他先人的，因为他先人曾经救过王妃的命。前任老族长说他不知道这个王妃是什么人，也不知道康家村。为了这个，前任老族长被公社主任打了一顿。后来，是现任的老族长带着两个人把老族长从公社的看守所救了出来，前任老族长才又活了十多年。”

老吴有些不解：“苏香，你说这个是什么意思？”

尼亚佐夫问：“您的意思……现在的这个俄国人就是那个俄国老头的后人？”

苏香点头：“对。也就是说，俄国人几代人也在寻找康家村。这个假装成记者的俄国人，应该跟王妃也有点儿关系。所以说，他在疗养院救出了高老头的人，不是出于同情和人道，而是有他的目的。"

苏娜说："如果说他有目的，那应该是取得高族长他们的信任。"

苏香点头说："应该就是这个目的。因此说，老吴的这个情报很重要，找到那个俄国人，就能找到姓高的，甚至找到老族长。"

2　劫持普德洛夫

尼亚佐夫和苏娜在芙蓉园小区外等了三天。在第三天的傍晚，终于等到了俄国人普德洛夫。

当时的苏娜和尼亚佐夫已经疲惫不堪，准备回到住处休息，一辆轿车突然停在了小区门口。普德洛夫和他的妻子一前一后，从右侧后座下来走进了小区。

尼亚佐夫不顾苏娜的阻拦，朝普德洛夫跑过去，边跑边喊："喂，普德洛夫先生，您还认识我吗？"

走到小区门口的普德洛夫站住了。他看到是尼亚佐夫一脸的惊愕。尼亚佐夫一直跑到他的面前，先向他夫人致意："尊敬的夫人，您好，很高兴能在这里看到你们。"

夫人微笑着对尼亚佐夫说："我也没有想到，尊敬的教授。"

普德洛夫勉强笑了笑，问："教授先生，您找我有什么事儿吗？"

尼亚佐夫呵呵一笑，说："我们好长时间没在一起喝酒了，普德洛夫先生，今天晚上能赏光吗？我请两位一起坐一坐。"

普德洛夫朝尼亚佐夫身后看了看。尼亚佐夫说："我自己来的。咱也不走远，就在门口这家酒店。"

普德洛夫迟疑了一下，点头说："行，教授先生，您先请吧。"

尼亚佐夫哈哈一笑："多谢赏光。"

普德洛夫在前面带路，三人进入附近的一家川菜馆。三人坐下，尼亚佐夫说："真没想到，您还喜欢吃川菜。普德洛夫先生，看来您对这儿是很熟悉了。"

普德洛夫还是满脸的疑惑和警惕。他转头打量了一下在酒店中吃饭的众人，敷衍说："还算可以吧。"

尼亚佐夫笑了笑，问："您和夫人……现在还对那个养老院感兴趣吗？"

普德洛夫喝了一杯水，说："教授先生，您有什么事儿，或者想问什么，可以直接说，不必饶舌。"

尼亚佐夫摇头说："普德洛夫先生，我怎么觉得您对我满怀敌意呢？我们在养老院见面的时候，您可是一个很健谈的人啊。说实话，我没有什么想问的，我在这里很孤独，能在这里再次遇到您，我很高兴，因此才请您一起喝一杯酒，这有什么不妥吗？"

普德洛夫夫人忙笑了笑，说："教授先生，他不是这个意思，他是觉得您可能有事需要他帮忙，您千万别生气。"

尼亚佐夫摇头，笑了笑："我不会生气的。说实话，我在这边遇到了一些很意外的事儿，也遇到了一些困难，但是这些很快就会过去，请相信我。"

普德洛夫显然不相信尼亚佐夫。

服务员端上了菜和酒，尼亚佐夫给普德洛夫和他夫人各倒了一杯酒。普德洛夫端起酒杯，一饮而尽，说："尊敬的教授先生，你我都明白，我们现在……应该说是敌人。我是一个痛快人，我不喜欢像你这种……很假的样子。你有什么想说的，或者想做的，那就来吧，男人做事，别搞得这么虚假。我想你应该明白我的意思，教授。"

尼亚佐夫端起杯子，跟惶惶不安的普德洛夫夫人碰杯，把一杯酒喝光。他又给恼怒地盯着自己的普德洛夫倒了一杯酒，跟普德洛夫碰了一下杯子："您说错了，普德洛夫先生，我们不是敌人。我想如果还原事实，在一千多年前，我们的先祖也许还是好朋友。我们现在到这里来，不过是追寻先祖的足迹。我不知道您来这里有什么目的，我只是一个历史教授，我喜欢探究历史中的故事，仅此而已。比方您，您不是一个作家，也不是一个记者，您来到这里，也是遵循先祖的遗愿，高族长、苏族长也是如此。我们的先祖当年有那么多感人的故事，那我们何不坐下来，分享我们的故事，寻找一个解决的办法呢？"

普德洛夫的眼神有些迟疑了："您真的是这么想的？"

尼亚佐夫放下杯子，又拿起酒瓶，把两人的酒杯倒满："当然，您可能已经知道了，我也是王妃的后人。可是，这有什么关系呢？在我们的国家，王妃的后人成千上万，这又有什么关系呢？我们还得努力工作才能维持生活。我唯一与大家略有不同的，是我喜欢研究历史，因此才到了这里。我不是守护人，也不想得到什么宝贝，我就是想跟您谈谈，想跟高族长、苏族长谈谈，寻找真实的历史故事，仅此而已。"

普德洛夫把酒杯里的酒喝光，开始自己倒酒了："可是我帮高族长他们救出了人，苏族长的人因此遭遇了困境，教授，您就不恨我吗？"

尼亚佐夫摇头："刚刚我已经说了，我的目的是寻找历史故事。这个故事对我来说，就是最好的宝藏。苏族长和高族长之间，我觉得他们应该停止对抗，因此我希望能见到高族长，说服他放了苏族长那边的人。大家都能安安稳稳地生活，这才是我的第二个目的。"

普德洛夫似乎有些晕眩，他摆了一下头说："这个您就别白费劲了。高族长只有把苏族长的人抓干净了，他才能停止……咦，我怎么有些发晕呢？"

普德洛夫说完，人就仰躺在了椅子上。他的夫人惊愕地站起来："亲爱的，你怎么了？你起来啊，怎么了这是？"

尼亚佐夫走过来看了看，说："他这是晕过去了。没事的，太太，把他送到医院，打一针就行。"

尼亚佐夫对着服务台的方向喊了一声："服务员，服务员在吗？"

打扮成服务员的苏娜和老吴跑了过来。苏娜问："先生，有什么能帮您的吗？"

普德洛夫夫人有些疑惑地看着苏娜。苏娜穿着一身餐厅服务员的服装，对她笑了笑。

尼亚佐夫说："快，帮我喊个车，这位先生需要到医院去。"

苏娜跑了出去，尼亚佐夫和老吴一起扶起普德洛夫，把他扶出餐厅。普德洛夫夫人跟在后面，几次想要阻止，却又犹豫着，不该如何是好。

两人把普德洛夫扶进停在外面的苏香的车里。苏娜对众人说："这是我们老板的车呢，老板看到这位先生的情况，要亲自送他到医院去。"

普德洛夫的夫人略有犹豫，老吴问她："夫人，您是不是要跟着一起去呢?"

夫人点了点头,上了车。

苏香发动车,尼亚佐夫坐在普德洛夫夫人的旁边,汽车疾驰而去。

3 说服普德洛夫

普德洛夫醒来的时候,首先看到的是一盏昏暗的灯泡。让他有些怪异的是,灯泡在他的面前一直晃荡着。普德洛夫抬头,看到黑乎乎的屋顶,这是什么地方?

普德洛夫想站起来,这才发现,自己被绑在了椅子上。椅子则被绑在了旁边屋脚的铁管子上。他想抬起屁股,努力了几次,均告失败。普德洛夫恼了,咧着大嘴杀猪一般喊起来。

老吴手里攥着一把刀,弓着腰跑进来:"你喊啥? 找死啊你!"

普德洛夫喊:"我怎么会在这里? 你是什么人?"

老吴举起刀子,在他的面前比画了一下,说:"我是差点儿被你害死的人! 俄国人,闭上你的臭嘴,你再叫唤,耽误了老子睡觉,老子宰了你!"

普德洛夫不服,用俄语骂了老吴一句。老吴没懂,但是看他的表情,他就知道这个俄国人是在骂他。他火了,短刀逼着普德洛夫的脖子:"你他妈的再骂一句试试!"

普德洛夫也算是条汉子,他梗着脖子,瞪着眼珠子,用汉语喊:"有种你就杀了我! 不杀你就是狗娘养的!"

老吴被他愤怒的样子逗笑了，点头说："行，你还挺像个爷们儿。你就在这儿待着吧，等十年后，老子再来看你，你要是还这么硬气，老子才服你。"

老吴转头就要朝外走。普德洛夫听到老吴这么说，急了："你凭什么把我关在这里？我要出去！我的夫人呢？"

老吴哼了一声："凭什么？你帮那个高老头抓了我们的人，是不是也都关了起来？你害了我们这么多人，不杀你已经是够客气的了。你的夫人也关起来了，她被关在另一个地方，你这辈子是别想再见到她了。"

普德洛夫疯了一般大喊大叫，老吴走出去，在外面关上了灯。

普德洛夫喊了一会儿，累了，昏昏沉沉睡了，醒来后，继续喊。他不知喊了多长时间，喊得口干舌燥、精疲力竭的时候，灯光突然亮了，尼亚佐夫推开门走了进来。

普德洛夫睁着眼看了尼亚佐夫一会儿，暴怒了："你这个骗子！我要杀了你！"

尼亚佐夫走到离他约有两三米远的地方站住，说："对不起，普德洛夫先生，我不得不用这种办法把您请到这里来。您说我是骗子，没错，我要是不骗您，您能到这里来吗？不过我骗您，可是跟您学的。我们一开始认识的时候，您一直骗我，利用我的身份，获得了苏娜的信任，您才有机会跟在我后面，进入地下室……"

普德洛夫闭上眼，喘着粗气："你们想把我怎么样？！"

尼亚佐夫摆手，笑了笑，说："普德洛夫先生，您误会了。我们没有任何伤害您的想法，我们只是想跟您合作，您看，您想谈谈吗？"

普德洛夫闭眼，想了想，点了点头。

尼亚佐夫朝外面喊了一声，老吴带着一个很壮实的小伙子进来。两人把普德洛夫从椅子上解下来，拽着他的绳子朝外走。

尼亚佐夫说："把他手上的绳子也解开吧。我相信普德洛夫先生是一个懂规矩的人。"

老吴把普德洛夫手上的绳子也解开，押着他走出这个小小的禁闭室。

尼亚佐夫跟在最后面，四个人上了台阶，走进上面的房间。

这是一个农村的大房子。窗外是丘陵和稀稀拉拉的树木，阳光明媚，大扇的玻璃窗和门敞开着，新鲜的空气有一种甜甜香香的味道。

普德洛夫站着，贪婪地吞噬着新鲜的空气，很陶醉的样子。

尼亚佐夫笑了笑，说："请坐吧，普德洛夫先生，您有一个小时的时间来呼吸这新鲜的空气。"

普德洛夫有些惊慌："什么意思？你们还要把我关起来？"

尼亚佐夫笑了笑，说："这个要看您的表现了。我们有很多人被高族长关在地下室呢，有的已经关了几十年了，当然，也有刚被抓进去，关了几天的。我相信您应该看到他们地下室的样子了吧？比较起来，您的这个地下室还有马桶，还是您一个人住，条件已经算是不错了。"

普德洛夫在藤椅上坐下，沉默了一会儿，说："我不是高族长的人，你们不应该这么对待我。"

尼亚佐夫说："当然，按照您对我们的危害程度，我们应该直接杀了您。但是我是一个善良的人，我不想杀人。"

普德洛夫闭上眼，说："说吧，你们想知道什么？"

尼亚佐夫笑了笑："您确实是一个痛快人。我有两件事需要您的帮助。第一，我们想请高族长到我们这儿坐坐；第二，我想知道您到底是一个什么人，您为什么要来这里。"

普德洛夫惊愕："请高族长到这里？尊敬的教授，我看您是疯了。"

尼亚佐夫摇头："没有，我很正常。我不是把您请到这儿来了吗？普德洛夫先生，您如果配合我们的工作，也许我们会把您放出去，跟您的夫人一起。"

普德洛夫站起来："我夫人呢？她在哪里？她怎么样了？"

尼亚佐夫说："这一点请您放心。您夫人很好，她被我们安排住在一个不错的房间内。那里什么都有，她把她知道的都跟我们说了，现在，她正等着和您团聚呢。"

普德洛夫坐下来，长出一口气，说："我愿意配合您的工作。"

4　密谋

每年的农历六月十五日，是王妃的诞辰纪念日，这几天是高族长所率的王妃后人最忙碌的日子。今年也不例外。

这些日子，在与苏姓一族的对抗中，高姓一族大获全胜，高族长非常兴奋，与诸位长老商量后，决定今年要大肆庆祝一番。苏姓一族对王妃的纪念是纪念其冥日，高姓一族则反其道而行之，纪念其生日。但是无论是苏姓一族，还是高姓一族，对王妃的纪念仪式都要偷偷地进行。原先两姓都是跑进沙漠无人处举行仪式。今年高族长决定不跑沙漠里了，他想找一个僻静的地方，租一片场地，高姓族人，不论男女老少，都可以参加这个伟大的庆祝仪式。

这个伟大的想法让高族长很兴奋。高族长一兴奋，他就喜欢跑到自己住的豪华别墅后面的地下室，去看望像狗一样蜷缩在地上的苏族长。

苏族长有严重的风湿病，在潮湿的地下室里，他的病情越发严重起来。他浑身疼得无法站立，只能像狗一样蜷缩在地上，挣扎着。

高族长在苏族长的房间外走来走去，他的目光透过铁丝网，骄傲地看着躺在地上死了一般的苏族长。

苏族长听到他的脚步声，缓缓地翻过身，仰头朝上，嘶哑着嗓子说："高瘸子，你又来看我了。"

高族长看着苏族长，声音里带着怜悯："老苏头，你这是何苦啊。哎，如果换成是我，我肯定不会去遭这种罪。"

苏族长闭着眼说："别说这种风凉话了。老高，我们祖祖辈辈斗了几百年了，我这次算是彻底栽了。要是你还有点儿人性，你就赶紧杀了我……否则，你会后悔的。"

高族长呵呵一笑，说："我把老族长抓来，不是为了杀你。老族长，我姓高的说话算话，你要是把王妃灵柩的下落告诉我，我不但会放了你，还会给你一大笔钱。否则，我就把你关在这里，让你求死不得，求生不能。"

老苏头闭着眼，不说话了。

高族长过来，把铁丝网踹得哗哗直响，老苏头却一直死了一般，一动不动。

高族长骂了一句，转头走了出去。他刚走到院子中，高宽匆匆朝他走过来小声说："族长，去土国的人回来了……"

高族长抬手，制止他说下去，转身朝屋子里走去。高宽跟在他后面，两人进了屋子，高族长在沙发上坐下："高宽，坐下说。"

高宽说："族长，高天亮他们昨天回来了。高天亮今天一早去见我了，跟我说了那边的情况。他让我先跟您汇报一下，他上午带老婆去看病，下午来见您。"

高族长点头说："没事，你跟他说，先把家庭照顾好，有事儿打电话就行。"

高宽说："行。高天亮跟我说，他们又派人把那个尼亚佐夫的家搜了一遍，还是什么都没找到。他的老婆、孩子现在在土国的一个农村里，他花钱让人照看着。这人是咱多年的线人了，很可靠。"

高族长点头："咱要的是那本书，跟他们家里人没关系。让高天亮打电话给那边的人，把人家老婆、孩子好好照顾着。"

高宽说："这个您放心。族长，高天亮说那边的警察现在到处找人，我觉得这两个人在那边藏的时间长了不安全。咱要是有办法，还是把人弄到这边比较好。"

高族长点头说："下午我跟高天亮商量一下。咱的大货车一周朝那边跑一次货，想弄回来容易，藏车里就行了。你下午去找一趟高昌林，让他派人监视着那个'老毛子'，咱得防备他被老苏头那边的人拉过去。"

高宽掏出手机就要打电话。高族长皱起眉头："要是打电话就能办了，我还用找你吗？你以为就咱能找人监听他们的电话？"

高宽把手机放回兜里，说："那我这就过去。"

高族长叹了一口气，说："这个老苏头，他要是能乖乖听话，咱何必费这么大劲！"

此时，高昌林正和尼亚佐夫坐在他修锁摊位旁边的小酒馆里。两人坐在靠窗的位置，略一侧头，便可以看到在阳光下曝晒的摊位。挂在桌子上方的一串钥匙，返着阳光，刺着两人的眼。

尼亚佐夫说："高先生，您整整骗了我十五年。"

高昌林有些羞愧，说："准确一点儿说，我有些事情瞒着你，不是骗你。我家庭困难，靠修锁生活，这些都是真的。"

尼亚佐夫说："我可听说，你们的高族长是个有钱人啊。他住别墅，做着大生意，还给手下发工资。"

高昌林笑了笑，说："没错，高族长很有钱，不过他的那些生意是属于族里的生意。当年大家都凑了份子的，我也凑了五千块钱呢。高族长养了上百辆大货车，满世界跑着赚钱。"

尼亚佐夫问："同为族长，苏族长怎么就那么穷呢？"

高昌林说："苏族长他们是守护人啊，他们的主要任务是保护王妃的灵柩，告诉你吧，想找这些宝贝的人多着呢，美国人、俄国人，还有阿拉伯人，苏族长他们躲都来不及，怎么能出来做生意？"

尼亚佐夫说："我听说高族长跟这些外国人勾结起来对付苏族长，这么干，可真是对不起祖宗啊。"

高昌林仰头喝下一杯啤酒，说："听他们胡扯。高族长这个人贪财是真的，但对王妃的忠诚那是不含糊的。苏族长有些事儿不知道，高族长可是替他解决了不少来找王妃墓的外国人呢。这么说吧，只要是他知道有人想找王妃墓，不管你是什么人，高族长都不放过他们。"

尼亚佐夫也喝了一杯啤酒，朝外看了看修锁的摊子，问："这个俄国人呢？我看高族长跟他关系不错。"

高昌林一愣，说："这个……这个俄国人跟高族长什么关系，我确实不清楚。不过你放心，族长这个人绝对不会相信他，他利用完他……"高昌林做了一个抹脖子的动作。

　　尼亚佐夫一愣："他还敢杀人？"

　　高昌林转头看了看摊位，说："这个还用族长亲自动手？这种活儿我们族长都是花钱雇人的。你有什么话就快说吧，我估计高族长应该派人来跟我联系了，我得出去了。要是让族长知道我暗地里跟你联系，我这条小命恐怕也就没了。"

　　尼亚佐夫叹了一口气，说："高先生，您是一个好人，我以前误会您了。"

　　高昌林冷冷地摆了摆手，说："算不上，要是看到苏族长那边的人，我还会带着人抓他们。"

　　尼亚佐夫点头说："不说这个了。我想让您帮忙打听一件事儿，我老婆、孩子失踪十多天了，我想知道，这件事儿是不是高族长让人干的，她们现在在哪儿……"

　　尼亚佐夫忍着眼泪，从兜里掏出手机，找到妻子和女儿的照片，递给高昌林，说："我闺女还不到十岁，她……受不了这个。"

　　高昌林拿着他的手机，默默地看了会儿说："我知道了，我会帮你打听的。"

　　尼亚佐夫说："谢谢您了，我会找机会来找您。"

　　高昌林说："你来的时候，别到我摊位上去了。你就到这个小酒馆，坐在这里，让掌柜的招呼我一声就行。我跟这个掌柜的关系不错。"

　　尼亚佐夫转头朝外看，刚好看到高宽的面包车停在高昌林的摊位前，高宽下了车，四下转头找人。

高昌林也看到了，他站起来说："我得走了。你现在别出去，等那个人走了你再走。这个高宽，可是个狠角儿。"

高昌林起身走到吧台前，对老板说："结账，今天我请客。"

尼亚佐夫笑了笑，继续喝酒。

5　变故

高姓一族庆祝王妃诞辰庆典活动如期进行。农历六月十五日晚上，高族长带着高姓九大长老，分乘几辆轿车，来到位于市郊的一家大型农家乐饭店。

饭店里外警戒的皆是一身黑衣的高家子弟。农家乐饭店所有人员皆被清空，包括厨师和服务员都换成了高家人。

高族长带着众人走进大厅。大厅靠墙处摆放着一张与苏姓家族祭祀时几乎一模一样的王妃画像。画像按照真人比例画成，做了精致的画框，在周围灯光的映照下，画中的王妃显得生机勃勃，光彩照人。

高族长带着九大长老站在前面，众人按照辈分依次排开，跪在王妃面前。

高族长双掌合十，说："尊敬的王妃先祖，不肖子孙高宝林率九大家族长老和五百六十三户高姓后人，今天聚集在此，庆祝先祖一千二百六十一岁诞辰并敬告先祖。我高姓后人，从明末至今七百多年中，一直努力寻找被苏姓人偷窃而去的王妃灵柩，虽历经艰难，却披荆斩棘未敢放弃。请王妃放心，我等一定会竭尽全力，找到王妃灵柩，并世代护卫，请王妃拭目以待。"高族长祷告完毕，旁边司仪喊道："请叩头。"

众人在高族长带领下，朝着王妃遗像叩头。此时旁边的电子屏幕上，出现了高族长让人制作的PPT影像和文字。

影像上，一队穿着古代战衣的军士在攻城。城内宫殿里，宫女护卫乱成一团，戴着王冠的年轻国王，正拉着王妃的手，恋恋不舍。

画外音响起：8世纪初，阿拉伯人入侵中亚。西域各国虽然进行了不屈不挠的抵抗，但是因为实力相差悬殊，各国先后陷落。之后的几十年中，不甘屈服的各国国王多次进行起义，皆被大食人击败。其中康国之起义最为惨烈，先后有几任国王被杀。

唐建中二年（公元781年），康国国王阿吾提再次起兵反抗，阿拉伯军队包围了康国都城。城破之际，国王派卫士都武率十名护卫，保护着王妃苏娜带着小王子化装逃出都城……

影像中，王妃一行人历尽艰难，屡次被包围，陷入绝境，都在护卫的拼死保护中逃了出来。每天晚上，王妃都要带着小王子向他们的神阿胡拉·马兹达祷告，让天神保佑他们平安。

看到此处，高族长站起来，对众人喊："各位高家子弟们，我们王妃信奉的是祆教，是天神阿胡拉·马兹达保护着王妃，让王妃来到了这里，才有了我们这些人。所以，我们不能背叛阿胡拉·马兹达。我不许族中子弟加入任何组织，信奉任何教义。高家已经在寻找祆教的继承者，来给我们传教。最多用三个月，使者就会来到这里，那个时候，我们就会以神的名义讨伐苏姓那些叛徒，让他们从敦煌滚出去！"

众人群情激奋："滚出去！滚出去！"

有人问："族长，现在还有信祆教的人吗？"

高族长点头："有！我们的人在土国好心人帮助下，在孟买找到了他们。为了表示我们的诚意，下个月我将亲赴孟买，去跟他们的长老协商，让长老派人过来。"

有人说："族长，我们信这个教，国家能同意吗？"

高族长点头："国家号召信仰自由，我相信他们不会反对的。"

众人欢呼。

高族长带着九大长老走到旁边的酒桌上就座。他们刚坐下，高宽便匆匆跑了进来说："族长，留在别墅里的人打电话来，说那个'老毛子'要见您。"

高族长摇头说："告诉他们，就说我在外面，今天不能见他了。"

高宽小声说："这个'老毛子'说他有重要情报，好像是关于王妃灵柩……"

高族长皱着眉，打断高宽的话："你相信这个俄国人的话吗？"

高宽点头说："这个'老毛子'人不咋地，不过能干实事儿。上次要不是他，找到老苏头他们关人的地方把我们的人救了出来，我们怎么能有今天？"

高族长想了想，站起来对众人拱手："各位长辈和兄弟，我有急事，要回去一趟，请各位原谅啊。"

有人挽留："族长啊，今天这种场面，没您怎么能行？您平时够累的了，今天不管什么事儿都不要管了，咱今天晚上痛痛快快喝一顿！"

众人附和。

高族长摇头说："实在是不巧，今天的事儿真是不去不行。这样，我去去就来，大家放心。"

高族长和高宽带着两个壮实汉子，一起走出屋子，上了车。

汽车疾驰中高族长问坐在前面的高宽："高宽，你觉得这个俄国人为什么偏偏今天来，他知道咱们的事儿吗？"

高宽摇头："应该不知道，或许……是碰巧吧。"

高族长挑眉说："碰巧？能这么碰巧吗？这都到了睡觉的点儿了……"

高宽一愣："族长，您的意思是，这个'老毛子'想玩什么花样？"

高族长闭着眼想了一会儿，说："你让高昌林赶紧带着几个人回去，把大门内外转着看一遍。你们几个回去后把留守的人都组织起来，把守好各个口子。我今儿刚在王妃面前吹了牛皮，可不能出纰漏。"

众人答应。汽车疾驰，十多分钟便进入别墅院子。

高宽带着两个手下先跳下车，到别墅两边的副楼安排人守卫去了。高族长走进屋子，普德洛夫笑着走过来："高族长，您好，这么晚来找您，实在是有重要的事情。不过，我还是要说一声对不起，打扰您了。"

高族长笑了笑，说："没事，普德洛夫先生，请坐。"

两人在沙发上坐下，有人过来给两人各倒了一杯水。高族长问："普德洛夫先生，说吧，什么事儿这么急？"

普德洛夫四下看了看，小声说："我有个朋友，在哈萨克斯坦有一批货物要运到中国新疆，我知道高族长有大货车跑这条线，就给您把生意接下来了。今天晚上，我这个朋友能在国际大酒店住一晚上，高族长要是想做这单生意，可以跟我去一趟，谈一谈。"

高族长笑了笑，说："普德洛夫先生，您为什么不把您的朋友请到我这儿来呢?"

普德洛夫呵呵一笑:"高族长,我这个朋友可是个大老板。这么说吧,如果跟他把生意谈下来,这批货够您运三年的。这可是个来回都不空车的生意,从新疆到哈国,也有货物要运。他的要求是五十辆四十吨的大货车,对头开。"

高族长惊愕:"这么厉害?那人家可是个正儿八经的大老板了。"

普德洛夫得意地笑了笑:"当然。我朋友说了,签订合同后,他们可以先付三个月的运费。高族长,您说我这个朋友怎么样?"

高族长站起来:"走!普德洛夫先生,闲着没事,咱去拜访一下您的这位朋友。这么慷慨的老板,我老高还没见过呢。"

普德洛夫和高族长走出屋子,高宽带着两个人跑过来说:"族长,您这是要到哪儿去?"

高族长说:"高宽,你让他们严加警戒,你跟我一起出去一趟。"

高族长等三人上车,汽车驶出别墅院子,拐弯进入公路。这段公路在城市边缘,车比较少,高宽警惕地监视着周围的动静。汽车跑了一会儿,进入城里,城里灯光明亮、车水马龙,高宽渐渐放松了警惕。

高族长也有些放心了,跟普德洛夫闲聊:"普德洛夫,以前怎么没听说您有生意做得这么大的朋友呢?你这朋友以前是干啥的?"

普德洛夫说:"族长,您是忘了,我跟您说起过。我说我有个朋友生意做得非常大,在中亚的这些国家都有工厂,跟土国政府关系也不错,如果您需要,我可以跟他联系。"

高族长点头："没错，好像有这么回事儿。"

普德洛夫说："我说的就是这个朋友啊。他原先的生意都是在其他国家，这次生意要在新疆做，他就想在中国找一个能合作的运输商。"

高族长问："你这个朋友主要是做什么生意呢？"

普德洛夫说："什么生意都做。这次到中国主要是做家具生意。从别的国家往中国运木头，从中国购买地毯和低档家具送到这些国家销售。当然，还有别的，比方粮食，等等。"

高族长问："就这些？"

普德洛夫说："我知道的就这些，别的就不知道了。待会儿你们见了，你们自己聊吧。"

汽车已经到了酒店门口，司机停下车刚要开车门，高族长突然喊道："别下车，赶紧走！"

司机一愣。高宽骂道："你聋子还是咋的，赶紧掉头！"

司机发动车，马上掉头。普德洛夫有些惊慌："族长，您不想做这个生意了？"

高族长说："情况不对！这里有苏家人！"

司机慌忙掉头，刚掉好头，突然有几个蒙面的小伙子，朝着他们冲了过来。高族长大喊："开车，冲过去！"

司机刚要开车，从前面飞来一块黑乎乎的东西，把前挡风玻璃砸成了碎渣。司机只管朝前开，一辆货车又冲过来，横在了他们的前面。司机刹车不及，猛然撞了上去。

幸亏车速不快，众人虽然受伤，却不严重。大家推开车门，艰难地从车上下来。高族长刚抬头，就被人拖上了疾速开过来的一辆越野车上。其余的三人，被拖到了一辆面包车上，两辆车和大货车皆飞快撤离，一会儿便没有了踪影。

6　苏娜生日

大货车跑出敦煌后，与越野车和面包车分开。面包车和越野车一路疾驰，一直跑到瓜州县境内，才在一个小镇上停下。

两辆车停在一个大院外，老吴和苏大同、苏香还有两个年轻人一起，把高族长和高宽、开车的小伙子三人从车上押下来。

他们在车上就把三个人绑了起来，眼蒙上了，嘴也堵了起来。高族长是老江湖，知道现在反抗也没用，只乖乖地被人推着走。开车的小伙子也比较老实，低着头跟在老族长的后面。高宽走在最后面，仗着身体壮实，这家伙在车上就企图反抗，被老吴用绳子捆得像个粽子。下车后，他对身旁的人又撞又踹，就是不肯听老吴的话。老吴无奈，用铁棍把他敲倒在地上，和苏大同一起，把他两条腿又捆起来，几个人把他抬进了屋子里。

高宽一直不停地吼叫，狼一般地吼。老吴实在烦了，找了一根棍子把他打晕，他才没了声音。

把三人关好，安排好人看守后，老吴和苏香、苏娜、尼亚佐夫一起开了个小会。三人商量了一下，决定明天一早，把那个开车的小伙子放回去，让他通知高族长的人，用苏族长和苏家的两个人，来换高族长等三人。

苏香提醒大家："咱得做好一切准备。高族长有不少人在瓜州，如果不小心，很容易暴露。"

老吴点头说："这个放心，现在剩下的这几个兄弟，都是些经过事儿的，知道该怎么办。"

苏香说："那大家就先歇着吧,明天按计划办。"

苏娜似乎情绪低落,她低着头,站起身,朝后走。苏香朝她笑了笑,说："苏娜,你先等等。"

苏娜站住,问："苏香姐,您有事儿吗?"

苏香朝她招手,两人来到旁边的一个房间。

让苏娜惊讶的是,房间的桌子上摆放着一个不大却很精致的蛋糕。苏香从兜里掏出一个小巧的首饰盒,递给苏娜："打开。"

首饰盒里是一个精致的玉石佛像。佛像在灯光下闪着幽幽的光,苏娜忙盖上首饰盒,递给苏香："这个我不能要,太贵了。谢谢你,苏香姐,我以为没人知道我今天生日呢。"

苏香没接首饰盒,说："收着吧,别跟我客气了。今天事儿太多,也没顾上准备别的,我也不想让大家都知道这事儿,咱就简单点儿吧。"

苏娜又打开盒子,拿出玉佛看了看,爱不释手的样子。苏香说："你仔细看看,这玉佛是谁。"

苏娜把佛像凑到眼前,仔细观看,发现这玉佛眉眼,竟然跟自己很像。苏香说："这玉佛是照着王妃的模样雕的。玉是和田玉,不是最好的,不过雕刻师傅是很不错的,我让人去北京请师傅雕的。"

苏娜仔细地看着,啧啧赞叹："苏香姐,你真是太有心了。我太高兴了,我不知道该怎么感谢你才好。"

苏香笑了："咱两个还这么客气,你高兴就好。"

苏香点燃了蛋糕上的蜡烛,对她说："许个愿,吹蜡烛吧。"

苏娜默默许愿,吹灭了蜡烛。

苏香切了一块蛋糕给苏娜,又给自己切了一块,坐了下来:"苏娜,什么也别想了,吃蛋糕吧。"

苏娜吃了一口蛋糕，问："苏香姐，这次能把我爷爷救出来吗？"

苏香点头："告诉你了，什么也别想，有我呢。咱抓了高族长，肯定能把老族长换回来。除非他们不想要他们的族长了。"

苏娜说："我就担心这个呢。我听我爷爷说，高族长那边有几个长老对他很有意见呢。苏香姐，我刚才就想，要是那几个长老不愿意换人怎么办？"

苏香边吃蛋糕边说："高族长手里有钱，不像苏族长，有点钱什么都分给大家，自己从来不管钱。那些长老，其实盯着的也就是钱。不过这个高族长也不是省油的灯，那几个长老，还是支持他的多，放心吧你。"

苏娜终于有些放心了，开始踏实地吃蛋糕。

苏香突然说："苏娜，你跟那个历史教授关系不一般啊。"

苏娜一愣："没有啊。"

苏香说："姐是过来人，你看，你现在的眼睛就把你出卖了。告诉姐，你们到哪一步了？"

苏娜低着头，不说话了。苏香叹口气："傻丫头，我知道他救过你，不过这也不能以身相许啊。你别忘了，人家是有老婆、孩子的，还差了这么大年龄。"

苏娜说："我就没想过要嫁给他。"

苏香点头说："这就好。苏香，我是过来人，我还得劝你一句，这种事儿要适可而止，否则，对两人都不好。这个历史教授是个好人，不过我们是两种人，也可以说是两个世界的人，如果……"

苏娜站起来打断道："苏香姐，你再说我可就走了。跟你说了，我根本就不想跟他结婚，你咋比我爷爷还啰唆呢？"

苏香扑哧笑了，说："好，我不啰唆了，坐下吧。"

苏娜坐下，两人继续吃蛋糕。苏娜吃了两口，说："苏香姐，我有个事儿要问你了。"

苏香头也没抬："说呗。"

苏娜把头朝着苏香抻了抻，一脸神秘地说："苏香姐，你都这么大岁数了，长得也挺漂亮，怎么……怎么就……"

苏娜一时想不出更好的词儿来了，苏香替她说："怎么就没人要，是不是啊？"

苏娜嘿嘿笑着点头。

苏香笑了笑，说："苏娜，我有丈夫，你不知道罢了。"

苏娜哼了一声："骗人的吧，我怎么从来都没见过？"

苏香说："他在高族长那儿。我们结婚的当天，还没进洞房，高族长的人就把他抓走了。二十年了，不过我相信他会回来。"

苏香的眼里有了泪珠。苏娜有些慌，说："苏香姐，对不起，我……我不知道这些。"

苏香匆匆笑了笑，说："没事儿，咱苏家这种事多了去了。以前咱也抓了不少高家的人，互相伤害了几百年，谁摊上都得受着。"

苏娜脸色暗淡下来："我父母也是因为这个没了。苏姐，我就不明白了，咱苏家和高家就不能坐下来好好谈谈吗？怎么非得这么斗来斗去的？"

苏香伸手示意苏娜别说下去："千万不要在外人面前说这个。高苏两家斗了这么多年，已经成了世仇了。别说苏族长没有这个想法，就是有，他也不敢。民国的时候，两家的族长暗中接触，打算停止争斗，结果，双方族人互相串通消息，把对方族长杀了。"

苏娜惊讶："怎么能这样？族长也是为大家好啊。"

苏香说："人的想法不一样啊，有的人天生目光短浅，你对他好，他还觉得你害他。比方咱苏姓族人，有的跟高家有深仇大恨，他们就想着报仇，不会想一想双方这么下去，自己的后代说不定还有受害的时候。还有很多人，想着振兴康国，想他们的后人做康国的开国功臣呢，啥人都有啊。"

苏娜小声问："苏香姐，你相信康国会复兴吗？"

苏香摇头说："这个巫师应该不会想到一千多年后的样子吧？现在都飞机大炮核武器了，康国凭什么能振兴？这个巫师要是真这么有本事，当年的康国就灭不了国了。"

苏娜说："我爷爷就相信这个巫师的预言。他说他的孙子或者是重孙，肯定是康国的开国功臣。我跟他说了很多次，这个不可能，他也不相信。"

苏香笑了笑："不管相信不相信，老族长只能这么说。"

苏娜不解："苏香姐，你这话什么意思？难道我爷爷不相信康国会复兴？"

苏香说："我也不知道，也许老族长是真的相信。也许我们两个都错了。这个世界咱不懂的事儿多了去了，咱也管不了，走吧，睡觉去吧。"

7　这个人叫高宽

第二天，老吴亲自开车把高族长的司机送到敦煌城郊。司机被推下车的时候，还蒙着面，绑着双手。老吴把他拉到路边站住，对他说："记住了，这儿是路边，别乱跑让车撞死。"

司机在路边等着，有车路过就拼命喊叫。终于有人帮他解开了绳子和眼罩，他赶紧打车回到高族长住处。九大长老一个不少，都在高族长的办公室里等着他的消息。高昌林也带着几个人站在门口，看到司机来了，忙跑过来打听消息。司机看到九大长老都在，扑通就跪下了："各位长老，赶紧想法救救高族长吧。"

九大长老中，以高堂山年龄最长，今年八十七岁，在一众长老中威望最高。这个高堂山对高族长印象一向不好。他呵斥司机："你们高族长真是笨！这么一个小圈套，就让人家给套去了。说说，什么情况？"

司机把前后经过以及苏姓人的要求都说了。有几个跟高族长关系好的，提议赶紧答应人家的要求，用苏族长去换人。这个姓苏的，是个倔骨头，留在这里白吃干粮，还不如把高族长换回来。

高堂山长老却说："不能换！我们的这个族长这些年就知道赚钱，生意是大家伙的，他赚了钱却不分给大家，自己过得像个大富豪，我们还是穷人，这种族长要他干什么？苏族长得留着，我们高姓一族的祖训，找到王妃的灵柩。当年王妃既然来到了敦煌，嫁给了我们的先祖，那她就是我们的祖宗，我们不能光想着赚钱，找到先祖的灵柩才是我们高姓的大事。我们现在有了苏族长，那就是有了找到先祖灵柩的钥匙了，这是我们高姓一千多年来最好的一次机会。我高堂山说话了，我绝对不同意把他送回去！"

有长老急了："大哥，您是误会我们族长了。前些年，我们高姓一族被苏姓人压着，处处都在人家下风，高族长可是跟我们一起受穷受苦的。这些年我们有钱了，他又想法把被苏姓关着的人都救了出来，这是天大的功劳！我们确实没分到钱，不过这别墅、这车，都是咱高姓一族的财产啊。还有，要是没有生意，咱高姓族人怎么能在西域那些国家设立办事处，查到了王妃在西域的后人，还抓了他们的人……"

高堂山一愣："什么时候抓了他们的人？这么大的事儿这个族长怎么也不跟我通个气儿？真是岂有此理！"

说话的长老声音小了："高大哥，族长是担心您年龄大了，不想让您多分神，才没告诉您。"

高堂山一拍桌子："胡扯！他根本就是不把我这个老东西放在眼里！我还是那句话，苏族长不能放。姓高的怎么救，你们自己想办法。"

九个长老有的说救，有的说不救，吵了一顿，九个人竟然愤然站起，径直而去。剩下高昌林等几个人面面相觑，不知如何是好。

高族长平时大权在握，他的心腹除了身边的高宽，就是几个在外面负责生意的自家子弟。他的两个儿子都在外面，因此一时竟然没人能管起这个事儿来。

高昌林等人商量后，一面打电话通知高族长的儿子，一面由他出面，下午再召集几个长老开会商量此事。

高昌林中午回家吃饭，下了公交车，快走到家门口，突然有人拍了他的肩膀一下。

高昌林扭头，看到了一脸笑容的尼亚佐夫。

尼亚佐夫笑着说："高先生，您走得好快，有什么紧急的事情吗？"

高昌林一惊，四下看了看，对尼亚佐夫说："你好大的胆子！让我们的人看到，非弄死你不可。你快走吧，别跟着我了。

你说的那个事儿，我还没打听到呢。"

尼亚佐夫摇头说："我今天不是来问这个的，我有非常重要的事儿需要请教您。"

高昌林无奈，带着尼亚佐夫来到一个小饭馆，要了个单间。两人进入单间坐下，高昌林说："教授先生，你这么做，早晚得把我害死，还得害死你自己！"

尼亚佐夫笑了笑："没有这么严重。高先生，您最近还好吧？"

高昌林苦笑："我有什么好不好的？说吧，你找我有什么事儿。"

尼亚佐夫说："好，那我就不客气了。我想知道，那个司机回去说了换人的事儿后，你们的人怎么决定的。"

高昌林摇头说："还没决定。九个长老吵了半天，差点儿把屋子吵翻了。下午要再开会商量一下。我们打电话告诉高族长的儿子了，他们回来肯定同意换人。不过他这两个儿子在族里声誉不好，不会有人听他们的，决定权还在长老手里。"

尼亚佐夫点头："他们果真不同意换人，这倒是个麻烦。高先生，您说，他们怎么才能同意换人呢？"

高昌林苦笑着摇头："教授，你以为我高昌林什么都知道啊！我在我们家族里，只是一个小角色。长老们怎么能同意换人，我怎么能知道？你还是问别人去吧，你这样早晚得把我害死。"

尼亚佐夫从兜里掏出一沓人民币，放在桌子上，推给高昌林："高先生，我听说了，您虽然是个小角色，但是很受高族长和家族中人的信任。当然，我也很相信您，我相信您会有一个好办法让他们同意用族长换人。"

高昌林看着面前的一沓子钱，迟疑了一下，摇着头说：
"我……我真的是……"

尼亚佐夫又从兜里掏出一沓子钱，加重语气说："您说出办法来，这些钱就是您的了。"

高昌林盯着两沓钱看了一会儿，长出一口气："尼亚佐夫先生，不知别人是怎么想的，其实从宗族利益来看，不换人是对的。苏家那边现在还没有合适的族长人选，养老院事件后，苏家元气大伤，如果苏族长一直不回去，不用半年，苏姓族人就散了。你说是不是?"

尼亚佐夫摇头说："我不想谈论这个。我就是想把苏族长救出来，他是个好人。他一家子人现在就剩下了一个老头子和他的孙女，要是苏族长回不来，这个家就没了。"

高昌林把两沓钱装进兜里，说："行吧。我这个人穷，上有老下有小，全家人指望我养活。这些钱，够我两年给高族长提供情报赚的了。我就给你们出一个主意吧。"

尼亚佐夫大喜："谢谢。"

高昌林说："在我们这一族里，除了高族长，还有一个人能不用这些长老直接指挥高族长的手下，高族长的这些手下还听他的话。即便这九大长老，也要卖给他一个面子，这个人是高族长的心腹，只要你们把他放回来，他肯定会让族人同意换人。"

尼亚佐夫问："这人是谁? 在哪里?"

高昌林朝后一仰，背靠在椅子上，说："这个人叫高宽，就是昨天晚上你们抓的三个人中的一个。"

8　意外

苏香等人经过研究，采纳了高昌林的意见，将高宽放了回去。这个高宽果真不负众望，只用了一天的时间，就搞定了那几个不肯同意救人的长老。苏香派人在敦煌城里用电话跟高宽联系，商定了双方放人的时间和地点。

爷爷就要回来了，苏娜终于有了笑脸。她偷偷溜出去买了些爷爷喜欢吃的东西，准备等爷爷回来好好庆祝一番。

尼亚佐夫去见高昌林回来，告诉苏娜一个说不上是好还是坏的消息。高昌林告诉他，他的夫人和孩子跟着高族长的儿子一起回到了敦煌。但是她们被藏在哪里，高昌林不知道。

尼亚佐夫吞吞吐吐告诉苏娜，他想去找苏香，让苏香逼着高宽，交换人的时候，把她们两个一起带上。苏娜二话不说，带着尼亚佐夫找到苏香商议此事。

不想苏香却不同意："我们已经跟高宽商量好了双方交换的人，而且明天就要交换，现在换人，恐怕会出现变故。因为据我们得到的情报，高族长的儿子抓走了教授的妻子和女儿是另有所图，跟咱的事儿没关系。也就是说，尼亚佐夫教授不来敦煌，也会发生这件事儿。所以说，这件事儿跟咱们苏家的事儿根本就不是一回事。让高家人把她们两个一起放出来，比再放两个咱的人都要困难。"

尼亚佐夫有些惊愕："你们知道我妻子和女儿被抓的原因？"

苏香摇头说："教授先生，这件事儿要请您原谅。我负责我们家族的对外联络事宜，因此也知道一些消息，不过具体原因，我不是很清楚。也就是说，我知道的也并不比你们知道的更多一些。我就没有告诉您。还有，您家的事儿跟苏家的事儿没有什么关系，所以我没有办法并在一起处理。苏族长是我们苏姓一族的希望，这次如果不能把他救出来，苏姓一族将会变成一盘散沙。我不得不万分小心，以保万全，请您原谅。"

尼亚佐夫低声下气地说："苏香女士，我知道您身上的责任。但是，您只要稍微努力，我的妻子和女儿的性命就有可能获救。高族长在我们手里，您提出要求，他们不敢不答应的，求您了。"

苏香铁着脸说："现在苏家危难，我作为一个女人，不得不出来支撑危局。我希望教授先生不要为难我。我再声明一遍，我现在只能先保证把族长救出来，我不想中途出现任何变故。至于你的妻女，等族长出来我们再想办法吧。"

尼亚佐夫急得眼泪都要流出来了："苏香女士，您也是一个女人啊。您怎么一点儿同情心都没有呢？我的孩子还不到十岁，我都不知道她是怎么度过这十多天的。我求求您了，苏香女士。"

苏香站起身要走，苏娜终于忍不住了，她跑到苏香的面前，挡着她的路："苏香姐，你别跟我说乱七八糟的，我知道，你肯定有办法救她们。"

苏香绷着脸，苏娜小脸绷得比她还要紧。她俩对峙了一会儿，又都不由地笑了。

苏娜哼了一声："笑也没用，你这次要是不帮我们救人，我就跟你恼定了。"

苏香把苏娜拉到一边，说："苏娜，你一定要逼我帮他救人？"

苏娜点头："那是当然。"

苏香说："傻丫头，我是为你好。要是他的妻女被姓高的关着永远出不来，那你跟他不就成了吗？我这些天观察了，这个教授人不错，虽然年纪大了点儿，但是人家有文化啊，还有正经工作……"

苏娜急了："你说什么哪，乱七八糟的，你神经病啊。我跟你说过，我从来就没想过要嫁给他，你真是莫名其妙！"

苏香一脸的疑惑："这么说，我这是自作多情？"

苏娜很气愤的样子："当然！你不但自作多情，还很无情呢。"

苏娜跟苏香走出来，她对尼亚佐夫说："教授，你放心，我姐姐刚刚是跟你开了一个玩笑，她不会不救你太太和你闺女的。"

苏香板着脸不说话。尼业佐夫分别看了看两人，对着苏香拱手说："那我是误会您了，谢谢您了，苏香女士。"

第二天，苏香赶到敦煌，亲自打电话给高宽，说服他把尼亚佐夫的妻女一起换了。让他没有想到的是，高宽竟然很痛快地答应了。苏香回到瓜州住处，跟老吴和苏娜说起此事，两人也都有些疑惑。在他们的印象中，这个高宽是个很倔的家伙，而且痛恨苏姓一族，这次他答应得如此痛快，连老吴和苏娜都觉得出乎意料。

几个人琢磨了好长时间，琢磨不出原因。大家商定的是在城外的荒地里换人，除了交换的人，任何一方所带人数不准超过五个人。众人讨论了一会儿，觉得这里面也无法玩出什么猫腻。

尼亚佐夫一块心病终于解除，拿钱让人买了酒肉请大家喝酒。经过这些日子的相处，大家也都觉得这个尼亚佐夫办事牢靠，人也不错，大家都喝得很尽兴。从傍晚一直喝到深夜，第二天众人起来的都比较晚。

院子的主人也是苏家人，不过为了隐蔽，一直用李姓。主人五十多岁，很瘦，胡子倒挺长，看起来跟老鼠似的，老吴就一直叫他"李老鼠"。

老吴走在众人前面，边打着哈欠边说："李老鼠，你他妈的神经病啊，这大清早的，我刚想好好地睡个好觉呢，你拍什么门？"

李老鼠一脸焦急："睡个屁啊你，老吴，出事儿了！"

老吴一愣，众人也赶紧走过来。苏香问："老李，你别急，慢慢说，出什么事儿了。这大清早的，别吓唬人。"

李老鼠小声说："外面突然出现了不少高家的人！这一早上，来了三批了，在这附近转了好长时间！我去地里锄草，我那地靠公路，公路上过了不少高家的车，高家肯定出事儿了。我好多年没看到这么大动静了。"

苏香皱眉："能出什么事儿？老李，你打电话联系一下这周围咱的眼线，看出什么事儿了。"

老李打了几个电话。众人都眼巴巴地看着他。打到最后一个，他把电话递给了苏香。苏香接过电话，走到旁边。过了一会儿，她走回来，一脸郑重地对大家说："真出事儿了。敦煌城里的一个眼线说，高家从前天晚上就派出不少人，好像找什么人。不过前天晚上还很隐秘，从昨天晚上开始，开始大张旗鼓地四处撒网了。他觉得应该是高家内部的事儿，跟咱没什么关系，所以也没报告。"

老吴很纳闷："从前天晚上就开始了，咱怎么一点儿都没觉察呢？苏香，你昨天去敦煌了，也没发现什么？"

苏香摇头："没有，什么都没发现。大家也都别乱猜了，都赶紧回屋收拾一下，做好撤离的准备。老李，你出去到周围观察一下，重点是看看他们是否发现了我们的藏身地儿。要是有情况，就打我的那个专用电话。"

老李答应出去，众人也都开始收拾行李。

苏香和老吴等人一直坐在客厅，惶惶不安地等着老李的电话。一直等了好长时间，电话没来，老李人却回来了。

跟早上相比，老李一脸松弛。他告诉众人，老高的人在附近很盲目地转了一会儿就走了。并且他们最主要搜查的是山沟草丛等地方，好像跟他们无关。众人放松下来。

老李掏出烟袋抽烟，边抽边说："看那架势好像是在找人，也没有什么目标，瞎找一气。"

老吴疑惑："找什么人呢？是有人逃出来了？"

苏香否认："高家人关人的地方比咱都要严密，别说高家人了，就咱那地方，要是没有外人帮忙，谁能从里面逃出来？我们当初是麻痹大意，太相信苏娜了。唉，不说这个。总之，有人逃出来的可能性不大。"

老吴皱着眉："那他们找什么人？听你的眼线说的情况，好像还是比较重要的人物。"

苏香跟老李要过电话，出去打了一会儿。她回来对老李说："我让他们都注意打探消息，他们有什么情况，都会打你这个电话，然后，你再打我专线电话，跟我说一声。记住了，听到情况马上汇报，一秒钟也不能耽误。"

老李答应着走了出去。

苏香皱着眉，喃喃自语："出什么事儿了呢？唉，不管什么事儿都不是好事，恐怕人家要延迟换人了。"

苏香长出一口气，看了苏娜和尼亚佐夫一眼，说："教授，但愿不要跟你家的事儿有关，否则，我永远不会原谅你。"

9　族长在哪里

下午，老李给苏香打电话，说敦煌的人打电话给他，高宽刚刚电话通知他，取消换人的时间，什么时候换，等电话通知。

苏香急了，想去敦煌打电话问高宽原因，又怕万一碰上高家人，暴露目标。想用自己的电话打，又怕自己的电话号码已经被高家人知道了。她急得像热锅上的蚂蚁。苏娜和尼亚佐夫面面相觑，一句话也不敢多说。

傍晚，苏香和老吴一起，坐上老李给他们租来的面包车赶往敦煌城里。路上，他们遇到了强行拦车的高家人。两个小伙子拦下车后，装作要打车的样子，跑到车上观察。老吴和苏香早有准备，他们藏在了小面包车的最后面。小伙子胡乱应付了几句，便下车走了。

走了一会儿，前面又有两个拦车的小伙子。苏香和老吴心生一计，两人下车，让驾驶员先开车走，等两个小伙子到他们的车上检查时，苏香和老李趁机用钳子和扳子把两人打晕。老吴把两人绑在座位上，用凉水把其中一个泼醒，逼问他，高家出了什么事儿。小伙子一开始不肯招，被老吴用管钳砸下了两颗门牙后就什么都说了。高家真出大事儿了，苏族长被人救走了！

苏香不敢相信自己的耳朵。示意老吴再揍，小伙子被揍得哭得哇哇的，绝望地喊："我说实话你们还不相信，干脆弄死我算了。"

苏香和老吴相信了。

回到住处，两人把众人喊到一起，商量寻找苏族长之事。

苏娜听说爷爷被人救出来了，激动地哭了，喊着要出去找人。被苏香一句话劝住了："外面都是高家人，你这样出去，别说找人了，出去就让人逮住了。你要是真是个有能力的，给我把嘴闭上，干点儿有用的。"

苏娜忍住情绪，跟大家坐在一起商量怎么找人。

老吴建议到乡下去找，说这都两天了，族长肯定设法从城里跑出来了。苏娜觉得爷爷应该还在城里，觉得还是去城里找好。老李一直不说话，吧嗒着抽烟。苏香看了看他，说："老李，你说说你的看法。"

老李放下烟袋说："我跟族长不太熟，不过我估摸着，族长这么大岁数的人了，做事应该很沉稳。两天了，高姓的人还没找到他，说明族长肯定是找地方藏起来了。所以，你们出去找，效果不大。"

众人都点头。

老李继续说："我建议，今天晚上大家都休息。他们这种找法，根本找不到苏族长，你们放心就是。明天上午，苏香用我的电话通知在城里城外各地隐蔽的线人，让他们找平时很少参加行动的苏姓人，特别是老人，这是其一；其二，我建议你……"老李指着尼亚佐夫说："你去报警，咱中国的警察，对外国人报警特别重视。你明天上午去报警，就说你刚刚被几个开面包车的抢劫了，里面有很重要的东西。这样，最迟明天下午，警车就会出动查小面包车，高家人设在公路上的那些岗哨，就得撤了。我估计明天下午，我们的人差不多就能找到老族长了。你们在城里雇个出租车，拉着老族长出来，就应该没问题。"

老吴有些怀疑："老李，看你这运筹帷幄的样子，说得有板有眼的，好像跟真事儿似的。"

苏香说："我相信老李大哥。大家也许不知道，老李大哥是老族长非常相信的人，他手下有几个人，除了族长和他，别人都调动不了，我也不例外。我们苏姓一族，还有几个像老李大哥这样的一级保密点儿。当然，还有一个最保密的地方，是特级。坦白说，这个特级保密点儿在哪儿，人是谁，我也不知道，只有老族长一人知道。因此，大家不要气馁，我们还是有一些本钱的。这么说吧，我是非常相信老李大哥的，大家先休息，明天大家都有任务，今天晚上必须休息好。"

第二天一早，苏香就用老李的电话挨个通知各处线人，让大家行动起来，分头出去找人。

苏娜急得在屋子里乱转。她想出去，苏香怕她出事，不允许她随便乱跑。尼亚佐夫在老吴的陪伴下，先到敦煌公安局报案，然后，让老吴找个地方等着自己，他要去找高昌林。

高昌林却早跑得无踪无影。他修锁用的那张破桌子孤独地侧身立在胡同口。

尼亚佐夫猜得出来，高昌林应该也参与到找人的大军去了。尼亚佐夫刚要转身走，突然看到一个瘦得像一根竹竿、穿着略显破烂的女人来到桌子旁。她手持一根铁链，把破桌子跟旁边的一根斜拉电线杆的铁丝拴到了一起。

尼亚佐夫听高昌林说起过他老婆的样子。很显然，这个女人就是他老婆了。女人拴好桌子后，还用衣袖把桌子擦了两下才转身走了。

尼亚佐夫和高昌林喝酒的时候，他听高昌林说起过，他们两人本来有一儿一女。闺女从十多岁就有严重的心脏病，好不容易撑到了二十五岁，没了。儿子在八年前失踪了。应该也是被苏家人抓去了。他的妻子本来是一个美女，受了这两次打击，人垮了，好几次寻死觅活，幸亏高昌林看得紧。这些年好些了，她重新找到了精神依靠，那就是王妃。她每天除了搜集王妃的故事、宣传王妃先祖的精神之外，就是找高族长商量怎么找到王妃的灵柩。她拥护高族长以王妃的名义所做的任何决定。十多年前，家族生意资金链出现了问题，高族长号召族人凑钱，高昌林的老婆逼着高昌林把家中所有的存款（其实也就几千元）全部拿出来，献给了高族长。看到高族长嫌少，老婆还打算卖掉他们住的那个三十多平方米的房子，被高昌林死命护住。这么"作"的一个女人，竟然还知道来保护这张破桌子，尼亚佐夫在心里叹了一口气。

尼亚佐夫的报警果然引起了警察的重视。一会儿工夫，街上便到处都是盘查的警察了。

尼亚佐夫和老吴按照苏香的指示，找到一个苏姓家族的线人，在他家暂时住下，等待老族长的消息。线人以王为姓在敦煌居住，已在敦煌住了好几辈了。跟瓜州的老李一样，这些线人都有两个姓名。在族谱上，他们都姓苏，按苏姓辈分排列。这种隐身形式几乎跟当年的地下党一样，有着两种身份，让尼亚佐夫很是惊叹。

王姓线人告诉两人，他上午把自己负责的这片区域内的苏家老人跑了一大半了，没找到族长的任何消息。中午，线人陪着尼亚佐夫和老吴吃了饭后，又继续出去找人。

尼亚佐夫和老吴闲得无聊，又心急如焚。两人商量了一下，决定到外面转一转，说不定就能有什么意外收获呢。

作为线人，家里准备了各种的衣服假发等物。两人利用这些衣物，都努力装扮了一番。尼亚佐夫戴上假发，穿上名牌衣服，打扮成了一个成功的商人。老吴则打扮成了商人的司机模样，两人互相取笑一番，留下了一张纸条，就从线人家里走了出来。

两人转了一会儿，什么都没有发现，尼亚佐夫突然想起了东北角的那个赊刀人喜欢出现的小市场。老族长出来，是否会去找赊刀人呢？

尼亚佐夫带着老吴，两人直奔小市场。

在小市场外，两人看到了一堆人。从人堆里，传出一种他们从来都没有听到过的打击乐的声音。声音苍凉、古朴，从这不太响亮却似乎从远古传来的声音中，两人似乎看到了远古荒凉的戈壁滩，看到了在戈壁滩挣扎的先人和正在祈求上苍的巫师。

尼亚佐夫拽着老吴，朝着人群跑了过去。

10　巫师的后人

两人挤进人群，挤到最前面，原来是近些年很难见到的民间艺人的表演。这种民间艺人，尼亚佐夫和老吴在小的时候有记忆，现在很难见到了。

　　表演的是两个艺人。其中一个很老了，一个略微年轻些。两人都把脸涂成了花脸，白色为主，其中掺杂着黑色和红色，看起来，像古老的印第安土著一般。老者头上还戴着两根长长的鹳翎。两人皆光着上身，中间用褐色的布围着，裸露的腿和上身都被晒成了古铜色。

　　老吴嘟哝了一句："外国土族啊。"

　　尼亚佐夫小声告诉他："这是典型的古西域民间艺人的打扮。这身打扮的来历应该是西域巫师。这些艺人，大多是巫师的传人。"

　　老吴点了点头，问："康国那时候就是这种打扮的巫师吧。"

　　尼亚佐夫说："差不多吧。不过康国的巫师，在康国算是贵族了，身上戴着很多的珠宝。"

　　年老的艺人两只手各举着一块硕大的牛胯骨，他边嗡嗡唱着咒语一般的歌，边拍着牛胯骨舞蹈着。每块牛胯骨上各挂着两个小铃铛，牛胯骨相撞的沉闷的啪啪声中点缀着清脆的铃铛声，仿佛远古的祈祷声穿越了岁月，回响在这古老的小城。

　　老吴看得有些莫名其妙。尼亚佐夫告诉他，这牛胯骨是古代巫师的一种占卜工具，而这个世界上最初的音乐便是巫师的咒语和祷告。因此可以说，这种音乐形式是最民间最原始的音乐，有很多古老的文化因素。

　　尼亚佐夫看得入迷，老吴都有些无聊，他盯着那个老人看了一会儿，突然睁大了眼睛，他对尼亚佐夫说："这个老人有些眼熟，你发现了没有？我最近好像在哪里见过他。"

　　尼亚佐夫摇头，小声说："这个不可能吧。"

　　老吴双眼紧盯着前面舞蹈的老头，说："我绝对见过他！我模模糊糊觉得，他好像救过我。"

尼亚佐夫笑了，说："那你是做梦了。"

老吴也很疑惑："是做梦?"

两人一直看着这老者舞蹈歌唱完毕，年轻人托着一个帽子转圈收钱。尼亚佐夫掏出一张纸币扔进帽子里，年轻人对着尼亚佐夫鞠躬说："先生，您是个好人。"

众人散去。老吴和尼亚佐夫刚要离开，年轻人突然来到两人面前，对着两人鞠躬："两位先生，我师父请两位过去说话。"

两人有些惊愕，但还是跟着年轻人来到旁边的一个小饭馆坐下。一会儿，卸了妆的老人瘸着腿走了进来。尼亚佐夫和老吴看到老人卸了妆后的样子，都惊讶了，原来是老拐!

老拐走到他们旁边，笑着示意他们坐下。年轻人朝他们鞠了一个躬，转身走了出去。

老拐笑了笑，说："我等了两天了，老天爷，终于等到你们了。"

尼亚佐夫和老吴对老拐都不熟悉。两人都是因为那天晚上老拐出手救人，才知道这世界上还有这么一个人。后来，听苏娜讲了一些老族长跟老拐的交往故事，对他算是有了些了解。跟这个江湖怪人坐在一起面对面说话，两人都是第一次。

老吴拱手说："老拐前辈，多谢您上次救了我们。您说等了我们两天了? 不知道您老有什么吩咐。"

老拐四下看了看，小声说："先吃饭，别惹人注意，吃完了饭，我带你们去见一个人。"

老吴说："老拐前辈，不瞒您说，我们正在找我们族长呢，真没工夫在这儿吃饭。"

老拐哼了一声："就你们这种找法能找到人? 吃完饭，我帮你们找人。"

此时也确实到了午饭的时候，三人简单吃了点儿饭，老拐带着两人从小饭馆走出，走进一条胡同。

三人在胡同里走了一会儿，老拐朝着胡同两边看了看，推开了一扇屋门。屋里，苏族长举着一根铁棍，苏青攥着刀子，正虎视眈眈地盯着众人。

老吴大喜，正要大叫，被苏族长举手制止。苏族长示意众人别出声，随他走进里屋。

进屋后，苏族长让大家在一圈破旧的沙发上坐下。

老吴说："族长，我们都吓坏了。现在终于找到您了，我得赶紧告诉苏香。"

苏族长摇头，刚要说话，老拐接过话头："老苏头，我的任务已经完成，我还有一堆乱事儿，我得先走了。"

苏族长点头说："行，你走吧。大恩不言谢，客气话我就不说了。"

老拐转身走出去，老吴和尼亚佐夫刚要起身送客，被苏族长制止："老拐不是一般人，他看不起这套俗礼。"

众人又坐下。

苏族长不知从哪儿掏出一封信，递给老吴，说："别的以后再说，老吴，你跟这个教授先回去，把这封信交给老李。你要记住两件事儿，第一，不要把见到我的事儿告诉苏香，也不要告诉老李；第二，这封信你要亲自交给老李，让他看完后，马上烧毁，听到没有？"

老吴虽然有些不理解，却也点了点头。

苏族长又说："你们两个还有一个任务，要保护好苏娜。千万不要让她跟苏香或者老李单独在一起，明白吗？"

老吴忍不住了："族长，苏香和老李都是咱族里的中坚分子，您这是怎么了？"

苏族长闭上眼睛，一脸凝重："他们两个……早就成了高家人的间谍了。"

老吴大惊："啊?! 族长，不可能吧? 苏香是对您最忠诚的人了!"

苏族长仿佛突然老朽了，无力地挥手，说："我这次被老高抓住，就是苏香事先向他们告的密，去吧，记住了，要小心点儿。"

老吴问："族长，那……苏香怎么办?"

苏族长说："你把信给老李，静观事态发展，老李会采取行动的。"

老吴不解："老李不也是高家的人了吗? 他能帮助咱们?"

苏族长说："我了解老李，他是被苏香胁迫的。我这儿还有老李的儿子做筹码，他不会为了钱，连儿子的性命也不要了吧。"

老吴说："族长，我们还抓住了高族长，您说，我们该怎么处理?"

苏族长长叹一口气说："这个等我回去再说。记住我的话，要冷静，不要打草惊蛇，走吧。"

老吴和尼亚佐夫虽然满腹疑问，却只得站起来，朝外走。

苏族长对着尼亚佐夫喊："尼亚佐夫先生，我已经得到情报，你的妻女现在都在敦煌。你放心，我马上想办法把她们救出来。"

尼亚佐夫朝着苏族长鞠躬："谢谢您。"

第六章　巨变

1　苏香是叛徒

尼亚佐夫实在搞不明白，那个看起来温厚有力的苏香怎么就成了高族长的人？这实在是有点儿太意外，太可怕了。在苏族长这儿，除了苏娜，老吴和苏香是苏族长最信任的人。而且，尼亚佐夫这几天才知道，苏香掌握着苏氏一族最隐秘的机密，那就是苏族隐蔽在各处的线人。这些线人有的已经改名换姓，祖祖辈辈做了几百年的线人了；有的是苏族长刚刚安排下的，他们是苏姓一族的耳朵、眼睛和鼻子。如果苏香把这些机密告诉了高家人，那对苏姓来说绝对是灭顶之灾。

两人打车朝后走。在车上，两人皆满腹心事，没人说话。老吴还没有从巨大的惊愕中醒过神儿来，他想到曾经与苏香在一起的一幕幕，怎么也想不明白，苏香怎么能叛变成了高家的人。

尼亚佐夫既惊异于苏香的叛变，想得更多的却是自己的家人。她们果然被送到了敦煌，高家人真是神通广大。快半年没有见到她们了，她们怎么样了？经历了这么多的惊吓，妻子的胃病肯定犯了很多次了，女儿，那个小小的有着一双胆怯的小鹿样的眼睛的女儿啊，你不知道，现在爸爸心有多么疼。

尼亚佐夫想着她们，想到昔日家庭的温馨，想到女儿和妻子对自己的依赖，不由得流出了眼泪。

老吴转头看到他难过的样子，轻轻拍了拍他的肩膀。尼亚佐夫朝老吴点了点头，擦了擦眼睛。

快到老李家大门前的时候，老吴对尼亚佐夫说："教授，记着族长的话，我们要装作什么都不知道的样子。"

尼亚佐夫点头。他看了看老李家的大门，又抬头看了看天。天空碧蓝，蓝得没心没肺。尼亚佐夫心里不是滋味。

两人刚进门，就看到老李坐在屋门口正在叼着大烟袋抽烟。看到两人进来，老李从嘴里抽出烟袋，慢慢站了起来。

老吴说："老李，我们没找到族长，也没听到什么消息。"

老李点了点头，似乎早知道他们找不到族长似的。然后，老李叹了口气说："老吴，高族长那个老混蛋跑了。"

老吴大惊。虽然他知道老李他们会想法放了高族长，但是面对事实，他还是感到惊讶。他很巧妙地把这种惊讶引导成了对高族长逃跑的惊讶上："关得好好的，他怎么能跑了？"

老李很丧气的样子，说："都怨我，我的一个小兄弟把他放了。奶奶的，真是想不到，这个小子竟然成了叛徒。"

老吴长出一口气，正要把族长给的纸条递给老李，苏香突然从外面闯了进来。她风风火火地对老李喊："完了！人是找不到了，外面不少高家人，肯定是接走了。老李啊，不是我发火，你说你怎么能这么不小心！手下的人什么时候变成了人家的人都不知道？！"

老李念叨了一句："人心隔肚皮啊。"

苏香似乎刚看到老吴和尼亚佐夫，朝他俩招了招手，三人在沙发上坐下。苏香长叹一口气，说："唉，好好的一盘棋，让这个老李给搅和了，说说，你们那边什么情况。"

老吴没回答她的话，问："苏娜呢？"

苏香说："她没事儿。高族长跑了，她要出去抓人，被我关在了屋子里。刚放出去，老李让他的老婆陪着，出去买东西去了。"

老吴还是不放心："外面都是老高的人，她出去怎么能行？老李，你跟我一起去把苏娜找回来。族长找不到，老高又跑了，要是再把苏娜抓走，咱这边可就真没人了。"

苏香有些不高兴了："不相信我咋的？苏娜就是我亲妹妹，对她，我比你们小心多了！"

尼亚佐夫站起来，对老吴说："你和苏香商量事儿吧，我跟老李出去找人。"

老李站起来，两人正要朝外走，苏娜和老李的老婆一起回来了。

尼亚佐夫和老吴都松了一口气。

苏娜满脸的不高兴。她走到老吴的面前问："吴叔叔，找到我爷爷没？"

老吴对她微微笑了笑，说："没有。不过苏娜，你放心，我们会找到族长的。高家人到现在还没找到他，这说明老族长应该藏在咱的人那儿。过了这段日子，老族长肯定会有信儿的。"

苏娜点了点头。

老吴又说："苏娜，以后不要乱跑了。不要轻易相信人，不管到哪儿，要先跟我说一声，知道吗？"

苏娜是多聪明的人，她感觉到了老吴话里有话，眼珠子转了转，点点头，朝自己的房间走去。

老吴怕苏香和老李从他的话里听出别的意思，忙说："这种时候，苏娜的安全非常重要，咱一点儿纰漏都不能有。"

苏香说："刚刚老李打电话了，咱在各处的人都没有族长的消息。我也没招儿了，老吴，你有别的办法没有？"

老吴看了看两人，说："族长肯定是藏起来了。我觉得我们现在唯一的办法就是保证自己的安全，然后等族长的消息。"

苏香点了点头，说："也好。不过要麻烦老李了，我们现在没别的地方可去，只能在老李这儿多待几天了。"

老李说："这个没问题。没啥好吃的，大家吃饱了没问题。"

略坐了一会儿，苏香给那些线人打了电话，让大家撤离。老李也守着三人，打了几个电话，让暗中找高族长的人回家。

打完电话后，苏香说要老李带路去找一个老朋友，两人一起走了出去。

尼亚佐夫和老吴来到苏娜的房间。苏娜正靠在床头发呆。

老吴问苏娜是否发现了什么。苏娜说没有，只是心情不好。这么多长时间还没找到爷爷，她怕爷爷出事儿。

老吴告诉苏娜，老族长没事儿，现在在一苏家人家里藏着呢。

苏娜不相信，老吴无奈，把他和尼亚佐夫在敦煌遇到了卖艺的老拐，老拐带着他们找到族长的事儿，从头到尾说了。说完后，他特意解释给尼亚佐夫说："苏娜是个很聪明的孩子，我们应该把真相告诉她。"

苏娜有些惊愕，问："吴叔叔，你说的真相是什么啊？我爷爷怎么了？你们两个不许骗我。"

老吴看了看尼亚佐夫，说："你爷爷很好。苏娜，我们见到族长了。他告诉了一个让我们都没有想到的真相。苏香和老李现在是高家的人，族长让我们保护好你。"

让老吴和尼亚佐夫没有想到的是，苏娜的表现比他们冷静多了。她略略愣了一会儿，有些感伤，缓缓点头说："很多人背叛了自己的先祖，我没想到苏香姐也会这样。"

两人不知道该说什么好。苏娜的表情却很快由伤感变成了严肃。她坐正了身体问："吴叔叔，我爷爷应该告诉你们，怎么处置苏香姐了吧?"

老吴点头说："族长已经有安排了。"

苏娜黯然说："不管怎么说，苏香姐是个好人，她这么做，肯定是有苦衷的。吴叔叔，如果有办法，我求你放苏香姐一条生路。"

老吴摇头说："苏娜，这个得由老族长决定。你放心，如果有机会，我会向族长求情的。"

老李从外面回来后，老吴终于找到一个机会把族长的信交给了老李。

老李正在灶间和老婆一起做饭，他看到了手中的信，手一抖。老李抖着手，放下正在择的芹菜，拿着信走进了别的房间。

老吴知道老李会来找他，便回到了自己的房间，等着他。

果然，一会儿的工夫，老李就来了。

老吴把他请进屋子，给他倒了一杯水。老李在靠窗的椅子上坐下，端起杯子，把一杯水喝了个精光。他两手发抖，声音都变了："老吴，我不知道我该怎么办了。"

老吴看着老李说："老李，你和苏香是族长非常相信的人，你们竟然当了叛徒，老李啊，你们这么做，怎么能对得住咱的先祖啊。"

老李点头，眼泪都快落下来了："我也没办法。苏香当年帮过我大忙，她老公落在了高家人手里后，他们捎信给她，如果她不帮助高家人，他们就杀了她老公。苏香哭了好长时间，为了她男人，她不得不答应他们。高家人逼她设法帮忙抓族长，她找我帮忙，我为了报恩，才背叛了苏家，背叛了族长。老吴，你帮我求求族长，饶我们一命吧。要是我没了，我这个家就完了。"

老吴说："老李，我们都算是族长的心腹了。苏香比我们都年轻，她犯了错，我们应该劝她帮她，你不该跟她一起背叛先祖啊。老李，我也没什么好办法帮你，你现在唯一的办法，就是按照族长跟你说的做，或许族长会原谅你。"

老李一脸的痛苦："老吴，我下不去手啊。"

老吴仰头叹息一声："苏香知道的太多了。她又陷得这么深，恐怕她只有死，才能弥补她犯下的错误，也才能不让咱苏家人全军覆灭。"

老李说："我知道。不过苏香她也是没办法。高族长跟她要咱苏姓所有隐藏的线人，苏香一直拖着没给他们。她是想等机会救出自己的男人，再向族长请罪。按说，苏香对咱苏姓一族，可是功大于过啊。"

老吴说："老李，你跟我说这些没用。怎么惩罚叛徒，咱苏家族规有规定。何况怎么对她，族长在信里应该跟你说了。你自己看着办吧。当然，如果你打算继续跟苏家作对，可以跟苏香一起，把我们都卖给高姓一族。"

老李哭丧着脸："我那不是欺师灭祖吗？老吴，可千万不敢这么说了。"

2　如何选择

老李回到自己的屋子，坐在椅子上发呆。

刚坐了一会儿，苏香突然走了进来。她关上门对老李说："老李大哥，我咋觉得老吴好像发现了什么呢？"

老李一愣："他……他发现什么了？"

苏香皱着眉头走过来说："我觉得他从敦煌回来，这眼神变了。我偷偷看了他几眼，发现他也在偷偷观察你。还有，他看我的时候，那眼神也不是那么坦荡了。总之，我觉得他应该是知道啥了。"

老李掩饰说："我没觉得有什么两样啊。"

苏香看了老李一会儿，看得老李心里发虚："你看我干啥？"

苏香说："老李大哥，你得实实在在告诉我，老吴找你说啥了没？"

老李摇头，说："没。"

苏香还是直视着老李，说："老李大哥，咱俩现在是一条绳上的蚂蚱。他要是说啥，你得告诉我，我们一起想办法。"

老李抬头看着苏香说："苏香，我们不能再这么干了，你听我的，还是去向老族长坦白吧。老族长是个好人，说不定能饶了咱。"

苏香惊愕，逼到老李面前："老李，你先告诉我，是不是老吴知道咱的事儿了？"

老李跟苏香对视，有些激动："还用人说吗？老族长对我老李那是一百个好，对你苏香怎么样，你心里清楚，我们这么做会天打雷劈的！死了也不会进祖坟的。"

苏香仰起头，闭上眼说："你说得对，我们不会有好下场。可是我男人在他们手里，如果我不帮他们做事，他们就要砍掉他的胳膊，砍掉他的腿，老李，你知道，我是没办法的啊。"

老李愣了一会儿，摇摇头说："苏香，我再劝你一回。咱苏家有族规，当叛徒出卖苏家者，不管是什么原因都是死罪。你男人的事儿族长知道，去向族长坦白，他也许会饶了你，否则，咱俩都没有活路。"

苏香摇头说："不！我不能这么做！晚了，我现在已经回不了头了。族规我也知道，我串通高家人抓了族长，还帮助普德洛夫救出了被苏家关押的高家人，这么大的罪，即便苏族长想饶我，别人也不会饶了。李大哥，你还得继续帮我！"

老李长叹一口气，说："谁让我欠了你的情了？说吧，我还能怎么帮你？"

苏香说："苏族长逃出来了。本来高家人答应我，抓了苏族长他们会放了我男人的，现在他们不干了。我想救人，有两个选择，一是抓到苏族长；二是抓到苏娜。抓到他们两人中的其中一个，我便能把人换出来。"

老李猛烈摇头："不行！我不能帮你这个忙！苏香，苏娜拿你可是当亲姐姐的，你更不能对她下手！"

苏香偷偷瞥了老李一眼，说："如果我不能抓住他们两人，那我还有一个选择。相比这两个选择，最后的这个选择对苏家伤害最大。没了苏族长和苏娜，苏家人还能选出新族长，但是如果我选择了最后这个，苏家人就得全部从敦煌甚至从酒泉搬出去！"

老李惊愕："你想把我们都出卖了？"

苏香闭上眼，说："我不想，所以我选择了前者。"

老李猛喘了几口气，说："行，我帮你。你说你打算怎么办吧。"

苏香说："老吴对我们已经警惕了，他们会不顾一切保护苏娜。你想办法把他们引开，我把苏娜弄走。"

老李没说话，吧嗒吧嗒抽烟。

苏香说："老李，我刚刚说了，现在我们是拴在一条绳上的蚂蚱。你帮我做了这件事儿，我们就带着家人离开这儿。高家人答应我，会给我们在别的国家安排好一切。你应该知道，高家人是有这个能力的。如果你不答应，我只要跟高家人说一句话，你儿子就会被他们抓走，老李，你自己想想吧。"

苏香说完，推开门走了出去。

苏香刚走进自己的房间，老吴就从自己的房间走了出来，迅速走进老李的屋子。

老李抬头看了看老吴，眼里有些慌乱，拿着烟斗的手微微发抖。

老吴看了看老李，说："她威胁你了吧？"

老李发了一会儿愣，才微微点头，说："我真是不知道该怎么办了。"

老吴说："老李，你可别糊涂。我虽然不知道族长怎么跟你说的，我也知道，你现在只能按照族长说的办。你老李虽然姓李，但你心里清楚，那是假姓，你老李和你的家人在族谱里可都是姓苏的。"

老李咬着牙点头，说："老吴，我知道我该怎么办，不过这次我需要你帮忙了。"

3 圈套

第二天上午，老吴和苏香两人正在虚情假意地讨论如何营救老族长，老李突然从外面跑了进来。

他气喘吁吁地对老吴说："老吴，我这边有个小兄弟被老高的人咬着了，我那个小兄弟跑西面山上去了，你和那个教授得去帮我救人。"

老吴看了看苏香，有些犹豫，说："咱去能有用吗？说不定这会儿人都被抓走了。"

老李着急地跺脚："没有呢，刚刚打电话过来。老高那边是三个人，我们三个去帮忙，他们肯定就跑了。这个小兄弟是族长刚给我派过来不久的，老族长很喜欢的一个小伙子呢。你们要是不管，他被抓走了，老族长不会饶了你们。"

老吴还在犹豫。老李说："你放心，家里还有我老婆子呢。我老婆子可是正儿八经的苏家人。"

老李这话其实是说给苏香听的。按照他和老吴的约定，他今天想个妥实的办法，把老吴和尼亚佐夫叫出去，这个办法还必须让苏香觉得可信。而苏香知道，老吴已经开始怀疑她和老李了，所以老李叫他，他肯定不想出去。老李和老吴想出了救人之计，然后又提到老李的老婆，其实就是想让苏香觉得，老吴会认为有他老婆在，苏香不敢动苏娜。

老吴看了看苏香，站起来对尼亚佐夫说："走，先不管别的，救人要紧。"

尼亚佐夫不明就里，急得不知如何是好。老吴拽着他就朝外走。

三人朝着村外跑了一会儿，便埋伏在通往敦煌的路边小丘陵后等着截住苏香。老吴对老李说："老李啊，你刚才的戏演得不是太好。我觉得苏香恐怕不能上咱的当。"

老李仰靠在山坡上，说："苏香是什么人？咱三个很难骗得了她。不过我告诉你们，现在她是急眼了，她明明知道咱这是设了一个套，她也得往里钻。她看出你们对她和我已经怀疑了，都这个时候了，她不敢耽误时间了。"

老吴没有说错。苏香站在门口，看到三人走远了之后，迅速回到屋里。她在客厅站着，略微犹豫了一会儿，便跑到苏娜房间，拽着她就朝外跑。

苏娜已经被老吴嘱咐过了，因此边配合着苏香朝外跑，边问："苏香姐，这急火火的干啥啊？"

苏香说："别问那么多，我叫你出去肯定是好事儿。"

苏香拽着苏娜跑到车上，推开大门，开着越野车从大门里冲出来。

苏娜坐在苏香旁边，看着神情有些疯狂的苏香，心里暗暗叹气。她对苏香说："苏香姐，你慢点儿开啊，这小路这么窄。"

苏香似乎没听到她的话。汽车蹿出村子，朝着村后的公路疾驰。开了不远，苏香突然来了个急刹车，苏娜差点儿一头撞在前挡风玻璃上。

苏娜有些恼怒："苏香姐，你这是要干啥啊？"

苏香突然掏出一把刀子，逼在了苏娜的脖子上。苏娜眼珠子一转，知道苏香要动手了。她还是装作什么都不知道的样子，说："苏香姐，你……你这是什么意思？"

苏香哼了一声，从座位旁边掏出一根小绳子，对苏娜说："苏娜，姐姐对不起你了。你也别装了，你这样我更不好下手。"

苏娜点头说："苏香姐，我劝你还是收手吧。咱这边有高家的人，你以为高家那边就没有我们的人？我爷爷已经知道你是高家的人了，他老人家都安排好了。你这样纯粹是自己找死。"

苏香狠狠地说："别啰唆了，打两个扣，把两只手系上。怎么打你知道，我教你。"

苏娜接过绳子，慢悠悠地打扣，把两只手套上。苏香拽过绳子，把苏娜捆在了车座上，然后，开车继续朝前跑。

车开出不远，老吴和老李还有尼亚佐夫拦在了半路上。苏香想开车硬闯，老吴从随身兜里掏出一把尖利的三角铁钉撒在路上。

苏香想掉头，但是小路太窄，两边都是深沟，车无法掉转。老吴冲过来，打开车门，刚要拽苏香，却被苏香一脚踹在了肚子上，倒在地上。

苏香跳下车，用刀子逼在老吴的脖子上，说："老吴，我们算是多年的老朋友了，我走到这一步也是被逼无奈。你让他们把铁钉给我打扫干净，我带人走，否则我们今天不是鱼死便是网破！"

老吴想爬起来，被苏香摁住了脖子。苏香对老李和尼亚佐夫喊："你们两个要是敢过来，我就先杀了老吴！"

老李忙摆手，说："苏香，你可不能杀老吴。你杀了他，就完全没有回头路了。"

苏香疯了一样喊："老李，你这个忘恩负义的家伙！当年要不是我救你，你小命早就完蛋了！你他妈的跟我玩套路，小心你儿子的小命！我告诉你，你儿子现在在我的人手里，要是你们不放我走，太阳一落山，你就到沙漠里挖你儿子吧！"

老李惊了："你这个丧尽天良的女人啊，我儿子对你那么亲，你怎么下得去手！"

她疯了一般喊："我不管了！我不把苏娜带回去，我男人就得死！你们以为我愿意这么做吗？老天啊，我是没办法啊。你们都给我让开！我可以告诉你们，我把苏娜送过去，我还打算把她再救回来。你们要是挡着我，我可就要杀人了！我已经没有退路了，大不了就是个死，一了百了！"

老李喊："苏香啊，我可以给你老族长的信看看。老族长知道了咱犯的错误，还不让我们伤害你，让我多劝劝你，就是希望你能自己找他坦白，他也好帮你，不信你自己看看啊。"

苏香不愿意看："没用了，这次我冲出去，我就能活；冲不出去，我只能死了！老李，你要是想让你儿子活，你就赶紧帮我打扫道路，让我出去，否则，你只能等着给你儿子收尸了！"

苏香把老吴拽起来，说："老吴，你说话。你是想看着老李的儿子死，还是让我走？"

老吴说："苏香，老族长也知道，你虽然投靠了高家，却还是有良心的，否则苏家的那些线人，早就让高家人抓干净了。所以说，你现在收手，老族长还会原谅你。"

苏香喊："他原谅我了，那我男人怎么办？我们刚结婚，他就被高家人抓走了，我不能看着他被高家人一截一截地割下来！我没办法，你们都不要逼我，否则我就要杀人了！"

尼亚佐夫要过来救苏娜，苏香用刀逼着老吴的脖子："外国人，你给我滚回去！"

尼亚佐夫拃挲着手站住了。

苏香对老李喊："老李，麻溜点儿！你到底是要你儿子，还是要抓我？"

老李苦恼至极，抱着头蹲在地上。

老吴喊："老李，族长可是最相信你的，他还给你写信，你可要想清楚啊！"

老李抱着头狼一样嗥叫了一会儿，突然站起来，一头把尼亚佐夫撞倒在地上。尼亚佐夫被撞得捂着肚子躺在地上杀猪一样叫唤。老吴要反抗，苏香用刀把砸在了老吴的脖颈处，老吴倒在地上，晕了过去。

老李脱下衣服，迅速清扫道路。尼亚佐夫忍着疼爬起来，想拦住老李，被苏香冲过来，踹倒在地上。

老李还没打扫完，苏香就开车冲了过去。老李坐在公路上，看着远去的汽车呜呜大哭。

尼亚佐夫艰难地爬起来，走到老李身边，说："她……跑不远，我昨天报的案，现在路上到处是警察。你赶紧找个车，咱跟着她。"

老李边哭着边从兜里掏出手机打电话。

尼亚佐夫走到老吴旁边，边喊边拍他的脑袋，老吴就是不醒。老李打完电话，喊："尿尿，尿他脸上，马上就醒了。"

尼亚佐夫犹豫着。老李边骂着边走过来，掏出家伙，朝着老吴脸上就尿。老李尿尽，老吴终于醒了过来。他抹了一把脸，狐疑地问："这是啥东西？怎么这么个味儿？"

4　逃

苏香开着车，从小路蹿上公路，拐弯后，加速朝着敦煌城里疾驰。

苏娜害怕了，扭动着身子求苏香："苏香姐，你可不能把我送到姓高的那儿啊。我可是把你当亲姐姐看啊，苏香姐。"

苏香一脸的戾气："苏娜，算我对不起你了，下辈子我当牛做马给你赔罪！苏娜，你放心，等我把我男人救出来，我肯定会想法救你。说别的没用了，你必须帮我这个忙。"

苏娜一脸绝望："苏香姐，我到了人家那儿，肯定就出不来了啊。苏香姐，你可得想清楚啊。"

苏香恶狠狠地说："我想清楚了。我什么也顾不上了，我得先把我男人救出来再说！你给我闭嘴，再叨叨下去，别怪我不客气！"

苏娜绝望地闭上了眼，眼泪从眼里哗哗涌了出来。

苏香不看苏娜，继续开车。突然，她的视线里出现了一辆警车和两个警察。其中一个警察，走到路中间，示意她们靠旁停车。

苏香却突然加速，在苏娜的惊叫声中冲了过去。两个警察跳上警车，在后面追了上来。苏香加速，刚把警察甩掉，前面又出现了几个警察。而且这次是六个警察，两辆警车。警车横着，挡住了道路。

苏香不敢闯了，急速掉头朝后跑。从后面追上来的警车，看到她们回头，招手让她们停下，苏香理都不理，疾驰而过。警察无奈，又跳上车，在后面追赶。

苏香已经觉察到了危险，有些心神不宁。苏娜看到了她的表情，劝她："苏香姐，我们赶紧回去吧，还去老李那个地方，警察就抓不到我们了。"

苏香疯了一般地咆哮："闭嘴！再乱叫唤，信不信我杀了你！"

汽车一路疾驰，遇到两拨警察拦车，苏香都硬闯了过去。汽车疾驰到离瓜州城不远的地方，突然出现了大队的警察。警车横在马路上，挡住了道路。

苏香再次掉头，跑了不远，前面出现了从敦煌一路追过来的警车。苏香看到旁边有条小路，她猛然拐弯，驶上小路。让她没有想到的是，小路越来越窄，最终没了。她们的前面，出现了荒草和乱石。

苏香看到后面的警车已经追上来了，她跳下车，打开右侧车门，解开了绳子，把苏娜拽了下来。

苏香拽着苏娜，跑到旁边的一条干沟里，顺着干沟朝西跑。她们的后面，一队警察紧追不舍。

警察追了一会儿，烦了，朝半空开了一枪，喊："前面的人听着，你们再不停下，我就开枪了。"

苏娜害怕了，央求苏香："苏香姐，我们别跑了，警察要开枪了。"

苏香不理她，继续拽着她跑。两人跑了一会儿，前面突然出现了几丘荒坟。其中一丘塌了一个洞，看起来很荒凉。

苏香把苏娜拽到洞前，对她说："进去！"

苏娜有些害怕："苏香姐，我害怕，我不敢进去。"

苏香弯腰抱起苏娜，把她就要朝坟里塞。苏娜忙说："苏香姐，你放了我，我自己下去。"

苏香放下她，说："快点儿！别磨磨唧唧的。"

苏娜小心翼翼伸进双腿，苏香把她一推，她整个人就掉进去了。苏香随后也弯腰钻了进来。

借着外面的阳光，苏娜看到脚下破烂的棺材板，和棺材板里惨白的腿骨。她抱着苏香，不敢乱动。苏香则靠在坟洞外侧，侧耳听着外面的声音。

一阵杂乱的脚步声由远而近。有人骂："人呢？妈的，这咋就没影儿了?!"

有人喊："分头找。老赵，你带两个人朝北，其余的跟我走，大家散开，都听好了，开车的女人绑架了一个人，这个女子有暴力倾向，如果她想袭警，大家可以开枪，听到没有？"

众人答应了一声，脚步声渐渐远去。

人走了之后，苏香探出头朝外看了看，自己率先爬了出去，然后让苏娜也爬出来。苏香对着坟墓鞠躬道歉后，带着苏娜朝后走了一段，斜着朝东北方向走。

没有人追在后面了，两人的速度慢下来。

苏娜的两只手还被捆着，她边走边说："苏香姐，你给我把绳子解开吧。你放心，我不跑。"

苏香说："不行。你这个小丫头片子跑得比我快，我给你解开了，你跑了怎么办？"

苏娜不说话了。

走了一会儿，苏香看周围没人，便让苏娜坐下休息。两人坐在一块石头上，背靠背。苏娜的两只手被捆着，绳头拽在苏香手里。

坐了一会儿，苏香突然问："苏娜，刚刚在坟墓里的时候，那些警察就在头顶上，我也忘了捂你的嘴，你为什么不叫？"

苏娜说："我们苏家和高家有一个约定啊，不管发生什么事儿，我们都不报警。现在我是苏家人，你是高家的人，别说绑架，你就是杀了我，我也不会报警。这是我们苏家的祖训。"

苏香怒斥："你别胡说！我苏香是正儿八经的苏家人，我不过是没办法，帮高家办事而已。"

苏娜摇头说："苏香姐，你现在已经是苏家的叛徒了。你觉得苏家人能接受你吗？"

苏香愣了好一会儿才说："苏娜，我白做你姐了。论做人，你比我做得好。"

苏娜趁机说:"苏香姐,你在我们大家心里一直是个好人。你这么做也是被逼的,你现在要是回头还来得及。你要是怕见我爷爷,我替你去见他。"

苏香摇头:"我回不去了。苏娜,事情不像你说的这么简单。我犯下的事儿有多大,我心中明白。即便族长能饶了我,族中的人也容不下我。实话说,我现在真是有些后悔了。可是我真是没有办法,我男人对我很好,我们结婚后,只在一起住了一天,他就被高家人抓去了。我……我得想法救他啊。"

苏娜说:"苏香姐,那你真的想把我送给高姓人?我一进去,这辈子可就出不来了。"

苏香犹豫了一下,说:"你放心,我以后会想法把你救出来的!"

苏娜看着苏香,说:"其实你心里明白,你是没办法救我出来的。你应该只是这么安慰自己吧。"

苏香避开苏娜的眼睛,说:"我不是安慰自己,我肯定会把你救出来!"

休息了一会儿之后,苏香拽着苏娜继续朝外走。此时太阳已经偏西,两人又累又饿。摇摇晃晃走了一会儿,苏娜突然看到前面有一群人。她喊:"苏香姐,前面有警察!"

苏香按照苏娜手指的方向,朝前看了看。果然,在前方远处有一片模模糊糊的人影,呈扇形,潮水一般,正朝着这个方向涌来。

苏香只好拽着苏娜转头朝后跑。两人又渴又累又饿又乏,每挪动一步,都觉得异常费力。后面的那一群人,却似乎精力旺盛,两人虽然拼命跑,他们却越来越近。

经过一番艰难跋涉，两人终于跑到原先藏身的坟墓附近。苏娜和苏香无奈，只得再次躲进了坟洞里。

而此时，天已经黑了。苏香和苏娜靠在一起，苏香甚至还抱住了苏娜微微颤抖的身体。

追击他们的人，终于来到附近。让两个人都没有想到的是，他们听到了老吴的声音响起。老吴说："咦，怪了，老远看到他们就奔这儿来了，咋就没影了呢？"

老李的声音："应该就在附近，天黑了，躲人容易找人难。咱在这儿好好找找吧。"

老吴大声说："大家都散开，三人一组，在附近找找。"

苏香听到他们的声音，赶紧捂住了苏娜的嘴。但是她明白，如果苏娜想出去，她是无法阻止她的，她即便从喉咙里吼一声，外面也能听得清清楚楚。

让苏香惊讶的是，苏娜一声不吭，一动不动，直到外面搜索的人远去。

两人爬出坟墓，坐在旁边歇息。苏香问苏娜："刚刚老吴和老李就在外面，你为什么不喊？"

苏娜说："也没什么，我就是不想让他们抓住你。"

苏香听了苏娜的话，喉头一紧，好长时间一言不发。

5　逆转

两人继续朝后走。他们躲过警察和帮助找人的附近村民组成的搜索队，好不容易走到公路边，这才发现公路上的警察更多。

苏香带着苏娜跑到附近一个山洞，打算等天亮后再设法逃出去。

苏娜累极，摸着黑在山洞里找到一个平坦的地方，斜靠着就睡了过去。她一觉睡到天亮，醒来的时候，发现自己的身上盖着苏香的一件衣服，捆在手上的绳子也被解开了，而苏香，却不见了影子。她的身旁放了一张纸条。苏娜拿起来，上面写了一行字："苏娜妹妹，我走了。你告诉族长，让他放心，咱族中的任何秘密，我都不会再告诉任何人。苏香。"

苏娜跑出山洞，到处找苏香，也没有找到。幸好睡了一觉，恢复了些体力，苏娜忍着饥饿，走到公路边拦了一辆路过的出租车，打车回到了老李家。

众人见到苏娜，皆惊喜不已。让苏娜意料不到的是，爷爷竟然也在老李家！老族长看到孙女，眼泪差点儿流出来。苏娜跟爷爷说了一会儿话，看到爷爷有些累，便让爷爷休息，她忙着去做饭。尼亚佐夫看到苏娜，两眼含泪，抢着要给她做饭。

大家忙活完，老吴叫苏娜到客厅商量事儿。苏娜这才想起苏香留给自己的那张纸条。她把纸条拿出来，老吴和老李看了之后，又递给老族长。

老族长看完，心下一沉，闭着眼不说话。

老吴说："族长，您先休息吧。我相信苏香，她这次说的应该是真的。"

苏娜和老吴重新来到客厅坐下。老李也走过来，畏畏缩缩地坐在一旁。吴娜对老李说："老李叔叔，您放心，苏香姐应该没事儿的。她认识很多人，肯定会有办法活下去。"

老李点头，说："苏香这个女人是个好人……"

老吴有些烦，挥手说："她是个好人，你都说了好多遍了！行了，她反正跟咱苏家没有关系了，我们以后再别说她了，行吗，老李？"

老李忙点头说："行嘞，不说就不说。老吴，我们俩也算是老交情了，你得帮我在族长那儿多说点儿好话啊。我这一大家子，可都靠着我呢。"

老吴点头说："这个你放心，族长不会亏待你。"

老李不放心："你帮我说句好话，肯定比不说要管用吧？我以后保证……"

老吴打断老李的话："行行行，你也不用保证了，我肯定帮你向族长求情，这下你放心了吧！"

老李对老吴拱拱手，起身走了。

老吴转头对苏娜说："苏香出事儿，大家都人心惶惶的。对老李这样的，我们要稳住，族长虽然回来了，但是咱苏姓一族的危机还没有过去，我们得万分小心才行。"

之后老吴简单跟苏娜说了族长被救的过程。族长被抓进去不久，苏青也在疗养院被抓了。苏青是文管所的雇工，平时住在山里那座破庙里，那个要饭的老拐也住在那里，吃住一向都是苏青管着。这个老拐也算是知恩图报，好长时间没有见到苏青就到处找他，这一找就直接找到了关押苏青的地方。老拐不知从哪里找了一些高手，去救苏青，在关押苏青的地下室里，他们竟然顺便也救出了苏族长。不过，那个地下室应该是个临时关押的地方，很小，除了他们两个，再没关别人。

中午，老李很卖力地做了一桌子好吃的，苏族长身体有些好转，也来到饭桌前吃饭。他们刚吃了一会儿，苏青突然来了。众人忙招呼他吃饭。苏青吃了一点儿，说要跟族长汇报事情，便跟苏族长进了里屋。

众人吃完饭，苏青才从苏族长屋里出来，跟众人告了别，匆匆走了。

苏娜来到爷爷房间，正想问发生了什么事，老族长让她出去喊尼亚佐夫进来。苏娜有些狐疑，却赶紧照办。

老族长坐在椅子上，脸色苍白，跟几个月前，尼亚佐夫在老古董店里看到的老族长判若两人。

老族长让尼亚佐夫坐下，一脸严肃地问他："你家里是不是有一本古书？"

尼亚佐夫不解："老族长，您说的古书是什么样子的？我是研究历史的，家里很多古书呢。"

老族长摇头说："不是那种。我说的古书，是家里祖祖辈辈传下来的，老祖宗还传下话，让你不许打开，一直传下去，直到有一天，有人来跟你要这本书，你才能给他看。"

尼亚佐夫迟疑了一会儿，说："老族长，按理这话我不能告诉任何人的，但是我相信您，就跟您说了。我家里是有一个盒子，是我爷爷传给我的。我爷爷让我不许打开，让我继续传下去，除非有一天，有人拿着一个相同的盒子来找，才能把这个盒子拿出来给他。这个盒子我从来没有打开过，也许，里面装的就是您说的古书吧。"他故意没把话说死。

老族长有些激动："那盒子什么样子？"

尼亚佐夫用手比量一下，说："差不多这么大吧。金黄色的，不过不是金子，应该是黄铜吧。盒子有个暗锁，我也没有钥匙，从来没有打开过。喔，盒子盖上还有一个狮子的图像。"

老族长突然站了起来，走到尼亚佐夫面前，握住了他的手，尼亚佐夫一愣，不知如何是好。

苏娜也很惊讶："爷爷，您……您这是怎么了？"

老族长看着尼亚佐夫，意味深长地说："真是没想到，这本书竟然在你这里。孩子，你是康国大王子长子的嫡传，我们这一支，是康国大王子次子的嫡传。真是没想到，天下竟然有这么巧的事儿。你刚到敦煌找我的时候，我还打了你一棍子，我真是老糊涂了。"

尼亚佐夫还没弄明白，说："老族长，您得跟我说清楚，这到底是怎么一回事儿。"

苏娜也说："是啊爷爷，这都哪儿跟哪儿啊，我也稀里糊涂的，别说他一外国人了。"

老族长回到椅子上坐下，说："是这么回事儿。我们在高家的内线送过信儿来了，说高族长派人到尼亚佐夫家找东西，找的就是那本祖传下来的古书。我可以告诉你，这本书里记载着康国王妃的所有秘密。喔，不，是两本书。尼亚佐夫家里有一本，剩下的一本在我们这里。高族长派人到这个教授家中找书，把他家翻了个遍也没有找到，就把他的妻女绑架了。不过你放心，高族长他们不会伤害你的妻女，他们的目的，是让你拿那本书，把她们换回来。"

尼亚佐夫两眼放光："真是没想到，这本书竟然这么珍贵！"

老族长说："最珍贵的不是这个。"

两人一愣。苏娜急切地问："爷爷，最珍贵的是什么呢？"

老族长说："我今天说的这些话，你们两个都记住了，千万不能对任何人说，人心难测啊，你们记住没？"

两人郑重点头。

老族长说："王妃来到敦煌，还有一个重要的使命。康国亡国之前，康国的国师算出，再过一千二百多年后，会有一个出生在敦煌的人，重新振兴康国。而这个人需要康国的圣物，就是当年天神赐给康国开国国王的碧玉狮子。这个碧玉狮子据说一直被王妃带在身边，按照巫师画的地图来到敦煌。她死后，就把坟墓建在了巫师标注的位置上。巫师当年画的地图就在其中的一本书上。"

尼亚佐夫惊愕："这也太传奇了！族长，我现在是不是得赶紧回去把这本书拿回来，别让他们找到。"

老族长问："你藏得是否严实？"

尼亚佐夫想了想，说："当然很严实。不过，如果他们真的把我家翻个底朝天，那也是能找到的。"

老族长想了想，说："书还是先放着吧。土国警察已经派人把你家封上了，估计他们也不敢明目张胆到你家找东西。高家现在势力强大，你回家找书，肯定会被他们盯上，万一让他们抢去，那我们这守护人可就对不起列祖列宗了。"

尼亚佐夫看了看苏娜，说："族长，我能问一个问题吗？"

老族长点头："问吧。"

尼亚佐夫说："族长，你们苏姓和高姓都是王妃的后人，为什么非要斗个你死我活呢？如果把王妃灵枢的埋葬地告诉他们，你们两家还是一起保护灵枢，不是更好吗？"

老族长脸色冷峻地说："你说的问题我以前也想过。先祖当年和高家是怎么闹掰的，我不是很清楚。但是现在的高家，已经完全成了生意人。他们为了得到王妃的灵枢，不顾先祖严守秘密的规定，勾结外国人，你说，如果他们知道了灵枢的秘密，还能保护好灵枢吗？"

尼亚佐夫点头："族长，您有办法帮我救出我的妻子和女儿吗？"

老族长说:"我正在想办法。这些天你们都不要行动,等待机会。"

6 俗世生活

十多天没有任何消息,苏族长让老吴开车,带着尼亚佐夫来敦煌找高昌林打探消息。

两人来到高昌林修锁配钥匙的小摊对面胡同停下车,老吴在车上等着,尼亚佐夫来到跟高昌林约好的小酒馆,找了一个靠窗能看到高昌林的位置坐下。

尼亚佐夫要了一瓶啤酒,一盘老醋花生、炒羊肚,边喝边朝着高昌林的方向看。高昌林专心致志,正在配钥匙。他的对面站着一个提着菜篮的老太太。老太太一边等着配钥匙,一边跟高昌林拉呱。两人说的什么内容,尼亚佐夫听不到,但是从他们的神情来看,两人神情愉悦,似乎在说着什么高兴的事儿。

高昌林的小摊两边有卖水果和蔬菜的,街上人流不多,偶尔有在水果摊停下的,或问一下价格,或买一点儿菜,皆从容不迫,充满了温馨的世俗烟火气息。尼亚佐夫看着街上的人流,看着跟高昌林闲聊的老太太,突然有种很彷徨的感觉。他对自己此行的意义产生了严重的怀疑。自己要寻找的历史那么沉重,看似美好的历史故事后面却是杀戮和尔虞我诈,两大家族缠斗了上千年,多少无辜的生命因此戛然而止,多少家庭破散,坠入深渊。两大家族却为了虚妄的"复兴"和得到灵柩的护卫权而乐此不疲。如果没有这些,那苏香和她的丈夫现在过得应该就像这街上的人一样，有着美好而平凡的生活。高家那些被在地下室关了那么多年的人，也不必遭受非人之罪。即便是老族长，那他也应该是儿孙满堂了，不至于现在，只能带着一个孙女，过着颠沛流离、惊恐不安的生活。

先祖的荣光，有时候真是一个沉重得难以背负的负担。问题是，这个负担里还有希望。无论这个希望是真实的，还是虚妄的，它都蛮横地占据了许多人的大脑，并且传承至今。苏家人把这个希望当成了信仰，振兴康国的梦想支撑着他们顽强地活着，顽强地与高家争斗。高家人把王妃灵柩当成了自己的宗教和梦想，高族长却一边跟苏家斗，一边利用族长的权势，大肆积累财富……唉，这荒唐的俗世啊，真是让人想不明白。

但自己何尝又不是呢？他不过是想来研究一下康家村的秘密，却不由自主地陷入其中，连家人都受到了牵连，难道这是先祖对自己的警示，不让自己再陷入其中？

尼亚佐夫边胡思乱想边看着高昌林。那个中年女人已经配好了钥匙，提着菜篮子走了。高昌林伸了伸懒腰，费力地扭动了几下脖子，脖子扭到酒馆这个方向的时候，他突然看到了尼亚佐夫。高昌林愣了一下，扭回头，朝周围看了看，放下了手里拿着的一把小锉子，站起身，朝着小酒馆走过来。

尼亚佐夫看着他的脚步，他都能感觉到，高昌林从美好的真实生活中转身，很无奈地朝虚妄的生活中走了过来。因此，高昌林在尼亚佐夫面前坐下后，尼亚佐夫说了句："对不起，打扰您的生活了。"

尼亚佐夫估计高昌林没有理解他这句话的深刻含义。当然，他不是很需要他的理解。这种感触是最适宜个人独享的。

高昌林端起尼亚佐夫刚刚给他要的啤酒，给自己倒了一杯酒，一口喝了，说："没什么打扰不打扰的，耽误我赚钱倒是实事儿。"

尼亚佐夫拍了拍脑袋，让自己的思想回归，说："我主要想问问我妻子和女儿的消息。"

高昌林又倒了一杯啤酒喝了，说："我听说她们现在在敦煌，不过具体关在什么位置，我不清楚。高族长那个人还是比较讲究的，他肯定会找人照顾她们两个。"

尼亚佐夫打量了高昌林一眼，问："你应该知道他们抓她们两个的目的吧？"

高昌林摇头，说："这个不知道。高家负责外面的人，很少跟我们碰面。他们有事儿都是直接找族长。高家的规矩比苏家多，很多事都不能乱打听。"

尼亚佐夫点头说："高先生，如果您帮我打听到关押她们的位置，我需要付您多少钱呢？"

高昌林一愣："这个我不行。我知道的我都会告诉你；我不知道的我也很难打听到。不过我可以给你介绍一个人，你找他比找我好使。"

尼亚佐夫问："谁？"

高昌林说："康有福。当初你吃面条的那个饭店的小老板。现在他还开着小饭店，他知道的应该比我多。"

经过高昌林这么一说，尼亚佐夫才想起了那个眼睛、鼻子跟个子都小小的面馆老板。这么多日子，他竟然把他都忘到了脑后。

尼亚佐夫想到他曾经带着人在所方村后的小路上拦截他和苏娜，这个小面馆老板的形象，在他脑子里突然就变得凶狠起来。

高昌林告诉尼亚佐夫，康有福和高宽两个人都是高族长很信任的人。抓尼亚佐夫妻女的行动，康有福没有参与，但是是康有福带着人去把她们两个从土国押到敦煌来的。

康有福、高昌林跟大多数高家人一样，平常有自己的工作，带着老婆孩子过日子，到了高家需要的时候，他们则义无反顾听从族长的召唤。不过这个康有福是否能像高昌林这样善良，告诉他一些他妻女的情况，那就不知道了。人心隔肚皮嘛。

最后，高昌林说了一句很有意思的话："我这些日子也在想呢，这么些年，两家就一直这么斗，我看到那些被抓的苏家人的惨样，觉得不对劲。可是我们又没有办法，族长掌握着族里的生意，谁跟苏家人斗得狠，谁能抓着人，族长就给谁钱。高家人从小就被教育要跟苏家人斗，别的本事没学到，也没本事在社会上生存，只能等着族长发钱呢。我跟族长说，这不是办法。族长也明白，可是族里有长老，有支持斗下去的老人，族长只能顺着他们。这种活法，不太对呢，作孽啊。"

尼亚佐夫笑了笑："你知道不对，还去莫高窟监视苏娜他们?"

高昌林叹气："我有什么办法? 我修锁赚的钱，根本养活不了一家人。不赚点儿作孽钱，就没法活下去啊。"

尼亚佐夫问："像你这么想的人多吗?"

高昌林摇头："不知道。族里的人坏着呢，我是一次跟族长一起喝酒，都喝得有点儿多，才谈了这些。平常没人敢说，让有些人知道了，麻烦就大了。长老会有些老东西是专门整人的。"

尼亚佐夫问："康有福那人怎么样?"

高昌林摇头说："不是很了解。不过他这些年很积极，赚了不少黑心钱。我老了，有些事儿看明白了，好好修锁过日子要紧，没良心的钱尽量少赚。"

回到住处，尼亚佐夫向老族长汇报了跟高昌林见面的过程。老族长听完，沉吟说："你可以去找康有福。"

尼亚佐夫说："我觉得这个康有福应该不是一个坏人。"

老族长看了看面前的老吴，缓缓地说："这个康有福是我们的人。"

尼亚佐夫几乎不敢相信自己的耳朵："这……不可能吧？苏娜去找苏香的时候，我亲眼看到他打了一个电话，高族长他们的人就来了。那次要不是苏香救我们，我和苏娜就被高族长的人抓去了。还有，我和那个'老毛子'在疗养院关高家人的地方看到他也被关在那里啊。"

老族长点头说："正是那次抓了他，他才答应做我的线人。还有，上次确实是苏香救了你们。不过那次是康有福给我们的人打了一个电话。一开始出卖你们的是苏香。让她去救你们，是我让人打电话给她，命令她救人的。"

尼亚佐夫惊愕不已。

老族长说："当然，苏香是个有良心的孩子。她出卖苏娜，是迫不得已。不说她了，尼亚佐夫，你既然跟这个康有福熟悉，我就派你去跟他联系一下，打听你妻女的消息。你去了，就说是我派来的就行了。"

7　荒野黑影

尼亚佐夫来到康有福的小面馆的时候，康有福两只手抓着一块面，正努力地甩着面。

拉面很长，康有福很瘦小，他不得不踮着脚尖，奋力把拉面甩长，扔进锅里。尼亚佐夫站在旁边，看着这个瘦小的拉面汉子。康有福用搭在脖子上的毛巾擦了一把汗，扭头对尼亚佐夫说："大哥，您吃面？"

　　等他看清是尼亚佐夫后，脸上的笑容凝固了。尼亚佐夫朝他笑了笑，说："来两个小菜，两瓶啤酒。"

　　尼亚佐夫来到往常常坐的桌位上坐下。从这里看出去，刚好能看到苏香曾经的服装店。服装店的门头还在，不过关着大门，很落寞的样子。尼亚佐夫想到了他刚来的时候，看到的那个破旧的古董店，有种恍若隔世的感觉。

　　康有福忙活了一会儿之后，把两碟小菜端了上来。尼亚佐夫打开两瓶啤酒，递给康有福一瓶，说："歇歇吧，聊会儿。"

　　康有福迟疑了一会儿，在尼亚佐夫的面前坐下。

　　尼亚佐夫说："我得先谢谢您，是您带我去看王妃的祭奠仪式，那个仪式……不管怎么说，让我对王妃多了一些了解。"

　　康有福有些尴尬，说："害得你差点儿丢了性命，真是对不起。"

　　尼亚佐夫端起酒杯，与康有福碰杯，笑了笑："我们现在对对方都比较了解了。您也应该知道，您从土国带来的两个人，一个是我的妻子，一个是我的女儿。我想知道她们的情况。"

　　尼亚佐夫把酒喝了。他看到康有福似乎想拒绝，赶紧补了一句："是苏族长让我来的。"

　　康有福也把酒喝了："你这么说，我就明白了。不过教授，我每次给苏族长提供情报，他都是要付钱给我的。不瞒你说，我这个小店要养活双方的父母还有孩子，钱不够花啊。我是高家人，我把情报卖给苏族长，就是因为穷。"

尼亚佐夫从兜里掏出一沓美元递给康有福："这是一千美元。我需要你把知道的情况都告诉我。"

康有福把二十张五十美元的钞票挨张看了看，说："我是个生意人，我给我们族长干活，都是一是一二是二，你应该知道，我们出工，族长是给钱的。你这些钱，只能买一半情报，我就告诉你一半吧。你女儿和你老婆是分别关押的，你想知道谁？"

尼亚佐夫说："两人我都想知道。康老板，我现在手里没钱了，等我回去，我肯定会寄钱给你。"

康有福把钱扔给了他，说："你别以为我是欺诈你，我这么做，是有风险的，万一让族长知道，我不死也得残废，算了，你走吧。我不愿意跟你啰里啰唆的。"

尼亚佐夫把一千美元推到康有福面前，说："行，您先告诉我……我女儿的下落吧。"

康有福把钱揣进兜里，说："在清水沟村。这个地方是专门关押抓到的苏姓人的，我不知道具体位置。不过你把我的话告诉苏族长就行了，他应该知道清水沟在哪里。我没去过那地方，我只是听人说了这么一句。"

尼亚佐夫向康有福告辞。他站起来的时候，看到邻桌有个穿着一身黑衣、头戴纱巾的女子似乎有些面熟。尼亚佐夫感到奇怪，现在街上很少能见到头蒙纱巾的女子了，这个女子戴着纱巾，怎么吃饭呢？尼亚佐夫正想仔细看一看女子，女子却突然站起来走了出去。

尼亚佐夫回到住处，把康有福的话告诉了苏族长。

苏族长听尼亚佐夫说到"清水沟"，他皱起了眉头。

尼亚佐夫自从得知妻女失踪，那真是心急如焚，但是因为当时和苏娜躲在坟地下，外面又被高家人封锁了，他无计可施。憋了这么长时间，终于见到了苏族长，又得知了女儿被关押的地方，他真盼望苏族长赶紧调度人马去把女儿救出来啊。所以，看到苏族长皱起了眉头，尼亚佐夫急了："族长，怎么了？"

苏族长轻轻叹了一口气，说："清水沟村是明朝末年高家人从康家村撤出后居住的地方，也曾经是他们抓住我们的人，关人的地方。当年高家人到那个地方住下，是因为那个地方有一汪泉水，泉水常年不枯，够全村人用的，所以那个村子叫清水沟村。民国的时候，泉水没了，高姓人大多就搬到敦煌住了。这个村子就荒废了，我只是在少年的时候跟着我父亲去了一次清水沟。那时候，清水沟的泉水虽然没了，还有一些高姓人住在那里，这都七十年了，清水沟恐怕连砖块都找不到了，那里怎么能关人？再说，现在到处修路，我恐怕也找不到这个地方了。"

老吴说："我也听人说过这个地方，没去过，好像离这儿比较远。"

苏族长眯着眼想了一会儿说："那个地方，应该快到新疆地界了。高家人能把人关在那个地方，确实让人想不到。"

经过一番商量，苏族长决定带人到这个清水沟去一趟。临去之前，他让老李设法打听清水沟的具体位置。

老李经过"苏香事件"后，想要弥补众人对他的印象，干活格外卖力。经过几天打听，他终于打听到了一些信息。但是能记得这个地方的，都是八十岁以上的老人，他们说的清水沟的地址五花八门，好在大体方向都差不多。

苏族长身体也恢复得差不多了，经过两天的准备之后，苏族长等人分乘两辆面包车，朝着清水沟方向奔去。

泥土路坑坑洼洼，在无尽的山岭中辗转腾挪，好多次眼见的没有路，却突然又从山脚转了出来。走了一会儿，路又突然没了。没办法，老吴一边骂着，一边掉头朝后走，重新找路。

一直走到天黑，众人怕迷路，只得在半路停下，简单吃了点儿自带的大饼，睡下了。

尼亚佐夫坐在后面苏大同开的一辆面包车上。众人各自在座位上蜷着睡觉，苏娜过来拍他坐的一侧的车窗玻璃，尼亚佐夫赶紧下车。苏娜拽着他跑到一侧，焦急地对他说："我看到苏香姐了！"

尼亚佐夫一惊："你看花眼了吧？苏香怎么能在这里?！再说了，你既然看到了，应该跟老族长说啊。这个苏香，可是你们苏家的叛徒呢。"

苏娜不高兴了："说什么呢你，苏香姐对我可好着呢。她帮高家做事，那是没办法。我就是怕老吴伤了苏香，才没跟他们说呢。"

尼亚佐夫摊手："跟我说也没用啊。"

苏香说："我当然知道没用。你就帮我壮个胆，我去后面看看就行。我敢说，那个黑影就是苏香姐，她就在后面。"

尼亚佐夫和苏娜一起朝后走。他们住宿的地方是一个略微平坦的小山岗。后面山坡上有一片稀疏的小树林。两人走进小树林，刚走了没几步，便看到一个黑影突然冲了出来，朝着山坡下冲了过去。

那身影别说是苏娜，就是尼亚佐夫也看得出来，正是苏香。这个时候，尼亚佐夫也突然想了起来，几天前，他在康有福的小饭店里看到的那个用纱巾蒙面的女人，正是苏香！

苏娜刚要喊，尼亚佐夫说："别出声！她肯定能看出咱俩，她不想见咱，喊也没用。"

两人朝后走。苏娜边走边嘀咕："苏香姐到这里干什么呢？这荒山野岭的，她一个女人家，怎么能走过来的啊？"

尼亚佐夫也有些担心了："万一她把咱来这儿的事儿告诉高家人怎么办？苏娜，咱是不是应该把这个事儿告诉老族长啊？"

苏娜站住："我爷爷要是知道苏香姐在这儿，肯定会让大家回去，要不，我告诉爷爷，先不管你女儿了？"

尼亚佐夫摇头说："我好不容易知道女儿的下落了，我得救他！"

苏娜说："那就走吧。我比我爷爷了解苏香姐，她肯定不会对我们下黑手的。"

8　有人失踪

当夜无事，第二天一早，众人草草吃了点东西，便继续赶路。

前面的路越来越复杂。附近没有村庄，没有人烟，山中却有不少车辙。这些车辙的走向乱七八糟，老吴常被它们带着走到山脚下，甚至悬崖边。老吴不得不掉头。

苏族长说："应该快到清水沟了。这些车辙，应该是高家人布置的，迷惑人用的。康有福没有骗咱们。"

老吴还是不理解："后面很多地方没有车辙啊，这车辙怎么就突然出现了？从天上掉下来的？"

苏族长说："高家人是从别的路进来的。我们走的这条路是老路。现在他们应该是有了新路了，这条老路不用了。"

老吴感叹道："这么长的一条路，在山里转来转去的，当年高家人也怪不容易。"

苏族长说："我来的时候，这路两边还有不少的住户呢，还有一家修车店，现在都没了。"

汽车在山路上盘旋了三个小时，终于来到一个房屋基本都塌掉的村子遗址前。

苏族长让老吴带着几个人到村中查看一下。这几个人各自带了一把苏家人自制的手枪走进村子。

他们走在长满了灌木和野草的大街上。周围不远处的山坡上是无边无际的残垣断壁。偶尔有野兔和老鼠从屋子里蹿出，在他们的面前跑了一会儿之后，停在路边，支着前腿看着众人，似乎对他们的打扰很惊诧。

他们顺着几条主要大街走了一圈，除了这些小动物之外，什么都没有发现。村子规模很大，显然，当初住在这里的高家人人丁兴旺。但是现在，村里看不到一丁点儿有人住过的迹象。

老吴等从村里走出来，把村子的景象向苏族长详细说了。苏族长点头不语。

老吴不解道："这儿没人，这一段路上也没发现别的岔路，留下车辙的那些车哪儿去了呢？"

苏族长说："有车辙的地方，不一定是车要去的地方。这儿没看到人，也不一定就没人。咱兵分两路，老吴，你和老李两个开车回去，找到车辙，顺着车辙走，记住，不管看到什么，都不要行动，马上回来告诉我。我再让几个年轻人到附近山上看一看。不管看到什么东西，天黑前都要赶回来。"

老吴说："我知道了。族长，我们也不敢跑太远了，带的几桶汽油烧了快一半了，跑的路多了，恐怕就回不去了。"

当下，老吴和老李开了一辆面包车朝后走，苏族长让苏大同和尼亚佐夫各带了两个小伙子，分别去两边的山岭看一看。

尼亚佐夫带的两个小伙子是老李找的。这两人虽然也是苏家人，却很少参与苏家的行动，在老族长面前还好些，两人对跟着尼亚佐夫一起出来，非常不服气，远远跟在尼亚佐夫后面。走了一会儿，尼亚佐夫实在受不了这种窝囊气，忍不住训斥了这两个家伙几句。这两个人也不含糊，扭头就走。尼亚佐夫喊了几声没喊住，不得不自己一个人朝前走。

经过这些日子的磨难，尼亚佐夫已经不是初来敦煌的那个大学教授了。面对周围肃静还有些诡异的山岭，尼亚佐夫没有一丝的恐惧。

村子顺着山沟呈坐北朝南之势。尼亚佐夫搜索的是村子东边的山岭。与周围的山势一样，这个山岭不高也不险，山上稀稀拉拉长了各种野生的杂树。偶尔有比较密集的，差不多看起来像个小树林的，一般都是槐树或者长得很瘦的松树。与村里不同，这里异常地安静。别说人，连小动物都没有。尼亚佐夫绕过整个山岭，仔细观察，丝毫没有发现有人活动的痕迹。

过了这个山岭，有一个略微平坦的空地。与稀疏的山坡不同，空地大概土地比较肥沃，各种植物皆很茂盛。尼亚佐夫本来想穿过这片平地到前面的山坡上看看，走到近前，看着面前比他还高、密不透风的草丛，他又不敢进去了。

沿着草丛边走了一会儿，没有什么发现，尼亚佐夫便转身走了回去。

老族长看他一个人回来，问跟他一起的那两个人呢，尼亚佐夫这才想起那两个家伙，慌了。苏娜自告奋勇跟他一起回去找人。可是怪异的是，他们把尼亚佐夫带着两人走过的山坡仔仔细细搜索了两遍，也没找到人。苏娜有些急，在山坡上转着圈喊两人的名字，也没有人答应。

他们一直找到太阳将要落山。看着四周静谧无言的山坡和稀疏的树林，尼亚佐夫和苏娜突然感到了这片看起来稀松平常的地方的诡秘。两人不敢再找下去了，跑回去向老族长报告。

此时老吴和老李也已经回来。他们两人朝后走了一段路程之后，顺着车辙，走了约有六十多里路，发现了一个停产的石子加工厂。不过加工厂已经停业。厂里有一堆石子，有一台在山坡下的石子破碎机。偌大的加工厂，再无其他。加工厂角落有几间平房。平房里空空如也，门都没锁。所有的车辙的最终目的地，都是这个加工厂。因此似乎可以说，这些车辙都跟清水沟村没有关系。

对于那两个人的失踪，老吴和老李也都没有比较好的解释。

这里地形简单，尼亚佐夫带着那两人走过的山岭，没有深沟没有陡崖，也没有狼虫虎豹，进去的路可以原路返回，朝着左边走，下面便是清水沟村遗址，老族长就在村外等着他们。朝右边走，下了山坡后是一处没有水塘也没有多少植物的平地，再右边，又是山坡。除非他们是自己不想回来了，否则不可能在这个地方迷路。

老吴和老李让尼亚佐夫带着他们在山坡上转了转，回到山下，老李却突然找到老族长说："族长，这地方有古怪，咱得赶紧撤。"

老族长点头说："有古怪就对了。说说，你觉得什么地方古怪了?"

老李说:"这两个人都是苏家子弟,其中一个还很有些功夫,他们两人都跟我参加过不少行动,懂得在这种地方不能乱跑乱动。他们失踪了,最大的可能就是被人绑了。而且……绑他们的人不是一般人,否则他们也不能一点儿痕迹都没有。族长,这地儿咱不能待了,得赶紧撤。"

老族长说:"咱还没找到这两个人呢,不能撤。咱得加快行动速度。今天晚上大家轮流值夜,明天继续找人。既然来了,就没有稀里糊涂回去的道理。"

吃完饭后,老族长把老吴、老李还有尼亚佐夫叫到一起,小声说:"今天晚上,他们应该就能采取行动。老吴,你叫上几个小青年,在周围多设几个陷阱机关。老李,你负责挑选两个能跑的小伙子,如果有人来,暗中跟着他们,不过不要跟得太远,知道方向就行,安全第一。"

老李点头答应。

老吴犹豫了一会儿说:"族长,从这个情况来看,他们势力不小。我们就这么几个人,能对付得了他们?"

苏族长说:"这个我自有安排。你们保证安全过了今天晚上就行。"

9　王妃出现

大家轮流值夜。尼亚佐夫和苏大同还有苏娜被安排值十一点到一点这段时间班。按照老吴的说法,这段时间是比较重要,又不是最重要的。最重要的时间段是一点到三点，由老吴带着两个小伙子值班。

轮到尼亚佐夫和苏娜值班的时候，苏娜让两人在营地附近好好待着，她要出去转一转。尼亚佐夫知道她这是要出去找苏香，便拦着她不让她出去乱跑。

苏娜反抗："你别拦我，我有种预感，这里有王妃的遗迹，我要出去找一找。"

尼亚佐夫惊愕："什么？王妃……遗迹？你不是去找苏香？天这么黑，你去哪里找什么遗迹？"

苏娜哼了一声："谁告诉你我要去找苏香了？教授，直觉！直觉你懂吗？我凭着直觉去找遗迹，我的直觉在晚上比白天好使。算了，说了你也不懂，你还是回去，好好值你的班去吧。"

尼亚佐夫挡住了苏娜的去路："不行！我不能让你去，你这是胡闹！你再胡闹，我去告诉老族长。"

苏娜突然朝着尼亚佐夫笑了，说："好吧，我跟你回去。不过你不许把这事儿告诉我爷爷。"

苏娜的三百六十度大转弯让尼亚佐夫有些迷惑："真的？"

"当然是真的，走吧。"

尼亚佐夫转身，迟疑着朝前走。苏娜突然从兜里掏出一根手绢，捂住了尼亚佐夫的口鼻，一只手扶着尼亚佐夫，把他慢慢地放倒在地上。

苏娜吻了吻尼亚佐夫的脸颊，把他放在路边，转身朝着右侧的山坡走去。

住惯了坟地的苏娜对黑夜毫无恐惧。况且天上还有一弯明月。苏娜脚步轻盈，一会儿便爬上山坡。

在山顶上，她果然看到了一个穿着跟自己一模一样服装的女子。不，是跟王妃穿的服装一模一样的女子。苏娜也有这样的一套衣服，是根据王妃的画像做的，每年在王妃的祭祀仪式，或者别的跟王妃有关的仪式上，苏娜都会穿上这套衣服，出现在众人面前。

这个女子背对苏娜，在淡淡的月光下，显得庄严肃穆。

苏娜站在她的背后，站了一会儿，怯怯地问："您……是王妃?"

女子背对苏娜，轻轻点头。

苏娜忙躬身施礼，说："苏娜见过王妃。我爷爷说过，王妃的在天之灵，总有一天会来帮助我们的。我今天终于见到您了，王妃，您是来帮助我们的吧?"

女子不说话，移动步子朝前走。苏娜跟着她走。女子脚步轻盈，一袭白色和金黄色的衣服，在月光下飘动。苏娜跟着她一直走过山坡，下了山坡，又莫名其妙地钻进了一个山洞。

让苏娜惊愕的是，山洞里灯火明亮，巨大的蜡烛烛光摇曳，山洞里因此有一股浓烈的蜡烛燃烧的味道。这里竟然有这么一个山洞! 这个时候，她感觉有些蹊跷了。王妃的灵魂怎么能钻山洞呢? 这个不太对吧。

苏娜想转身回去，前面的王妃好像洞晓了她的心思，停下不走了。苏娜走过去，刚要询问，王妃却又朝前走了。苏娜最后一咬牙，跟着前面的王妃尽管走去。

走了一会儿，她们从山洞走出来，直接走进了一个很宽敞的大殿内。这个大殿非常空阔，苏娜转着圈看了看，她对面积什么的没有概念，但是她能感觉出来，这个大殿，比她以前见到的所有庙宇的大殿都要宽阔。

大殿朴素中隐显低调奢华。地上铺着大块的青砖。中间的几根圆形柱子上，雕刻着各种姿态的鸟和鲜花。大殿靠墙的地方整齐地摆放几十根大腿高的烛台。烛台上的蜡烛雕着金色的龙凤，每根都有人的胳膊粗。烛台后面的墙上，竟然挂着一幅一幅的画像。

　　苏娜没有去看画像，而是朝着大殿尽头的一尊塑像走过去。

　　走近了，苏娜才看出来，这尊塑像竟然是王妃的塑像。跟祖上留下的年轻时候的王妃画像一样，王妃瓜子脸，明眸皓齿。她微微笑着，盯着苏娜，仿佛随时都能开口跟她讲话。

　　刚刚带着走过来的王妃不见了。苏娜在四周转着看了看，找到了一个出口，顺着出口，来到了另一个大殿。这个大殿同别的寺庙没有什么两样，供奉着如来佛祖和菩萨，大殿中香烟袅袅，竟然还有梵音隐隐传来。

　　苏娜喊了两声王妃，觉得有些头晕，摇晃了几下，不由得倒在了地上。

第七章　清水沟村之谜

1　找到失踪者

　　尼亚佐夫醒来的时候，发现自己躺在山坡下，脑袋还有些晕。他坐在原地，回忆了一会儿，才想起了自己在这儿拦住了苏娜，苏娜说要跟她回去……他知道自己应该是遭到苏娜的偷袭了。她把自己熏晕之后，应该是去找她的"王妃"了。

　　王妃？这个地方怎么能有王妃？是不是苏娜中邪了？

　　尼亚佐夫不敢怠慢，赶紧跑回去向苏族长报告此事。苏族长仔细问了经过，愣了一会儿，喃喃地说："王妃庙难道真的在这里？"

　　尼亚佐夫着急了："族长，咱得赶紧去找苏娜啊，她好像是中邪了。"

　　苏族长摇头说："不是中邪，也不必去找她。苏娜如果说她感觉到王妃在这里，那应该是这里有个王妃庙。我现在明白了，当年高家为什么要住在这里。"

尼亚佐夫听得稀里糊涂："族长，苏娜可是您的孙女啊，这地方这么怪，万一她被人害了怎么办？这个事儿跟高家住在这儿有什么关系呢？"

"在我们苏姓一族里有一个传说。王妃在敦煌安顿下来之后，一心向佛，成了一名居士。老了后，王妃突然失踪了。后来她在敦煌的后人，也就是高姓人的先祖，在一处荒山里找到了她。原来王妃早就让人在山里修建了寺庙。王妃没有出家为尼，却住在了寺院里，成了一名住寺的居士。

"王妃回到敦煌家中，已经是重病缠身了。但是王妃在敦煌的后人却大都没有露面，一直到王妃死去。王妃大王子的后人，也就是从康国来的王妃的后人，主持安葬了王妃。许多年之后，他们才知道，王妃在敦煌的后人当年是跑到王妃在山里建的一座庙里去了。据说王妃在庙里留下了大量的财物，以供用度。高姓后人跑到庙里向住持尼姑索要财物，吓得住持尼姑连夜跑了，高姓人找了一番没有找到，这才撤了回来，与苏姓后人一起搬到了康家村。

"苏族长小的时候来过一次清水沟。他记得那时候日本人刚投降，印象中，到处是庆祝日本鬼子投降的标语。他的父亲和叔叔为了找到这个传说中的寺庙，带着他来过一次清水沟。那时候，高姓人大部分已经从这里搬走了，但是，他们还是觉得到处都是高姓人的眼线，在清水沟住了两天，没有找到那个寺庙，就走了。

"我找大师看过，苏娜跟王妃最像，她还有常人不具备的预感能力，可以说，她与远古的王妃先祖息息相通，所以，我们苏家才选她当转世王妃。如果说她能感觉到王妃的存在，那显然应该跟王妃庙有关。有人说王妃死了后，地神婆婆把她的尸体从地下偷偷送到了她建的寺庙里，没人见过，不知真假。"

尼亚佐夫说："这个简单，打开灵柩看看不就知道了？"

苏族长哼了一声："先祖的灵柩是能轻易打开的吗？"

尼亚佐夫摇头说："我觉得不可能。如果这个庙就在附近，那肯定是被高姓人控制了，王妃的尸体如果在此地，岂不落到了高家人手里？"

苏族长摇头说："不一定。王妃在这里住了十多年，肯定在这里做了安排。她如果真想回到这里，不会让高家人知道。当然了，这只是个传说，真真假假的，谁又能分得清呢？"

尼亚佐夫急道："族长，这个跟苏娜没有关系啊，万一她被人抓走了……"

"如果是她感觉到了王妃在这里，那不会有事儿的，王妃的在天之灵会保佑她的。"

苏娜一夜也没有回来。老族长这才觉得事情有点儿严重。早饭后，老族长留下两个人守着汽车，他带着众人出去找人。

他们还是从右边山坡上出发。这个山坡，就是尼亚佐夫带着的两个小伙子失踪的地方。老族长年龄大了，爬山慢，老吴和尼亚佐夫一个在前面，一个在后面，推着拉着他。经过一番努力，终于爬到山上，山上到处是石头，树木不多，偶尔有一两声鸟鸣，显得很安静。

族长让众人三个人一伙，在山坡上仔细寻找。山坡不大，也就是一平方公里的样子，众人细细寻找了两遍，一点儿痕迹都没有发现。老族长带着大家继续朝前走。他们经过村东的小山坡，经过山谷，前面是一片几乎一棵草都没有的荒凉山坡。而村子，已经远远地被一道小山坡挡在了后面。

众人站在山坡下，驻足四顾。

老吴说："前面这座山好像是甘肃的边界了，过了这座山，就是新疆的地盘了。山上还多少有一点儿草，山的那边全是戈壁滩了。"

老族长皱着眉，想了想："上去看看。天还早呢，咱从这个山上过去，绕到村子西面的山坡上，从那个山坡上回去。这么一转，这个村子周围的情况咱就都了解了。"

老吴问："族长几十年前您来的时候，这边都没来过？"

"没有。我们在两面山坡上转了转，村后的山坡上也看了，什么都没发现就回去了。高姓人一向很戒备，村子里没几个人了，还到处都有人巡逻，我们怕露馅，再就是觉得这个村子根本不像有王妃庙的样子，我们就走了。那时候，别说汽车，马车都很少能看见一辆。走到半路，遇见一辆马车，就说一大堆好话，让人家捎一程，哪像现在啊？"

老吴等人建议老族长别爬山了，走捷径先朝西面山坡走。老族长不同意，非要跟他们一起爬上去看看。

众人无奈，只得轮换拉着老族长，朝山上爬。

山不高，山上也比较平坦。爬上山顶，放眼四顾，无边无垠的戈壁滩让人顿时心生荒凉。

老族长坐在一块石头上，边抹着头上的汗边说："想当年，王妃他们就在这样的路上走了一年，风吹日晒，那得遭多少罪啊。王妃在这里建立寺庙，应该就是为了能看到戈壁滩，回忆从西域来敦煌的那段日子吧。对于她来说，那真是死也忘不了的日子。"

尼亚佐夫说："王妃从西域到了敦煌，就再也没有走过这条路，对于她来说，这是一条不归路。她在这里，会想到她在康国当王妃的日子，还应该能想到她的丈夫，那个英勇的康国国王吧。我觉得，王妃老了的时候，她站在这里，最想的应该是回去，回去看看故土。"

老族长叹了一口气："大家朝着康国方向磕个头吧。"

众人随着老族长一起，朝着西方磕了三个头，然后略作休息。

苏大同和几个年轻人不嫌累，从山坡上朝下走，一会儿便走得没影了。

老吴朝他们喊："苏大同，别乱跑！"

老族长对老吴说："老吴，你过去看着他们，别再出事。"

老吴答应一声，朝着他们跑去。老李对老族长说："族长，咱老了。你看那些年轻人，人家根本就没觉得累。"

老族长点头："是啊，不服老不行喽。"

尼亚佐夫挂念着苏娜，急得在老族长身边转来转去，突然老吴从山坡下跑上来，边跑边朝着老族长招手。

老吴一直跑到老族长身边，气喘吁吁地说："族长，找……找到人了！那两个年轻人。"

苏族长一愣："在哪里?!"

老吴指着山坡下："在山坡下面！"

老族长在众人的搀扶下朝下走，边走边问："人怎么样？还活着没？"

老吴说："我不知道。他们那几个年轻的先看到了，让我上来报信。"

众人随着老吴朝下走。大家皆心情急迫，却因山坡怪石嶙峋，走起来很费劲儿。老族长让尼亚佐夫等几个年轻的先下去看看，然后派人告诉他那两个人的情况。

这两人是跟着尼亚佐夫走丢的，他心里很内疚。他便一马当先，跑下山坡。众人看到尼亚佐夫等人下来了，都闪在了一边。让尼亚佐夫高兴的是，两个年轻人都好好地在那儿坐着，虽然惊魂甫定的样子，却毫发无损。

2 发现古庙

尼亚佐夫让苏大同赶紧去跟老族长说一声。苏大同答应一声，跑了上去。

尼亚佐夫问两人情况，两人都有些糊涂。其中一个说，当时尼亚佐夫先走了后，他们两个歇了一会儿，刚要起身走，突然看到前面出现了一只鹿，两人觉得稀奇，从来没听说这地方有鹿。这鹿看到了他们，慢悠悠转头，走进了一片小树林。两人就跟在鹿后面走了进去。结果刚进去，就每人头上挨了一下，被打晕了，之后就什么都不知道了。他们是被人用水浇醒的，好像是一个女人。女人把他们浇醒后，就走了。两人头疼，又迷糊了一会儿，直到他们过来。

老族长随后听两个年轻人说了前后经过，问两人："你们说的那个女的是不是苏娜？"

两人摇头，其中一个说："不是苏娜。我倒觉得……好像是苏香姐。"

老吴骂道："神经病啊，那个叛徒能救你们？她要是看到你们，还不赶紧把你们卖给高家人？"

尼亚佐夫想到了苏娜说她看到过苏香，但是不知是不是苏娜看花了眼，他没敢说。老族长让两人先休息一下，他则走到一边坐下，看着远处的戈壁滩不说话。

老吴和尼亚佐夫还有老李走过来。

老吴说："族长，这边情况比较复杂，咱得赶紧想法找到苏娜，赶紧朝后走。"

老族长说："我们来是要救尼亚佐夫的家人的，就这么走了，不是我们苏家人的作风。这里如果有高家人，人也不会太多。以高家人的脾气，要是他们人多，昨天晚上就出来找咱的麻烦了。所以，现在的情况是，他们怕咱们，咱们不必怕他们。"

老吴点头："族长说得有道理。可是，我们找不到他们人啊。咱在明处，他们在暗处，给咱吃点儿亏就够咱们受的。"

老族长说："既然有人，我就有办法让他们出来。老吴，你带着几个年轻能跑的，到前面那块大石头后面藏着，然后，让有枪的都朝天放两枪，也都藏好，我估摸不超过一个小时，就会有人出来看情况，老吴，你得给我抓住一个活口，有了这个活口，我们就什么都知道了。"

老吴答应一声，众人按照老族长的部署隐蔽好。众人带的枪五花八门，有走私过来的手枪，也有猎枪。众人各自朝天放了两枪，就找地方藏了起来。

老吴还锦上添花，在老族长的计策上，增加了一点儿内容。他让那两个被救出来的年轻人，躺在更加显眼的地方，用来诱敌。

果然，等了不到一个小时，就有两个人，鬼一样小心翼翼地从南边山涧走了过来。

两人边走边观察四周。就在他们快要走到老吴的包围圈的时候，一个隐身的年轻人突然忍不住，咳嗽了几声。两人吓了一跳，转身就朝后跑。

老吴等人在后边紧紧追赶。尼亚佐夫和老李照顾着老族长，也跟在后面。走过这个山涧后，又走了一会儿，前面突然出现了一个如世外桃源一般的小山谷。山谷里鸟鸣花香，树木茂盛，更让人惊讶的是，山谷中间还有一个小小的池塘。池塘很小，二三十米见方，水也不深，却清澈见底，能看到在水底游弋的小鱼儿。

在这戈壁滩上，竟然出现了江南风光，众人正惊愕中，老吴派人过来喊族长："族长，前面有一座破庙！"

老族长随着来人朝前走，老李和尼亚佐夫紧紧地跟在他后面。原来，这个山谷竟然很阔大。不过有树木花鸟的地方很小，围着池塘附近。走了百十来步，树木逐渐稀疏，再走几十步，就又变成了寸草不生的戈壁滩了。不过，偶尔出现的已经枯死的树干，预示着这里曾经的繁盛。

他们顺着山谷走了约有五六百米，山谷右上方山坡上出现了一座略显破旧的小庙。

老吴等人站在庙门前的台阶下，等着老族长。

老族长问他："你们追的那两个人呢？"

老吴一脸愧色："族长，我们没追上。走过那个小池塘的时候，我还看见那两个人，跑到这儿就没影了。"

老族长问："他们进庙了？"

老吴摇头："不知道。我们过来的时候，这庙门就这么关着。"

老族长朝着四周看了看，挥了挥手，带着众人走上台阶。台阶有十多米宽，铺台阶的都是整条的大青石。老族长一脸肃穆，抬脚落步，小心翼翼，好像这石头是纸糊的一般。台阶很陡，从山沟底一直通到山半坡，老族长歇了四次，才终于来到大门口。

老吴等人已经推开门，走了进去。

老族长在大门口仰着脖子看门匾。门匾上的木板已经干裂变形，字迹发黑模糊得厉害，已经很难辨认了。老族长盯着牌匾看了一会儿，叹息一声走进院子。

院子不大。院子里有几棵高大的树木，但是早就干枯死亡，树枝也都没了，每棵树上，只剩下了几根粗大的树杈，怒向天空。

大殿是在山肚子里。因此，他们只能看到庙檐。庙檐很旧了，地下有碎瓦和零星发黑的黏土。老吴推开正殿大门，老族长走进去看到如来佛像，便带着众人朝着如来佛像磕头。起身的时候，老吴突然看到一道黑影，从旁边经过。老吴挥手带着几个人撵了过去。

老吴跟着黑影跑到另外一个大殿里，黑影没了。因为是在山洞里，这个大殿，大白天也点着蜡烛，浓重的蜡烛味儿，呛得老吴连连咳嗽。老吴带着人在大厅四周转着找人，老族长进来后，首先看到了王妃的塑像。

老族长惊呆了。

苏姓一族有一个王妃的塑像，是敦煌风格的，丰腴华贵，栩栩如生，藏在莫高窟一处还没有对外开放的洞窟中。王妃生前，曾经是莫高窟的供养人，捐钱开凿并请雕塑师画师开发了两个洞窟。至于王妃供养的是哪两个洞窟，早就没有了记载。但是从古至今，苏家人都有自由进出其中一个洞窟的权利。当然，洞窟的内洞不知从什么年代就封死了，他们只可以在没有塑像的外洞活动。

后来，政府加强了对洞窟的管理，但是苏氏一族的高层人物，依然有办法进入那个极其隐秘的洞窟。关于有王妃像的古庙的记载，就是在那个洞窟的墙壁的泥巴上。不过这两年，泥巴脱落了下来，字迹也随之消失了。这个洞窟的秘密只有苏家为数不多的几个人知道。即便是对族中人说起古庙，老族长也只能说是从祖辈流传下来的故事。为了不知道什么年代什么人记载在墙上的这句话，苏族人找了不知多少地方。老族长听父亲说过，他们的爷爷就是为了找到这座庙，带着几个人多次远行，常常一两年不回来，最终再也没有回来。老族长的父亲找了一辈子，还带他来到这个清水沟村寻找，最终什么也没有找到。父亲临终的时候，给这座记载中的古庙下了一个结论：这座古庙应该是没了，这么多年了，毁了也正常。但是老族长却一直觉得，古庙肯定存在，找到它得靠缘分。

现在，他们误打误撞不但找到了这个苏家多少辈人都没有找到的古庙，而且还找到了王妃的塑像，老族长怎么能不震惊！

老族长颤颤巍巍地在王妃塑像前跪了下去。众人随之跑过来，跪在老族长后面。老族长声音发颤，说："王妃圣祖，我等无能，找了几辈子，今天才找到您的玉身，实在是惭愧啊。圣祖在上，您的第六十一代孙苏固带苏家弟子给您磕头了！"

众人随着老族长磕头。磕头完毕，老族长起身，发现塑像前的香炉旁竟然还放着一把香，就亲手点了三根香，插在香炉里。

尼亚佐夫一直跟在老族长身后，老族长插香的时候，他发现香炉上竟然刻着一行字。尼亚佐夫过去细看，发现这行字是古西域文字，吐火罗文的一种。尼亚佐夫对吐火罗文略有研究，他仔细分辨了一下，只认出了"嘱托……一千二……"等几个字，尼亚佐夫把这几个字眼告诉了老族长，老族长沉思着，点了点头。

苏大同在洞壁上发现了一块有点儿奇异的石头，他随手用手中的刀把磕了一下，洞壁上发出一阵轰隆隆的怪响。老吴怕有机关，赶紧喊着众人趴下。

老族长站着不动，老吴过来拽他。老族长说："这个地方，应该是当年王妃修建的。王妃是信佛之人，她不会建那些害人的机关。"

果然一阵响声过后，洞壁裂开，出现了一个烛光明亮的山洞。老吴要带人进去，被尼亚佐夫拦住，他喊道："别忙！墙上有壁画和文字，我先看一下这是什么意思。"

老吴烦躁："没空磨叽了，苏娜还没找到呢。"

老族长说："老吴，在老祖宗这儿，苏娜肯定没事儿。先看看墙上这么多壁画，说不定能有一些咱不知道的故事。"

3　壁画

墙上的画像跟莫高窟几乎是一个风格，是连环画。第一幅画是战争的场面。画面上穿着古代盔甲的两方部队，在城墙外厮杀。穿着黑衣服、手持马蹄弯刀的一帮人占了上风，穿着红衣服的一方明显落败。地上躺着的也大多是红衣服一方的战死者。正在战斗的也是穿黑衣服的人多，红衣服几乎被黑衣服包围了起来。不远处的城墙上，穿黑衣服的人像一片蚂蚁，被云梯一串一串地串在一起。

城墙顶上的穿红衣服的人正手持弓箭朝着云梯上的黑衣服射箭。但是黑衣服人太多，已经有人爬上了城墙。

这幅画充满了残酷和悲壮的气息。众人的心被画面上的故事紧紧地攥住，皆一言不发，朝下看去。

第二幅画，占据整个画面的是一个富丽堂皇的大宫殿。宫殿里的柱子、椅子、帐幔皆为晃眼的金色。但是，与之产生鲜明对比的是宫殿里的气氛。宫殿里人不多。正殿里面，一个满身是血的将军，正跪在地上，向坐在王座上的国王汇报敌情。侧殿里，一个穿着王妃服装的人吊在屋梁上，王妃的脚下跪着几个小孩，孩子正在号啕大哭。一个皇后模样的人，带着一群人正在赶过来。紧跟在皇后身后的是抱着孩子的王妃。这个王妃正是后来来到敦煌的王妃。她的身旁没有仆人，没有女官。画面一侧，几个女仆背着包裹，正仓皇从大殿里朝外跑。画面的右下角，是一个脸上画得五颜六色正在占卜的巫师。巫师双膝跪地，仰头朝天，木剑直刺天空。

下一幅画面还是皇宫。皇宫正殿里，巫师跪在国王的面前，手中托着两个金光闪闪的盒子。盒子上铸着康国的圣物——玉狮子。巫师张着嘴，年轻的国王聚精会神，正在听巫师讲话。巫师的旁边写着一行吐火罗文，这几个字跟王妃前香炉底座上的字相同，他能看懂的只有"一千二"三个字。

偌大的宫殿里只有他们两个人。两人靠得很近，国王的脸上竟然洋溢着希望的神采。

第三幅画，画风突变。在烛光摇晃的卧室里，国王正在把一个盒子交给王妃。王妃跪在国王的面前，捂脸哭泣。王妃的旁边跪着有七八岁的王子，手里捧着一个相同的盒子，王子面相呆滞，看不出是悲伤还是麻木。

第四幅画，画了三个画面，一个是王妃坐在马车里，头从轿帘里探出来，一队卫士保护着她，从另一个城门跑出来。另一个是大王子打扮成老百姓模样，背着一个包裹，混迹于街上慌乱的人群中。还有一个，则是国王穿着一身铠甲，身上中了三支箭，鲜血流了一身，他还怒目圆睁，手持大刀，正与敌人死战。他旁边的地上躺满了死去的战士。只有巫师手执铜锣，还跟在他的身后。尼亚佐夫仔细观看，发现巫师的头跟他的脖子竟然有一段距离，显然是被人砍掉了，却还是瞪着眼在呼喊，看起来很诡异、很恐怖的样子。

老吴也看出了这个错误，说："这个巫师的头是怎么回事儿啊？都跟脖子分开了，巫师怎么还活着？"

别说尼亚佐夫，老族长也不明白这是怎么回事儿。尼亚佐夫看旁边的吐火罗文，竟然看得个八九不离十。他对众人说："这上面写的意思，是巫师有三条命，分别代表着天、地、人三种。康国有巫师护佑，本该没事儿的，大食人知道此事，派人偷袭了巫师一次，巫师陪着国王上战场杀敌，被敌人杀死了两次。这张画，应该是巫师在战场上第一次被砍头，他还有一条命，所以没死。"

第五幅画至第十幅画，都是王妃在路上行进的场景。从画面上可以看到，王妃历经大食人的追杀、狼群的围攻、土匪的劫掠等磨难，最终来到了敦煌。

来到敦煌之后的故事，只有三个画面。一个画面是大量人马在荒山中开凿山洞；另一个画面是一个穿着古西域服装的男子跪在王妃的面前，手中举着一把长刀。

苏族长告诉众人："这个是王妃留在康国的大王子的长子，

来敦煌找到了王妃。他应该是王妃的孙子了，亲孙子。他手里捧着的是康国国王的战刀。我们这些人，就是这个王子的长子的后人。他也是我们苏家家谱的第一世始祖。来，孩子们，给我们的始祖爷磕个头。"

众人在高族长带领下，朝着画像磕头。十多幅画像，大家都能理解其中的意义，只有一幅画，却让大家不解其意。这幅画中，王妃侧躺在床上睡觉，脸朝里侧。她的背后，一个头戴纱巾的高个子男子，侧脸朝着众人，一只手朝着王妃的枕头伸手。王妃的枕头底下，露着一把剑的剑柄。

这幅画是画像中最后的一张，仿佛一个恶作剧，故意让众人猜测不出其中的意思。并且，画中也没有文字说明。老吴和苏族长看了一会儿，看不出门道，转身要走。尼亚佐夫却觉得，既然这幅画放在最后，那肯定不是胡乱放的，必定有其特殊的意义。

他盯着这幅画的细节看，终于在人物背后的衣服皱褶里发现了几个吐火罗古文字。尼亚佐夫根据字形，只能分析出一个字：偷。

偷？他是个小偷？王妃怎么会把一个小偷画在这上面呢？尼亚佐夫把这个字的意思跟众人说了。众人也一致认为，王妃把这个小偷画在这上面，肯定是想告诉后人什么。

苏大同盯着这个人像看了一会儿，突然说："我怎么觉得这个人有些面熟呢？"

尼亚佐夫也隐隐有这种感觉。但是他又觉得奇怪，一千多年前的一个人，自己又不是穿越来的，怎么能认识？但是看了一会儿，他突然觉得这个人越来越熟悉，并且感觉他好像跟自己有很多的接触。

他正努力在记忆中寻找此人，突然苏大同喊了起来："是那个'老毛子'，帮助姓高的人的那个'老毛子'！普德洛夫！"

尼亚佐夫眼前亮了。没错，就是他！那眉毛，那眼神，简直跟普德洛夫一模一样。

苏大同却疑惑了："王妃可是活在一千多年前啊，普德洛夫怎么能跑到一千多年前去偷王妃的东西？"

老吴说："这说明王妃厉害啊，她老人家在一千多年前，就预料到这个'老毛子'不是个东西。"

尼亚佐夫笑了笑，说："错了。王妃是个信佛的人，不是道家，她不会打卦算命。这上面记载的都是真实发生的事儿。所以，我觉得这个人在王妃的时代是真实有的，这个事儿也真实发生过。他应该是想偷王妃的这把黑铁剑，被王妃发现了。所以，王妃特意在他的背后，注明此人是个小偷。"

老吴说："那他怎么能跟那个'老毛子'那么像啊？这个'老毛子'还是个神不成？"

尼亚佐夫说："不是神，他应该是普德洛夫的先祖。"

众人惊愕。老族长点头说："到底还得是人家教授啊，这说法有道理。"

老吴有点儿发急，问："那这个山洞，我们是进还是不进？"

老族长说："我还是那句话，这个山洞是当年王妃圣祖建的，她老人家一心向善，绝对不会害人，只管进去就是。"

老吴说："族长，这个地方后来可是姓高的人住的地方，王妃不会害人，高姓人可不一定。"

"他们高姓人再坏，也不至于破坏王妃建的这个地方。再说了，咱来的目的是救人，好不容易找到一个有人的地方，不进去怎么救人？"

老族长一马当先，朝着山洞走去。老吴忙带着几个人抢在前面，让尼亚佐夫和老李在后面，负责照顾老族长。

山洞中烛光明亮，众人走了一会儿，前面出现了一个岔洞口。老吴的意思他们兵分两路，分别进入两个山洞搜索一番。这个意见被老族长否定了。

老族长说："我们不能大意。山洞里没有害人的机关，却肯定有想害人的人。高家人肯定在里面埋伏好了，等着害人呢。大家不能分散，准备好武器，挨个洞口做记号，挨个山洞找人。"

老吴亲自用刀在两个洞口各做了"1"和"2"的编号，然后，带头朝着岔洞口走了过去。

他们刚走了没多远，突然从前面飞过来一个东西。众人赶紧躲开。那东西落地后，滚动了几下，不动了。众人躲了一会儿，看那东西不爆炸也不冒烟，老吴走了过去，把东西捡了起来。原来是一块石头，外面包了一张纸条。老吴看了一眼，走到老族长面前，把纸条递给老族长。

老族长眼花了，看不清，问："这上面写的是什么？"

老吴念道："前面危险，速回。"

老族长皱着眉："能是谁写的呢？"

老吴略迟疑了一会儿，说："老族长，我看这字迹像是苏香写的。"

老族长问："别说像，你能不能确定？"

老吴说："能，是苏香写的字儿。她的字儿我认识。"

老族长恨恨地说："走，继续走！"

老李在旁边欲言又止，老吴说："族长，苏香姐其实是个好人，她……"

"她即使是个好人，那我们也得朝前走，我们来，就是来救人的，不进去怎么救人？如果她说的是假话，那我们更得进去，我们既然来了，就得把这里的情况摸清楚。"

老吴二话不说，带人继续朝前走。

走了一会儿，前面又出现了一个岔洞口，老吴分别作了"3"和"4"的标记，带着众人朝着"4"号洞口走了进去。

众人走了不久，突然听到一阵咔啦咔啦的响声。老吴喊了一声"不好"，背起老族长就朝后跑，跑了没几步，在他面前约两步远的地方，突然落下了一个巨大的铁栅栏。老吴等人还在惊愕中，他们的后方也落下了铁栅栏。铁栅栏是用螺纹钢筋焊成的，两边镶进洞壁里，落下后，上方似乎被锁死。老吴等人无论是抬，还是推，都无法动其分毫。

十多个人胡乱忙活了一会儿，没有找到解决的办法，皆坐在地上，一筹莫展。

4　苏香救人

在这样的山洞里，没有天黑天明的感觉。有年轻人带着手机，商量着要打电话，让外面的人来营救，被老族长制止了。

老族长说："别让他们进了，剩下两个人进来也白搭，咱们自己想办法。"

面对着三厘米粗的螺纹钢，众人能想到的办法都没有奏效。有人用短刀试图撬动焊接处，刀掰断了，焊接处却依然纹丝不动。有人攀着铁栅栏跑到顶，企图设法打开顶部的机关，众人合力把铁栅栏抬起，却发现，顶部的机关被铁栅栏宽大的顶端完全盖住，别说打开，连看都看不到。众人彻底没招，只能干瞪眼等着来人。

老吴突然想到了苏香，说："族长，您放心，苏香在这里，这么多苏家人，她不会不管咱的。"

老族长没说话。有人说："她早就投降了高家人，要是她真想咱苏家好，当初就不会帮助高家害咱的人了。"

老吴说："苏香那不是想救人嘛。我了解苏香，她不是一个坏人。"

有人说："是不是坏人得看行动，咱苏家人当初可比高家人强势，现在人家高家有几百口子人，咱就这十多个能出来的，这可都是苏香害的。都这样了，她还算好人？老吴，你这根本就是瞎说嘛。"

老李站起来，刚要说话，看了看周围人瞪着他的眼神，赶紧勾下头，蹲了下去。

老吴说："不管怎么说，现在能救咱的就剩下苏香了。"

那人说："那咱就等着完蛋吧。这次连老族长、苏娜都折在这儿了，苏家要想再压过高家，恐怕要等好几辈子了。"

被救的一个年轻人说："现在想想，救我们的好像就是苏香姐。"

另一个也表示赞同。苏大同说："这里应该有不少高家的人，苏香即使想救咱，恐怕也没那么大本事。"

众人陷入了各种争论中。老族长闭着眼，坐在角落里一言不发。

尼亚佐夫凑过去问："老族长，您觉得苏香能来救咱们吗？"

老族长摇头。

尼亚佐夫迷惑："您是不知道，还是说她不能救咱们呢？"

老族长不置可否，还是摇头。

尼亚佐夫去问老李："老李，你觉得苏香能不能来救咱们？"

老李嘟哝说："她是个好人，她要是能有本事救咱，肯定能救。"

有人哼了一声："你信他？哼！"

这声"哼"，显然有着很明确的目的指向，老李又把头埋在了裤裆里。

其实，现在无论是骂苏香的人，还是同情苏香的人，他们的希望都寄托在了她身上。否则，在这种地方，谁会出来救他们呢？

然而，众人没有等来苏香，却等来了两个蒙着面的壮汉。两个壮汉看着铁栅栏里的人，一言不发。

两人看了一会儿，转身朝后走。

老吴喊道："喂，兄弟，把我们放出来啊。咱可都是一个祖宗的，兄弟，你们不能老把我们关在这儿啊。"

"兄弟……"

两人中的其中一个转头，喊了一声："等等吧。待会儿，等我们人多了……"

这人说到一半，好像被另一个捂住了嘴巴，不说话了。

老吴眼一亮，说："族长，您听到没有，他们人不多。他们要等人多了才能把咱放出去，要是现在咱能出去，这边的人肯定不是咱的对手！"

老族长说："问题是，现在我们得能出去。"

老族长话音刚落，突然传来一声惨叫，众人还没有反应过来，第二声绝望之极的惨叫声传来。那凄厉的声音，如同来自地狱。

老吴站起来说："肯定是苏香！苏香来救咱们了！"

众人跟着老吴站起来，眼巴巴朝前看。果然，只一会儿工夫，就出现了苏香的身影。老族长走到铁栅栏前面，惊愕地看着苏香。

苏香跑过来，按下旁边的机关，铁栅栏升了上去，她对老族长说："族长，赶紧跟我走！"

有人担忧："族长，苏香可是个叛徒。"

族长没搭理那人，边跟着苏香走边问她："苏香，看到苏娜没有？"

苏香说："您放心吧，族长，我已经把苏娜藏起来了。我把你们送出去，就去救苏娜。"

老吴有些担心："苏香，这个山洞前面有他们的人吧？咱朝前走，不会有危险？"

苏香说："这些山洞都是相通的，咱得找到出口出去，不能在里面绕。"

众人对这个地方都没有发言权，因此只能听苏香的。跑了一会儿，前面又出现了两个洞口。老吴要过去做标记，被苏香挡住了。

苏香说："你留下标记，他们就知道你们不懂这个山洞，别做了，赶紧跟我走。"

苏香带着众人朝着左边的洞口跑。跑了一会儿，众人有些累了。老吴转身朝后看，见后面没人追上来，他对苏香说："苏香，咱歇息一会儿吧，他们根本就没追来。"

苏香说："他们不敢追，山洞里没有几个人。不过我们得快点儿，他们打电话告诉了高族长，救援的人快来了。"

众人只得跟着苏香继续朝外跑。经过几个岔洞口之后，他们终于看到了洞口外的阳光，众人雀跃。然而，就在他们加快速度朝着洞口奔去的时候，从洞口外突然拥进了一群人。带着这些人的正是高族长的心腹高宽。

高宽喊道："爷们兄弟们，咱都加把力，这次把姓苏的都堵在这儿，咱就立下大功了！族长说了，人人有赏！"

苏香等人离洞口已经不远，很清晰地听到了高宽的话。众人惊慌失措，纷纷转身朝后跑。高家人在后面紧紧追赶。

5　苏香劫持高族长

苏香带着众人在山洞里奔跑，一直跑到供奉着王妃雕像的大殿内，跑在前面的苏香和老吴看到有一个人正撅着屁股，朝着王妃雕像磕头，两人惊讶地站住了。

那人面朝塑像，稳稳当当地行三叩九拜大礼。整个大殿内，看不到其他人。但是众人却隐隐觉得，此处必有蹊跷，因此大家面面相觑，不敢言语。

即使是老族长，也皱着眉看着那个人，一声不响。

终于，那个人磕完头，慢慢地转过了身。众人一震，此人竟然是高族长。

高族长朝着老族长拱手："苏兄，真是没想到啊，我们两个竟然能在这里相见。苏兄，这个地方可是我们高家的圣地，你也看到了，这个塑像是我们高家的王妃圣祖，你到这儿来，不太合适吧？"

苏族长哼了一声，说："高族长，别啰唆了，咱俩斗了几十年了，没必要玩虚的。你想干什么，直接放马过来吧。"

高族长哈哈一笑："苏兄，你老得都快朽了，说话还这么戗人，你别说，我老高还就欣赏你这一点。我就直说了啊，我这个要求比较简单，你们既然是自己送上门来的，那我就全收下了。这儿是咱老祖宗当年清修的地方，你们可以在这里一直住到死。能在这里陪着老祖宗，是你们这些人的福气，苏兄，我这人做事地道吧？"

苏族长说："我老苏头是个没福气的人，这分福气我没福消受。我得走了，你自己在这儿陪着圣祖吧。"

高族长伸手拦着众人，对苏香说："苏香，你当年为了救你男人的性命，可是出卖了你们苏家不少的秘密给我，你现在想回头，没觉得太晚了吗？我苏兄是个什么人我清楚，即便你现在救了他，等出去了以后，他也会要了你的命！我老高是个讲情义的人，看在你帮我做了那么多事儿的情面上，你现在回头，我老高既往不咎！"

苏香冷冷地笑了："姓高的，我苏香现在把你完全看透了！你是个无信无义、无耻透顶的玩意儿！如果你说话管用，你早就把我男人放出来了，何必还用我跑到这里来救他！今天，我能在这里为苏家做点事儿，是上天对我的怜悯，我死不足惜！至于我的男人，我为他做了那么多的坏事，我对得起他了！来吧，我苏香豁上这条命，今天跟你们高家人拼了！"

高族长点头："好，好，不愧是女中豪杰！"

话落地拍了拍手，从外面拥进几十名手持各种武器的精壮男子。几乎在同时，在后面追击的高宽也带着几十个人冲击了大厅，一前一后，把苏家十多人包围了起来。

苏香猛然挥刀，朝着前方扑过去，却在中途猛然朝着高族长抛去两把飞刀。高族长躲过了一把，没躲过第二把，被飞刀扎在大腿上，嚎叫了一声，扑倒在地。苏香迅速冲过去，一把拽起了高族长，手中短刀横在了他的脖子上，她冷冷地对围上来的高宽等人说："我知道你们都盼望高族长死，不过他的儿子都还活着呢。现在谁上，谁就是逼我杀死高族长的高家罪人，谁敢上？高宽，你想当这个罪人吗？"

高宽挥手，带着众人后退。

苏香对站在门口握着刀枪不知该怎么办的高家人喊道："都到里边去！否则，我杀了你们族长！"

那些人看看吓得脸色苍白的族长，高族长闭着眼不肯说话。苏香握着刀的手朝前一送，说："姓高的，今天不是鱼死就是网破！高苏两家有约定，互不杀人，我苏香今天破了戒了，已经杀了你们高家两个人，也不差杀你一个！你想清楚了，我把你杀了，你的这些手下肯听你儿子的吗？弄不好，他们都盼着你死呢，你高族长这些年可是捞了不少钱！族里很多人都眼红着呢！"

高族长睁开眼，转着眼珠子看了看两边的人，对站在旁边的人喊道："都让开让开！"

堵在门口的人迟疑着，跑到高宽的旁边。高宽看着拥挤过来的众人，无可奈何。

苏香让苏族长他们先走，她自己押着高族长慢慢朝后退。老吴保护着苏族长，一直走出庙门，下了台阶，走到山谷。苏香押着高族长，堵在山门口。

老吴让苏香一起走。苏香让他们赶紧走，再走远点儿，不要管她。老吴知道，他们这帮人有老族长，跑不过对方，因此只得带着老族长先走。

他们一直走过池塘，走过这条山沟，爬上了村子西边的山坡。老吴让众人先找地方藏起来，他带着苏大同回去接应苏香。

两人跑到山谷，看到苏香正被高宽用刀逼着，从门口退出来。

苏香的刀已经把高族长的脖子割得鲜血淋漓，高族长也在求高宽退回去，高宽却步步紧逼。老吴让苏香扔下高族长，赶紧跑。苏香扭头看到老吴，对他喊："你们快走！保护族长赶紧走！再耽误就来不及了！我有办法脱身！"

高宽趁苏香扭头的机会，猛然挥刀朝着她扑过来。

苏香忙扔下高族长，转身朝下跑。她看到老吴他们就在山谷下，对他喊："老吴，你他妈的要害死族长啊！赶紧跑！"

老吴想等着苏香，苏香却在台阶上，猛然朝旁边一跳，朝着山坡上爬去！

高宽带着几个人犹豫着，不知是下去抓老吴好，还是朝山上追苏香。高族长在旁边喊："追上那个女人，给我杀了她！"

高宽只得带着人爬上去追苏香。苏香身手敏捷，眼看着要爬到山顶了，高宽掏出枪，朝着苏香连连开枪。苏香中弹，身体摇晃了几下，倒了下去。

老吴和苏大同眼看着苏香中枪，老吴要去救人，被苏大同拉住："吴大哥，咱救不了苏大姐了，咱得赶紧回去保护族长啊。"

老吴无奈，恨恨地跺了跺脚，和苏大同转身跑了回去。

他们找到了老族长，简单向众人说了苏香的事儿。众人皆低头默哀。

老族长面色凝重地对众人说："走吧，回去。高家欠苏家的债，早晚会还的。"

老吴让苏大同带着两个小年轻在前面探路，众人随后跟上。他们一直来到山脚下，前面不远处就是村子了。山脚处比村子高，他们因此能看到村子外原先他们停车的地方停着几辆汽车。而他们的两辆小面包车则被众汽车围在了中间。很显然，他们的汽车被人发现了。

众人皆心情沮丧，坐在地上不说话。

坐了一会儿，探路的两个小伙子从左侧的小树林跑了过来，他们的后面跟着那两个看车的小伙子。

苏大同喊道："族长，看车的两个小伙子出来了。"

看车的小伙子跑过来说："族长，我们大意了，等我们发现他们的车已经晚了，我们两个逃了出来，把车……"

老族长说："不怨你们。你们就是早点儿发现，也没有路可逃。人能出来就不错了。"

老吴问："族长，我们现在该怎么办？"

老族长说："本来我还打算先回去再想办法。现在回不去了，咱只有一条路，跟他们干到底！把尼亚佐夫的老婆、孩子，还有咱的人全部救出来！老吴，你打电话，让苏青带着备用人员，带着家伙，多带点吃的用的朝这边赶，越快越好。"

老吴答应："是，族长，我这就打电话。"

6　转世王妃

老族长带着众人绕过村头停车的地方，朝着来路走了几里路，以便能在半路截住苏青他们的车。大家找地方歇息。

老吴安排几个人去村头监视高家人的动向。然后，他跟老族长商量，要想法去找找苏香。或许苏香没死，逃了出来，他去了刚好能救她一命。

老族长犹豫了一下，同意了。老吴带着尼亚佐夫，两人小心翼翼地从村子右侧的山坡爬上去，朝着苏香挨枪的山坡迂回。

一直到太阳落山时分，他们才爬到了苏香中枪的山坡上。他们终于在山坡上找到血迹，顺着血迹找了一会儿就失去方向了。

一直找到太阳落山，也没找到苏香。两人只得原路返回。

苏青他们还没来。老吴给他们打电话，得知他们才刚进入小路。老吴告诉他，车灯太显眼，晚上就别进来了，别让高家人发现，明天上午再进来。

没有找到苏娜，苏香生死未卜，他们的汽车又被人劫了，吃喝全无，众人心情皆有些沮丧。

安排好了值夜后，众人背靠背坐着休息。尼亚佐夫担心苏娜，把老吴叫到一边："吴大哥，跟您说一声，我得进去看一看，找苏娜。"

老吴说："我也睡不着，走，我跟你一起去。"

两人刚要走，被突然出现的老族长拦住了。老族长说："你们两个，哪儿也别去。高家人知道咱没车走不了，他们人多，晚上很可能派人来捣乱。"

尼亚佐夫说："老族长，要不我自己去吧。我觉得苏娜就在一个咱还没有找到的地方藏着，我会找到她的。"

老族长拍了拍尼亚佐夫的肩膀说："我跟高家人打了几十年交道，我知道应该怎么做，听我的，都给我回去。"

随后老吴被族长叫去商量事情，尼亚佐夫独自倚靠在一块石头上，仰头看看天上的星星。他能感觉到，自己的妻子和女儿就被关在这里。还有苏娜，这个精灵样的、曾经给他无限的温柔的小女孩，现在不知道被吓成了什么样子。他们能被关在一起吗？还是苏香真的把苏娜救出来了？

尼亚佐夫看着天上的月亮，眼前不断幻化出妻子、女儿、苏娜的形象。

王妃啊，您如在天有灵，请您救救她们吧，她们可都是柔弱的需要保护的女人啊。尼亚佐夫在心里默默祈祷了一会儿，不知什么时候竟然睡着了。

他做了一个梦。梦见苏娜穿着王妃的华丽衣服，眼神幽幽地站在他面前，似乎在等他醒来。尼亚佐夫强逼着自己从梦中醒来，他睁开眼，惊愕地看到，"苏娜"竟然真的站在他面前！

"苏娜"伸手制止他出声，示意他跟她走。

尼亚佐夫看了看周围都在沉睡的众人，小心地站了起来，跟在"苏娜"的后面。"苏娜"带着尼亚佐夫走了一条他们从来没有走过的路。

尼亚佐夫跟她走了一段，快走几步撵上她，问："苏娜，你这是要带我去哪儿？这条路不对吧？"

"苏娜"不应声，走在了尼亚佐夫的前面。尼亚佐夫觉得奇怪，但是"苏娜"脚步匆匆，显然是有急事的样子。他只得先放下疑虑，跟着"苏娜"朝前走。

两人翻山越岭。让尼亚佐夫再次感到狐疑的是，"苏娜"好像对这里的地理环境很熟悉。她衣裙飘飘，非常轻松地行走在山坡上，让尼亚佐夫恍惚觉得，这个小女孩好像是受到王妃的点化，快成仙了。

"苏娜"带着尼亚佐夫在山里走了不知多长时间，终于站住了。尼亚佐夫走过去，发现在她的面前竟然躺着苏香。

苏香仰躺在地上，尼亚佐夫看不到她哪里受了伤。他蹲下，把她扶起来。"苏娜"站在旁边，似乎无动于衷。

尼亚佐夫看着面前的苏香，有点儿束手无策。

他有些恼，对"苏娜"说："既然来救人，你应该多叫几个人啊，我自己来，怎么能背动她？"

"苏娜"还是站着不动。尼亚佐夫声音大了："你怎么了？哑巴了？"

苏香咳嗽了几声，醒了。她看着尼亚佐夫说："她是个哑巴，你别为难她。"

尼亚佐夫正惊愕，"苏娜"转身就走。尼亚佐夫忙喊："苏娜，你怎么走了？快跟我回去，我们正到处找你呢！"

苏香说："别喊了，她不是苏娜。"

尼亚佐夫惊了："她……你说什么？她明明就是苏娜，你怎么说她不是苏娜？"

"她跟苏娜一样，是高家的转世王妃。她跟苏娜长得很像，加上在晚上，你当然就觉得她是苏娜了。"

尼亚佐夫惊愕："原来是这样。不过她既然不是苏娜，那也应该回答我的话啊。咦，对了，她既然是高家的人，那她为什么要救你？"

苏香说："刚才跟你说了，她是个哑巴，她怎么能回答你的话？她要救我，这应该是天性吧。苏高两家王妃转世的小女孩，都跟这些族长们不一样，都是很善良的。"

苏香坐着略微休息了一会儿，就让尼亚佐夫把她扶起来。原来，高宽的那一枪，打在了苏香的大腿外侧，是贯通伤。她已经在山上采着草药，给伤口消炎包扎了，但还是很疼。

尼亚佐夫要扶苏香回去，被她拒绝。苏香告诉他，昨天晚上，高家的转世王妃找到她，让她去救人。原来，住在山洞里的高家人让她扮成王妃的样子，出去引诱苏娜进入山洞，他们则在山洞用迷香谜晕了苏娜，把她抓走了。这个转世王妃看着跟自己长得那么像的一个人被抓，她于心不忍了，就设法找到了苏香，让她帮忙救人。

原来高家的两个小伙子把苏娜抓到了大殿一侧的一个小屋子里，看到苏娜这么漂亮，起了淫心，两人刚把苏娜的衣服扒光，正要行无耻之事，苏香闯进来，把两人打晕，背着苏娜朝外走。倒霉的是，在山洞里，她被换班值夜的高家看守遇到，她只得背着苏娜找到一处放置杂物的小房间，把她放在了那里。然后，她引着那两个看守从大殿逃了出来。

白天，她本来是打算趁着看守山洞口的人换班的时候，把苏娜救出来，没想到半途遇到了被困的老族长他们，她又不得不先出手救老族长。

尼亚佐夫很担心："这么长时间，苏娜肯定醒过来了，不知跑到哪儿去了呢，弄不好又被高家人抓起来了。"

苏香说："这个没事儿。我出来的时候，给她吃了一颗假死药，药量能撑两天，现在刚过去一天。不过我怕万一高家人进入那个小屋子，那就麻烦了。"

7　逃出生天

尼亚佐夫这才知道，苏家和高家每二十年都要各自在家族中挑选出一个长得像王妃的小女孩，这个小女孩被家族中称为

"转世王妃"。这个小女孩除了受到族中众人宠爱之外，要常常打扮成王妃的样子，完成一些对王妃的祭祀和纪念活动。

尼亚佐夫还有很多的疑问，苏香顾不得跟他多说，带着他走到一处比较隐蔽的小山洞，埋伏在山洞外的石头后面。

略等了一会儿，有两个人影从山洞里晃出来。这两人边走边四下拿手电筒乱晃。苏香和尼亚佐夫一直等他们两人走远了，才从藏身处出来。

苏香对尼亚佐夫说："这个山洞是他们高家人进出的地方，是唯一没有岗哨的洞口，咱得快点儿走，别在半路上再遇到人。"

尼亚佐夫说："这个山洞平常没有什么人，今天可是来了这么多人呢，要是半路上再遇到怎么办？"

苏香说："没别的办法，只能试试吧。"

两人再次进入山洞，加快速度朝前走。他们能看到前面的烛光的时候，一个壮汉突然在他们前面不远处跳了起来："谁？"

苏香毫不犹豫，挥刀就冲了过去。那人还没有反应过来，苏香的刀就已经划开了他的喉咙，腥臭的鲜血溅了尼亚佐夫一身。尼亚佐夫受不了，刚要呕吐，被苏香拽着就跑。

两人进入一条点着蜡烛的山洞。苏香朝两边看了看，带着尼亚佐夫左转，急速朝前走。

路上，他们遇到了两帮巡逻的高家壮汉，幸好附近有岔洞口，两人都躲了过去。

苏香终于找到了那个隐藏在一段山洞尽头的小屋。她推开屋门，眼前的景象让两人惊呆了：一个脱光了的汉子，正对苏娜行不轨之事。

尼亚佐夫大叫一声，抓起这个家伙，一脚就把他踹倒在地上。这人看到了苏香和尼亚佐夫大惊，爬起来就想朝外跑。苏香忙给苏娜穿衣服，尼亚佐夫过去挡在他面前，被他抓住一只胳膊来了个背摔。尼亚佐夫又疼又气，哇哇大叫。苏香放下苏娜，冲过来。这个家伙趁苏香不备，竟一脚踹在了苏香的肚子上。苏香捂着肚子，蹲了下去。

他跑出门口，又回来捡自己的裤子。尼亚佐夫死命拽着他的裤子不撒手。

苏香一下抱住了他的腿，把他掀了个四脚朝天。尼亚佐夫趁机坐在了他的身上，挥着拳头猛砸他的脑袋。苏香把疯了一般的尼亚佐夫推到一边，狠狠地一刀下去，几乎把这家伙的脖子切断。

苏香给苏娜穿上衣服，让尼亚佐夫背着她，两人从小屋冲出，顺着原路朝后返。跑到中途，从前面横冲出来一帮高家子弟，他们疯狂地朝两人开枪，跑在前面的苏香中了一枪，子弹打在了肩膀上。两人忙跑到一处岔洞口藏起来。

苏香朝外看了看，对尼亚佐夫说："你顺着这个岔洞朝前跑，记住了，遇到岔洞就进最左边的岔洞，直到看到右边那个没有灯光的岔洞，就从那个岔洞走出去，要快，越快越好，记住了没？"

尼亚佐夫问："那你呢？你不跟我一起出去？"

苏香亮了亮手里的火铳，说："我们两个一起跑，他们很快就会追上来，一个也跑不出去。我拖着他们，你赶紧带苏娜走！"

尼亚佐夫还在犹豫，苏香踹了他一脚："赶紧滚！在这等死啊！苏娜可是我们苏家的转世王妃！她要是死在这里，苏家就算败了！还有，你告诉老族长，一定要除掉那个'老毛子'，他是个比高族长还要狠的家伙。你的老婆孩子都是他带人抓的。"

尼亚佐夫问："她们现在在哪里?"

苏香说："就在山洞里。我只知道这么多,山洞里很多机关,我没进去,具体情况也不知道。"

苏香说完,猛然从隐身处冲了出去,朝着冲过来的高家人开了一枪。高家人还击,苏香肚子上中枪,再次倒在地上。

尼亚佐夫背起苏娜朝外跑,边跑边转头,他看到苏香趴在地上,对方的子弹,有的打在她的周围,有的打在她的身上。

尼亚佐夫不敢再看,背着苏娜一路狂奔。他心中呼啸着那些子弹打在苏香身上的声音,头痛欲裂,浑身发抖,他只能靠着狂奔减轻心中的恐惧。

一直跑得筋疲力尽,尼亚佐夫背着苏娜一起倒在地上,这时他才恍惚想起来,刚刚跑过了很多的岔洞口,他都忘了跑的是左边还是右边的洞口了!

尼亚佐夫猛然坐起来,看着烛光明亮的山洞,茫然不知所措。隐隐约约的脚步声就在耳侧,尼亚佐夫知道,这个山已经被掏空,山肚子里山洞套山洞,迷宫一般。

但是不走,就永远也走不出去。尼亚佐夫不敢再耽误时间,弯腰背起苏娜,顺着山洞继续朝前走。他遵照苏香的嘱咐,遇到岔洞,就朝着左侧的山洞走。走了不知有多长时间,还是没有看到右侧那个没有烛光的山洞。

尼亚佐夫已经奔波了半宿,身体疲累至极。看着望不到头的蜡烛光芒,他绝望地叹息了一声倒在地上,他真的没有力气了。

就在这个时候,他身后传来了轻微的脚步声。尼亚佐夫下意识地站直身体,转身朝后看,原来是另一个"苏娜"!

她走到苏娜面前，看了看她，对着尼亚佐夫招了招手，便转身朝后走。

尼亚佐夫犹豫了一会儿，咬牙跟上她。她带着尼亚佐夫朝后走了一段，来到一岔洞口，朝左拐。尼亚佐夫此时方寸已经大乱，他只能跟着她继续朝前走。

这样走了一会儿，尼亚佐夫终于看到了位于自己右侧的那个黑黑的洞口。她用手指了指这个洞口，自己转身走了。

看到洞口，尼亚佐夫有一种起死回生的感觉。他扭头看了看她的背影，朝她深鞠了一躬，接着他背着苏娜钻进了黑漆漆的洞口。

8　信仰

尼亚佐夫背着苏娜从山洞出来，凭着记忆朝后走。就在这个时候，他体力不支倒在地上，晕了过去。

尼亚佐夫被唤醒的时候，天光已经大亮，他和苏娜躺在半山坡上，老吴等几个人围着他们，皆满头大汗。

尼亚佐夫看到老吴，眼泪差点儿流出来。

老吴拍了拍他的肩膀，说："教授，你这是深藏不露啊，自己一个人就把苏娜救出来了，老吴佩服。"

尼亚佐夫擦了擦脸，说："我没那本事，是苏香救了她。"

老吴一愣："苏香？她还活着？"

尼亚佐夫站起来，说："走吧，回去再说。"

尼亚佐夫跟在众人后面，经过一番跋涉，终于回到老族长他们藏身的地方。

老族长看到依然处于昏迷中的苏娜，眼泪哗哗流了出来。他询问尼亚佐夫，得知苏娜的昏迷是苏香给她服用了迷药后，这才放下心来。

亲眼见到苏香被杀、苏娜被强奸的尼亚佐夫虽然精神几近崩溃，但还是坚持着把经过说了一遍，当然，他隐去了那个混蛋强奸苏娜的那一段。

听说苏香为了救苏娜而亡，老族长很长时间没有说出话来。

老李给苏娜服了解药，苏娜终于醒了过来。她看到了坐在她面前的爷爷和众人，几乎不敢相信自己的眼睛。她惊愕万分地站起来，四下看了看，问老族长："爷爷，我这不是在做梦吧?"

老族长摇头："不是，你苏香姐和尼亚佐夫把你救出来了。"

苏娜皱着眉想了一会儿，终于想到了自己走进山洞，见到了王妃塑像，还有那两个男子要非礼自己，苏香打晕他们，把自己救了的情形。

但是后面的，她就什么都记不起来了。

看到在一旁的尼亚佐夫，她走过去问他："是你和苏香姐把我救出来了?"

尼亚佐夫点头。

苏娜问："那苏香姐呢?"

尼亚佐夫犹豫了一会儿，才说："她死了。她原先就负了伤，救你的时候，我们被人堵在了山洞里，她为了掩护我和你……被他们开枪打死了。"

苏娜张着嘴，一屁股坐在地上，眼泪哗哗直流。

老族长走过来，看了看苏娜，招呼尼亚佐夫来到一边。老族长说："苏香到这里来，应该是想救她丈夫。这个女人，唉，不容易。她来这儿应该有很多天了，她没告诉你，你的妻子和女儿关在哪里吗？"

尼亚佐夫说："我本来打算等我们从山洞里出来，再问这个呢。没想到，她就死在里面了。不过，我听她说话的语气，她应该没有找到关人的地方。她说关人的地方有很多机关，她应该是被机关拦下了，没能进去。"

老族长一脸凝重，说："我当年送苏香拜师，学了不少本事，可惜，她师父不懂机关。这个孩子，我是看着她长大的，是个好孩子。我们苏家人没有保护好她，她……她……是个好孩子……"

说到最后，老族长眼中含泪，说不下去了。

尼亚佐夫说："作为妻子，她做得够多了。族长，您说得没错，苏香是个好人。"

老族长点头说："唉，这一辈子，打打杀杀的，死伤那么多人，我们这都是为了什么啊？"

尼亚佐夫突然问："老族长，您相信康国巫师的预言吗？康国真的会东山再起吗？"

老族长迷茫地摇头，说："我不知道。但是人活着，总得有点儿盼头，苏家人就剩下这点儿盼头了，不信怎么办呢？"

尼亚佐夫欲言又止。

老族长说："佛家讲究四大皆空，道家讲究修炼成仙，人活着总得有点讲究。苏家和高家虽然争斗了上千年，死伤无数，但是正是因为这点盼头，苏家的大部分家族都一直拢在一起，没散。这个社会，曾经有无数的大家族，现在有几个还能拢在一起的？人活着，就是要延续，特别是一个家族，要有过去、有历史，还要有将来。这个家族的每一个人，都要在这个事上延续，不能断了，如果断了，人活着就成了无根的水，那还有什么意义？"

尼亚佐夫说："族长，您还没回答我的问题呢，您到底是否相信复兴康国这个事儿呢？"

老族长沉吟道："我相信。只要我们苏家人活着，就有复兴的那一天。不是有一句老话吗？风水轮流转，总有一天，这风水能转到苏家吧？"

尼亚佐夫刚想回老族长，苏娜突然跑过来，拽着尼亚佐夫拉到一个无人处，问他："你老实告诉我，我是不是被人那个了？"

尼亚佐夫装傻："哪个了？"

苏娜快哭出来了："你再装，我就杀了你！快说，我是不是被人那个了？"

尼亚佐夫伸手摸她的脑袋："你怎么能有这种想法？你脑袋发烧了吗？"

苏娜满脸的不相信："你敢说你没看见吗？"

尼亚佐夫打算死不承认。他知道，这个心性要强的女孩子，如果知道他看到了那种场景，她会生不如死。

他说："我没看见。我只是听苏香说，有两个男人要那个你，被她打跑了……"

"这个我知道。那时候我清醒着呢。我就问你，我昏迷的时候，有没有人那个我！"

尼亚佐夫说："没有。我和苏香姐找到你之后，我们背着你就跑，差点儿累死我，谁能有机会那个你啊？"

苏娜半信半疑了："你敢保证你说的是真的？"

"我当然敢保证了。你想啊，自从苏香救了你，接触你的，除了我就是苏香。你别瞎想了。"

苏娜终于有些相信了："那我怎么感觉……算了，我相信你了。尼亚佐夫，你又救了我一命，我应该怎么报答你啊？"

尼亚佐夫笑了笑，说："好好活着，就算报答我了。"

9　老李的计策

十一点多，苏青的面包车终于来了。随车一起来的，除了吃的喝的东西，还有十六名援军。这十六名援军虽都是苏家子弟，但是年龄不是偏大就是偏小，不过有总比没有强。众人吃喝完毕，有了精神，坐在一起商量如何救人。

据他们所见，来到清水沟村的高家人，大约在四十人左右。现在苏家也差不多有四十人了。不过苏老族长明白，想打败高家，不是要以人头取胜，他们必须有自己的策略。

苏族长召集老吴、苏青、苏大同、老李、尼亚佐夫等人开了个会，讨论如何救人。苏族长告诉大家，现在可以确定的是，苏家被高家人抓走的那些人，大部分都关在这里，所以，这次如果能打败高家，他们不但能救出尼亚佐夫的妻女，还能救出近二百名苏家子弟。因此，对于他们来说，这一战将是关乎苏家命运的一次决战。现在对于苏家有利的一点是，他们能够监视到高家人的动向，而高家人还不知道他们的去向。也就是说，在某种程度上说，他们在暗处，高家人在明处。这种对阵方式，他们最好的选择是对高家人发动偷袭。等他们明白过来，高家人的力量已经被大大削弱了。众人纷纷发言。

老吴提议趁夜里高家人睡觉的时候冲进山洞，见人就杀，必定会对高家人形成一次比较大的打击。

苏族长否决了老吴的提议。因为根据尼亚佐夫的消息，高家人在各处洞口都布置了岗哨。即便是苏香带着尼亚佐夫进去的那个隐蔽洞口，在被苏香杀了三个人之后，高家人也肯定布置了防守。况且高家人对山洞各处最为熟悉，而他们进去对地理情况不熟，是兵家大忌。即便他们冲进洞口，高家人会利用熟悉的地理，马上布置反击，甚至把他们围困起来，偷袭很可能就变成了请君入瓮。因此，这个提议显然不成功。

众人沉默了一会儿之后，老李说话了："族长，我觉得我们应该把高家人从山洞里引诱出来，咱们预先埋伏好了，准备好武器弹药，就像三国诸葛亮火烧博望坡，派赵云诱敌，只要高家人能进咱的伏击圈，咱就能打败他们。"

老吴不服气："你以为高家人傻啊，你让他们出来，他们就出来了？"

苏族长却赞同老李的意见，说："老李，你说说，咱用什么办法能把高家人引出来？"

老李说："能把高家人引诱出来的人多着呢。不过，族长，这个事儿要做实了，得下点功夫，舍不得孩子套不住狼啊。"

老李的计策说起来比较简单，也有些残酷。首先，他们需要抓人，或者是杀人。找到高家在各处的山洞，把他们抓回来，不方便抓的，就把他们杀掉。当然，抓不住也无所谓，主要给他们制造恐慌。等恐慌制造足了之后，他们就要下饵了。饵料要下足，那就需要找一个机灵的苏家人。设计一次机会，让高家人抓住这个苏家人，然后让这个人把苏家的设伏地点当藏身之地告诉他们。当然，高家人会派人来侦察，这个时候，苏家人要把戏做足。然后，就等着高家人进入他们的埋伏圈了。

老李的计策得到了老族长的首肯。众人也知道，当下，这应该算是最有胜算的策略了。

苏族长让老吴挑选人马，全力配合老李。老吴点头答应。

第八章　救人

1　偷袭

老吴他们瞄准的第一个目标是庙门外的暗哨。老吴亲自带着苏大同侦察了三天，终于摸清了暗哨的出入时间、路线。向老族长汇报，得到老族长首肯后，老吴和苏青出马，趁着夜晚摸到山沟庙门北侧的大石头后埋伏，打晕了从此经过准备去换岗的小伙子。两人本来准备把小伙子背回去，没想到，这个家伙中途醒了，还大喊大叫，老吴不得不出手杀了他。

此后，两人觉得还是杀人比较方便，他们陆续杀了在山后洞口处值班的两名岗哨。高家的几辆汽车停在村口，有两个人负责看守，老吴带着人很利索地把这两个小伙子收拾了，让人把原先苏家的车和高家的车都开了回去。

出乎老族长等人意料之外的是，高家没有对外出击的打算。相反，他们变得更加谨慎，出哨的人由两个变成了四个，还组织了两个巡逻队，每队六个人，在各个哨位之间进行巡逻。

老吴和族长商量，准备袭击巡逻队，但没想到高家增援的人来了。

高家来了五辆车。苏族长早就预计到高家能增兵，因此提前让人把汽车和住宿地都移到了隐蔽处。此处离小路不远，交通很方便，又隐蔽。

这次高家带队的是"老毛子"普德洛夫。

苏族长与众人商量，决定趁这个"老毛子"刚来，还不熟悉情况，先打他个措手不及。众人同意。

当天下午，苏家人吃了午饭后便开始休息，一直睡到晚上十一点起床。众人吃了点白天准备好的饭，用苏青事先准备好的颜料把脸画得五颜六色，仿佛鬼怪，便开始对驻守在村外的高家人发起攻击。

苏家人兵分三路，老吴、苏青、老族长各带一路人马，冲进高家人住宿的帐篷里。苏族长提前嘱咐过了，他们可以伤人，如果不是在很危险的情况下，不能杀人。苏青来之前，还设法弄到了几支麻醉枪。冲进帐篷后，老吴面对不知所措的高家人，喊道："高家人听好了，我们不想杀人，想活命的扔下武器，过来蹲着；想死的，你就尽管放马过来！"

有几个拼命三郎，呐喊着朝老吴冲过来。老吴端起火铳，朝着他们开了一枪。火铳里装的虽然是石子，没有装铁砂，但是照样打得人身上一片血红。几个小伙子倒在地上，哀号不已。高家人害怕了，有的过来投降，有的朝外跑。按照苏族长命令，他们也只是象征性地拦阻一下，他们此番攻击的目的，同上几次一样，主要的目的都是为了制造恐慌。

尼亚佐夫在帐篷门口遇到了带着几个人朝外冲的普德洛夫。看到尼亚佐夫等人气势汹汹，普德洛夫鼓动身边的人冲向尼亚

敦煌王妃

佐夫等人，自己则趁他们后退的时候，突然钻进了旁边的小树林，溜之大吉。

战斗结束后，他们抓了二十人，杀了两人，有近二十人跑了。最重要的是，他们又缴获了高家五辆汽车，吃的用的各种物品若干。

苏族长命令众人迅速撤退，开着车押着人，跑到事先找好的地方隐蔽起来。

如何处理抓到的这二十多人，成了一个棘手的问题。他们无法把他们送回去。如果半路遇到警察，肯定会有大麻烦。他们也不可能把他们都杀掉。撇开高苏两家先祖的约定不谈，大家都是平平常常的老百姓，不是被逼无奈，没人愿意杀人。带着他们，不但要多出几个人专门做饭，如何看管，也是个问题。

老吴找到苏族长商量办法。老族长笑了，说："你只管先给我派人看好了，这几天，你们什么也不用做，除了多派人监视老高的动静，就是看好他们。"

老吴有些惊讶："那咱不救人了？"

老族长说："当然要救，这二十个人不就可以帮我们救人吗？"

老吴纳闷了一会儿，突然明白了："您是要用他们换人？"

老族长呵呵一笑："你把他们都审审，把姓名还有家庭情况都摸清楚了，记下来给我。"

审问的事儿老吴交给了苏娜和尼亚佐夫。经过审问，得知这二十人中竟然有高族长的亲孙子。苏家人冲进帐篷的时候，普德洛夫本来要带着这个叫高志的小伙子冲出去的，等真的看到刀枪齐整的苏家人之后，普德洛夫却扔下他跑了。高族长的这个孙子就成了尼亚佐夫的俘虏。尼亚佐夫赶紧把这个消息告诉老吴，老吴觉得这件事儿有点大，拖着尼亚佐夫找到了老族长。

老族长听了，让尼亚佐夫马上把这个小伙子带过来。

小伙子十八九岁的样子，浓眉大眼，个子魁伟，长大后，无异又是一个高族长。但是现在，面对他的仇家苏家人，小伙子显得很是胆怯。

老族长让尼亚佐夫把他的手机还给他，让他给他爷爷打电话。高志犹豫了一会儿，打通了高族长的电话。小伙子听到了爷爷的声音，眼泪都冒出来了，老吴在旁边看到，憋不住笑了。

小伙子跟高族长说了几句话，老族长跟老吴示意，老吴便把手机从小伙子手里夺过来，递给了老族长。

老族长跟高族长打招呼："高族长，在山洞里住着怪好吧？"

高族长吼道："姓苏的，你要是敢动我孙子，我杀你全家！"

老族长笑了笑："你既然这么说，那我就等着了。"

老族长关了电话，把手机递给了高志。

高志刚接过电话，手机铃声突突又响了，高志看着老族长，老族长示意他接电话。高志刚接通电话，高族长就喊："苏大哥，你别生气，我刚刚是跟你开玩笑的啊。"

高志把手机递给老族长，老族长接过手机说："高族长，我们两个打了几十年的交道了，谁不知道谁啊？找我什么事儿，说吧。"

高族长说："我想让你把我孙子还给我，说吧，你要什么条件？"

老族长说："我们抓了二十多人呢，你只要你孙子，不管他们了？"

高族长说："一步一步来，我先把我孙子弄出来再说，开个价吧。"

"高族长，你可是一族之长啊。你孙子是人，他们就不是人了？我要是把这个话告诉被抓的这些人，他们还能承认你这个族长吗？你这么做，可是太对不起你的族人了。"

高族长说："你的意思，你开的价里有这二十个人？"

苏族长说："得有。我这个人做事喜欢痛快，你想要人，就全部要，否则就一个别要。"

"是你抓了这么多人，没法弄吧？关没地方关，又没办法送回去，是吧？"

老族长说："你不要就算了，我有办法处理。"

"我要。你这个老东西这次得了个大便宜，抓了我孙子，行，连那二十个人一起，你开价吧。"

老族长说："简单，换人。我把我抓的人还给你们，你把你关的人全都给我放出来！"

高族长大怒："你他妈的疯了吧?！你想用二十人，换我这二百多人，你这个老东西也太敢想了。"

老族长跟老吴示意，老吴猛然朝后扭住了高志的两只胳膊。高志疼得哇哇大叫，苏族长对着电话说："老高，我没工夫跟你啰唆，你自己好好想想吧。"

苏族长不管高族长在电话里哇哇大叫，关了手机。

2　苏娜的决心

苏族长预料，以高族长不服输的个性，他不会轻易就认输，越是这种时候，他们越要提高警惕。他让老吴派出更多的哨探，并再次搬家。

众人有些不理解。他们觉得自己刚刚胜利，手里还有老高的孙子，老高应该不敢轻举妄动。苏族长下了死命令，必须在半天之内撤离。人多了，加上二十名俘虏，搬家成了一件很麻烦的事儿。还有一个因素，前面没有路了，加上怕被高族长的探子发现车辙，此番搬家，不能动用汽车，全部物资，都需要人力背过去。

搬完之后，按照苏族长的指示，老吴安排了几个人还住在原先住的地方，留下了几座空帐篷，并在附近山坡上布置了埋伏。

当天晚上，高宽果然带着一队约三十多人，找到了这里。高宽等人刚进入帐篷，埋伏在山坡上的众人便朝着这队人开枪了。他们的枪大多是火铳，子弹打出去一个扇面，打不远，因此虽然枪声听着很热闹，却几乎没有什么杀伤力。不过即使是这样，还是把高宽等人吓得不轻，进到帐篷一看，发现帐篷又是空的，众人知道中计，吓得转身朝后跑。

苏族长留下的几个人在后面敲击铁盆铁桶，大喊杀人，高宽等人逃到安全处，虽然只有几个人负了轻伤，众人却惶惶如丧家之犬。

苏族长早就在附近隐蔽好，等着他们。看到高宽带人来到，苏族长喊："高宽，你回去告诉你们的族长，以后少跟我耍这种花招，今天我饶了你们，算是警告，以后可就没这种好事儿了！"

经此一败，高族长老实许多，好几天再没有派人骚扰。

但是，这个老家伙好像很明白苏族长的企图，他再也没有给苏族长打电话，仿佛把他这个孙子忘在脑后了。

苏族长知道，高族长这是在跟他玩耐心。苏族长没办法，只能率苏家人跟他们耗。耗了几天，苏家人耗不起了。他们带的物资有限，再耗几天，他们就得吃石头了。最主要的是，他们带的水有限，大家限量喝，别说洗脸洗澡，碗筷都没水洗。老吴等人出去找了几次水，都没找到。粮食可以少吃，没水喝了，那可是要命的事儿。

老吴带着人去摸高家的岗哨，却差点儿中了他们的埋伏。高家人接受教训，采取了坚壁防守的政策，把苏家人挡在了门外，这一招有点儿出乎苏族长的意料之外。

苏族长眼见困坐愁城，准备退兵。在场的苏家人几乎家家都有人被关在这儿，对于他们来说，家里有人失踪，虽然很难接受，却是不得不接受的现实。因此，他们虽然同情尼亚佐夫，却也没觉得是什么天大的事儿。况且，在重男轻女的他们看来，尼亚佐夫失踪的是妻子和女儿，再找一个女人，再生一个孩子就行了，总比丢了老本的他们要好过些。

苏族长也是这个意思。他让老吴把尼亚佐夫叫到面前，很庄重很诚恳地向他表示歉意之后，也很清楚地表达了这个意思。

但是在尼亚佐夫看来，他的妻女是无可替代的。她们是他的亲人，他是她们的希望和依靠。他不敢想象，如果她们知道自己不管她们了，她们该有多绝望。

尼亚佐夫把自己的意思委婉地告诉了苏族长，老族长说："尼亚佐夫，现在的情形你也看到了，高族长做好了与我们长期对峙的准备，他们物资准备充足，有吃有住，我们连喝的水都快没有了，我们是跟他们耗不起啊。不过你放心，我们知道了这个地方，等我们做好准备，还会再来的。"

尼亚佐夫知道，这是老族长的托词，他说："老族长，其实您心里明白，只要咱的人一撤，高家人就会迅速把他们都转移了，我们恐怕再也找不到他们了！"

老族长摇头说："尼亚佐夫，咱手里有高族长的孙子，他不会就这么放手，我们回去，姓高的肯定会派人联系我，到时候，我再跟他谈判。你放心，我会首先让他把你的妻女放出来。现在苏家能打的，几乎都在这儿了，如果让高家人摸了底细，把我们一锅端了，苏家要几十年才能缓过劲儿来，我是一族之长，我不能冒这个险。"

尼亚佐夫知道，担负全族重担的老族长不会只考虑他自己，因此他再没说什么，告别了苏族长后，自己在外面漫无目的地转圈，想着救出妻女的办法。

苏娜不知什么时候出现在他面前，很坚定地对他说："我有办法把你的老婆和孩子救出来。"

尼亚佐夫一愣："苏娜，我不想拿这个事儿开玩笑。"

苏娜很认真地说："我不是开玩笑，不过，我需要你帮忙。"

苏娜的计策比较简单，却胆大得要命。高家的那个转世王妃，常趁着有月亮的晚上出来玩，她可以跟她商量，穿上她的衣服，打扮成她的样子进入地洞。进去之后，她设法找到关押他妻女和苏家人的地方，把他们放出来。

尼亚佐夫不同意，这样做太危险了。他虽然非常想救出他的妻女，但是他不想用苏娜的命换妻女的命。尼亚佐夫想到了他跟苏娜在坟地下的暗洞里度过的那些难忘又艰难的日夜，他想到了她对自己的依赖和深情，不禁热泪盈眶。他说："苏娜，你是我的女人，我有责任保护你。"

苏娜故意冷冷地说："你现在的责任是保护你的妻女，这是你的责任。我是苏家的转世王妃，我有责任保护苏家人。尼亚佐夫，你别自作多情，我这么做，是为了救我们苏家的人，救你妻女只是顺便而已。"

尼亚佐夫错愕地看了一会儿苏娜，说："那，你得跟老族长商量一下吧。"

苏娜摇头："我爷爷不会同意的。但是，如果我真因为这个死了，我爷爷会理解我。"

尼亚佐夫劝她说："苏娜，我觉得你至少应该告诉一下老族长，他或许还能帮上忙呢。"

苏娜转头看着尼亚佐夫，淡淡地说："我以为你能理解我，所以我想找你帮忙，既然你也不理解我，那算了，我走了。"

尼亚佐夫忙上前拦着她："苏娜，你别急啊。我们再想想其他的办法，我宁可我死，也不希望让你去死。"

苏娜走过来抱了抱尼亚佐夫："有你这句话，我苏娜就算没白活。尼亚佐夫，我希望你理解我，苏家因为我，被发现了养老院的秘密，变成了现在这个样子。你不知道，因为这个爷爷好几次要自杀向族人谢罪，幸亏被我和老吴大哥发现了。这次是我们最有希望把苏家人救出来的一个机会，如果这次我们失败了，我不知道爷爷回去后，怎么面对族人。如果能用我的命换回这二百多苏家男人的命，对于苏家来说，这太划算了。苏家就能跟过去一样，跟高家抗衡，不必天天东躲西藏地过日子。你说，我这条命死得值不值得？"

尼亚佐夫沉默不说话了。

苏娜说："你是读书人，很难理解我们苏家人和高家人之间的仇怨，也很难理解我这种没有多少文化，却见到了很多家庭绝望无助很想帮他们的心情。我希望你理解我，这样我才觉得活得有意义。"

尼亚佐夫终于沉重地点点头，说："说吧，你想让我怎么配合你？"

苏娜让尼亚佐夫做的事儿比较简单。第一，如果高家的转世王妃不同意，需要他帮忙制伏，并妥善安排她，最后无论结果如何，苏家要养着她，并善待她。苏娜交给尼亚佐夫一封信，等到了合适的时候，让他把这封信交给爷爷，让爷爷明白其中缘由。第二，如果需要苏家的协助，她会在晚上从山洞出来，到山坡上找尼亚佐夫。这需要从明天晚上开始，尼亚佐夫就要到她指定的山坡上过夜等她。

如果尼亚佐夫不同意帮她，那她只能孤军奋战。

尼亚佐夫知道苏娜心意已决，无法拦挡，只得同意。

两人立即行动，赶到山洞前的山坡上，等待高家转世王妃的出现。

3　无耻的人

两人比较幸运，他们刚到那个山坡不久，穿着一身华贵的王妃服装，美得仿佛童话世界里仙女的转世王妃，便从山洞里走了出来。

明亮的月光下，王妃走出山洞后，突然从山洞里跑出两个壮汉，挡在了王妃前面。

其中一个连说带比画，两人看得出来，那意思是外面危险，她不能出去乱跑。转世王妃显然不同意，对着两人比画了几下后，气鼓鼓地朝前走。两个人好像不太敢拦挡她，其中一个赶忙跑了出去，好像是回去喊人，另一个紧紧跟在她后面，护花使者的样子。

转世王妃还是有些气恼，快速地走在山坡上。两人经过苏娜和尼亚佐夫面前，继续朝前走。苏娜和尼亚佐夫被这变故弄得有些手足无措，只得远远地跟着他们。转世王妃一直顺着山坡走进废弃的村子。那个男子也一直跟在她身后。苏娜示意尼亚佐夫动手，两人在一个胡同拐弯处将男子用木棍砸晕。

转世王妃听到身后有动静，转头看到这一幕，吓得转身就要跑，苏娜喊住了她。

苏娜一边说一边做着手势安抚这个转世王妃。转世王妃认得苏娜，虽然满腹疑问，情绪却慢慢平复下来。但是当她终于弄明白苏娜的意思后很坚决地拒绝了。她知道这事非同小可，也知道面前这两个人不会饶了她，索性转身就朝后跑。尼亚佐夫和苏娜立刻追上去抓住了她。转世王妃知道事情不妙，她拼命挣扎喊叫，但因为嗓子无法正常发音，从胸腔里透出来的惊惧绝望有些让人心惊。尼亚佐夫有些不忍心。

苏娜见状喊道："赶紧下手啊！你等死啊你！"

尼亚佐夫咬着牙，一拳砸在了这个转世王妃的后脑上，她瘫软下去，不能动了。

苏娜三两下把她的外套脱了下来，换好了王妃的衣服。她看着不知所措的尼亚佐夫说："尼亚佐夫，我刚才想了，你没地方藏她，可以把她背回去，让我爷爷处理这件事情。你回去后可以把我的信给他，反正我已经到了高家人的山洞了，他也没法阻止我了。"

尼亚佐夫皱眉道："好，还有个男的呢，他怎么办？"

苏娜想了想，说："你干脆先把他们两个捆起来，堵住他们的嘴，赶紧回去喊人，否则，你自己没法弄。"

尼亚佐夫艰难地说："行，你小心点儿。"

苏娜笑了笑，说："放心，我还没活够呢。还有，这个高家的转世王妃是个好人，要不是她，我早就没命了，你必须保证她的安全，不许咱家的男人欺负她。她是我的好姐妹，欺负她就是欺负我。你把我的这话告诉我爷爷和老吴。"说完抱了抱尼亚佐夫，转身朝村外山坡走去。

苏娜没有走那个亮着烛光的洞口。她左拐，一直走到那个隐秘的、高家人都很少走的没有灯光的山洞，看看四周没人，弯腰走了进去。

苏娜知道这个山洞，还是前些日子老吴带着他们来刺杀高家岗哨时，尼亚佐夫告诉她的。当时他就是从这里，把她背出来的。

山洞里漆黑如墨，伸手不见五指。尼亚佐夫告诉她这个山洞不长，但是苏娜感觉，这个黑漆漆的山洞简直太长了，长得似乎没有尽头。

苏娜不知自己跋涉了多长时间，终于看到了点点烛光。她站住平息了一下呼吸，正要继续朝前走，面前突然多了一道黑影。

苏娜还没有反应过来，这个黑影突然冲过来，将她抱在怀里。

苏娜拼命反抗，却根本不是人家的对手。黑影把她抱着，朝后走了一段路把她放倒在地。他一边摁着她，一边把自己的裤子内裤扯下，开始摸索着脱苏娜的衣服，嘴巴里用流利的汉语却有着明显的"老毛子"口音说："你真是太美了，尊敬的王妃，我实在是管不住我自己了。"

是普德洛夫，苏娜心头一震。她趁他只顾扒衣服的时候，猛然提起膝盖，结结实实地撞在了普德洛夫的裤裆处。

　　普德洛夫大叫一声，从她的身上翻滚下来，蜷着身体痛苦地呻吟。苏娜爬起来，摸到了普德洛夫的裤子，抓起来就朝外走。普德洛夫忍着疼爬起来，光着屁股从后面追上来，挡住了她的路。苏娜刚要喊，普德洛夫忙示意她别出声，讨好地说："尊敬……的王妃，我错了，我不该冒犯您，请您还给我裤子好吗？"

　　苏娜知道他把自己当成那个转世王妃了，她想了想，把他的裤子扔给了他，示意他穿上，却不给他内裤。普德洛夫知道自己失礼，无奈地穿上裤子，沮丧地跟在苏娜的后面。

　　苏娜示意普德洛夫在前面带路，普德洛夫不明白她的意思，问她朝哪儿走。

　　苏娜当然不知道朝哪儿走了，她胡乱打着手势，普德洛夫乱猜一气："去哪儿？去我住的地儿？去找吃的？"

　　"什么意思？你是想去找高族长？"

　　"都不是？这么晚了，你应该回你的住处了，你不会是找不到回去的路了吧？"

　　普德洛夫说到这儿，苏娜赶紧点头。普德洛夫只好带着她朝转世王妃的住处走。

　　一路上，他们遇到好几拨巡逻的高家人，他们看着苏娜和普德洛夫一脸狐疑。普德洛夫紧紧盯着苏娜攥着他的内裤的那只手，一脸的紧张。

　　两人终于来到转世王妃的住处，苏娜推门走了进去。普德洛夫站在门口，不知道自己是该进还是不该进。

　　苏娜示意他进来，普德洛夫犹豫了一下，走了进来。

苏娜把他的内裤举起来，对普德洛夫说："普德洛夫先生，你应该明白，如果我把这条内裤交给族长，不用我说一个字，你的脑袋肯定得搬家。我可是高家的转世王妃，你想玷污高家的王妃，高家的每一个人都不会放过你，你应该明白吧？"

头一次听到苏娜开口说话，又是这么一番话，惊愕、惊惧等种种表情一起聚集在普德洛夫的脸上，汗珠子从他的脸上开始吧嗒吧嗒朝下掉。

他几乎不敢相信："你……你会说话？"

苏娜早就想好了应对的话："我当然会说话，不过高家的转世王妃，按规矩是不能说话的，你不是高家人，我跟你说话不犯规矩。"

普德洛夫朝着苏娜跪下了："王妃，我错了，我是个畜生，您饶了我吧。"

苏娜哼了一声，说："饶你也容易，不过你得帮我办一件事儿。"

普德洛夫抬起头："什么事儿？王妃尽管吩咐！"

苏娜盯着普德洛夫说："带我去关押苏家人的地方。"

"这个不行。你们高家规定，没有族长同意，除了看守，随便去关人的山洞会杀无赦。"

苏娜朝着尼亚佐夫扬了扬短裤："你就不怕这个？再说了，我只需要你把我带到洞口就行了，又不是让你带我进去，你有什么可怕的？"

"那……你不会告诉族长吧？"

"我傻啊？谁不知道那是高家的禁地？我告诉族长，等着族长惩罚我啊。"

"那我的短裤怎么办？到了你就给我？"

苏娜说："当然，你只要把我带到洞口，我就还给你。"

普德洛夫一脸的无奈："好吧。"

4　意外

普德洛夫带着苏娜经过两个岔洞口，苏娜没有注意到他是怎么走的，突然就拐进了一条狭窄的、仅容一人通过的山洞。这个山洞蜡烛间隔很远，因此光线晦暗。远处的东西完全看不清楚了，黑漆漆的。苏娜能感觉到山洞里的杀气，有点儿害怕了。

普德洛夫看着她，阴阴地笑了笑，继续朝前走。

又走了一会儿，前面远处似乎站着两个人，普德洛夫不走了，小声说："到了，看到那两个人没有？他们的后面是一扇大铁门，大铁门里面就是关人的地方。我的内裤呢？"

苏娜藏了一个心眼，说："内裤暂时还不能给你，等我出来了再说，否则我一进去，你就把我卖了，那怎么办？"

普德洛夫恼了："你不讲信用！你说我带你找到地方，你就还我内裤的。"

苏娜说："万一这不是关人的地方怎么办？我得证实一下啊。"

普德洛夫点头说："你不还我的内裤也可以。不过我知道你是什么人了，你根本不是高家的转世王妃，你是苏家人，叫苏娜。"

苏娜知道自己不能松口，因此笑了笑，说："你既然知道，那你可以告诉高族长啊。"

普德洛夫看到苏娜镇定的样子，有些摸不着底了。他摇头说："高苏两家的事跟我没关系。我这次到这儿来，就是想拿到属于我的东西。我们互相保守秘密，请把我的内裤还给我。"

苏娜想了想，把内裤还给了普德洛夫。普德洛夫对她笑了笑，说："我不会骗你，前面绝对是高家关人的地方。王妃，您小心了。"

普德洛夫转身朝后走。苏娜朝着那两个人的方向走了过去。

她一直走到两人面前。苏娜不认识他们，但是她知道，他们应该"认识"她。她坦荡地走到两人面前，朝他们笑笑。

两人看着她，有些疑惑。其中一个小伙子边对她摆手边说："王妃，你走错路了。这儿不是你该来的地方，回去吧。"

苏娜装作很迷茫的样子，径直往铁门处走。一个小伙子走到她面前，还没说话，苏娜掏出了早就准备好的手绢捂住了他的鼻子。小伙子马上倒了下去。另一个小伙子突遇变故，不知所措，想掏枪，但似乎觉得不妥，他正要喊叫，苏娜飞快地把手绢也捂在了他的鼻子上，小伙子也马上倒了下去。

苏娜朝着两个小伙子双掌合十，表示歉意，然后，赶紧推开门走了进去。让苏娜惊愕的是，她的面前竟然坐着十多个人！这十多个人围着桌子坐着。大厅里烛光明亮，这十多个人听到开门的声音都很惊愕地抬头看着她。苏娜的正对面，也就是桌子的最顶端的位置上正坐着高族长。

高族长看到苏娜，惊愕了几秒钟，问旁边的人："她怎么能到这儿来？"

旁边的人都说不知道。一个老年女人站起来，走到苏娜旁边，打着手势，用哑语跟她交流。

苏娜明白，这个女人，应该就是照顾高家转世王妃生活的女人。自己在她的面前，很快就会原形毕露。这个"老毛子"，还是把她给卖了。

苏娜心里长叹了一口气。老女人对她比画了一大顿，苏娜完全不明白，她转身就走。那个老年女人拽着她的胳膊，不让她走，还一个劲儿地跟她比画。

坐在桌子旁的人，已经有几个站起来，朝她走过来。

苏娜猛然抬脚，一脚踹在了老女人的肚子上，老女人松了手，捂着肚子蹲了下去，苏娜趁机转身就朝外跑。

高族长急了："她怎么还会打人了？给我把她抓回来！"

苏娜跑出大门，看到那个骗了她的"老毛子"得意地站在她面前。苏娜大骂："你这个缺德的骗子！你全家不得好死！"

后面冲上来的壮汉抓住苏娜，把她拖进屋子。普德洛夫跟着走了进来。

高族长走过来看着苏娜，又看看普德洛夫："普德洛夫先生，这是怎么回事儿？"

普德洛夫走到高族长旁边，看着苏娜，笑着说："苏娜小姐，您自己跟高族长说说吧，您为什么要来找高族长？"

苏娜不说话。

高族长惊愕："她……她不是转世王妃？"

普德洛夫点头说："没错，尊敬的高族长，她是苏族长的孙女苏娜，苏家的转世王妃。"

高族长转着圈看着苏娜，边看边赞叹："不错，简直跟我们的转世王妃长得一模一样。连衣服都这么像，你叫苏娜吧？说说，你来找我有什么事儿？"

苏娜冷冷地说："我来找你，是想杀了你！"

高族长笑着摇头："不对，你这个时候来肯定不是想杀了我。你能混进来，说明你是个聪明人，聪明人不会做傻事。你说吧，你来这里有什么目的？"

苏娜还没来得及说话，从外面冲进来一个人。这人看到苏娜，惊讶地瞪大了眼睛，说："王妃，她怎么跑到这里来了？"

高族长看了看来人，问："这又是什么事儿？"

来人说："族长，两个多小时前，王妃从山洞走了出去，我们两个人拦不住，我就跑回来喊人，让我那兄弟跟着王妃，但王妃一下找不到了，我那兄弟也不知哪儿去了，我还以为出什么事儿了呢。王妃在这里，我就放心了。"

来人把苏娜当成了王妃，以为没事了，转身要走，高族长喊道："别忙走，你那兄弟呢？"

那人说："我还没找到啊。不过王妃在这里，那我兄弟也应该回来了吧，我再去找找。"

那人走后高族长对那老女人说："你过去看看，她身上穿的衣服，是不是咱高家做的。"

老女人走过来围着苏娜仔细看了看，点头说："就是，这就是转世王妃平常穿的衣服。"

高族长走过来看着苏娜的眼睛，说："你告诉我，高家的转世王妃哪里去了？"

苏娜说："族长放心，高家的转世王妃是个很善良的人，我们不会伤害她。"

高族长对众人说："把她给我关起来！剩下的，按照刚才咱们定下的赶紧行动！"

5　尼亚佐夫进山洞

　　高族长回到自己的屋子，刚在椅子上坐下，普德洛夫走了进来。高族长看了看他，说："说说，老苏头的孙女是怎么进来的？"

　　普德洛夫说："她是怎么混进来的我不知道。但是我一看到她，我就知道她不是高家的转世王妃，她向我打听关押苏家人的地方，我就把她带到这里来了。"

　　高族长笑了笑，说："谁都知道，我们高家的转世王妃是个哑巴，真是个傻丫头。"

　　普德洛夫笑了笑："挺有意思，她还哄我呢，说她装成哑巴，是高家转世王妃的规矩。不过这个小女子倒是很漂亮，比你们高家的转世王妃还漂亮些。"

　　高族长哼了一声："普德洛夫，我劝你不要有非分之想。她虽然是苏家人，但是她是苏家的转世王妃，我不容许你侮辱她。"

　　普德洛夫忙收起笑容，说："高族长你多心了，我只是说她漂亮而已，没有其他的想法。"

　　高族长说："那就好。普德洛夫，我得再跟你声明一下，高家跟你是合作关系，等打败苏家，找到王妃灵柩，我会把黑铁剑给你，从此我们再没有任何关系了。我不想让高家人私底下骂我。"

　　普德洛夫说："这个我明白。族长放心，我的目的就是拿到当年王妃答应给我祖上的黑铁剑，拿到后我就绝对不会再来找族长。"

高族长点头："这就好。不过要打败老苏头，可不是件容易的事儿，他那么点儿人竟然把我们给困住了，普德洛夫，你有好的办法没有？"

普德洛夫说："当年高家人把关押苏家人的地方设在此处，就是一个非常愚蠢的做法。"

高族长不高兴了，瞪着眼珠子看着普德洛夫，怒道："你凭什么这么说？"

普德洛夫说："高族长，请您不要生气。这个地方虽然隐蔽，但是运输非常不方便，也正是这个原因，这个地方不能住太多的人。所以，我觉得你们要赶紧从这里撤出去。当然，这个山洞和寺庙可以保留，关押的苏家人得赶紧想办法让他们从这里消失。"

高族长点头说："这个我也想到了，不过现在苏家人就在外面围着啊，我们的汽车都被他们抢走了，现在最主要的就是怎么把苏家人弄走，或者说怎么打败他们。"

普德洛夫思索道："是不是找到苏家人藏身的地方，就能打败他们呢？"

高族长说："可以这么说。"

普德洛夫说："这好办，等天亮了，你把这个苏娜放了，派两个机灵的跟着她，她肯定会带着咱的人找到那个地方。"

高族长大喜："好，明天我就安排。"

第二天天亮之后，高族长起床洗刷一番刚要吃饭，高宽带着一个小伙子进来，说有个人求见族长。

高族长细问，得知是一个自称叫尼亚佐夫的人有事要见他，而且是要事。

尼亚佐夫背着一个大包袱，来到高族长面前。

高族长喝了一口水，问："你就是那个历史教授？"

尼亚佐夫点头："正是，本人尼亚佐夫，土库曼斯坦人，历史教授。您就是高族长吧？"

高族长挑眉问："教授，你为什么要来见我？"

尼亚佐夫说："为了救我的妻女！"

高族长一愣，又点头说："行，不过，你准备怎么救她们呢？"

尼亚佐夫把背上的包袱解下来说："高族长，我这里有您想要的东西，您把她们放了，我就把这个给您。"

高族长要求先验货，他解开包袱，看到里面是一个方方正正的鎏金铜盒。盒子上雕着一个威风凛凛的大狮子。高族长大喜，两手发抖着打开盒子，结果发现里面竟然是空的。他啪一声合上盒子，怒道："你就用这个来换你的妻女？"

尼亚佐夫说："高族长，这本古书从唐朝保存到现在，已经有一千多年了，但是书保存得非常好，您想知道原因吗？"

高族长哼了一声："我知道原因干什么？跟我又没有关系。"

尼亚佐夫说："有关系。一般的纸张，能保存一百年就已经不错了。这本书能保存这么长时间，就是因为这个盒子。有这个盒子，再保存一千年没有问题，但是没有了这个盒子，我手里的书，最多能保存十年。所以说，我把这个盒子给你了，等于把这本书的生命送给你了。您说，我还没有诚意吗？"

高族长说："你直说吧，我怎么做你才能把书给我。"

尼亚佐夫镇定地说："用人换书，就在山洞口换。我带着我妻女走出洞口，族长可以派人押着我们，我的兄弟会带着书过来。族长可以派人验书，如果没问题，高族长让人撤了，我带着妻女回去。如果书有问题，高族长还可以把我和我的妻女一起押回来。"

高族长笑了笑，问："你那兄弟是苏老头那边的吧?"

尼亚佐夫说："是，但是书是我的。"

高族长摩挲着鎏金盒子，点头说："教授，我先考虑考虑，我先派人带你找地方休息一下。"

尼亚佐夫说："高族长，我想见一下我的妻女。我想知道她们是否还活着，要是她们死了，你就是杀了我，我也不会让你得到王妃的这本书。"

高族长颔首道："这个我同意。高宽，你带他去看看他老婆孩子。"

高宽让人把尼亚佐夫的眼蒙上，带着他走出这个山洞。走了一会儿，尼亚佐夫从兜里掏出一个金戒指递给高宽："兄弟，我跟普德洛夫是好朋友，希望你方便一下，我想见见他。"

高宽看了看金戒指说："教授，你想见那个'老毛子'，刚才应该向族长说啊，你这个事儿可是为难我了。再说了，我们可是两个人跟着你呢，我拿了你东西，我这个兄弟可不一定同意。"

尼亚佐夫从另一兜里掏出一把美元，递给高宽："麻烦兄弟帮个忙，我跟普德洛夫是好朋友，好长时间没见了，不过想见面说几句话，没别的意思。"

高宽把美元数了数，分了一部分给身边的小兄弟，说："你去把那个'老毛子'带到屋里去，谁也别说啊。"

小兄弟接了钱高兴地跳着脚走了。高宽押着尼亚佐夫在山洞里走了一会儿，来到他的房间，他把尼亚佐夫推进去不一会儿，那个小兄弟带着普德洛夫一路小跑过来了。

普德洛夫走进屋子，看到尼亚佐夫，惊讶了："尼亚佐夫?!"

尼亚佐夫对高宽说："兄弟，我想跟普德洛夫先生聊点儿私事，您能关一下门吗?"

6　怪异的合作伙伴

普德洛夫惊愕地看着尼亚佐夫，有些不知所措。

尼亚佐夫走到普德洛夫面前，指了指外面，小声说："普德洛夫先生，我想跟您合作。"

普德洛夫一愣："跟我合作? 合作什么?"

尼亚佐夫说："您应该知道，我是王妃的大王子的后人，我家里有一本祖上留下来的真正的王妃灵柩地图。"

普德洛夫点头说："我知道啊，但是你能把这个地图给我吗?"

尼亚佐夫说："当然不能。但是我们可以用这个地图找到灵柩，里面的宝物我们一人一半。"

普德洛夫一脸狐疑："你凭什么要给我这些? 你需要我做什么?"

"我想要你帮忙救出我的妻女! 只要你帮我救出她们，我们就合作。我看得出来，您是一个有能力的人，我一直想找个人合作。苏族长太顽固，不可能帮我。高族长贪得无厌，找他帮忙，所有的东西都成他的了，所以，我只能找您。"

普德洛夫还是不肯相信："你想玩我吧? 如果把我换成您，

我不会找我这样的人合作。"

尼亚佐夫问："为什么?"

普德洛夫笑了笑："因为我以前利用过您。所以,我现在觉得,您找我,不是为了报仇,那就是也利用我一次,我说得没错吧?"

尼亚佐夫摇头："错了。我是一个历史教授,我知道,历史上很多惨案都是因为报复,而不是合作。比方我们的先祖康国国王,如果他不想替先王报仇,就不会起兵杀了大食人的税官,也就不会有灭国之灾。当初比康国还小的火寻国国王就很聪明,他一直跟阿拉伯人合作,一直到阿拉伯人退出中亚,火寻国变成了花剌子模,成了中亚最大的国家。所以,合作有时候是最重要的。"

普德洛夫半信半疑了："如果我们成功了,您却反悔了,那我该怎么办?"

尼亚佐夫说："没有这个问题。这个事儿我们不用苏家人,不用高家人,就我们两个,您应该知道,论打架,我不是您的对手。这个事儿,倒是我应该担心的。但是我觉得我们都是文明人,都应该有我们文明社会所具有的契约精神。"

普德洛夫点头："说吧,我该怎么帮你?"

尼亚佐夫说："简单。我会说服高族长,明天用我的妻女交换我家祖传下来的灵柩地图。但是高族长这个人非常地狡猾,他在得到藏着地图的书后怕有问题,不会放我的妻女出去,何况,这本书我也不想让高族长得到。他得到了,灵柩还有我们什么事儿呢?所以,我希望您能趁他们不注意的时候,把书抢到手,朝旁边的小树林跑。小树林里埋伏着我们的人,等你书抢到手,他们就会从树林里出来接应你。放心,这个事儿没有风险，书到手之后，你不要把书给任何人，等着我。"

普德洛夫狐疑道："我这样做危险也太大了吧？再说了，这也不算帮您救人啊。"

尼亚佐夫说："算。你抢到书之后，我就带着我妻女跑，两头出了事儿，高家的人会手忙脚乱，我们就都有了逃走的机会。何况我妻女是两个弱女子，又被关了这么长时间，您身体这么棒，我们会有危险，但您一点儿危险都不会有。"

普德洛夫想了想，觉得灵柩的地图在自己的手里，那自己就可以找到王妃的灵柩了，何必跟这个教授合作呢。他心里盘算了一下，点头说："行，那就这么定了。"

普德洛夫走后，高宽又给尼亚佐夫蒙上脸，押着他继续朝前走。

走了不知多长时间，下了二十多层台阶，终于到了地方。高宽让人打开一扇大铁门。这时，尼亚佐夫听到两侧传来了各种各样的声音，有呻吟声，有惨叫声，有怒吼大骂，还有哀求。

高宽边走边朝着两边骂："都给老子闭嘴！再他妈的骂人，老子饿你们三天！"

很快传来了哀求声："高大哥，求您了，给我们点儿药吧，我这伤口越烂越大了。"

"爷爷啊，我都三天没吃饱饭了，能不能多给点儿吃的啊？"

"我们苏家对你们高家人可不这样，能不能给一条褥子啊。这地方也太冷了，求求您了。"

……

高宽不搭理众人，众人依旧哀求不断。尼亚佐夫听着心里发酸。他突然觉得，自己当初放了苏家抓的高家人是对的。苏家虽然对他们相对好一点儿，高家的俘虏过的也是暗无天日的生活。

高宽带着他一直来到另一扇小门前，他一眼看到了关在铁丝网里的妻女。

高宽大概也觉得他们的做法太不人道，小声对尼亚佐夫说："教授，您看，我们对您的妻女还不错，单独关着呢。"

尼亚佐夫哪里还顾得上搭理他，朝着妻女就扑了过去。但是隔着铁丝网，他没法抱住她们。妻子和女儿也扑倒在铁丝网上，女儿哇哇大哭，妻子拍打着铁丝网痛哭。

女儿喊："爸爸，爸爸，您快救我们出去啊。我和妈妈快不行了，我们坚持不下去了，爸爸，您快救我们啊！"

妻子则担心他："你也被他们抓来了吗？"

尼亚佐夫对女儿说："宝贝儿，爸爸就是来救你们的。你和妈妈放心，我跟他们说好了，明天早晨他们就会把你们放出来，爸爸会永远跟你们在一起，再也不分开了。宝贝儿，你听见了没有？你别哭了啊，听爸爸的话，只要你们再在这里住一宿，只要一宿，明天他们就会把你们两个放出来。"

女儿边哭边点头。尼亚佐夫对高宽说："高先生，您能不能打开这个门，我想进去抱抱我女儿。"

高宽摇头说："教授，算了吧，外面有我们的人呢，不差这半天了，明天一早不是就把她们一起放出去了吗，赶紧说几句话吧，我们不能在这里待太长时间。这些被关着的人都是疯子，随时都会出问题。"

两边铁笼子里的人疯狂地摇晃着铁栏杆，疯狂地喊着放他们出去，尼亚佐夫不敢多待，安慰了妻女几句就跟着高宽朝外走。

尼亚佐夫边走边仔细观察。他发现旁边还有一个小铁门，就问高宽："高先生，苏老族长的孙女关在哪里？"

高宽笑了笑："她被单独关在一个屋子里，没在这儿。苏家的转世王妃我们也是要另外看待的。"

走出大门，尼亚佐夫又塞给高宽几张美元："我想去看看她。"

高宽把美元给他塞回兜里，说："我可没这个胆子。教授先生，这钱您还是收回去吧。"

尼亚佐夫把钱又塞进他口袋："不能看算了，这点钱，交个朋友。"

高族长让高宽专门看着尼亚佐夫。大概是金子和钱起了作用，高宽虽然派了两个人寸步不离地看着他，给他安排的吃住却还不错。

下午，普德洛夫来找尼亚佐夫，尼亚佐夫又掏了一沓美元给他，让他帮忙把一个布包送给苏娜。普德洛夫打开看了看，是手绢、纸巾、香皂、洗发水等乱七八糟的东西。普德洛夫却说："这个苏娜好像不太信任我，我给她东西她不一定能接受。"

尼亚佐夫笑了笑："你就说这是我给她的东西，让她看看她就知道了。"

普德洛夫拿着布包来到关押苏娜的地方，也就是高家转世王妃的住处。门口站岗的两个小伙子问他干啥，普德洛夫把布包拿出来，说是高宽让送的，洗脸用的东西。小伙子打开看了看就开了门，让普德洛夫走了进去。

苏娜正坐在床边发呆，看到普德洛夫，她本能地站了起来惊恐地朝后退。

普德洛夫笑了笑，把布包递给她，小声说："是尼亚佐夫让我给你送来的。他说你看一看就知道了。"

苏娜将信将疑地接过布包看了看，神情有些松懈："他是怎么把这个给你的？"

普德洛夫得意地说："苏家王妃，我现在跟尼亚佐夫教授是……是合作伙伴了，所以，我们也算是一伙的了。"

苏娜皱着眉头："你说什么？你跟尼亚佐夫是合作伙伴？你们怎么成了合作伙伴了？"

普德洛夫示意苏娜小声，他说："尼亚佐夫现在就在这山洞里。他设了一个计谋，他骗高族长说用地图换他妻女，他让我帮他，等他的人把地图给了高族人的时候，让我趁他们不注意抢了地图就跑。他答应我，等找到王妃的灵柩，灵柩里的宝物我们两个平分，所以我们就成了合作伙伴了。"

苏娜有些不高兴了："他只救他妻女，没说救我？"

普德洛夫摇头说："没有，你又不是他的家人，他凭什么救你？他只让我把这个给你。"

苏娜打开布包，看了看，点头说："谢谢了。"

普德洛夫看着苏娜，色心又泛滥了。他色眯眯地笑着朝她走近。苏娜看到他那副恶心的样子，惊恐地大喊："你要干什么?!"

外面站岗的小伙子听到喊声，推门走了进来。

普德洛夫忙整理了一下衣服，说："没别的事儿，那我就走了。"

7　老族长的计谋

傍晚，高族长请尼亚佐夫吃饭，两人商量好了交换人和地图的时间还有方式。高族长规定，带着地图出来跟他们交换的不能超过三个人，不许带武器，尼亚佐夫都答应下来。商定后，尼亚佐夫当着高族长的面写了一封信。高族长看了看，便让高宽派人把信送到尼亚佐夫说的地方，压在一块石头下。

送走尼亚佐夫后，高族长把高宽叫到他的屋子，问他："高宽，你觉得这个教授可信吗？"

高宽想了想说："我……我不知道。但是，我觉得，他要是想救他妻女，不敢耍花招吧？"

高族长笑道："他当然是没这个胆量，不过你要是知道他背后的人是谁，你就不会这么想了。"

高宽问："您说的是老苏头？"

高族长点头："是，这个计策肯定是苏老头想出来的。这个盒子也应该是老苏头的。老东西这是想钓鱼呢。我敢肯定，老苏头不只想救出这个历史教授的妻女，他肯定还想把关押的苏家人都救出去。所以，明天早上，我们要做好准备。"

高宽点头："族长尽管吩咐。"

高族长说："交换人的地方，老苏头会派一部分人接应这个历史教授，你拨出二十个人，都带着枪，让普德洛夫带着这二十个人跟我去交换人。我们要得到地图，还得把这个教授的妻女都抢回来，万一这张地图有诈呢？"

"这个'老毛子'不太靠谱，还是让我去吧。"

"不，我在场，普德洛夫不敢有小动作，你还有更重要的任务。老苏头在后面洞口，布置人马不能太多。这个老东西狡猾，他应该把最主要的人马安排在前面，从庙门偷袭进来救人。所以，你除了安排几个人守着那个没有灯光的秘密洞口，还要守住庙门。记住了，这次要大开杀戒，不能对他们客气，更不能放一个人进入山洞。等我把后面的苏家人打败后，我就带人从后面包抄他们，这次咱要彻底消灭这些苏家人，救出咱的人。"

高宽答应："是。"

高族长说："这个山洞让苏家人知道了我们就得撤了，把苏家人打败后，我们就赶紧撤人。我在敦煌也找到了一个好地方，把咱的人都搬到敦煌去，以后就方便了。"

尼亚佐夫回到自己的住处后仰靠在床上，想到了来之前与老族长谋划的这件事。

他向老族长说了苏娜冒充高家的转世王妃进入山洞的事儿。老族长听了大怒，斥责他为什么没有拦着她。

尼亚佐夫说："族长，我在回来的路上想了，我得设法进山洞帮一下苏娜，还有，就是救人。自私点儿说，我老婆孩子被关在这里，我总得进去看看吧，不能一直就这么等着。"

老族长喘了一会儿粗气，问他："说得容易，你怎么进去？"

尼亚佐夫说："这个我得求您帮我想想办法。"

老族长说："没有好办法。姓高的是个老狐狸，苏娜进去瞒不过他，你进去也白搭。"

尼亚佐夫说："但是我得进去！进去总还是有一点希望。老族长，求您了，您帮我想想办法吧。"

老族长想了想，说："也罢。你的妻女都在里面，作为男人和父亲，你是得尽一下你的责任。我有一个办法能让你进去，也有一个理由，让高族长答应放你的家人，不过这些都会被高族长识破，他也许会将计就计，也许会杀了你，你敢进去吗？"

尼亚佐夫不服气地说："苏娜这么一个弱女子都敢去，我怎么不敢？"

老族长点头说："好，那我就安排一下。你进去后要见机行事，最重要的是要找到苏娜，把我给她准备的东西给她。她有了这些东西，就能在里面起一些作用。"

尼亚佐夫说："老族长放心，只要我能进去，我就能想办法把东西送给她。"

老族长马上说："你去把老李和老吴叫来，我们一起好好合计一下，看看怎么对付他们。"

尼亚佐夫想到这里，喃喃自语："老族长，明天就看您的了。"

8　交换

山洞里是分不清白天还是晚上的。尼亚佐夫进来的时候，没有带手机，也没有手表，一觉醒来，他觉得差不多应该是早上了就起来。

外面没有动静。尼亚佐夫试探性地推门，没有推开。外面站岗的倒是把门拉开了，警惕地看了看他，问："你有什么事儿吗？"

尼亚佐夫朝他们笑了笑，问："现在几点了？"

有个小伙子掏出手机看了看，说："三点，早着呢，回去睡吧。"

三点？尼亚佐夫有点儿不敢相信："麻烦您再好好看看，我觉得怎么也有五点了吧。"

小伙子把手机举到他面前，说："这个还有骗人的？你自己看啊。"

尼亚佐夫仔细看了看，果然是三点，三点零五分。小伙子把他推进屋子说："上面吩咐了，六点会有人过来喊你吃饭，回去睡吧。你多有福啊，你睡觉还有人给你站岗，我们想睡还捞不着睡呢。"

尼亚佐夫进了屋子，小伙子在外面关上了门。

尼亚佐夫闭着眼想再睡一会儿，却怎么也睡不着了。脑子里走马灯似的转着老婆、女儿、苏娜的脸。他知道，现在这三人都在这里了，都盼着他去营救呢。但是，自己能把她们救出来吗？苏族长做了各种安排，他也把事情想了很多遍，自从进入这山洞，每一步似乎都很顺利，但是，他总是隐隐觉得事情没有这么简单。高族长、苏族长和自己，甚至普德洛夫，几个人都明白其他人的套路，都想将计就计，这种玩法，高明的人不一定就能成功，谁能取得最后的胜利很多时候靠的是运气，是对方的失误。

这几个人中，他最相信的是普德洛夫最终会背叛自己。这个"老毛子"最具冒险精神，在游戏一开始的时候，肯定会同自己一心一意，但是看到了结果，或者说看到了果实，他的贪欲心就会无限膨胀，他就会背叛。不过尼亚佐夫这次是想利用一下这个俄国人，他会在他背叛之前就甩了他。他有一点不太明确，就是这个"老毛子"是否也在利用自己。这个家伙，是个非常危险又聪明的家伙，但目前能利用的人也就只有他了。何况自己进山洞就是个赌博，利用这个俄国人，更是赌博加赌博。

尼亚佐夫躺在床上乱想了一会儿，终于迷迷糊糊睡了过去，直到有人来敲门。

来敲门的是高宽，高宽带着尼亚佐夫，一起到餐厅吃了早饭，又把他送回了房间。

尼亚佐夫提出要一起去接自己的老婆和女儿出来，被高宽拒绝。尼亚佐夫从高宽的表情上看出，他们是不相信自己的，并且，他们也做好了对付自己的准备。

回到屋子，尼亚佐夫坐不住了。他现在最担心的是高族长突然变卦，拒绝交换，把自己关起来，那他和苏族长的计划就全部落空了。如果这个高族长在识破了他的计划后，还企图将计就计，打败苏家人，那苏族长可就算完全被高族长掌握在手里。苏族长能否打败这个高族长，就看他的手是否够大了。

尼亚佐夫替苏族长想了想，很显然，最安全的做法就是扬长避短，可以跟高族长玩突然袭击，别跟他玩这种双方都明白的智谋之术。高族长永远都会比他想得远半步，这半步，就很可能要了苏族长的命。

尼亚佐夫在房间里等了一会儿，普德洛夫带着两个人来了。三人走进房间，尼亚佐夫朝着普德洛夫笑了笑，问他："普德洛夫先生，一切正常吗？"

普德洛夫朝他笑了笑，说："正常。尊敬的尼亚佐夫教授，快到约定交换的时间了，我们走吧。"

尼亚佐夫还是有些担心："我的老婆孩子呢？"

普德洛夫说："已经有人带她们去了，我们应该能在半路遇到她们。放心，她们快自由了。高族长是个说话算话的人。"

有人给尼亚佐夫蒙上了脸，几个人押着他开始朝外走。走了一会儿，尼亚佐夫听到似乎从旁边的山洞里又走来了几个人。他马上问普德洛夫："普德洛夫先生，后面是我的女儿和妻子吗？"

普德洛夫说："是她们。不过她们也被蒙着脸，按照高族长的规定，您现在还不能跟她们说话，马上就出山洞了，出了山洞，就给你们摘下头套，你们就可以看到对方了。"

尼亚佐夫说："谢谢，我知道了。"

走出山洞后，普德洛夫让众人站住，尼亚佐夫听到他说："高族长，人都来了。"

尼亚佐夫听到高族长说："给他们把头套摘了吧。"

摘下了头套后，尼亚佐夫顾不得看前面的情况，先扭头看妻女。两人看到他，都激动地朝他喊叫。

高族长马上对尼亚佐夫说："教授先生，麻烦您给她们说一声，让她们安静一会儿，马上到时间了，等您的人把东西给我，您就可以带她们走了。"

尼亚佐夫答应了一声，对她们喊："亲爱的，请安静一会儿，我跟高族长还有点事儿，这件事完了之后，我会马上带你们走，离开这儿，请相信我。"

妻子喊："我们相信你，亲爱的。"

妻子低头安慰女儿。女儿虽然在抽泣，却也慢慢安静下来。

高族长走到尼亚佐夫面前，说："尼亚佐夫先生，你确定你的人能来吗？"

尼亚佐夫点头："请高族长相信我，我的人会准时来的。"

高族长低头看了看手表："这时间到了啊，怎么还没来呢？"

高族长话音刚落，有人喊道："来了，族长，那边来了两个人！"

果然，从山坡一侧有两个人朝着他们迅速走过来。

高族长点头说："晚了点儿，不过还行。"

两人来到离他们十多步的地方站住了。来人是苏大同和苏家的另一个小伙子。苏大同提着一个黑色的皮包，对尼亚佐夫说："教授，我们把东西拿来了。"

尼亚佐夫看了看高族长。高族长一挥手，他旁边的一个五十左右留着山羊胡子，看样子似乎有些学问的中年人，朝苏大同走了过去。

尼亚佐夫又看了看普德洛夫，他会意地点了点头。

苏大同把黑色提包交给来人。那人拉开提包，翻开书，从书里拿出一张颜色泛黄的地图看了看，对着高族长点了点头。

高族长看了看尼亚佐夫，说："教授先生，咱们开始吧。"

尼亚佐夫说："开始吧。"

高族长大声喊道："验证无误，交换开始!"

高族长的话音刚落，从山洞两侧的树林里突然拥出二十多个高家子弟，他们手持刀枪，朝着他们围拢过来。

那个看似有些学问的中年人，一把抢过苏大同手里的提包朝这边跑过来。

几乎就在同时，普德洛夫带着人冲过去，把苏大同两人包围了起来。尼亚佐夫正在惊愕，普德洛夫突然开枪了。他一枪把那个提着提包的中年人打倒在地，抢了提包，朝着尼亚佐夫跟他叮嘱好的反方向一路猛跑。

这一变故，让高族长和尼亚佐夫都愣了。高族长气急败坏，命令手下人追赶普德洛夫。尼亚佐夫趁机跑到妻女身边，拉着她们就朝旁边的树林跑。高族长大怒，又忙命令剩下的人去抓尼亚佐夫。

老吴带着几十个苏家子弟，猛然从树林里冲了出来，朝着高家人开枪。高家人也赶紧埋伏好，朝着对方射击。

尼亚佐夫带着妻女藏到了几块大石头后面，一动也不敢动，一场恶战就要开始。

9　苏娜之死

苏娜打开普德洛夫给她的布包，闻了闻香皂，突然大喊一声，倒在地上。

站在外面警戒的两个小伙子听到喊叫，忙开门冲了进去。看到苏娜躺在地上，脸色惨白，两个小伙子吓傻了，两人商量一下，抬着她赶紧往医务室跑去。

医务室大夫用听筒听了听她的心脏，大惊："王妃怎么没有心跳了？"

两个小伙子不知所措。大夫让两个小伙子出去，让女护士关上门。大夫正准备给苏娜仔细检查，苏娜突然用手帕捂住了大夫的鼻子，大夫马上倒在了床上。护士还没有从惊愕中醒过来，苏娜的另一只手，也捂住了女护士的鼻子，护士瞪着眼睛慢慢倒在了地上。

苏娜飞快地换上她的衣服，戴上口罩，举着一托盘药走出房间。

站在门口的两个小伙子看到她，有些惊讶："你怎么不管王妃了？"

苏娜说："给王妃打上针了，一会儿就醒了。麻烦一下，谁帮我拿着这些药，到关押苏家人的地方去给他们送药？"

一个小伙子说："我去，王护士，你的声音怎么变了啊？"

苏娜咳嗽了几声，说："感冒了，走吧。"

小伙子接过她手里的托盘，苏娜把托盘顶上的药拿下几盒，拿在手里，跟在小伙子后面故作镇定地朝前走去。

一路上，他们没有看到一个人。外面突然传来一阵枪声，走在前面的小伙子，转头对苏娜说："前面跟苏家人打起来了，这次苏家人完蛋了。"

苏娜问："怎么这么说？"

小伙子说："简单啊，咱高家这么多的人枪，高族长昨天晚上盘算了一宿，分了好几帮人马出去，苏家能打的都在咱这儿关着呢，就剩下那帮老东西，能打过咱吗？"

苏娜不说话了。两人走了一会儿，下了一段长长的台阶，终于来到一道大铁门前。看到穿着护士服的苏娜和那个小伙子，站岗的主动开了门，对苏娜说："王护士，你可要小心点儿，别让他们再抓着。"

苏娜点点头走进铁门，看守在外面关上了铁门。

她走进山洞。山洞中间有一条通道，两边都是巨大的铁笼子，铁笼子里关满了破衣烂衫的苏家人。

众人看到苏娜来了，朝她喊着要药。

苏娜走到一个铁笼子前，把面罩解开，对着一个老人说："三叔，我是苏娜啊，苏家的苏娜。"

老人惊愕地看着苏娜，不敢相信自己的眼睛："你……你真是苏娜？你怎么能到这里来？"

苏娜说："我真的是苏娜！我是来救你们的！三叔，您听我的，赶紧抓住我的手，我喊人，等外面站岗的进来了，你就赶紧放了我。"

老人点头："行，我听你的。"

老头子抓住苏娜，苏娜边挣扎边喊："救命啊，救命啊，快来人啊……"

站岗的小伙子立刻推门走了进来。看到有人抓住了苏娜，他挥着铁棒就朝老人胳膊上砸。老人忙松手。苏娜假装惊慌地朝小伙子跑过去，飞快把手绢捂在了他的鼻子上。

小伙子倒下后，苏娜从他腰上解下一大串钥匙，却找不到哪把锁能打开门。老人喊："钥匙下面有个号牌，一号的就是最头上的那把锁。苏娜，你赶紧的，他们来人就什么都晚了！"

苏娜终于找到了一号钥匙，开了一号的锁。关在一号里的几个苏家人冲出来，有人从她手里抢过钥匙开门，有人干脆抢过铁棍开始砸锁。随着一把把锁被解开，众多的苏家人从笼子里冲了出来。

被苏娜称为三叔的老人指挥众人把所有的锁都解开了，让二百多人在苏娜和老人的带领下，浩浩荡荡准备朝外冲。

苏娜用冷水把倒在地上的高家小伙子泼醒，用刀逼着他带着众人朝外走。他们很快冲到洞口。洞口处，高族长带着众人还正在与老吴带的人对抗，双方皆有死伤。看到苏家人如潮水一般从洞口涌出，高族长吓了一跳，他带着几个人转头朝着冲出来的苏家人射击。

冲在最前面的苏娜不幸中弹，倒在了地上。苏家人赶紧抬起苏娜撤回山洞。

苏家人打了一会儿，子弹便没了。高族长看看后面山洞堵满了愤怒的刚被解放出来的苏家人，他命令众人开枪朝前冲，决不放过一个活口。老吴无奈，只得让苏家人后撤。高族长带着几十名高家子弟冲了出去。

尼亚佐夫已经带着妻女冲到了洞口，苏娜胸口中弹，已经奄奄一息了。

尼亚佐夫喊着她的名字，悲痛欲绝。苏娜恍惚地睁开眼，问他："你的妻子和女儿呢?"

尼亚佐夫泪流满面说："都救出来了。"

苏娜流着泪点头："那就好，好好……待她们……"

老吴带着人跑过来，看到苏娜的伤情手足无措。

苏娜努力对他说："吴叔，别忙活了，我不行了。我想见我爷爷，我爷爷呢……"

老吴说："老族长指挥人去追那个'老毛子'了。刚刚有人回来报信说，他们把那个'老毛子'打死了，地图也拿回来了。老族长走得慢，在后面呢，应该快到了。"

苏娜喃喃地说："我……我没力气等爷爷了。吴叔，拜托您了……拜托您照顾好我爷爷，我真想……再看一眼……他老人家……"

老李跑过来赶紧给苏娜止血，可是已经无济于事了，苏娜强睁着眼，挨个看了看众人，慢慢闭上了眼睛。

尼亚佐夫失声痛哭。

苏家人哭成一团。老吴张开手臂，冲天大喊："苏娜，你让我怎么跟老族长交代，怎么跟苏家人交代啊!"

不远处山坡上，老拐带着几个蒙面人赶过来，看到苏娜离世的场景，他心里不是滋味。他转头看到老苏头带着几个人正从山下朝山上爬，有两个人抬着普德洛夫的尸体。

老拐叹了一口气："凡大慈悲者都须遭受大苦大难，兄弟啊，老哥这次帮不了你了。"

老拐朝着众人摆手，带着这几个人，朝山坡下走去。

结尾

苏族长在几个年轻人的搀扶下终于走了回来。众人看到老族长回来，都自动闪到一旁，留出了一条通道。

见众人一个个都表情肃穆，面带泪光，苏族长有些纳闷："你们怎么了这是？老李，老吴，发生什么事了？"

老李吞吞吐吐说："老族长，您过去看看吧，苏娜她……"

苏族长浑身一哆嗦："苏娜她怎么了?!"

老吴指了指身后，说："老族长，您过去看看吧，苏娜在那边……"

苏族长知道事情不妙，他跟跄着来到苏娜面前。她的脸惨白如纸，身体已被鲜血濡湿了大半。众人都啜泣起来。

苏族长浑身颤抖着愣怔了片刻，缓缓地在苏娜身边跪下。他一句话说不出来，只轻轻给她整理好了压在脸上的乱发，又给她整理了一下衣服。苏娜的上衣破了一个大口子，老族长想把这个口子系住，但是手就是不听使唤，怎么也打不成一个结。尼亚佐夫的妻子见状忙走过来，从头上解下一根皮筋，轻轻把那口子给系住。

这时，苏族长终于忍不住长吼一声，泪水滚滚而下。老吴和老李赶紧过来扶住老族长，生怕他倒下来。

老吴对几个年轻手下挥了挥手，镇定地说："大家收拾一下，不管是死的还是受伤的，都抬进山洞。今天晚上咱们在山洞住一宿。苏大同，你马上安排各处岗哨，南北洞口、山顶，每处哨位安排三个人，防止高家人反扑。"

吴大同答应了一声，招呼一部分年轻人走了。

众人把苏娜抬进山洞。老吴巡视了一下苏家人伤亡情况，指挥众人扶着老族长也进了山洞。

尼亚佐夫把妻女安排好后径直来到苏族长休息的地方。苏族长坐在椅子上，脸色如土，他的面前躺着盖上了白布的苏娜。

尼亚佐夫悲痛地朝苏娜鞠了三个躬，哽咽地说："老族长，您要保重身体啊。"

苏族长轻轻点了一下头，满眼的绝望。

尼亚佐夫呼出一口气，大胆地说："老族长，我有几句话想跟您说。这些天发生了这么多的事儿，死伤这么多人，尤其是连苏娜都走了，我觉得到了非说不可的时候了。"

苏族长一动不动，他知道尼亚佐夫有一肚子的话。

尼亚佐夫笃定地说："苏高两族本来是一家人，多少年来却一直互相残杀，冤冤相报，自己人杀自己人有什么意思？老族长，您德高望重，应该想办法制止互相杀戮了！这后面还要死多少人啊！"

苏族长低下头，仍没说话，他不知道该说什么，他又何尝愿意面对这样的杀戮！

尼亚佐夫继续说："您也知道，我家里有个宝盒，还有那本书。其实我早就查过了，根本就没有什么王妃灵柩的地图。我只是对这段历史感兴趣，才不远万里来到这里。但我没想到，历史背后的真相竟是如此不堪。无论是你们苏家守护的灵柩，还是高家要找的宝贝，还有什么康国复国全是无稽之谈！你们为了一个虚无的目标在互相残杀，这究竟是为了什么呀？"

苏族长听到这里插了一句："别拿我们苏家跟他们比。"

尼亚佐夫继续说："老族长，我丝毫没有贬低苏家人的意思。我的意思是苏家人为了这个不知在哪里的王妃灵柩，已经死了太多人了！每死一个人，就是葬送了一个家庭！老族长，苏娜已经不在了，不能让后辈们再继续这样残杀下去了！而实际上根本就没有什么王妃灵柩！"

苏族长沉默了一会儿，沉重地说："其实没人愿意这么打打杀杀地过日子，但是这件事儿不是我一个人能说了算的，苏家以后怎么做，要看长老会的意思。我一个人的力量有限啊。"

这时吴青突然跑了进来，他气喘吁吁道："老族长，高族长要见您。"

苏族长一愣："呃？他在哪儿？带了多少人？"

吴青说："在北洞口，就他自己。"

苏族长眉头一皱，不知道这个老东西又想出什么阴招。他说："把他带进来。嘱咐下去，让兄弟们加强防备，高族长可不是善茬！"

吴青应声而去，片刻，他就把高族长带了进来。

经过这些日子的战争，高族长仿佛一瞬间就老了，他佝偻着腰，刀劈斧削般的脸上竟然布满了憔悴。

苏族长端坐不动，正想着如何应付这个老狐狸，不想高族长突然朝着苏娜的遗体方向跪了下去，咚咚磕头。

苏族长哼了一声："高族长，戏就别演了，说吧，找我有什么事儿?"

高族长突然从袖子里抽出一把短刀，旁边的吴青看到，一下子扑了过去，把高族长的胳膊反扭，顺势把短刀夺了下来。

苏族长正要发怒，高族长突然喊道:"苏族长，我不是来杀您的，我是送上门来让您杀的!您只要放了我的孙子，您杀了我，我一点儿怨言都没有!我的人杀了苏娜，一命换一命，我老头子到了阴曹地府也记您的恩德!"

苏族长喔了一声:"这么说，你是来救人的?"

高族长说:"我是来送命的。我来了，就没想活着出去!我儿子没了，我孙子再死了，我活着还有什么意思?"

老族长说:"我如果把你和你孙子都放了呢?"

高族长一怔:"你……什么意思?"

苏族长闭着眼说:"我就一个条件，我们两家以后不要这么杀来杀去了。其实尼亚佐夫家里根本就没有什么灵柩地图。苏家想保护灵柩，高家想抢灵柩，这几百年来，我们没人知道灵柩在哪儿，还杀来杀去为的是什么?这是作孽啊!"

高族长惊愕了:"这么说……那地图是假的?"

尼亚佐夫点头:"假的，要是真的，我何必来这里打听康家村?"

高族长骂道:"糊涂的高家先祖啊!你可害苦了高家子孙了!害苦了啊!"

苏族长叹了一口气，马上说:"吴青，放人!"

吴青一愣:"老族长，这……就这么放了?"

老族长点头:"放了!以后我们再也不抓高家的人了，我这么大年纪了，我不希望这场荒唐的杀戮再继续下去!"

这时高族长站起来，毕恭毕敬地朝他鞠躬:"我老高发誓，以后要是高家人还绑架苏家人，让我老高家绝孙！"

苏族长闭着眼，长叹了一声："是该结束了！"他看了一眼吴青说，"去放人吧。苏娜活着的时候就劝我不要再杀人了，现在，高族长也发了毒誓，我也对着苏娜发誓，苏家人以后要是再抓高家人，我老苏头死了，变孤魂野鬼！"

吴青展开眉头："以后真的不杀人了？可以过太平日子了？"

苏族长重重地点头："放人吧，以后我们都好好过日子吧。"

众人一片欢呼。

尼亚佐夫早已感动得热泪盈眶，如果苏娜能看到这一天，她该多么心满意足。

康家村和敦煌王妃的故事从此在他心里画上了句号。但他到敦煌的那一年，他遇到如王妃一般的苏娜，他们出生入死的那些日日夜夜，成了他最刻骨铭心的记忆。